Horst Bosetzky

Aber schön war es doch …

Horst Bosetzky

Aber schön war es doch …

Roman

Jaron Verlag

Originalausgabe
1. Auflage 2009

www.jaron-verlag.de
Umschlaggestaltung: Bauer + Möhring, Berlin,
unter Verwendung eines Fotos der Agentur plainpicture / Onimage
Satz: LVD GmbH, Berlin
Druck und Bindung: GGP Media GmbH, Pößneck

ISBN 978-3-89773-621-4

Habe keine Angst
vor dem Ende deines Lebens.
Fürchte vielmehr, dass es
niemals beginnt.

Anonyma

Kotzbrocken muss man lieben

2004

Philip Bugsin stand auf dem S-Bahnhof Baumschulenweg und wartete auf seinen Bruder. Links von ihm hielten die Züge, die vom Südring kamen, und rechts die aus der Innenstadt. Doch wer nicht ausstieg, war Leander. Wahrscheinlich hatte er den Termin in Zeuthen vergessen.

Philip griff zum Handy und war sich sicher, den Bruder im Bett erwischt zu haben. »Gibt es auch mal etwas, das du nicht vergisst?«

»Solange ich mich nicht mal selbst vergesse.«

»Wo steckst du denn?«

»Ich stehe zwei Meter hinter dir.«

Der Jüngere war gerade die Treppe heraufgekommen. Er hatte eine Freundin in Neukölln, in der Sonnenallee, schließlich hieß er Leander, wenn auch nicht Hausmann, und diese Freundin hatte ihn im Auto zum Bahnhof gefahren.

»Warum treffen wir uns ausgerechnet hier?«, fragte Leander.

»Um bei Onkel Bernhard einen Pluspunkt zu machen«, war Philips Antwort. »Der ist hier in Baumschulenweg öfter zu Besuch gewesen. In ebender Straße, in die du hier hineinblicken kannst, im Rodelbergweg. Da haben unsere Urgroßeltern gewohnt, Marie und Fritz Schablin. Ihre Tochter war unsere Kladower Großmutti – Irmgard Bugsin, geborene Schablin.«

»Ja, Schablin & Co. – Büromöbel. Der Co. ist unser lieber Großvater, Herr Max Bugsin. Und dessen Cousin ist der Bernhard Großkreutz in Zeuthen, zu dem wir heute fahren.«

»Ich bewundere deine Lernfähigkeit. Aber weiter … Max heiratet Irma, und sie haben zwei Kinder – Inge und Gerhard –, wobei Gerhard unser Vater ist.«

»Das ist mir auch schon aufgefallen.«

»Sag bloß! Und was war hier in Baumschulenweg?«

»Da sind zum ersten Mal in Deutschland die Bäume in die Schule geschickt worden.«

»Quatsch! Hier in Baumschulenweg hat unsere Großmutti mit ihren beiden Kindern im Krieg Unterschlupf gefunden, und Onkel Bernie ist immer mal wieder vorbeigekommen, um ihnen Gutes zu tun.«

»Ja, indem er wieder gegangen ist.«

»Früher soll er nicht so ein Kotzbrocken gewesen sein«, sagte Philip.

Leander lachte. »Wenn ich 'ne Million dabei erbe, liebe ich auch einen Kotzbrocken.«

Die S46 nach Königs Wusterhausen kam in den Bahnhof gerauscht. Die mussten sie nehmen, wenn sie nach Zeuthen wollten. Als sie eingestiegen waren, gingen sie noch ein Stückchen durch den Waggon, um einen Bereich zu finden, in dem es etwas leerer war und sie ungestört miteinander reden konnten.

Plötzlich schrie Philip auf, denn derjenige, der da saß, war Manfred Matuschewski, sein Patenonkel. »Was machst du denn hier?«

»Ich fahre nach Zeuthen.«

»Zu Bernie Großkotz?«

»Du sagst es.«

Leander staunte. »Aber du gehörst doch gar nicht zur Familie.«

»Nein, aber er verwechselt mich mit Hartmut Meyerdierks und denkt, dass Inge und ich mal geheiratet hätten, dass ich also Inges Mann sei.«

»Und da hast du ihn nicht aufgeklärt?«

»Doch, aber er hat's mir nicht glauben wollen. Wir seien doch so ein schönes Paar gewesen.«

»Nun willst du also auch was erben?« Philip war mehr amüsiert als beunruhigt.

Manfred Matuschewski zuckte mit den Schultern. »Nein, eher mal sehen, ob er uns alle wie die Nasenbären tanzen lässt. Schließlich bin ich Soziologe. Aber nebenbei, über ein paar tausend Euro würde ich mich durchaus freuen, denn ich habe nur eine kleine Pension, aber eine große Familie. Und meiner Firma geht's auch nicht so gut.«

Philip wusste, dass sein Patenonkel seine Exfrau unterhalten musste und dass seine beiden großen Kinder, Joscha und Larissa, noch immer studierten. Dazu kam die kleine Tochter, und Kinder kosteten. Noch als Soziologieprofessor hatte Manfred Matuschewski ein Meinungsforschungsinstitut gegründet – die Firma FORMAT, was für Forschungsgruppe Matuschewski stand –, aber nur die großen Beraterfirmen sahnten noch ab, die kleinen darbten und schwanden dahin.

»Ich muss nur noch einen kleinen Umweg über Schmöckwitz machen und meiner Mutter vergessene Tabletten vorbeibringen. Sie ist heute bei ihrer Schwester zum Kaffeetrinken. Ihr könnt euch gerne anschließen. Mit der Straßenbahn bis Schmöckwitz und von da mit 'ner Taxe nach Zeuthen. Dann kommt ihr auch an Karolinenhof vorbei, was ja mal eine Kultstätte der Bugsins gewesen ist.«

Philip und Leander überlegten einen Augenblick, ehe sie zustimmten. »Unser lieber Kotzbrocken läuft uns ja nicht weg.«

»Rollt uns ja nicht weg.«

Manfred Matuschewski schüttelte den Kopf. »Philip als Zyniker.«

»Ich bin nur einer, der die Dinge sieht, wie sie sind, und nicht, wie sie sein sollten.«

Leander nickte. »Ja, du bist Filmkaufmann, weil du jeden Monat Filme kaufst. Kodak 200, 36 Aufnahmen.«

»Und du Schauspieler, weil du alle Spiele schaust, vor allem Eishockey und Basketball.«

Philip war 41 Jahre alt, Leander zehn Jahre jünger, und es war noch kein Journalist auf den Plan getreten, der sie als Erfolgsmenschen bezeichnet hätte. Sie hangelten sich von einem schmalbrüstigen Projekt zum anderen und beantragten zwischendurch immer wieder Arbeitslosenhilfe. Seit die Firma Bugsin & Co., vormals Schablin & Co., in Konkurs gegangen war, bekamen sie von ihrem

Vater nichts mehr, und ihre Mutter, die seit der Scheidung in Norddeutschland lebte, war auch nicht sonderlich begütert. So war Bernhard Großkreutz schon eine Messe wert. An die drei Millionen Euro sollte er zu vererben haben.

»Woran leidet er denn?«, fragte Manfred Matuschewski.

Philip wusste es auch nicht ganz genau. »Laufen kann er nicht mehr und sitzt nur noch im Rollstuhl. Es soll Alzheimer sein, aber hin und wieder ist er völlig da. Nächsten Monat muss er zu einer schweren Herzoperation, und da will er vorher noch mal die ganze Familie draußen bei sich auf der *Hacienda* haben. Rita sagt, dass er danach sein Testament machen will.«

Leander sah aus dem Fenster. Rechts der Bahn dehnte sich der Friedhof an der Kiefholzstraße aus. »Wenn man nur wüsste, was er schätzt und was nicht. Soll man nun schleimen oder Kontra geben? Lügen oder ehrlich sein?«

»Wer da das beste psychologische Gespür hat, ist ein reicher Mann«, sagte Manfred Matuschewski. »Oder eine reiche Frau. Ich hätte mir eine Hostess ausleihen und sie als Inge ausgeben sollen.«

»Dass Inge Weihnachten 2002 gestorben ist, wird er doch noch wissen.«

»Vielleicht auch nicht. Bei der Beerdigung ist er ja bekanntlich eher nach Hause gefahren.«

»Da sind wir ja schon.« Philip war die Strecke noch nie zuvor gefahren und staunte, wie schnell sie Grünau erreicht hatten.

Es ging die Treppen hinunter. Die Straßenbahnhaltestelle lag auf der anderen Seite der Straße, die fast schon eine Autobahn war, obwohl ihr Name, Adlergestell, an einen stillen Waldweg denken ließ. Hinter den Oberleitungsmasten begann der Wald, der sich den Anschein gab, tief und endlos zu sein, aber nur ein paar hundert Meter weit zum Wasser reichte. Ein gelber Zug der 68 bog um die Ecke, und sie mussten noch rennen, um ihn zu erreichen, da die Ampel ewig brauchte, um auf Grün zu springen.

Philip war verblüfft, wie gut der Patenonkel mit seinen 66 Jahren noch sprinten konnte.

»Gelernt ist gelernt!« Manfred Matuschewski betonte, als Jugendlicher einmal schnellster Berliner gewesen zu sein. »Und heute bin ich Walker. Hundert Kilometer im Monat. Anlaufen gegen das Alter und das Altern. Seit sie mir ein Sarkom, also ein Krebsgeschwür, aus dem linken Oberschenkel herausgeschnitten haben – und mit ihm ein Stück Muskelstrang –, muss ich sehen, dass die benachbarten Muskeln gestärkt werden.«

Während der Fahrt kamen sie auf Max Bugsin zu sprechen, denn Leander hatte gerade *Käsebier erobert den Kurfürstendamm* für sich entdeckt, den großartigen Berlinroman von Gabriele Tergit, der 1931 erschienen war. Bei jeder Bahnfahrt hatte er ihn in der Tasche stecken.

»Unser lieber Großvater ist diesem Käsebier unglaublich ähnlich.«

»Man könnte sagen, Max Bugsin ist ein verhinderter Käsebier gewesen«, ergänzte Manfred Matuschewski diese Aussage. Auch er kannte den Roman, und so sangen sie denn gemeinsam die Hits des großen Entertainers: *Wer mit mir will, der komme mit, wer mich nicht will, der jeht alleene. – Mensch, ist Liebe schön. – Ich geh stempeln, du gehst stempeln, er geht stempeln, und was tun Sie? – Wie soll er schlafen durch die dünne Wand?*

Philip hörte zwar zu, verzog aber das Gesicht, als hätte er in eine saure Zitrone gebissen. »Den Kult, der um ihn entstanden ist, ich meine, um unseren Großvater, den hab ich nie verstehen können. Max Bugsin, der große Entertainer. Überall haben sie ihn eingeladen, denn wo Max war, da war auch Stimmung. Tolle Stimmung. Zu Hause aber, wenn er Leander und mich gesehen hat, war die Stimmung sofort auf dem Tiefpunkt, da hat er nur gegrummelt und gemeckert. Keinerlei Interesse für uns, nie ein liebes Wort. Wir haben ihn immer bloß gestört. Ich hab ihn nur als Kotzbrocken in Erinnerung. Ebenso wie Bernhard Großkreutz.«

»Wie schon angeklungen, Kotzbrocken muss man lieben«, sagte Manfred Matuschewski. »Zumal wenn sie einem eine Menge vererben – wie ja auch Max eurem Vater und eurer Tante Inge. Kotzbrocken sind das Salz in der Suppe des Lebens, ohne sie wäre keine Familie eine richtige Familie. Als Reaktion auf sie rücken die anderen Familienmitglieder enger zusammen, und die Kotzbrocken haben somit eine wichtige integrierende Funktion.«

Leander stöhnte auf. »Man merkt, dass du mal Soziologieprofessor gewesen bist.«

»Dann frage ich Sie mal, Herr Bugsin, wer Karol Linen gewesen ist.«

»Keine Ahnung. Ich kenne nur Karol Wojtyła, Papst Johannes Paul II.«

»Gut, aber ich wollte ja von Ihnen wissen, wer Karol Linen war.«

»Ewald Lienen ist der Trainer von Hannover 96.«

»Sie wissen also nicht, wer Karol Linen war?«

»Nein.«

»Dann wird es leider nichts mit Ihrer Eins.« Manfred Matuschewski tat so, als würde er sich Notizen machen. »Karol Linen ist der Begründer der Siedlung, der wir uns jetzt nähern und in der Max Käsebier … äh … Max Bugsin ein Grundstück gehabt hat: Karol-Linen-Hof. Sie bekommen also nur eine Drei.«

»Ich protestiere, Herr Professor. Karolinenhof ist von einer Frau gegründet worden, von Karo Linen. Die ist durch ihren Kaffee-Ersatz zu Geld gekommen: Karo. Karol Linen ist mit Sicherheit falsch, denn dann müsste der Ortsteil ja Karollinenhof heißen, also mit zwei L in der Mitte.«

»Sie haben recht, Bugsin, und darum mache ich aus Ihrer Drei eine Vier. Vier minus also.«

Von Karolinenhof hatten Philip und Leander schon viel gehört, Garten und Sommerhäuschen aber noch nie mit eigenen Augen gesehen, so dass sie spontan beschlossen, schnell aus der gerade haltenden Bahn zu springen und erst mit der nächsten weiterzufahren.

Manfred Matuschewski folgte ihnen und spielte den Fremdenführer. »Meine sehr verehrten Damen und Herren, hier sehen Sie das Sanssouci derer von Bugsin. Berlins Büromöbelkönig Max Käsebier-Bugsin entspannte sich hier, und mit ihm seine Ehefrau Irmgard und die beiden Kinder Inge und Gerhard. Und immer wieder kam auch Bernhard Großkreutz zu Besuch, Mister Neureich 1955. Im Jahre 2010 wird die Laube hier Teil des großen Bugsin-Museums werden. Die Enkel Philip und Leander haben da mit ihrem Max-Bugsin-Film drei Oscars eingesammelt und die Bugsins zu deutschen Kultfiguren gemacht.«

Nach dieser kurzen Exkursion ging es weiter nach Schmöckwitz, wo Manfred Matuschewskis Familie seit achtzig Jahren siedelte. Im Häuschen seiner 1970 verstorbenen Oma lebte jetzt deren jüngste Tochter, die Tante Gerda, im letzten März auch schon neunzig Jahre alt geworden. Sie hatte immer Schmerzen in den Beinen und schlechte Augen. Auf der Straße trug sie ihr Blindenabzeichen, obwohl ihre Tochter Agnieszka, von allen Anuschka genannt, behauptete, sie würde noch jeden Menschen erkennen, der vor ihr stand.

»Ja, an der Stimme«, sagte Tante Gerda.

»Und die Schuppen auf meinem Kragen, die du mir eben weggenommen hast, haben die auch gesprochen?«, fragte Anuschka.

Sie fetzten sich ständig, und die Nachbarn dachten schon daran, ihren Fernseher abzumelden. Was ihnen da gratis geboten wurde, reichte völlig. Besonders im Sommer, wenn der Garten ihre Bühne war. Auch mit Margot, ihrer älteren Schwester, also Manfred Matuschewskis Mutter, lag Tante Gerda immer wieder im Clinch.

»Mit den Beinen und mit den Augen klappt es bei mir ja nicht mehr so richtig«, erklärte sie Philip und Leander. »Aber im Kopf, da bin ich noch klar. Meine Schwester dagegen, die kann noch gut laufen und sehen, bringt aber alles durcheinander und weiß von früher gar nichts mehr.«

»Dass ich unsere Mutti betreut habe, als ihr in Polen gewesen seid, du und dein Leszek, das weiß ich schon noch. Und dass du heute so tust, als seist immer nur du für Mutti da gewesen.«

»Wer hat sie denn gepflegt, als sie alt und gebrechlich war?«

»Wer hat denn die Sachen aus dem Westen rübergeschleppt, Waschpulver, Kaffee, Schokolade … und Mäntel und Kleider? Bei der kleinen Rente, die sie bei euch hatte.«

»In der DDR war auch nicht alles schlecht.«

»Klar, du als Verkäuferin, du hattest ja immer alles. Die Bückware. Du brauchtest dich bloß zu bücken.«

»Ich hab's im Leben schwerer gehabt als du, meine liebe Margot.«

»Meinst du vielleicht, bei mir am AOK-Schalter, das war ein Zuckerschlecken? Und meinen Mann hab ich viel früher verloren als du.«

Ihr Gefecht ging erst zu Ende, als der Rest der Familie auf dem Grundstück erschien. Das waren Jürgen, Anuschkas Mann, und Maik, beider Sohn, mit seiner Familie. Wobei mit Yasmina, die Lehrerin war, sozusagen die Sonne in Schmöckwitz aufging.

Die beiden Töchter begannen zu toben, und prompt rasselten an dem rotgeklinkerten Fertighaus, das den vorderen Teil des Grundstücks einnahm und dem die beiden legendären Birken zum Opfer gefallen waren, die Jalousien herunter. Lucie, Manfred Matuschewskis ältere Cousine, und ihr Mann fühlten sich in ihrer Sonntagsruhe gestört. Sie hatten von Tante Gerda Grund und Boden geschenkt bekommen und gebaut. Rückte die Familie an, machten sie dicht. Manfred Matuschewski bedauerte das, denn gern hätte er sich von Thoralf, der Oberarzt war, kostenlos untersuchen lassen.

»Wir müssen zu Onkel Bernie«, mahnte Philip.

»Okay, okay.« Manfred Matuschewski griff zum Handy, um eine Taxe kommen zu lassen. Vorher aber steckte er seiner Mutter noch die Tabletten, nach denen sie so dringend verlangt hatte, in die Handtasche. »Und vergiss bitte nicht, sie zu vergessen, damit du weiterhin so aussiehst wie das blühende Leben.«

Alle hofften, dass sie als Erste in der Familie die Hundert-Jahr-Grenze erreichen und überschreiten würde.

»Schade, dass die Inge so früh von uns gehen musste«, sagte Tante Gerda. »Wir haben alle so an ihr gehangen.«

Der Abschied vorn am Zaun war lang und anhaltend, dann kam die Taxe, und es ging weiter nach Zeuthen.

Bernhard Großkreutz war in einfachen Verhältnissen aufgewachsen. Sein Vater hatte als Lithograph sein Geld verdient und seine Mutter als Näherin gearbeitet. Gewohnt hatten sie in der Andreasstraße, einer Gegend im Bezirk Friedrichshain, in der auch Karl Großmann, die »Bestie vom Schlesischen Bahnhof«, gelebt hatte. Ein Massenmörder, wie man damals sagte.

Max Bugsin hatte immer erzählt, sein Cousin Bernie sei in einem Slum groß geworden. Das war zwar gehörig übertrieben, aber auch nicht völlig falsch. In der Volksschule hatte er sich noch mächtig quälen müssen, um sie nach der neunten Klasse abzuschließen, in der nachfolgenden Lehre als Automechaniker war er aber richtiggehend aufgeblüht und hatte mit seinen überdurchschnittlichen Leistungen seinen Meister so sehr erfreut, dass der ihm den Besuch einer Ingenieurschule ermöglichte. Kraftfahrzeuge aller Art waren Bernies große Leidenschaft.

Mitglied der NSDAP war er nicht geworden, hatte aber die Freundschaft zu einigen Bonzen genutzt, um bei der Organisation Todt eine schöne Stelle zu bekommen und im Krieg nicht an die Front zu müssen. 1931 hatte er seine Helga geheiratet, eine stille Kontokorrentbuchhalterin. Leider war ihre Ehe kinderlos geblieben, und auch seine diversen Seitensprünge hatten nicht den erhofften Erben gebracht. Das Kriegsende und den Sommer 1945 hatte er weder in einem Gefangenenlager noch in einem Lazarett verbringen müssen und damit die Chance gehabt, sich auf dem schwarzen Markt zu betätigen und mit amerikanischen Besatzungssoldaten regen Handel zu betreiben.

Da Helga Spezialistin dafür war, das Geld zusammenzuhalten, hatte es bald gereicht, um eine kleine Firma aufzukaufen, eine Klitsche oben in Reinickendorf, die alle möglichen Zubehörteile für Autos produzierte. Mit dem Autoboom der 1960er Jahre hatte er es dann zu einigem Wohlstand gebracht, so richtig reich aber war er erst mit einer kleinen Handelskette geworden, seinen zehn AFIA-Läden. AFIA war die Abkürzung von *Alles für Ihr Auto*. Mehrere Wohnhäuser und Bürogebäude gehörten ihm heute, dazu noch Grundstücke in Lankwitz, Lichterfelde und eben das Kleinod in Zeuthen.

Als ihm Helga zu alt und zu widerspenstig geworden war, hatte er sich 1972 von ihr scheiden lassen und seine Linda geehelicht, eine Tänzerin vom Revuetheater. Auch mit ihr hatte er keine Kinder zeugen können. Nun waren beide Frauen schon seit Jahren tot, und nur Anita war ihm geblieben, seine Pflegerin.

Alle sagten, er gehöre schon längst in ein Heim, doch er wollte seine Villa am Zeuthener See auf keinen Fall verlassen. Jedenfalls nicht lebendig. 92 Jahre war er jetzt, und im nächsten Monat sollte er operiert werden. Am Herzen. Seine Chancen standen schlecht, das wusste er. Darum hatte er Anita gebeten, seine Verwandten anzurufen, dass sie alle noch einmal nach Zeuthen kommen sollten.

»Die sind doch nur uff Ihr Vermögen aus, Herr Großkreutz«, sagte Anita. »Die wolln Se doch alle nur beerben.«

»So wie Sie. Aber keine Angst, Sie kriegen auch was ab.«

»Det is doch allet zu anstrengend für Sie.«

»Das richtet mich wieder auf, wenn ich sehe, wie sie sich abstrampeln. Wie sie Männchen machen, um mir zu gefallen. Bis jetzt bin ich immer der Kotzbrocken für alle gewesen, heute aber, da werden sie mich furchtbar liebhaben.«

»Det ist doch wat Schönet«, sagte Anita. Sie war die berühmte einfache Frau aus dem Volke und wies andere immer darauf hin, dass sie »Legasthetekerin« sei.

Bernhard Großkreutz verbrachte große Teile des Tages im abgesenkten Bewusstsein, einem Zustand, den Ärzte bei Patienten mit vegetativer Dystonie für erstrebenswert hielten und den sie durch autogenes Training künstlich herbeizuführen suchten. Wohlig ließ er sich treiben. Manchmal glaubte er, im Korb eines Ballons zu sitzen. Unter ihm zog die Landschaft seines Lebens vorüber. Er war zufrieden mit sich und seinem Leben. Nichts hatte er ausgelassen. Und Angst vor dem Tod hatte er keine, denn hinterher, da war er sich ganz sicher, würde es so sein wie jetzt. Da würde seine Seele durch den Weltraum ziehen. Bis in alle Ewigkeit.

Dachte er aber an seine Familie, so war es vorbei mit aller Harmonie. Seine Hände begannen zu zittern, und sein ohnehin schwaches Herz geriet zunehmend aus dem Rhythmus. »Ich habe immer nur eines gewollt«, sagte er zu Anita, »dass sie mich lieben. Alle Bugsins. Doch was war ich für sie – der Kotzbrocken!« Sollte er nun »Ihr könnt mich mal!« ausrufen und alles, was er hatte, dem Roten Kreuz oder anderen wohltätigen Organisationen vererben, oder sollte er seinen Frieden mit der Familie machen und ihr im Testament alles zukommen lassen? Würden sie dann anders von ihm sprechen und ihm ein ehrendes Andenken bewahren? Er konnte sich nicht entscheiden.

»Am besten, Sie warten ab, wat allet kommt«, riet ihm Anita. »Wat die so anstelln, wenn se hier sind.«

Als die Taxe vom Adlergestell rechts in die Godbersenstraße einbog, auf der man nach Zeuthen und Eichwalde gelangte, spielte Manfred Matuschewski einen West-Berliner, der in Panik geriet, weil er seine Papiere nicht finden konnte. Man verließ jetzt Ost-Berlin, die Hauptstadt der DDR. »Und ich habe keinen Passierschein für den Kreis Königs Wusterhausen.«

»Den Kreis Königs Wusterhausen gibt es nicht mehr«, belehrte ihn der Taxifahrer. »Das ist jetzt Dahme-Spreewald.« Er war ziemlich sauer, dass es bis zur Zeuthener Seestraße nur ein paar Ecken weiter war. Deswegen war er nun extra von der Haltestelle am Bahnhof Grünau nach Schmöckwitz gekommen! Wenn es die Seestraße in Wedding statt die in Zeuthen gewesen wäre, hätte er heute früher Schluss machen können.

Manfred Matuschewski hatte Mitleid mit ihm und drückte ihm zehn Euro in die Hand. »Und bitte eine Quittung für mich.«

Irgendwie, so dachte Philip jedenfalls, schien er die Begegnung mit Bernhard Großkreutz hinauszögern zu wollen. Vielleicht, weil er sich als Hochstapler fühlte. Von wegen Inges Mann …

Dann standen sie vor der Villa Großkreutz, die wirklich schon ein Schlösschen war. Wer die einmal erben würde, der hatte ausgesorgt.

Philip stellte sich vor, hier seinen Firmensitz zu haben. Die BB-Film-Company. BB für Bugsin-Brothers. Hollywood den Kampf ansagen, Wolfgang Petersen nach Babelsberg holen, Leander so groß rausbringen, dass er Tom Cruise, Kevin Costner, Brad Pitt und all die anderen in den Schatten stellte.

Bedingt durch ihren Abstecher nach Karolinenhof und Schmöckwitz waren sie die Letzten. Alle anderen waren schon im Garten versammelt und standen um Bernhard Großkreutz herum.

»Der Rollstuhl-Pascha«, murmelte Manfred Matuschewski.

Philip und Leander gaben Bernhard Großkreutz mit einer artigen Verbeugung die Hand und bemühten sich, ein herzliches Lächeln an den Tag zu legen. Dann umarmten sie ihren Vater und Annegret, dessen neue Ehefrau. »Hallo, Stiefmutter!«

Es folgten ihre Cousine Daniela und deren Mann, der auf den schönen Namen Josef hörte, aber nicht aus der Stadt Nazareth kam, sondern aus der Kreuzberger Naunynstraße. Er hatte eine Weile in den USA gelebt und war dort zu Joe geworden. Ihre beiden Töchter hatten sie zu Hause gelassen. »Aus der Angst heraus, dass wir hier alle vergiftet werden«, flüsterte er Philip ins Ohr.

Als Letzte wurde Rita begrüßt, gleichermaßen Cousine von Max Bugsin wie Bernhard Großkreutz.

Der genoss es sichtlich, Hof zu halten. Philip hatte den Eindruck, dass er nicht mehr in der Lage war, ihn und seinen Bruder richtig einzuordnen.

»Ihr seid ...«, fragte er denn auch, den Kopf dabei so schief haltend wie Papst Johannes Paul II. bei der Osteraudienz und ebenso nuschelnd.

»Wir sind Gerhards Söhne.«

»Und wo ist Inge?«, fragte Bernhard Großkreutz.

»Im Himmel.« Philip zeigte nach oben.

»Warum hat mir denn keiner gesagt, dass sie gestorben ist?«

»Du hast die Anzeige bekommen, Onkel Bernhard, aber damals, Ende 2002, gerade im Krankenhaus gelegen.«

Bernhard Großkreutz drehte sich nach hinten. »Ich habe doch nie im Krankenhaus gelegen, Anita, oder?«

»Nein, Herr Großkreutz.«

Philip vergaß alle Diplomatie. »Wenn du keine Anzeige bekommen hättest, wärst du doch auch nicht bei der Beerdigung dabei gewesen.«

»Ich hasse Beerdigungen.« Bernhard Großkreutz zeigte auf Manfred Matuschewski. »Und das da ist doch Inges Mann. Den kenn ich doch.«

Manfred Matuschewski trat an den Rollstuhl heran. »Ja ... Nein ... Ich darf Ihnen erst einmal guten Tag sagen?«

Bernhard Großkreutz schnauzte ihn an. »Sie? Seit wann siezen wir uns denn! Du denkst wohl, weil du Akademiker bist, bist du was Besseres. Bist du nicht, Herr Professor Doktor!« Er spuckte aus vor Manfred Matuschewski. »Alkoholiker bist du, ein Säufer, ein Penner, und hast meine Inge in den Tod getrieben!«

»Ich glaube, da verwechseln Sie mich mit jemandem. Außerdem ist sie nicht in den Tod getrieben worden.«

»Du denkst wohl, ich habe nicht mehr alle Tassen im Schrank!«

»Nein, nein!« Manfred Matuschewski sah sich schon nach einem Fluchtweg um. »Ich kenne Inge zwar, solange ich denken kann, aber ...«

»Feigling du! Pfui!« Wieder spuckte er vor Manfred Matuschewski aus, und der konnte sich nur mit einem schnellen Sprung nach hinten retten. Dort befand sich zwar nicht der Swimmingpool, sondern nur eine Vogelbadewanne, aber auch die reichte aus, um seinen Hosenboden gehörig zu durchnässen, nachdem er gestürzt war.

»Jetzt hat sich Inges Mann auch noch in die Hosen gemacht«, sagte Joe. »Ja, mit 66, da tröpfelt's langsam leise. Hättest du vorher was gesagt, Manfred, hätten wir dir doch 'ne Inkontinenzwindel mitgebracht.«

»Besoffene Penner machen sich immer in die Hosen«, sagte Bernhard Großkreutz. »Der ist das gewohnt.« Man sah ihm an, dass er sich auf diesen Tag sorgfältig vorbereitet hatte und sich diebisch freute, schon so schnell ein erstes Opfer gefunden zu haben. »So, jetzt setzen wir uns mal hinten an den Kaffeetisch, und dann erzählt ihr mir alle mal, was ihr so macht und was ihr mit dem Geld alles anfangen würdet, wenn ihr in meinem Testament stündet und was abbekämt.«

Philip und Leander ahnten, was nun kommen würde: Bernie Großkotz würde sie der Reihe nach vorführen und sich an ihren Eiertänzen weiden.

Ihren Vater nahm er sich als Ersten vor. »Du bist der Gerhard und hast die Firma Schablin & Co. in den Sand gesetzt und bist jetzt wieder Vertreter.«

»Die Geschäftshäuser stehen leer, kein Mensch kauft mehr Büromöbel. Aber wenn ich das Geld hätte, dann würden Annegret und ich Schablin & Co. beziehungsweise Bugsin & Co. neu gründen.«

Philip wusste, dass sein Vater Bernhard Großkreutz damals, als die Firma noch zu retten gewesen wäre, um einen Kredit gebeten, aber keinen Pfennig bekommen hatte. Er zuckte zusammen, als Bernhard Großkreutz ihn musterte, doch zuerst war seine Cousine Daniela an der Reihe.

»Du bist also Inges Tochter?«

»Ja.«

»Und bist heute mit deinem Vater hier?« Dabei zeigte er auf Manfred Matuschewski.

»Eigentlich mit meinem Mann.« Sie legte ihren Arm um Joe.

»Was habe ich euch eigentlich damals zur Hochzeit geschenkt? Kannst du dich noch daran erinnern?«

Philip hielt die Luft an und zitterte mit seiner Cousine, denn natürlich hatten sie nicht im Traum daran gedacht, Onkel Bernhard einzuladen.

Daniela war mutig und frech zugleich und versuchte es mit einem Bluff. »Was du uns damals geschenkt hast? Na, den Kleinwagen da, den gelben Golf, damit ich morgens besser zur Arbeit komme.«

»Stimmt das wirklich?« Bernhard Großkreutz wusste, dass er seinem Gedächtnis nicht mehr trauen konnte.

»Doch, doch«, sagte Joe. »Du warst immer großzügig, und deswegen haben sie dich in der Familie auch alle geliebt: rau, aber herzlich.«

Bernhard Großkreutz hätte es vielleicht geglaubt, wenn Leander nicht fürchterlich Mühe gehabt hätte, einen Lachanfall zu unterdrücken, und sein Gesicht nicht schnell hinter dem Rücken seines Bruders verborgen hätte. Doch zu spät.

Bernhard Großkreutz fuhr auf. »Du lachst mich aus, was?«

Leander wand sich. »Nein, ich lache dich an.«

»Wer bist du eigentlich?«

»Leander, Gerhards jüngster Sohn.« Er ging zu seinem Vater hinüber, doch der zeigte wenig Bereitschaft, ihn in die Arme zu schließen, weil er wohl fürchtete, dies würde ihm beim Erblasser weitere Minuspunkte einbringen.

»Und was machst du beruflich?«

»Ich bin Schauspieler.«

»Da bist du aber ein schlechter Schauspieler.«

»Drehbücher schreibe ich auch noch.«

»Hab ich mal was von dir gesehen? Wenigstens im Fernsehen?«

Nein, hätte die Antwort lauten müssen, denn noch nie war einer seiner Stoffe realisiert worden, doch Leander wusste, was eine Farce war, und so flunkerte er, dass einige bekannte Fernsehserien aus seiner Feder stammten. »*Ein Herz und eine Seele* zum Beispiel.« Wolfgang Menge hörte es ja nicht und hätte ihm sicher verziehen.

»Oh ...« Bernhard Großkreutz zeigte sich beeindruckt und drehte sich zum Bruder hin. »Und was machst du? Du bist doch der Philip, oder?«

»Ja.« Philip lächelte und deutete eine kleine Verbeugung an. »Ich bin der Produzent der Serien, für die Leander die Drehbücher schreibt.«

»Ah ja.« Bernhard Großkreutz nickte. »Ich wusste ja gar nicht, was für eine berühmte Familie ich habe. Schön, sehr schön ... Und wo ist meine Inge?« Er fixierte Manfred Matuschewski. »Warum hast du deine Frau nicht mitgebracht?«

Nun ritt auch Manfred Matuschewski der Teufel, und er setzte noch einen drauf, obwohl Rita, Daniela und Annegret die Augen verdrehten und ihm warnende Blicke zuwarfen, die Sache nicht zu überziehen. »Inge kann leider nicht, die ist mitten im Wahlkampf. Du weißt doch, die Europawahl. Sie will unbedingt ins Parlament.«

»Stimmt! Ja doch!«, rief Bernhard Großkreutz. »Ich hab sie neulich in Berlin auf allen Plakaten gesehen.«

Philip wusste, worauf dieser Irrtum beruhte: auf der Ähnlichkeit seiner Tante mit der SPD-Kandidatin Dagmar Roth-Behrendt. Auch er stutzte immer wieder. Die beiden hätten eineiige Zwillinge sein können.

Bernhard Großkreutz schloss die Augen. »Meine Inge ... So eine Tochter wie sie hab ich mir immer gewünscht.«

Zum ersten Mal seit vielen Jahren konnten Philip und Leander Bugsin im Herbst 2004 behaupten, sie hätten ein erfülltes Leben und keine Zeit für irgendwelche Zerstreuungen, nicht einmal für ihre aktuellen Freundinnen. Es gab unendlich viel zu recherchieren. Tagebücher mussten sie lesen und viele vergilbte Briefe entziffern, die in Sütterlin geschrieben waren und, von fliederfarbenen Bändern zusammengehalten, in alten Schuhkartons ruhten. Und lange Gespräche waren zu führen. Mit Rita, mit Daniela und Joe sowie ihren Töchtern, mit Gerhard und Annegret und mit drei Dutzend Menschen, die mit Inge Bugsin eng zusammengearbeitet hatten oder zu ihren Freundinnen und Freunden zählten, Christa an der Spitze. Und *last but not least* war es Manfred Matuschewski, der eine Menge über Inge wusste und sich Details gemerkt hatte, die andere längst vergessen hatten.

Der Grund für ihr emsiges Tun war unschwer zu erraten: Bernhard Großkreutz hatte ihnen eine Menge Geld vererbt, allerdings mit der Auflage, einen Film über »seine« Inge zu drehen, über Inge Bugsin. Zuerst hatten sie gejubelt, und Standardwendungen wie »Endlich Licht am Ende des Tunnels« waren an der Tagesordnung gewesen, endlich habe ihr Leben einen Sinn bekommen, dann aber war der manischen eine depressive Phase gefolgt.

Es begann mit dem Protest ihres Vaters: »Wenn das ein Film über Inge wird, dann komme ich furchtbar schlecht dabei weg. Ich bin dann der große Verlierer. Wenn ihr euren Vater bloßstellen und blamieren wollt – bitte! Dann sind wir aber geschiedene Leute.«

Daraufhin ging Manfred Matuschewski auf Gerhard zu und umarmte ihn. »Ach, lass doch, das ist doch alles üble Nachrede. Für mich bist und bleibst du mein ältester Freund. Nichts kann uns auseinanderbringen. Ich weiß, was ich an dir habe.«

Doch Philip und Leander spürten genau, dass es womöglich auf Kosten von Gerhard und auch ihrer Großeltern ging, wenn sie die Geschichte der Familie Bugsin aus der Sicht ihrer Tante erzählten, auch wenn sie sich alle Mühe gaben, nicht parteiisch zu sein. Versuchten sie, es allen recht zu machen, wurde es ein Film zum Wegwerfen.

Noch mehr litten sie darunter, dass Inge Bugsin ein ganz normaler Mensch war, nicht einmal die Gattin eines der Großen dieser Welt, und nie zu den verfemten und verfolgten gesellschaftlichen Randgruppen gehört hatte.

»Wen interessiert denn eine Inge Bugsin? Ja, wenn sie Romy Schneider oder Inge Meysel gewesen wäre! Oder wenigstens Brigitte Mira.«

»Ihr Leben gibt doch nie was her für einen ganzen Film.«

Manfred Matuschewski versuchte, ihnen Mut zu machen, indem er Theodor Fontane bemühte, und zitierte: *»Der Zauber steckt immer im Detail. Das Nebensächliche, so viel ist richtig, gilt nichts, wenn es bloß nebensächlich ist, wenn nichts drin steckt. Steckt aber was drin, dann ist es die Hauptsache, denn es gibt einem dann immer das eigentlich Menschliche.«* Und im Leben der Inge Bugsin stecke ganz bestimmt sehr viel Essentielles.

»Aber wer kennt sie schon?«, wiederholte sich Philip. »Niemand!«

»Es wird ein großartiger Film werden.« Diese Hoffnung stützte Manfred Matuschewski auf eine weitere Erkenntnis des großen Neuruppiners: *»Die besten Gardebataillone der Menschheit sind die Toten, die, biographisch wiederbelebt, unter uns wandeln.«*

»Wir wollen aber keinen Kunstfilm machen, sondern einen fürs Volk«, sagte Leander. »Einen mit lebensvollen Szenen, Gags und auch ein wenig Sitcom. Auch wenn die Wirklichkeit ein wenig anders gewesen sein sollte. Wir wollen keinen reinen Dokumentarfilm, keinen sozusagen nach Aktenlage.«

»Macht das.« Auch dafür fand Manfred Matuschewski Argumente bei Theodor Fontane. *Ohne ein gewisses Quantum Mumpitz geht es nicht,* habe der einmal geschrieben. Und: *Das Poetische hat immer recht; es wächst weit über das Historische hinaus.*

So überwanden Philip und Leander ihre Krise und trugen akribisch alles zusammen, was sich über ihre Tante finden ließ. Schließlich ordneten sie es in zeitlichen Blöcken. Im Januar 2005 waren sie so weit, sich einen Sender und einen Koproduzenten für eine zehnteilige Fernsehserie zu suchen. Später konnte man daraus immer noch einen langen Kinofilm machen.

Als sie mit den ersten Verhandlungen begannen, hatten sie alles ganz genau vor Augen. Beginnen wollten sie mit einer Geburtsanzeige, keiner, die kunstvoll gedruckt worden war, sondern einer Mitteilung auf einer einfachen Postkarte: in Schreibmaschinenschrift, von korrigierten Tippfehlern wimmelnd.

Max Bugsin, Berlin O. 42, Ebertystraße 42, an Herrn Otto Matuschewski, Berlin-Neukölln, Weichselstraße 36

Berlin, den 23. September 1934

Liebe Tante Margot und lieber Onkel Otto.
Heute vormittag 11 Uhr 10 habe ich das Licht der Welt erblickt. Meine Mutti und meine kleine Wenigkeit sind gesund, mein Pappi auch. Unsere Besuchszeiten in der Klinik Schumannstr. 18 sind dienstag, freitags, sonntags um 3–4. Bitte diese Karte als Ausweis mitzubringen.
Herzlichen Gruß an Familie Schattan!
Eure Inge Bugsin
Und meine Mutti und mein Pappi auch.

Über die ersten Lebensjahre ihrer Tante war wenig zu erfahren gewesen. Mit ihren Eltern konnte Inge alles in allem zufrieden sein, gab es im Berlin dieser Zeit doch viel Elend und ganze Heerscharen armer Leute.

Ihre Mutter, Irmgard Bugsin, geborene Schablin, stammte aus gutem Hause. Fritz Schablin war Handelsvertreter, insbesondere für Büromöbel, und verdiente gutes Geld. Man wohnte am Mariannenplatz in Kreuzberg, und Irma ging dort auch aufs Lyzeum, schaffte es aber nicht bis zum Abitur, sondern wechselte, wie auch ihre Freundin Margot, auf die Höhere Handelsschule. Später arbeitete sie im Büro von Tengelmann.

Inges Vater, Max Bugsin, kam aus einfachen Verhältnissen. Als uneheliches Kind war er nach der Geburt zu seiner Großmutter gegeben worden und in Dramburg/Pommern aufgewachsen. Nachdem er sich mehr schlecht als recht durch die Volksschule gequält hatte, kam er als Hütejunge zu einem Bauern. Nach seinem sechzehnten Geburtstag brachte ihn die Großmutter dann nach Berlin zurück, wo er bei einem Onkel den Beruf des Beizers und Polierers erlernte.

Max und Irma waren über x Ecken verwandt und hatten schon als Kinder in Dramburg zusammen gespielt, sich aber dann aus den Augen verloren. 1930 kreuzten sich ihre Wege in Frankfurt/Oder im Hause eines Onkels abermals. Da war es dann Liebe, und im Herbst 1932 wurde geheiratet, obwohl Fritz Schablin, der gern den Bonvivant spielte, den Schwiegersohn, der nichts hatte und nichts war, nicht gerade mit offenen Armen in die Familie aufnahm. Aber man arrangierte sich.

Max war fleißig, und Irmgard hielt das Geld zusammen. So reichte es noch 1932 zu einer Werkstatt in der Fruchtstraße. Dort gab es Unmengen an Mäusen, und Inge freute sich immer, wenn ihr Vater sie sonntags mitnahm, um Mäuse zu ertränken. Noch mehr Spaß aber hatte sie auf dem kleinen Motorboot ihrer Eltern. Es lag in Oberschöneweide, und bei schönem Wetter ging es zum Krossinsee, wo man oft über Wochen hinweg zeltete.

Am Ende des Sommers kehrte man wieder in die Wohnung zurück. Die Ebertystraße ging von der Landsberger Allee ab und verlief nordöstlich der breiten Bersarinstraße. Max konnte zu Fuß zur Werkstatt laufen. An ein Auto war nicht zu denken, und auch die Kosten für die Straßenbahn sparte er gern.

Als Beizer bekam er öfter Aufträge des Büromöbelhändlers Carl Bader, für den sein Schwiegervater inzwischen als Erster Verkäufer arbeitete. Bader war Jude, ahnte das Kommende und wollte, als sich nach den Olympischen Spielen die Lage für die deutschen Juden spürbar verschlechterte, seine Firma so schnell wie möglich verkaufen, um in die USA zu gehen. Fritz Schablin und ein Prokurist namens Mitterlechner nutzten ihre Chance und griffen zu. So entstand die Firma Schablin & Mitterlechner, Büromöbel, Berlin SW 68, Markgrafenstraße 87.

Als man sich vergrößern wollte, spielte Mitterlechner nicht mehr mit, und Max, der inzwischen genügend Reichsmark beisammen hatte, trat in die Firma ein. Man zog in größere Räume, und vom 13. Juli 1940 an gab es einen neuen Briefkopf: *Schablin &*

Co., Büromöbel, Berlin SW 68, Oranienstraße 70, Ecke Kommandantenstraße, Fernruf 17 26 00 und 17 65 30.

Doch das Glück währte nicht lange, denn im Herbst 1940 wurde Max eingezogen.

Die Zeit danach konnten Philip und Leander anhand von Briefen ziemlich gut rekonstruieren.

Inges Welt im grossen Krieg

1941–1945

Irmgard an Max

Berlin, den 26. Oktober 1940

Lieber Max, erst heute ist Deine Karte angekommen. Ich habe schon sehr lange auf Nachricht gewartet. Inge denkt immer noch, du kommst Sonntag zurück. Sie fragt, ob Du auch in den Himmel schießt. Sie sagt, die Schüsse, die wir hier hören, das bist Du. Am Mittwoch und Donnerstag mussten wir gleich in den Luftschutzkeller. Bis halb sechs morgens. In der Nähe von Tante Mandas Laube hat eine Bombe eingeschlagen und auch auf dem Friedhof in Baumschulenweg. Morgen ziehe ich mit den Kindern nach Baumschulenweg. Nun das Wichtigste: Dein Gesuch um Zurückstellung ist abgelehnt worden.

Nun habe ich schon vier Abende allein gesessen. Es ist kein schönes Gefühl, zu wissen, dass ich Dich vielleicht erst nach Monaten wiedersehen kann. Die Kinder sind gesund und munter.

Berlin, den 29. Oktober 1940

Lieber Max, heute ist unser Hochzeitstag. Es ist das erste Mal, dass wir an diesem Tage nicht zusammen sind. Ich will jetzt regelmäßig ins Geschäft gehen, um mich einzuarbeiten. Die Kinder sind wohlauf. Mutti geht jeden Vormittag mit ihnen spazieren.

Berlin, den 8. Dezember 1940

Als Dein Brief heute Morgen kam, haben wir gelacht, weil Du Schreiber geworden bist. Papa hat sich königlich amüsiert. Du weißt doch, wegen Deiner Schrift.

Was haben wir doch schon für eine große Tochter! Im Januar muss ich wohl daran denken, sie einzuschulen. Wie die Zeit vergeht. Die schönsten Jahre hat Inge nun schon hinter sich, und die ernste Zeit beginnt für sie. Ich werde sie wohl hier in Baumschulenweg einschulen müssen.

Berlin, den 25. Dezember 1940

Mein lieber Max, wie habe ich mich über Deinen Anruf am Heiligen Abend gefreut! Die Lichter brennen, und unsere beiden Kinder spielen zusammen. Das heißt, Inge sitzt mit Kissen und Decken und ihrer Brigitte an der Erde, und der Junge versucht mit lautem Kreischen, ihr mit seinem Bauklotz eine Beule beizubringen. Wenn sie ihn abwehrt, wird er immer stürmischer.

Berlin, den 2. Januar 1941

Heute waren hier zehn Grad Kälte, trotzdem war Inge drei Stunden mit dem Rodelschlitten unten. Sie behauptet, ihr sei nicht kalt, sie schwitze sogar. Für Inge ist es hier in Baumschulenweg besser als in der Ebertystraße. Gesund sind die Kinder alle beide. Der Junge ist noch frecher geworden.

Berlin, den 14. Januar 1941

Eine ganze Stunde habe ich eben mit Bernhard Großkreutz gesprochen. Du kennst ja die Dauergespräche. Rita hat nämlich an mich geschrieben, ich möchte ihr Skier besorgen. Da ich nichts davon verstehe, habe ich Bernhard gebeten. Es sind aber in ganz Berlin keine Skier zu bekommen.

Berlin, den 26. Januar 1941

Mein lieber Mann, Sonntag ist es, und die Kinder und ich sind allein. Ein Vierteljahr ist es nun schon her, dass Du von uns gingst. Inge ist ein kleines Dickichen geworden. Das heißt, klein ist sie auch nicht mehr. Sie ist in dieser Zeit sehr gewachsen und hat ordentlich dicke Backen bekommen. Über ihren Appetit kann die Großmutti wirklich nicht klagen. Sie ist jeden Tag zwei bis drei Stunden mit dem Schlitten unten, das gibt Hunger und Farbe.

Berlin, den 5. Februar 1941

Hier geht alles seinen Gang. Nur kalt ist es in Muttis Wohnung, die Kohlen wollen nicht reichen. Am Sonnabend hatte Manfred Matuschewski Geburtstag, da habe ich gleich seinen Sportwagen für Gerhard mitgebracht. Nun kann Mutti mit dem Jungen allein runtergehen. Ich bin jeden Tag im Geschäft, es macht mir riesig Spaß, weil es ja das eigene ist.

Berlin, den 22. Februar 1941

Lieber Max, nun bist Du wieder fort, und es ist unheimlich ruhig, wenn ich abends allein sitze. Die zehn Tage waren sehr schön, nur dürfte es keinen Abschied geben. Das Wasser ist noch tüchtig gelaufen bei mir. Und auch Inge hat man es angemerkt, sie war so liebebedürftig und hat mich von ganz allein umgefasst. Du weißt, das kommt bei ihr nicht oft vor. Sie ist ein so verschlossener kleiner Mensch. Ich bin noch in der Wohnung, aber morgen fahre ich mit den Kindern nach Baumschulenweg.

Berlin, den 9. April 1941

Mein lieber Max, dass Du nun auch mit zum Einsatz kommst, ist mir gar nicht recht. Ich hatte mich schon gefreut, dass ich Dich in Hamburg etwas sicherer wusste. Nun lernst Du vielleicht gezwungenermaßen etwas von der Welt kennen.

Mutti geht es gar nicht gut. Das Resultat von dem Untersuchungsinstitut ist jetzt eingetroffen. Demnach hat sie einen großen Herzfehler, und die Schilddrüsen arbeiten zu viel. Sie muss nun für vier bis sechs Wochen in ein Sanatorium im Gebirge.

Berlin, den 12. April 1941

Der letzte Alarm am Mittwoch hat von halb eins bis vier Uhr gedauert. Wie ich gehört habe, ist die Petersburger Straße vom Baltenplatz bis zur Matternstraße bombardiert worden. Ich werde morgen oder übermorgen hingehen, um zu sehen, ob in unserer Wohnung alles in Ordnung ist.

Denkst Du auch daran, dass wir heute vor zehn Jahren zum ersten Mal miteinander ausgegangen sind? Die erste Zeit der jungen

Liebe, ach, wenn es doch immer so bliebe! Nicht wahr? Weißt Du noch von unserem ersten Kuss auf der Treppe in Frankfurt? Jetzt sind wir schon ein altes Ehepaar, und unsere Kinder wachsen heran. Inges Schulzeit rückt auch immer näher. Die Schulärztin hat Inge für gesund befunden. Sie wiegt jetzt 44 Pfund und ist 1,22 Meter groß. Vier Pfund hat sie bei der Großmutti zugenommen.

Berlin, den 26. April 1941

Über Inge haben sich die Kinder hier im Hause schon beschwert. Sie ist so grob und zankt auch. Ich habe sie jetzt auch schon öfter beim Schwindeln ertappt. Heute habe ich ihr gesagt, dass sie ganz schwarz werden würde, wenn sie schwindelt. Ich habe ihr ein Bild von einem Neger gezeigt. Schreibe Du ihr doch bitte einmal, dass Du vom Weihnachtsmann oder Engel gehört hast, dass sie schwindelt. Zwei Zähne sind Inge auch wieder ausgefallen.

Max an Irmgard

O. W., den 17. April 1941

Liebstes Frauchen, ich habe gelesen, dass in Berlin allerhand passiert ist. Hoffentlich ist unsere Wohnung ganz geblieben. Liebe Irmgard, ich habe auch daran gedacht, am 12. April, dass wir vor zehn Jahren das erste Mal ausgegangen sind. In Frankfurt auf der Treppe gab ich Dir den ersten Kuss. Von da an hatte ich das Gefühl, dass ich mit Dir zusammenbleibe. Du schreibst von der Zeit der jungen Liebe. Ich wünsche mir nichts sehnlicher, als dass es wieder so schön wird wie in der Zeit, wo wir noch nicht verheiratet waren. Wir haben uns ja in den Jahren unserer Ehe abgeschliffen, so dass einer des anderen Fehler kennt, und da wollen wir beide immer gegenseitig Rücksicht nehmen, damit es wieder so schön wird wie damals. Ich bin so stolz auf unsere Kinder, dass Inge so gesund ist. Sie kommt nun bald zur Schule, wie doch das Jahr vergeht. Gewiss sind wir schon ein altes Ehepaar, aber trotzdem fühlen wir uns beide noch sehr jung. Du wirst in den nächsten Tagen ein Päckchen von mir erhalten. Nun, lie-

bes Frauchen und meine lieben Kinder, herzliche Küsse sendet Euch Euer Vati. Grüße auch Papa und Mutti!

O. W., den 11. Mai 1941

Mein liebes Frauchen, wie geht es Dir mit meiner kleinen Inge und Sohni? Es ist jetzt sehr eintönig. Ich habe mich sehr gefreut, dass ich Montag bei Euch war. Seid nicht traurig, der Vati kommt ja wieder. Was macht Papa? Er hat im Geschäft wieder viel zu tun. Sage doch bitte allen Bekannten, die an mich schreiben, dass sie nur die Feldpostnummer schreiben sollen. Hat Dein Bruder Gerhard mal wieder geschrieben? Schreibe ihm doch, dass ich in seiner Nähe bin! Nun, mein liebes Irmchen, lasst es Euch gutgehen, und sei Du mit meinen lieben Kleinen innig gegrüßt und vielmals geküsst von Eurem immer nur an Euch denkenden Vati!

Irmgard an Max

Berlin, den 5. Juli 1941

Liebster Max, gestern habe ich die erste Nachricht von Dir seit Beginn des Krieges mit Russland bekommen. Von meinem Bruder habe ich jetzt auch eine Karte bekommen, Gerhard soll ganz in Deiner Nähe liegen. Wir sind sehr in Sorge um unsere beiden Soldaten. Ach, lieber Max, komm bloß gesund und recht bald wieder! Inge freut sich immer, wenn Du geschrieben hast, ich lese ihr den Brief dann vor. Unsere beiden schlafen, nachdem sie gebadet haben, denn es ist Sonnabend. Ich bin ausnahmsweise mal allein. Papa und Mutti sind im Kino. Ich möchte wieder mal bei Dir sein. Es küsst Dich in Gedanken Deine Irmgard.

Berlin, den 13. Juli 1941

Hier ist seit vierzehn Tagen eine fürchterliche Hitze, 34 bis 37 Grad im Schatten. Ich war gestern Nachmittag mit den Kindern bei Margot und Manfred in Schmöckwitz. Inge und Gerhard haben zum ersten Mal im Freien gebadet. Otto Matuschewski behauptet, dass ihm das Baden ohne Dich gar keine große Freude be-

reitet, da sein innerer Mensch immer trocken bleibt. Du fehlst ihm auch zum »dämlich quatschen«. Frau Schattan, Matuschewskis und Gerda lassen Dich grüßen.

Berlin, 18. Juli 1941

Liebster Max, heute kam die Nachricht, dass Petersburg erreicht ist. Ob Du wohl dabei bist? Dass ich gar nichts von Dir weiß, ist furchtbar. Im Schlaf sehe ich die schrecklichsten Bilder und bin dann froh, wenn ich aufwache. Von Gerhard kam gestern Nachricht, das erste Mal ausführlicher. Was er erlebt hat, muss schlimmer als die Hölle sein.
Gestern haben wir eine Dampferfahrt gemacht. Wenn die Paddel- und Ruderboote vorbeifuhren, habe ich an unsere schöne Zeit auf dem Wasser denken müssen.

Berlin, den 30. Juli 1941

Zuallererst gratuliere ich Dir zur Beförderung. Am 24. August ziehen wir wieder nach der Ebertystraße. Dann werde ich erst so richtig einsam sein. Zwanzig Pfund habe ich bis jetzt abgenommen.

Berlin, den 31. Juli 1941

Liebster Max, wir haben heute eine große Freude gehabt. Ein Kamerad von Dir hat angerufen und Grüße von Dir bestellt, die erst zwei Tage alt sind. Du bist also jeden Tag »blau«, wie er berichtete. Ich habe gar nicht gewusst, dass Du die Kantine noch immer verwaltest. Nun habe ich allerdings noch die Sorge, dass Du Dir das Trinken angewöhnst und weniger an uns denkst. Wir sitzen jetzt jeden Abend beisammen und lesen und hören die Frontberichte. Werden im Radio Smolensk und Kiew erwähnt, so heißt es gleich, da sind auch Max oder Gerhard bei. Inge habe ich erzählt, dass Du sie grüßen lässt. Sie hat sich gefreut, man sah es an ihren Augen. Sie wollte dann wissen, wo Du bist und ob Du auch nicht totgeschossen wirst. Inge kann sich unter Krieg Gott sei Dank nichts vorstellen. Sie hört aber auf der Straße von den Jungens davon und stellt dann allerlei Fragen. Ich habe ihr gesagt, dass sie immer an Dich denken und sich wünschen soll, dass Du recht bald kommst. Und das will sie auch.

Berlin, den 9. August 1941

Vielleicht seid ihr jetzt schon kurz vor Moskau? Du hast bestimmt große Strapazen hinter Dir, aber Du bist bei einer motorisierten Truppe. Denk nur mal an Gerhard! Immer marschieren und das auf schlechten Wegen. Bis zum 20. Juli sind sie siebenhundert Kilometer marschiert. Die Tieffliegerangriffe, die Du erlebst, müssen ja furchtbar sein. Ich hoffe, dass Du uns erhalten bleibst.

Heute ist Sonnabend. Inge spielt mit dem Jungen im Zimmer. Der Krach, den sie machen, dringt durch alle Türen.

Berlin, den 23. August 1941

Nun seid ihr sicher Moskau wieder näher gerückt. Wenn Ihr nur dort seid, so ist doch hoffentlich erst mal Ende, und Du kommst nach Hause. Übermorgen ziehe ich wieder in die Ebertystraße. Bei Mutti kann ich nicht bleiben. Die Kinder sind zu laut. Inge ist ein Irrwisch, sie rennt manchmal durch die Stuben mit ihren Holzschuhen wie ein Füllen.

Berlin, den 29. August 1941

Mein lieber Max, Du kannst jetzt nach Hause kommen. Ich bin mit den Kindern wieder in unserem Heim. Ganz allein. Die Abende sind so still. Warten und immer warten, das ist unser Los hier zu Hause. Unserem Jungen gefällt es hier gar nicht. Sein Zuhause ist ihm fremd. Umso mehr freut sich Inge. Für sie ist alles neu. Als ich heute sagte, nun sei die Wohnung wieder sauber, meinte Deine Tochter: »Na, dann kann ja Vati auch kommen.« Also richte Dich danach, wir würden vor Freude weinen. Glaubst Du das? Also komme recht bald, dass Du Deine Kinder wieder auf den Arm nehmen kannst. Es küsst Dich Deine Irmgard.

Berlin, den 8. September 1941

Mein lieber Max, heute ist Inges erster Schultag gewesen. Heute Vormittag um Viertel nach elf bin ich mit ihr zur Schule gegangen. Die neue Schulmappe auf dem Rücken, in einem neuen Kleid. (Die Mappe habe ich aus Stuhlleder anfertigen lassen.) Wir haben dann mit einem kleinen Heer von ABC-Schützen in der Aula gesessen, und der Rektor hat eine kleine Ansprache gehalten. Unterricht hat Inge von acht bis neun Uhr. Nach Fliegeralarm fällt er aus. In der Schule in der Hausburgstraße sind vier Schulen zusammengelegt. Die 44. Schule, in der Inge ist, hat für acht Klassen nur vier Lehrer. Wie das werden soll, weiß der Rektor auch noch nicht. Morgen um acht Uhr ist Inges erster Unterrichtstag. Als wir aus der Schule kamen, stand Mutti mit unserem Jungen da und brachte ihr zwei große Schultüten, eine von mir und eine von Mutti. Einen kleinen Kasten Konfekt wollte Inge gleich ihrem Vati schicken. Sie denkt doch oft an Dich. Gestern war hier von halb zwölf bis vier Uhr Alarm. Wir im Osten sind jetzt ganz schlimm dran. Die haben es scheinbar auf diese Gegend abgesehen. Neulich konnten wir vom Hof aus beobachten, wie ein Flieger von der Flak abgeschossen wurde. Ich war nicht im Keller, weil die Schießerei zu plötzlich losging.

Berlin, den 15. September 1941

Heute hat uns Gerhard mitgeteilt, dass er das Infanterie-Sturmabzeichen und das EK II bekommen hat mitsamt einer funkelnagelneuen Uniform. Du kannst Dir denken, wie stolz Papa und Mutti sind, wenn sie nun auch wieder von neuem bangen.

Inge geht nun regelmäßig zur Schule. Es gefällt ihr dort großartig. Als Erstes hat sie ein kleines Lied gelernt. Schularbeiten muss sie auch schon machen. Eine ganze Tafel senkrechter Striche hat sie heute geschrieben. Du kannst Dir nicht vorstellen, wie wichtig sie sich vorkommt. Der Junge muss dann ganz ruhig sein.

Berlin, den 17. September 1941

Meine größte Freude wäre es, wenn Du jetzt bald, sehr bald auf Urlaub kämst. Ich habe schon große Sehnsucht nach Dir, auch Inge redet oft von ihrem Vati. Ihr Besen ist kaputt, Du sollst ihn wieder leimen. Der Treptower Rummel ist ja vorbei, dorthin wollte sie immer mit ihrem Vati gehen.

Heute hat sie eine ganze Tafel »i« und drei Reihen »l« geschrieben. Ich glaube, das Lernen fällt ihr nicht schwer. Unser Junge wird wohl etwas schwerfälliger sein. Er spricht noch sehr undeutlich.

Nur »nein«, »Inge«, »Vati« und »Mutti« spricht er deutlich. Aber ein Schelm ist er. Necken und verstecken, dann lacht er herzhaft.

Berlin, den 25. September 1941

Liebster Max, Dein Brief ist zu Inges Geburtstag gekommen. Sie hat sich sehr gefreut. Sie hat eine Puppe bekommen und von Großvati Rollschuhe. Das war ja ihr größter Wunsch. Sonst hat sie noch zehn Reichsmark und allerlei Spiele bekommen. Ihre Freundinnen Inge Jordan und Marianne Ebel hatte Inge eingeladen, na, den Krach kannst Du Dir vorstellen, denn Manfred Matuschewski, Horst Schröder und unser Junge waren auch dabei.

Berlin, den 4. Oktober 1941

Nun ist mein Geburtstag auch da, und Du bist noch immer nicht hier. Am 23. Oktober ist es ein Jahr, dass Du von uns fort bist. Ich möchte Dich so gerne hier bei mir haben. Mal wieder eine Flasche Wein zusammen trinken und erzählen, von der Zukunft träumen, vom Geschäft und so.

Unsere Kinder sind gesund. Inge geht fleißig und noch gern zur Schule. Sie schreibt jetzt schon »o«. Pass auf, es dauert nicht lange, und Du bekommst von ihr einen geschriebenen Gruß. Ins Grüne kann ich mit den Kindern hier fast gar nicht gehen, denn der Friedrichshain ist vollkommen verbaut – Flak.

Berlin, den 7. Oktober 1941

Inge hat mir zu meinem Geburtstag einen Blumenstrauß geschenkt, den sie ganz allein gekauft hat. Das goldene Armband, das ich von Dir bekommen habe, konnte ich für sechzig Reichsmark verkaufen, und da dachte ich, dass Du doch sicher nichts dagegen hättest. Besuch hatte ich von meinen Eltern, Deinen Eltern, Tante Manda, Trudchen und Margot Matuschewski. Sie waren alle sehr lustig. Als meine Gäste dann gegangen waren, kam für mich die schlimmste Stunde des Tages: Da saß ich nun so allein, bald eine Stunde, geheult hab ich auch. Nun kommt bald der Winter, und ihr seid im kalten Russland.

Berlin, den 27. Oktober 1941

Jetzt ist die Postsperre endlich aufgehoben, und ich kann Dir größere Päckchen schicken. Gerhard hat wegen eines schweren Angina-Anfalls im Lazarett in Poltawa gelegen. Er ist jetzt aber schon wieder mittendrin. Charkow wird er wohl mitgestürmt haben.

Inge ist in der Schule. Sie haben in dieser Woche nachmittags von drei bis halb fünf Unterricht. Gestern am Sonntag hat sie gesagt, sie möchte mit Dir wieder mal in den Friedrichshain gehen. Am Sonnabend waren Großkreutz' bei mir. Bernhard möchte mit Dir, wenn Du Urlaub hast, mal ordentlich feiern. Ich habe aber gleich abgewinkt.

Berlin, den 29. Oktober 1941

Mein lieber Mann, am 29. Oktober 1932 war unser Hochzeitstag. Neun Jahre sind seitdem vergangen, und ich bin zum zweiten Mal an diesem Tag allein. Daran haben wir damals auch nicht gedacht, dass Du noch mal Soldat sein wirst. War unsere Ehe gut oder schlecht? Das weiß ich jetzt nicht mehr, ich weiß nur, dass ich Dich sehr vermisse und auch weiter mit Dir zusammenbleiben möchte. Mit Dir zusammen erleben, wie unsere Kinder groß werden und selbständig, das möchte ich. Wo bist Du heute wohl?

Wir sollen ein Angebot abgeben für einen riesigen Auftrag. Wenn wir unsere Ladenpreise einsetzen, so würde die Summe von 807 720 Reichsmark rauskommen. Das wäre ein Umsatz, den wir sonst in zwei Jahren (in guten Zeiten) knapp erreichen. Es werden in diesem Auftrag über viertausend Schreibtische, Sessel, Rollschränke und so weiter benötigt, und zwar soll alles für die Ukraine sein. Der Führer selbst hat den Auftrag ausgegeben, und es darf dabei keine Schwierigkeiten geben, wie Personalmangel und so. Die Firmen, die hierfür arbeiten, können UK-Anträge einreichen, das heißt, wir können einen Mann als unabkömmlich erklären, und der wird dann nicht eingezogen. Sollte es wirklich klappen und wir bekommen den Auftrag, so werden wir Dich als Fachmann (Beizer) reklamieren. Wir nehmen an, dass wir diesmal Erfolg haben werden, denn der Krieg mit Russland ist sicher bald zu Ende. Liefertermin

soll Januar 1942 sein, aber ich glaube, den werden sie noch etwas verschieben müssen. Ein extragroßer Verdienst wird dabei natürlich nicht rauskommen, wegen der Abschöpfung (Kriegsgewinnler darf es doch nicht geben), aber es wäre eine gute Reklame.
Für heute muss ich Schluss machen, es ist sechs Uhr, und die Kinder, hauptsächlich der Junge, schreien Hunger. Um sieben gehen sie dann beide schlafen. Alarm hatten wir schon wochenlang nicht mehr. Ich gehe immer gleich in den Keller. In Sehnsucht immer Deine Irmgard.

Berlin, den 2. November 1941
Gerhard hat am 12. Oktober geschrieben, dass von ihrem ersten Zug, der aus 51 Mann bestand, nur noch elf Mann übrig sind. Ihre Unteroffiziere sind alle gefallen. Schlafen müssen sie trotz der Kälte immer noch in Erdlöchern. Ach, Ihr habt es schon schwer da draußen! Aber wenn Ihr wieder hier seid, sollt Ihr richtig verwöhnt werden. Ich habe von meinen Marken gespart und eine Dauerwurst gekauft, die wartet jetzt auf Dich. Am Freitag hat Inge von der Lehrerin ein Bild bekommen, weil sie gut lesen konnte. Eine andere hat Schläge gekriegt, weil sie es nicht konnte. Du kannst Dir denken, dass Inge sehr stolz war.

Berlin, denn 22. November 1941
Lieber, liebster Max, jetzt ist bald Weihnachten, und Du bist noch immer nicht hier. Zum Heulen ist das, mir ist manchmal alles so zuwider, das heißt natürlich nur, wenn ich allein bin, die anderen erleben mich immer zuversichtlich. Da ich nun nicht mehr so oft im Geschäft sein kann, geht Mutti fast jeden Tag hin. Sie kann ja nichts arbeiten, aber wenn Margot Matuschewski fortgeht und Papa in der Werkstatt oder bei Kunden ist, so hält sie den Laden offen und nimmt die Telefongespräche an. Ich bin auch schon mit beiden Kindern dort gewesen, die haben dann, während ich zu tun hatte, im Laden getobt. Meistens war auch Manfred Matuschewski da, und sie haben dann zu dritt gespielt. Die Katze auf dem Hof hatte Junge, das war nun was für Inge. Auf ihrem Nachttisch liegen immer Papier und Bleistift. Wacht sie morgens auf, so ist das

Erste, was sie macht, schreiben. Sie spielt überhaupt nichts anderes mehr, nur noch Schule. Sie rechnet schon die schwierigsten Sachen, die sie in der Schule noch nicht gehabt hat.

Berlin, den 1. Dezember 1941

Mein lieber Max, dieser Brief soll Dir die herzlichsten Grüße und Wünsche zum Weihnachtsfest überbringen. Wir werden es nun das zweite Mal getrennt verleben. Vor dem Fest in Baumschulenweg graule ich mich direkt, denn schön wird es nicht werden. Zum Schenken gibt es nichts, auch kein Spielzeug. Ich habe für die Kinder nichts kriegen können. Wenn Du meinen Brief Nummer 58 bekommst, so wirst Du Inge als Schulmädel sehen. Lesen ist ihr Liebstes, sie wird wohl eine richtige Leseratte werden. Sie lernt jetzt schon die gedruckte Schrift und freut sich, dass sie bald ihre Märchenbücher lesen kann. Allerdings kann sie noch nicht alle Buchstaben, sonst hätte sie Dir schon längst geschrieben.

Berlin, den 8. Dezember 1941

Seit Freitag liegt Inge im Bett. Sie hat Scharlach aus der Schule mitgeschleppt. Ihr Bruder spielt mit ihr, und dann stecken wir nachmittags den Adventskranz an und reden von Vati.

Berlin, den 30. Januar 1942

Ich habe mit Margot Matuschewski verabredet, dass wir im August, wenn Schulferien sind, mit ihr und Manfred zusammen an die Ostsee fahren. Wenn Otto bis dahin noch nicht Soldat ist, so kommt er mit. Du hast doch wohl nichts dagegen? Wenn die Kinder nicht wären, würde ich nicht daran denken, solange Du nicht da bist, zur Sommerfrische zu fahren. Aber die Kinder dürfen trotzdem nicht alles entbehren. Morgen bekommt Inge ihre erste Zensur. Ich bin gespannt, wie sie ausfällt. Artig war sie wohl immer, sie hat noch keine Haue bekommen und hat auch noch nicht in der Ecke gestanden. Wenn der Junge mal so weit ist, wird er wohl öfter Hiebe kriegen. Denn er bekommt jetzt schon mehr Schläge als Inge bis heute. Wenn er nicht will, so hilft nur der Ausklopfer.

Berlin, den 16. Februar 1942

Nun, mein Liebster, Du musst viel leiden, ich weiß das; ich höre ja jeden Tag im Radio, wie schlimm es bei Euch ist. Und wir erfahren bestimmt nur die Hälfte. Aber, lieber Max, ich kann Dir keinen anderen Trost senden als diesen: Wir haben Dich lieb, und wir hoffen, Dich bald, bald wieder bei uns zu haben. Inge sagt fast täglich: »Wenn mein Vati hier ist, dann ...« Und dann kommt ein Wunsch, und mir geht es auch so. Also, wir behalten Dich lieb und warten auf Deine Heimkehr. Immer Deine Irmgard.

Berlin, den 23. Februar 1942

Ich habe gerade in der Zeitung gelesen, dass die Front im mittleren Abschnitt eine ganze Armee vernichtet hat. Also seid ihr auch schon wieder mittendrin. Du bist doch hoffentlich noch gesund? Hoffentlich beginnt der Endkampf recht bald, damit ihr wieder nach Hause kommen könnt. Ich habe heute zu Inge gesagt: »Vati könnte jetzt aber wirklich mal kommen, ich habe große Sehnsucht nach ihm.« Da sagt Deine Tochter: »Ich schon sehr lange.« Sie hat schon viele Wünsche an Dich. Nach Paris will sie mit Dir gehen und zum Stralauer Fischzug, und zelten möchte sie wieder.

Berlin, den 3. März 1942

Mein lieber Max, heute hast Du mir einen tüchtigen Schreck eingejagt. Dein Einschreiben vom 22. Januar mit Brief Nummer 62 ist eingetroffen. Als mir die Postbotin »Einschreiben« sagte und ich den Feldpoststempel sah, rutschte mit das Herz doch etwas tiefer, obwohl ich das Gefühl hatte, dass nichts passiert sein könne. Na, es ist ja auch noch alles gut.

Ich schicke Dir auch in diesem Brief ein paar Bilder. Darauf kannst Du sehen, dass die Kinder wieder gesund sind. Auch Inge macht diesmal ein freundliches Gesicht. Der Weihnachtsbaum brennt nicht, die Lichter sind nur verwackelt. Das andere Bild ist von Manfred Matuschewskis Geburtstag. Helmut Matuschewski ist seit zwei Wochen auch Soldat. Unsere Kinder sind munter und fidel. Inge ist fleißig und der Junge drollig. Augenblicklich ist Inge unten, denn es ist schönes Wetter.

Von unserem anderen Gerhard, meinem Bruder, haben wir seit dem 12. Januar keine Nachricht mehr. Mutti ist schon ganz niedergeschlagen. Dieser Zustand trägt natürlich auch dazu bei, dass ihr Herz nicht besser wird.
Nun, mein Liebster, halte weiter durch, und komme gesund wieder. Es grüßen und küssen Dich herzlich Klein-Gerhard, Inge und Deine Irmgard.

Berlin, den 11. März 1942

Mein Bruder schreibt in einem Brief vom 5. Februar, dass sie fliehen mussten. Er hat seine sämtlichen persönlichen Sachen zurücklassen müssen, nur das Gewehr und eine Decke habe er mitnehmen können. Er hat nicht einmal mehr Papier, um zu schreiben. Am 7. Februar war er mit zwei Kameraden im Spähtrupp und ist nicht mehr zurückgekehrt. Mutti und Papa haben nun die feste Hoffnung, dass Gerhard gefangen wurde. Papa hat sich auch erkundigt, hat aber den Bescheid bekommen, dass die Russen keine Namen ihrer Gefangenen bekanntgeben. Im letzten Brief schreibt er als Schlusssatz, dass er diesmal wieder gesund davongekommen ist und auch gesund bleiben wird, das weiß er bestimmt. Und schon zwei Tage später greift das Schicksal nach ihm. Ach Max, es ist schrecklich! Papa hat geweint und getobt, und Mutti war ganz still. Jetzt hoffen sie auf die Gefangenschaft, aber schwer wird es ihnen erst werden, wenn die Soldaten nach Hause kommen, und Gerhard ist nicht dabei. Ich kann es mir auch nicht vorstellen, er war doch noch so jung und hat vom Leben noch nichts gehabt. Krieg, Krieg! Und warum muss der sein? Weil ein paar Menschen wahnsinnig sind und ins Irrenhaus gehören. Ach, nachdenken darf man darüber nicht, dann könnte man vor Wut schreien.

Berlin, den 28. März 1942

Mein lieber Max, heute kamen zwei Päckchen von Dir und der Brief an Inge. Die kleine Nähmaschine hat Inge noch nicht benutzen können, denn wir verstehen nicht, sie einzufädeln. Unser Sohni bekommt zu Ostern eine wunderschöne Eisenbahn aus Holz, die hat Papa besorgt, denn sonst bekommt man hier kein Spielzeug zu kaufen. Am Dienstag war ich mit Gerhard wieder beim Arzt und habe ihn gründlich untersuchen lassen, weil er doch immer über Kopf- und Ohrenschmerzen klagt. Er ist aber gesund, nur eben sehr anfällig – ein richtiges Kriegskind. Wie war doch Inge immer gesund!

Nun, mein lieber Mann, will ich Dir aber zu Deinem Geburtstag recht viel Glück für das neue Jahr wünschen. Vor allen Dingen bleibe gesund, und komme recht bald wieder nach Hause. Inge wird Dir ihren Glückwunsch allein schreiben. Dass Du Dich über ihre Briefe besonders freust, kann ich sehr gut verstehen. Sie begreift in der Schule sehr leicht. Das Lernen fällt ihr gar nicht schwer. In Diktaten macht sie immer null Fehler. Das Diktat besteht aus zwei bis drei Sätzen, und wie sie erzählte, machen manche Kinder zehn bis zwölf Fehler. Im Lesen bekommt sie immer eine Eins. Sie liest ja auch sehr gerne und versucht schon, ihre Märchenbücher zu verstehen. Und unser Junge ist wohl auch nicht dumm, er zählt schon bis zehn, und verschiedene Lieder und Gedichte versucht er auch nachzusprechen. Aber sonst ist er ein richtiger Dickkopf und schwer zu erziehen. Es helfen nur Schläge, aber dann das Gebrüll!

Deine Mutter hat mich gestern Abend besucht. Als ich aus dem Geschäft kam, war sie schon hier. Sie soll krank sein und tut auch sehr wehleidig, sieht aber so aus wie immer. Der Georg ist auch herzkrank und darf angeblich nicht mehr arbeiten. Wie Deine Mutter mir erzählte, will er sich in zwei Jahren invalideschreiben lassen, und die Rente beträgt dann zirka 75 Reichsmark. Als ich sagte, davon könnt ihr aber nicht leben, zuckte sie nur mit den Schultern. Du merkst wohl, worauf der Georg schon wieder spekuliert. Na ja, wozu hat er denn auch einen Stiefsohn! Wie oft hat er wohl schon versucht, sich von anderen ernähren zu lassen, na, vielleicht schafft er es diesmal. Am 12. April hat Deine Mutter Geburtstag, hoffentlich hast Du es nicht wieder vergessen. Aber nun zum Geschäft. Wir haben zirka vierhundert und Papa etwa neuntausend Reichsmark zu viel entnommen.

Wo mag mein Bruder nur stecken? Papa und Mutti hängen jetzt besonders an unseren Kindern. Die helfen ihnen mit ihrem Geplapper über vieles hinweg.

Berlin, den 8. April 1942

Gestern kam die Nachlasssendung von der Dienststelle meines Bruders. Es waren nur sein Fotoapparat, die Brieftasche mit über fünfhundert Reichsmark, ein Notizbuch, das Eiserne Kreuz und ein Messer. Sein Portemonnaie, Füllfederhalter und Sturmabzeichen fehlen. Papa und Mutti waren wieder sehr niedergeschlagen. Ach Max, es ist doch furchtbar, sein Kind auf solche Weise zu verlieren! Ich muss immer daran denken, dass unser Gerhard im Krieg geboren ist, und wer weiß, wie es sein wird, wenn er groß genug ist, um Soldat zu werden. Vielleicht müssen wir ihn auch einmal so fortgeben.

Die Ostertage sind nun auch wieder vorbei. Ich bin Karfreitag mit den Kindern nach Baumschulenweg gefahren und bis Dienstag dort geblieben. Am ersten Feiertag sind wir mit den Kindern wieder in den Wald gegangen und haben Eier gesucht. Der Junge hat auch schon gesucht und alles in seine Eisenbahn geladen, die ihm der Großvati geschenkt hat. Inge hat noch eine Perlentasche bekommen. Sonst war es ein richtiger Kriegsosterhase. Die Süßigkeiten waren sehr spärlich, richtige Eier gab es für jeden ein ganzes. Findet ihr in Russland in den Bauernhöfen öfter Eier?

Berlin, den 12. April 1942

Mein lieber Mann, gestern habe ich Deinen Brief Nummer 75 vom 3. April und das sechste Päckchen bekommen. Von dem Wäschestoff mache ich den Kindern jetzt Hemden, Hosen und Nachtröcke. Denn wenn sie nach Guben zu ihren Verwandten fahren, müssen sie was zum Anziehen haben. Ich bin froh, dass sie aus Berlin raus sind. Auch Margot Matuschewski denkt an Evakuierung. Sie will mit Manfred zu Ottos Verwandten nach Steinau an der Oder. Sie kann mit, ich muss aber wegen des Geschäftes in Berlin bleiben. Nun bin ich in Sorge, ob der Junge auch in Guben bleiben wird, er ist ja ein richtiges Muttersöhnchen. Alle, die ihn kennen, meinen, er wird Heimweh bekommen. Mutti hat mir erzählt, dass ein Bruder von ihr an Heimweh gestorben ist, darum werde ich sehen, dass ich immer über Sonntag hinfahren kann. Es wird zwar ein bisschen teuer werden, aber das hilft dann auch nichts. Ich werde ja auch große

Sehnsucht nach meinen beiden haben, bin ich doch ganz allein. Sag mal, Max, macht ihr gar keine Aufnahmen? Ich hätte so gern ein Bild von Dir. Der Junge soll Dich schon jetzt als Soldat kennenlernen. Als ich neulich im Schrank nachgesehen habe, war er dabei und hat Deine Anzüge entdeckt. Da hat er dann gesagt: »Mutti, sieh mal Onkel seine Jacke!« Für ihn sind eben alle Onkel, außer Großvati.

Max an Irmgard

O. U., den 11. August 1942
Mein liebes Frauchen, ich bin hier wieder glücklich gelandet. Heute wird mir der Dienst schwer, denn ich bin sehr müde. Ich freue mich, dass ihr es in Guben so gut getroffen habt. Ich wünsche Dir und den Kindern von Herzen, dass Ihr Euch gut erholt. Innige Küsse Dir und den Kindern. Dein Dich immer liebender Mann.

Gefechtsstand, den 15. Oktober 1942
Meine liebe Irmgard, habe Dein Paket mit Dank erhalten und mich sehr darüber gefreut. Besonders gut hat mir Dein Geburtstagskuchen geschmeckt. Es ist jetzt nachts Viertel nach drei, und ich denke so an Dich und unsere lieben Kinder. Ihr schlaft so schön, und für mich ist alles so ungewiss. Wir kommen wahrscheinlich in den nächsten Tagen hier weg, aber man weiß nicht, wohin man kommt und was geschehen wird.
Du musst unserem Jungen recht oft vom Vati erzählen, damit er mich nie mehr vergisst. Es wäre sehr schade, wenn ich die Kinder wieder lange nicht sehen könnte. Ich habe kürzlich auf dem Bahnhof Stralsund gesehen, wie ein Soldat, der wieder zur Front ging, sich von seiner Frau und den Kindern verabschiedet hat – wie weich doch Männer sein können. Es ist gut, dass ich mich nie von den Kindern auf dem Bahnhof zu verabschieden brauchte. Wenn ich im Zug sitze, habe ich den größten Schmerz überwunden. Mir kommen manchmal so traurige Gedanken, die ich draußen bei meinen Kameraden nicht so hatte. Gestern Abend war hier in der Kaserne Varieté. Es war sehr nett, mal eine kleine Abwechslung in unserem

trostlosen Leben. Nun, liebes Frauchen und meine lieben Kinder, herzliche Küsse sendet Euch Euer Vati. Grüße auch Papa und Mutti!

Paris, den 6. Mai 1943
Liebes Frauchen, liebe Kinder, ich bin heute den zweiten Tag in Paris und wollte noch einige Tage hierbleiben, wo es dann hingeht, weiß ich noch nicht. Heute habe ich mich an einer Rundfahrt beteiligt, es war sehr interessant, habe viel gesehen. Ich bin in einem Hotel untergebracht, habe ein Zimmer allein. Das Essen ist allerdings nicht so gut. Mit der Sprache komme ich nicht so recht mit.

Brüssel, den 6. Juni 1943
Mein liebes Frauchen, ich befinde mich heute in Brüssel. Ich denke so an Euch. Es ist Sonntag. Was werdet Ihr nun machen? Papa ist sicher verreist und Mutti im Krankenhaus, und Ihr seid zu Hause. Ich werde im Waggon transportiert, was nicht schön ist. Überall bleiben wir liegen, und ich habe keine Zigaretten mehr. Hier regnet es seit vier Tagen ununterbrochen, aber der Schlafsack ist schön. Ich werde wohl in zwei Tagen in Utrecht sein. Nun, liebes Frauchen und meine lieben Kinder, herzliche Küsse sendet Euch Euer Vati. Grüße auch Papa und Mutti!

Irmgard an ihren Vater

Berlin, den 6. Juni 1943
Lieber Papa, Deine Karte vom 2. Juni aus der Kur habe ich bekommen, aber Du schreibst nach Baumschulenweg, und wir sind doch wieder in der Ebertystraße. Deine Schuhe sind gestern per Einschreiben abgegangen. Inge ist allein rausgefahren und hat sie geholt. Jetzt sind wir eben von Mutti aus der Klinik gekommen. Die Kinder nehmen sich das Abendbrot immer mit und essen mit ihr zusammen. Gegen drei viertel sieben bringt uns Mutti dann runter, und wir gehen mit ihr noch spazieren.
Max fährt diesmal als Kurier von Paris durch Belgien nach Hol-

land und zurück nach Paris. Am 4. Juni war er noch immer dort. Da wird es wohl noch ein paar Wochen dauern, ehe er wiederkommt und Dich aufsuchen kann. Er schreibt, Schnaps ist wieder teurer und Kaffee auch. Richte Dich nur ein mit Deiner Flasche. Morgen geht's mittags wieder ins Geschäft und abends zu Mutti.

Familie Schablin/Bugsin an alle in nah und fern

Nach langer, schwerer Krankheit verschied am 23. Juni 1943, morgens um 7 Uhr 45, meine inniggeliebte Frau, unsere herzensgute Mutti, Großmutti und Schwiegermutter
Maria Schablin geb. Gehring
im Alter von sechzig Jahren.

In unsagbarem Leid
Fritz Schablin
Irmgard Bugsin geb. Schablin
Gerhard Schablin, seit einem Jahr in Russland vermisst
Max Bugsin zzt. Soldat
Inge und Gerhard Bugsin
als Enkel.

Berlin-Baumschulenweg, Rodelbergweg 5

Die Beerdigung findet am Dienstag, dem 29. Juni 1943, mittags zwölf Uhr von der Mittelhalle des Friedhofes in Baumschulenweg, Kiefholzstraße, aus statt.

Max an Irmgard

Berlin, den 26. September 1943
Mein liebes Frauchen, eben kommen wir vom Kirchhof. Ich habe die Blumen an Muttis Grab gesehen. Es hat mich wieder etwas

traurig gestimmt. Ach, Irmgard, warum musste sie nur von uns gehen! Gerade heute, wo ich so allein bin, vermisse ich Mutti so sehr. Dass Du nicht hier sein kannst, sondern mit den Kindern in Guben bist, hängt ja mit den ganzen Umständen zusammen. Mutti war zu mir ja immer sehr gut, wie würde sie sich freuen, wenn sie wüsste, was ich alles so mitbringe. Ich habe keinen Urlaub bekommen, hoffe aber, in vierzehn Tagen bei Euch zu sein. Ich habe Dir gestern ein Paket geschickt mit vier Pfund Fleisch, einem Pfund Schmalz, zwei Pfund Margarine, einem Käse, 25 Zigaretten und für meinen Liebling zwei Tafeln Schokolade. Lasst Euch alles recht gut schmecken. Ich werde, solange ich kann, für Euch sorgen. Vier Pfund Schmalz habe ich für Dich sichergestellt. Ihr sollt nicht hungern.

Übermorgen fahre ich wieder nach Budapest. Nun, liebe Irmgard, ich kann zu Deinem Geburtstag nicht da sein, es wäre so schön, ich werde an dem Tag viel an Dich denken. Wie gerne möchte ich den Tag allein mit Dir feiern! Nun, mein liebes Frauchen, ich würde mich freuen, auch von Dir mal Post zu erhalten. Bleibt mir alle gesund, und viele Küsse sendet Euch Euer Vati!

Margot Matuschewski an Irmgard

Berlin-Neukölln, den 24. Oktober 1943

Liebe Irma, habe Deine Karten nun endlich erhalten. Ja, ich bin wieder zu Hause und finde es hier trotz Alarm doch am schönsten. Es war zwar in Steinau sehr schön, zumal der Herbst bis auf drei oder vier Tage herrlich warm war, aber man ist doch nicht in seinem eigenen Heim. Bei Dir in Guben ist es vielleicht auch besser, da Du dort ja schon öfter warst und schon immer sehr gut mit Deinem Onkel gestanden hast, während ich in Steinau nur die angeheiratete Nichte war. Zwar konnte ich mich nicht beklagen, und Otto besuchte uns mal auf dreieinhalb Tage, doch im Winter hätte ich sowieso nicht bleiben können, weil in meinem Zimmer oben die Heizung fehlt. Dort war Kohle noch knapper als hier in Berlin, Obst und Gemüse ebenso.

Über Deinen Vater war ich sehr erstaunt, das heißt, eigentlich musste ich lachen. Ein bisschen schnell ging es ja mit seiner neuen Frau, aber ich glaube, die Männer sind in dieser Beziehung alle gleich. Wie alt ist denn die Mathilde Sch. eigentlich? Ob sie schon immer was für Deinen Vater übrighatte?
Hoffentlich haben sich Inge und Gerhard schnell eingewöhnt und sind wieder bei guter Gesundheit. Unser Manfred hat sich gut erholt und zirka zwei Pfund zugenommen. Nun geht er seit drei Tagen in einem Bunker schlafen, da wir jetzt immer so zeitig Alarm hatten, aber es fällt ihm zu schwer, und ich habe fast Angst, er wird mir wie damals im Kindergarten wieder krank.
Wo steckt denn Max? Grüße ihn mal schön von mir. Hat Dein Onkel noch eine Wirtschafterin, und kocht Ihr zusammen, oder wirtschaftest Du allein? Willst Du bis Kriegsende dort bleiben?
Ich hätte Dir ja schon eher geschrieben, hatte aber einen vereiterten Finger. Meine Mutti half mir, aber zur gleichen Zeit kam unsere Gerda acht Tage in die Frauenklinik mit einer Fehlgeburt, und nun muss sie sich natürlich noch schonen. Wo sollte meine Mutti nun zuerst sein? Draußen in Schmöckwitz bei Großvater Quade, in Neukölln bei uns oder in Charlottenburg bei Gerda? Gerda hatte auch noch einen Bombenschaden, das heißt, drei und vier Treppen über ihr brannte alles aus. Die Wände haben Luftlöcher bei ihr, und die Fenster sind alle raus.
Habe mich bei Euch im Geschäft noch nicht gemeldet. Die neue Frau Schablin wird ja nun dort alles selber machen, und außerdem konnte ich mit meinem schlimmen Finger sowieso nichts tun.
Jetzt hast Du nun bald Deinen elfjährigen Hochzeitstag, und diesmal kann Deine Mutti Dir nicht gratulieren. Wegen dieses blöden Krieges konntet Ihr nicht mal den zehnjährigen richtig begehen, und dann kommt bald der fünfte Kriegs-Heiligabend, und noch sieht alles so trostlos aus. Schluss für heute und bis zum nächsten Mal. Recht herzliche Grüße an Dich, Inge und Gerhard von Deiner Freundin Margot. Auch Otto und Manfred grüßen vielmals.

Irmgard an Margot Matuschewski

Guben, den 17. Dezember 1943

Liebe Margot, Otto und Manfred, hier ein Lebenszeichen von uns. Es hat nicht viel gefehlt, und wir säßen nicht so gesund in Guben. Vielleicht habt Ihr schon gehört, dass unsere Ebertystraße am 22. und 23. November getroffen worden ist. Ich war mit den Kindern dort, weil ich in Berlin bei unserem Doktor war. Die Bomben haben Nummer 38 und gegenüber Nummer 15 getroffen. Das Schlimmste war für uns der Brand hinterher. Angefangen hat es bei Nummer 15, und durch den Sturm sind zehn Häuser abgebrannt. Wir mussten alles räumen. Auf unserer Seite ist der Brand bis Nummer 40 gekommen, bei Nummer 41 ist nur noch der Keller ausgebrannt. Über einhundert Tote haben sie aus drei Kellern geholt. Wir haben also noch einmal Glück gehabt.

Wie ist es nun bei Euch? Seid Ihr noch alle gesund? Ich habe hier nichts von Schmöckwitz gehört. Geht es Eurer Mutter und Gerda noch gut? Gestern war ja wieder Alarm, und der Wehrmachtsbericht gibt »beträchtliche Schäden« zu. Auch Guben bekommt jetzt etwas ab, und Max möchte, dass wir zu einem Bauern nach Rockow gehen. Das liegt in Mecklenburg, östlich von Waren. Es sieht so aus, als würde Max bald in Berlin stationiert werden.

Irmgard an Max

Gut Rockow, den 3. Dezember 1944

Lieber Max, gestern habe ich mit Dir telefoniert, konnte aber nicht so sprechen, wie ich wollte, denn die Bauernfamilie sitzt immer im Zimmer. Und da Du gestern und auch vorgestern in sehr unfreundlicher Stimmung warst, konnte ich natürlich erst recht nichts sagen. Ich freue mich immer auf Deinen Anruf, und dann höre ich nicht ein nettes Wort. Warum nur?

Nun zum Weihnachtsfest. Sag mal, Max, warum hast Du uns aus Berlin weggeschickt? Ich glaube doch, damit die Kinder die Alarme nicht miterleben sollen und in Sicherheit sind. Nun soll ich mit den

Kindern zehn bis vierzehn Tage in Berlin sein – denn so lange werde ich bleiben müssen, da wieder Reisesperre vom 21. Dezember bis Anfang Januar ist. Meinst Du, in dieser Zeit sind keine Angriffe? Im vorigen Jahr ist Trudchen Heiligabend verschüttet worden. Weißt Du nicht mehr, wie ängstlich der Junge ist und wie käsebleich Inge vor Angst wird? Ich habe die Kinder immer im Arm und weiß, wie sie zittern. Du selbst stehst immer draußen im Gang, also von uns getrennt. Als Du uns nach Rockow brachtest, sagtest Du selbst, nun sollen wir nicht mehr nach Berlin kommen. Wie Dir zumute ist, wenn Du Weihnachten allein bist, kann ich mir sehr gut denken. Doch Deine Gefühle stehen bestimmt zurück vor der Sicherheit der Kinder. Du hast doch Deine Kinder lieb! Ich kann Dich nicht verstehen, warum Du gestern am Telefon beleidigt warst. Du müsstest meine Gründe eigentlich verstehen. Dass ich selbst gern nach Berlin komme, weißt Du ja. Wenn es auch nur meines Vaters wegen ist, wie Du und Dein Onkel behaupten. Ich kann Dir nur sagen, dass ich, wäre ich allein, nicht aus Berlin weggegangen wäre, damit ich Dich – jawohl, Dich! – richtig versorgen könnte, wenn Du kommst und fährst. Du bist mir nicht gleichgültig, das müsstest Du eigentlich an Deiner Affäre in Budapest gemerkt haben. Diese Sache geht mir noch immer nicht aus dem Kopf und hat mich etwas misstrauisch gemacht.

Das mit der Schlafgelegenheit ließe sich wohl regeln – nur dass die Kinder in Baumschulenweg schlafen und wir bei uns, kommt nicht in Frage. Ich möchte sie nicht verlieren oder umgekehrt. So wichtig ist ja eine Liebesnacht nicht, dass man deswegen die Kinder vergisst. Du hängst doch sonst so an den Kindern.

Also, Max, wird die Reisesperre nicht verhängt, kommen wir am 25. Dezember und fahren am 27. Dezember zurück. Am 24. können wir nicht fahren, da es ein Sonntag ist und die Züge nicht fahren. Zur Reise bräuchte ich aber eine Genehmigung von der Polizei, die bekomme ich nur, wenn Du mir eine Bescheinigung von Deiner Truppe schickst, dass Du in Berlin stationiert bist. Es eilt, also besorge sie gleich!

Nun möchte ich von Dir auch eine Antwort haben, und zwar eine nette. Max, dummer Max, weißt Du noch immer nicht, dass ich so gerne mit Dir zusammen bin? Du musst Deine schlechte Laune nicht immer an mir auslassen. Sei nett am Telefon! Ich kann doch für Deine Verdrießlichkeit über dein Schicksal als Soldat nichts. Nun einen recht herzlichen Gruß und einen Kuss, wenn Du auch brummst, von Deiner Irmgard.

Irmgard an Margot Matuschewski

Gut Rockow, den 22. Dezember 1944

Liebe Margot, jetzt habe ich es wieder mal gut. Gestern sitze ich und will meine Post erledigen, und wer kommt zur Tür rein? Max! Mehrere Briefe hatte ich schon fertig, darunter an Deine Mutter und Gerda. Darin steht noch, dass ich Max nicht erwarte. Du kannst Dir unsere Freude denken, als er so unverhofft in der Tür stand. Jetzt liegt er neben mir auf dem Sofa und schnarcht. Du und besonders Otto, Ihr kennt ja seine Passion: Schlafen! Aber seine Truppe wird ausgeräumt. Die Kommandofahrten sollen Frauen übernehmen. Die Auslandsfahrten haben zum Teil schon aufgehört (Frankreich).

Gott sei Dank ist Inge wieder gesund. Sie hatte eine schwere Angina. Zuerst bestand Diphterie-Verdacht. Die beiden Kinder vom Gutshaus sind daran erkrankt.

Deinen Brief vom 13. November habe ich erhalten, und heute kommt erst die Antwort. Du hast es also nach Steinau und Zieko in Groß Pankow wieder ganz gut getroffen. Nun, da Ihr bei Euch im Dorf eine gute Unterkunft gefunden habt, ist es natürlich besser, wenn Du, Manfred und Otto wieder beisammen seid. So ist es wohl ein Glück, dass Otto mit seiner Dienststelle von Berlin weggekommen ist.

Allein sitze ich auch nicht, denn ich habe hier Anschluss an eine Berlinerin gefunden. An Lesestoff mangelt es auch nicht, aber bis jetzt bin ich noch nicht viel zum Lesen gekommen. Ich weiß gar nicht, wo die ganze Arbeit immer herkommt. Ich habe viel für die Kinder gestrickt und genäht, Strümpfe und Söckchen. Sie zerreißen ja hier mehr als in Berlin.

Nun haben wir Weihnachten wenigstens unseren Vati hier, und Ihr seid auch mit Eurem Vati zusammen. Margot, das ist schon etwas, und wir wollen zufrieden sein. Max schnarcht, schnarcht, schnarcht!
Liebe Margot, Otto und Manfred, wir senden Euch nun zum Weihnachtsfest und Neuen Jahr die herzlichsten Grüße. Ob das nächste Jahr besser wird?

Irmgard an Max

Gut Rockow, den 18. Januar 1945
Mein lieber Max, Deinen Brief von unterwegs habe ich bekommen. Es ist nett von Dir, dass Du daran gedacht hast zu schreiben. War es schön in Italien, hast Du viel Mühe auf der Reise gehabt? Verkehren denn gar keine Züge mehr dorthin, dass Du mit Lastautos fahren musstest?
Wenn Du jetzt zurückkommst und wirklich an die Front musst, so bekommst Du doch wohl noch mal Urlaub. Lieber wäre es mir aber, Du kommst nicht auf Urlaub und kannst bei der Truppe bleiben. Die Lage an den Fronten wird ja immer hoffnungsloser. Ich möchte Dich jetzt nicht dabeiwissen. Ist vom Oberst nichts mehr zu hoffen?
Du warst am Telefon wieder so kurz, und ich kann nicht so sprechen, wie ich möchte, weil wieder alle zuhören. Wenn Du wieder anrufst, so rede doch bitte mehr als ich. Ich war von der Nachricht, dass Du zur Front sollst, auch ganz gedrückt, wollte aber am Telefon nicht wehleidig sein, weil alle dabeisaßen. Vielleicht geht noch alles vorüber, wir haben doch bis jetzt Glück gehabt.
Hier ist alles in Ordnung. Inge geht wieder zur Schule, morgens um sieben Uhr muss sie weg. Manchmal tut sie mir leid, das Wetter ist jetzt so schlecht, Sturm, Schnee und heute wieder Regen, aber das macht ihr nichts aus.

Irmgard an Margot Matuschewski

Gut Rockow, den 22. Februar 1945

Liebe Margot, nun ist das Geschäft weg. Oranienstraße und Lindenstraße 108, 110, Markgrafenstraße 87 – alles ist ausgebrannt und eingestürzt. Der Geldschrank, in dem Papa seine ganzen Papiere und den Schmuck von Mutti hatte, ist zu einem Klumpen zusammengeschmolzen. Ob wir noch mal von vorn anfangen können? Ich kann Dir sagen, ich habe hier acht Tage der Angst und Sorge verbracht, da ich nicht wusste, ob Papa und Max im Geschäft waren. Und Sturbecks, die jetzt hier sind, waren so herzlos, mir jeden Tag ein paarmal zu versichern, Max und Papa leben nicht mehr. Du kannst Dir vorstellen, wie mir zumute war. Was macht Ihr, steht Eure Wohnung noch? Wie geht es Deiner Mutter in Schmöckwitz? Bleibt sie in Berlin? Es grüßen Dich, Otto und Manfred recht herzlich Deine Irmgard und Kinder.

Irmgard an Max

Gut Rockow, den 15. März 1945

Mein lieber Max, jetzt sind es bald vier Wochen, die Du unterwegs bist, und die Zeit wird mir sehr lang. Konntest Du nicht wenigstens auf der Hinreise mal schreiben? Mir ist diesmal sehr seltsam zumute.

Hier geht alles so weiter, jeden Tag Flüchtlinge. Der Hof ist immer voller Wagen, und die Front rückt auch immer näher. Von Papa und Hilde bekomme ich auch so wenig Nachricht, die letzte war vom 28. Februar. Papa soll zur Schanzarbeit eingezogen werden. Ob das nun schon geschehen ist, weiß ich nicht. Hast Du eigentlich schon Unterstützung für uns beantragt? Mache das doch, denn zu schenken brauchen wir dem Staat nichts. Vom Geschäft sehen wir sowieso nichts wieder. Margot Matuschewski hat mir geschrieben, dass Otto jetzt auch Soldat ist. Er ist nach Spandau zu den Pionieren gekommen. Ihre Schwiegermutter hat auch Geschäft und Wohnung verloren. Ob unsere Wohnung noch steht? Ach Max, nachdenken darf man nicht – und gerade dazu bleibt mir so viel Zeit. Wir haben doch so wenig Strom, dann sitze ich im Dunkeln, und die Gedanken kommen von ganz allein. Was mich ablenkt, sind die Kinder, die brauchen ihre Pflege. Nur an eine Flucht und unsere Zukunft überhaupt darf ich nicht denken, das schiebe ich immer weit von mir. Wenn wir wieder zusammen sein können und dürfen, dann werden wir es schon schaffen. Wir sind ja noch jung, und arbeiten werden wir dann eben beide. Wenn wir nur nicht getrennt werden! Denkst Du denn auch noch an mich? An die Kinder denkst Du, das weiß ich, aber ich bin mir nicht ganz sicher, ob Du mich nicht vergisst. Mir kommen hier oft ganz dumme Gedanken. Auch an Deine Budapester Freundschaft muss ich denken, ob das wohl öfter vorkommt?

Also, die Kinder sind gesund und jetzt wieder den ganzen Tag draußen. Gerhard hat wieder rote Backen, und Inge ist eine Dicke. Als ein Kriegskamerad vorbeikam, haben Inge und Gerhard gleichzeitig gefragt: »Und wo ist Vati?« Also komm schnellstens zu uns. Wir warten schon wieder sehnsüchtig.

Gut Rockow, den 19. März 1945

Mein lieber Max, gestern habe ich einen sehr netten Tag verlebt. Wir waren bei Hahnegrats zur Einsegnung eingeladen. Da gab es wundervollen Kuchen und Bohnenkaffee und zum Abendbrot selbstgebackenes Brot mit selbstgemachter Wurst und Schinken. Heute haben die Kinder und ich um die Wette geprahlt, wer wohl den besten Kuchen gegessen hat. Als ich allerdings nach Hause kam, hörte ich, dass in Berlin der Schlesische Bahnhof, der Küstriner Platz und der U-Bahnhof Petersburger Straße das Hauptziel der Flieger waren. Nun warte ich wieder auf Nachricht: Steht unsere Wohnung noch, warst Du wohl schon von der Reise zurück?

Bei uns ist es ja ziemlich ruhig, und doch ist manches Erzählenswerte dabei. Gestern Vormittag ist hier ein Flugzeug abgestürzt, ganz in der Nähe, wir konnten es beobachten. Zwei Mann sind mit dem Fallschirm abgesprungen und wieder von einem folgenden Flieger aufgenommen worden. Der Pilot landete, lud die zwei Abgesprungenen ein und brauste wieder davon. Rund um die Ab-

sprungstelle flogen so fünfzehn bis zwanzig feindliche Maschinen und immer über den Hof, aber auf uns hatten sie es ja nicht abgesehen, nur ihre Kameraden wollten sie retten. Die sechzehn Engländer und Amerikaner, die wir jetzt auf dem Hof haben, grinsten sich eines. Die englischen Gefangenen sind überhaupt feine Leute, der eine arbeitet nur mit Handschuhen, und Wassertragen ist unter seiner Würde. Essen kochen sie sich allein, da sie bessere Zutaten haben, als wir sie ihnen geben können. Bohnenkaffee, Schokolade, Ölsardinen, Zigaretten in rauen Mengen. Ja, die englischen Gefangenen haben es besser als in Freiheit. Was wird bloß aus uns? Was ist das nur für ein Leben? Es grüßen und küssen Dich recht, recht herzlich Deine Frau und Deine Kinder.

Wenige Tage später konnte sich Max Bugsin von seiner Truppe absetzen und nach Rockow durchschlagen. Nun war die Familie wieder beisammen, aber er musste sich verstecken, denn hätten ihn SS oder Feldjäger erwischt, wäre er als Deserteur auf der Stelle erschossen worden.

Inge wusste das, und bei jedem Schritt, den sie draußen auf dem Flur hörte, erzitterte sie. Wenn sich nur ihr kleiner Bruder nicht verplapperte.

Es ging aber alles gut, und am 23. September 1945, ihrem elften Geburtstag, konnte Inge dann mit ihren Eltern nach Berlin in die Ebertystraße 42 zurückkehren. Am 15. Oktober 1945 war der erste Schultag nach dem Krieg.

Auf dem Weg zur ersten grossen Liebe
1947–1955

»Hoffentlich ist Tante Manda nicht erfroren«, sagte Irmgard Bugsin. »Wenn wir nachher zu Manfreds Geburtstag fahren, müssen wir unbedingt einmal bei ihr vorbeischauen.«

Man schrieb den 1. Februar 1947, und seit Dezember litt Berlin unter einer fürchterlichen Kältewelle. Über einhundert Menschen waren schon verhungert oder erfroren, und in den Zeitungen stand, dass sich sechzigtausend Berliner wegen ihrer Erfrierungen in ambulanter Behandlung befanden. In den Krankenhäusern reichten die Betten nicht mehr aus. In den Bezirken wurden Lokale und Tanzdielen zu Wärmehallen umgestaltet. Oberbürgermeister Otto Ostrowski von der SPD rief die Besatzungsmächte auf zu helfen, die Not der Bevölkerung zu lindern. Daraufhin wurden die Rationen auf den Lebensmittelkarten erhöht, und besonders hilfsbedürftige Menschen erhielten täglich eine kostenlose Mahlzeit.

Am allgemeinen Elend gemessen, ging es der Familie Bugsin in diesen Wochen gut. Das lag vor allem daran, dass Max Bugsin auf dem schwarzen Markt außerordentlich erfolgreich war. Schon bei der Wehrmacht hatte er es wie kein Zweiter verstanden, für sich, seine Kameraden und seine Vorgesetzten alles zu organisieren, was das Herz begehrte. Sein Genie bestand darin, auf Leute zuzugehen und sie »mit Reden besoffen zu machen«, wie sein Freund Otto Matuschewski das nannte, sie einzuwickeln und für alle Geschäfte zu begeistern. Insbesondere in den Ruinen am Potsdamer Platz trieb er seinen Handel, tauschte alles gegen alles und kam am Abend mit ebenso viel Bargeld wie Fressalien nach Hause.

Irmgard Bugsin saß inzwischen in einem Keller in der Markgrafenstraße und versuchte, die Firma Schablin & Co. mit Hilfe ihres Vaters wieder in Schwung zu bringen. Doch wer kaufte in diesen Zeiten schon Tische und Schränke für sein Büro? Und Ware bekamen sie auch kaum welche geliefert. Der Witz war, dass sie als Büromöbelhändler des Öfteren keinen Stuhl zum Sitzen hatten und im Stehen arbeiten mussten, weil alles, was aus Holz war, zerhackt wurde und in den Ofen kam. In den Kanonenofen im Büro und den großen alten Kachelofen in der Ebertystraße. Hungern mussten sie also nicht, aber sie froren wie alle anderen, wenn auch längst nicht so arg.

Inge und Gerhard hatten schulfrei, Kälteferien. Im Wohnzimmer, wo sie zurzeit auch alle schliefen, wurde einmal am Tag geheizt, und da waren es an die achtzehn Grad, aber Küche, Flur, Toilette, Schlaf- und Kinderzimmer waren so kalt, dass sie sich immer erst dick anzogen, ehe sie dorthin gingen.

»Gerhard, hör auf zu kokeln!«

Inge hatte ihren Bruder erwischt, wie er in der Küche stand und versuchte, die Eisblumen, die sich an den Fensterscheiben gebildet hatten, wieder abzutauen. Zu diesem Zwecke hatte er sich einen Fidibus aus einer alten Zeitung gedreht und mit einem Streichholz angezündet. Er ließ sich nie etwas sagen und versuchte in einem fort, ihr auf der Nase herumzutanzen. Am liebsten hätte sie ihm jetzt eine runtergehauen, aber dann hätte er wieder gepetzt und Inge sich am Abend die Gardinenpredigt ihrer Mutter anhören müssen.

Gerhard bekam immer recht, Gerhard wurde ihr in allem vorgezogen. Woran das lag, wusste Inge schon seit langem: Ihr kleiner Bruder war ein Ebenbild des großen Bruders ihrer Mutter, ihres Onkels also, der im Krieg gefallen war. Nicht umsonst hießen sie ja beide Gerhard. Der eine sei in dem anderen wiederauferstanden, sagten die Leute. Inge konnte machen, was sie wollte, ihr Bruder war und blieb bei ihrer Mutter die Nummer eins. Er wurde in den Arm genommen und getröstet, wenn er Kummer hatte, sie hingegen bekam zu hören, dass sie sich nicht so haben solle: »Du bist schließlich groß genug.«

Den ganzen Tag in der Wohnung zu hocken war schwer, und so machten sie sich gegen elf Uhr auf zum Volkspark Friedrichshain, um zu sehen, wie der Trümmerberg, der Mont Klamott, langsam in die Höhe wuchs. Die Mutter hatte ihr eingeschärft, auf keinen Fall die Ohrenwärmer zu vergessen. Die hatte Tante Manda aus kackbrauner Wolle gestrickt. Sie waren an die fünf Zentimeter breit und hatten an den Ohren seenartige Erweiterungen. Eigentlich wärmten sie die Stirn mehr als die Ohren, an denen sie nicht eng genug anlagen, aber immerhin. Allerdings waren sie so hässlich, dass keiner sie mochte.

»Die kannst du dir sonst wo hinstecken«, maulte ihr Bruder denn auch.

»Ich finde, man sieht damit aus wie ein Skiläufer«, sagte Inge. Das half.

Im Hausflur war es dunkel, die Glühbirnen waren wieder einmal geklaut worden. Die Farbringe aus Phosphor, die man um die Lichtschalter herum angebracht hatte, leuchteten schwach. Ebenso die Pfeile, die den Weg in den Luftschutzkeller markierten.

Unten auf der Ebertystraße erschreckten Gerhards Freunde die Leute mit ihren Schlüsselknallern. In die Hohlräume ihrer Schlüssel stopften sie eine rötliche Masse, die sie von Streichholzköpfen abgeschabt hatten, und zündeten den Sprengsatz mit Hilfe eines hineingesteckten Nagels, der an einer Schnur hing. Der wurde dann geschwungen wie die Bola südamerikanischer Indianer und gegen eine Hauswand gedonnert. Es klang wie ein Schuss, und Inge wie auch alle anderen Straßenpassanten bekamen fast einen Herzschlag.

Schnell ging sie weiter Richtung Friedrichshain. Aber wer ihr nicht folgte, war Gerhard. Der war von seinen Freunden zum Wettpinkeln herausgefordert worden. Im Schnee konnte man am besten feststellen, wer am weitesten kam. An der Ecke Heidenfeldstraße wartete sie auf ihren Bruder. Sonst verschwand der wieder in irgendeiner Ruine, um Buntmetall zu suchen, und wenn die dann einstürzte und er verschüttet wurde, hatte sie die Schuld daran.

Opa Bombach kam ihr in seinem hölzernen Rollstuhl entgegen. Im Krieg hatte er beide Beine verloren. So schrecklich die Sache war, sie musste immer lachen, wenn sie daran dachte, wie ihr Bruder zu Hause einmal gefragt hatte: »Wie kann man denn seine Beine verlieren, Mutti?« Und ihr Vater hatte hinzugefügt, ob die denn keiner im Fundbüro abgegeben habe. Da hatte ihre Mutter bei aller Strenge doch schmunzeln müssen, nicht aber bei einer anderen Frage ihres Bruders: »Mutti, wenn der Onkel Gerhard gefallen ist, warum ist er dann nicht wieder aufgestanden und nach Berlin gekommen?« Da hatte es zwei kräftige Ohrfeigen gegeben, eine links, eine rechts.

»Na, mein kleines Fräulein!« Opa Bombach ließ keine Gelegenheit aus, ihr in den Po zu kneifen, und Inge musste einen schnellen Schritt zur Seite machen, damit er sie nicht weiter betatschte. Dabei durfte sie aber Karl-Georg Bombach nicht verärgern, denn ihr Vater brauchte ihn dringend für seine Schwarzmarktgeschäfte. Der Rollstuhl war nämlich eine Art brauner Kasten auf drei Rädern, eines vorn, zwei an der Seite, in Fahrt gesetzt mit zwei Hebeln, die man mit den Armen vor- und zurückbewegen musste, und unter einer braunen Lederdecke konnte allerlei versteckt werden.

Gerhard schloss nun zu ihr auf, und sie trabten zum Trümmerberg. Viel gab es auf den Straßen nicht zu sehen. Die beiden mächtigen Kaltblüter vor dem Bierwagen froren trotz der Decken, die man ihnen übergeworfen hatte. Interessiert blieb Inge stehen, um den Bierkutschern zuzusehen, wie sie das volle Bierfass auf die schweren Lederkissen, die vor dem Kellerloch lagen, plumpsen ließen. An zwei Haken seilten sie das Fass dann auf einer schiefen Ebene in den Keller hinab, wo der Wirt stand und andauernd meckerte. Als alles erledigt war, stand er schließlich mit den beiden Bierkutschern vor dem Tresen, und sie zischten zusammen ihre Molle. Um die Kneipe ordentlich durchzulüften, stand die Tür trotz der Kälte offen.

»Na, willste ooch 'nen Schluck?«, fragte der Wirt.

Inge zuckte zurück. Zu sehr hatte sie die Stimme der Mutter im Ohr, sich nie mit Männern einzulassen, wenn diese in einer Gruppe zusammenstanden, denn bei denen gelte immer: Und bist du nicht willig, so brauch ich Gewalt. Aber es war helllichter Tag, und ihr

Bruder war dabei. So ging sie hinein. Schließlich wurde sie dreizehn in diesem Jahr – und immer nur Malzbier ... Kalt und bitter war das frische Pils, das man ihr reichte, und sie verschluckte sich gehörig, aber es schmeckte ihr. Es hatte ihr zu schmecken, weil es sie erwachsen machte. »Wehe, du sagst Mutti was!«

Über die Heidenfeld- kamen sie in die Bersarinstraße und bogen dann links ab in die Landsberger Allee. Hier fuhren eine Menge Straßenbahnen. In der Ebertystraße hatten sie nur ihren Obus. Am liebsten aber fuhr Inge mit dem eigenen Rad, und wenn sie einen großen Wunsch hatte, dann war es ein Auto.

Aber ihre Eltern stellten sich stur. »Wir sind einfache Leute«, sagte ihr Vater immer wieder. »Wir brauchen kein Auto.«

Dabei hatte er eines: den Lieferwagen seiner Firma. Doch er dachte nicht daran, seinen Führerschein zu machen und das Gefährt als Familienkutsche zu nutzen. Auch aus der Angst heraus, dann nicht mehr trinken zu können. Denn das tat er gern und ausgiebig, ohne dabei irgendwie süchtig zu sein. Er konnte eine Unmenge vertragen und war dabei immer noch voll zurechnungsfähig. Das mochte mit seiner Körperfülle zusammenhängen, die er sich auch in den Hungerjahren bewahrt hatte. Bei allen hieß er nur »der dicke Max«.

Als Inge und Gerhard zurückkamen, fanden sie das Haus Ebertystraße 42 in heller Aufregung. Im Keller hatte es wieder einmal einen Rohrbruch gegeben. Andauernd gab es welche. Mal platzten die Rohre wegen der Kälte, mal wurden sie, waren sie aus Blei, einfach abgesägt und geklaut. Waren es Wasserrohre, gab es immer eine große Überschwemmung, handelte es sich um Abflussrohre, stank es bestialisch. So wie heute. Das hieß für die Mieter, dass sie auf unbestimmte Zeit ihre Toiletten nicht benutzen durften und mit Nachttopf oder Eimer vorliebnehmen mussten. Aber wenigstens hatte man frisches Wasser zum Kochen. Das war an den Wochentagen Inges Aufgabe. Heute standen süße Keulchen aus Kartoffelschalen auf dem Speisezettel.

Aber im alten Küchenherd drohte das Feuer auszugehen, und als Inge die Tür des Kachelofens im Wohnzimmer öffnete, waren dort die letzten Brikettreste am Verglimmen. »Gerhard, du musst in den

Keller runter, Holz und Kohlen holen. Und gleich die Asche mit runternehmen!«

»Ich kann nicht laufen, ich habe erfrorene Zehen.«

Angst hatte er, obwohl er im Dezember schon sieben geworden war. Unten im Keller konnte ja ein böser Mann hocken, ihn schlachten und Hackfleisch aus ihm machen.

Karl-Heinz Bombach, Enkel von Opa Bombach und Freund ihres Bruders, erzählte immer solche Schauermärchen, aber auch ihr Vater sagte sonntags, wenn das Fleisch ein wenig komisch schmeckte, schon einmal: »Ah, Mensch! Ein bisschen süßlich.« Höchstwahrscheinlich hatte er sich bei seinen Schwarzmarktgeschäften Pferdefleisch andrehen lassen.

Aber auch sie selber hatte Angst vor dem Keller. Weniger, dass da ein Mann auf sie lauerte, sondern wegen der Erinnerungen an die Nächte im Luftschutzkeller. Jeden Augenblick hätte ihr Haus einen Volltreffer abbekommen und sie verschüttet werden können. Wer nicht gleich tot war, erstickte elendiglich. Doch gemeinsam schafften Inge und Gerhard diese Mutprobe, zum Glück hatten sie eine Dynamotaschenlampe.

Zurück in der Wohnung, warf sie die Kartoffelschalen, die gestern angefallen waren, in den Topf, kochte sie, ließ sie im Sieb abtropfen und rief dann Gerhard, der sie durch den Wolf drehen musste. Danach machten sich beide daran, sie mit trockenem Grieß durchzuarbeiten und zu Keulchen zu formen. Die wurden dann in einer Pfanne gebraten, die Inge vorher mit ein wenig Sonnenblumenöl eingefettet hatte. Anschließend wurden sie mit Zucker und Zimtersatz bestreut. Das schmeckte besser als das, was gestern auf dem Tisch gestanden hatte: Kartoffelnudeln mit Sirupsauce. Kartoffeln hatten sie von den Hahnegrats aus Rockow bekommen.

Nach dem Essen gossen sie noch Kerzen. In einer Zigarrenkiste hatten sich genügend weiße und rote Reste gesammelt, und ihre Mutter achtete sehr darauf, dass nichts weggeworfen wurde, was noch brauchbar war.

Danach kroch Inge wieder ins Bett, um Karl May zu lesen. *Der Ölprinz* war diesmal an der Reihe. Ihre Mutter hatte das Buch von einem Kunden geschenkt bekommen. Es war schon ziemlich zerfleddert. Vielleicht schaffte sie ein paar Seiten, bevor es wieder Stromsperre gab.

Ihr Bruder trieb sich indessen mit seinem Freund Karl-Heinz Bombach auf dem Hof und in den Ruinen herum. Erst sammelten sie für den Leierkastenmann, der trotz der klirrenden Kälte umherzog, die aus dem Fenster geworfenen Groschen auf, dann verpesteten sie das Treppenhaus mit ihren Stinkbomben. Die alten Rollfilme, die man dazu brauchte, stammten von Onkel Bernhard. Man wickelte sie in ein Stück Zeitungspapier und verzwirbelte die Enden, so wie bei einem Knallbonbon, zündete das Ganze dann an und trat die Flammen aus, bevor sie sich so richtig entfalten konnten. Die Folge war ein fürchterlich stinkender Qualm, der durch alle Türritzen drang und die Leute in Rage brachte.

Inge kriegte es dann ab, als ihre Mutter nach Hause kam. Etliche Hausbewohner hatten sich bei ihr beschwert.

»Habe ich dir nicht gesagt, dass du auf deinen Bruder aufpassen sollst! Von einer Zwölfjährigen wird man das wohl erwarten können. Eine Woche kein Taschengeld!«

»Warum krieg ich denn die Strafe und nicht Gerhard?«

»Du trägst die Verantwortung für ihn.«

Inges Strafe erhöhte sich um eine Woche Stubenarrest, als die Mutter das kleine Kunstwerk entdeckte, das ihr Bruder in den Wohnzimmertisch geschnitzt hatte. Dunkle Eiche, altdeutsch, eine Menge Geld wert. Gerhard selbst kam mit ein paar mahnenden Worten davon. Wenn Inge sich bei ihrem Vater über Ungerechtigkeiten wie diese beschwerte, sagte der immer nur, dass Gerhard einmal der Chef von Schablin & Co. werden würde. »Und darum steht er jetzt schon unter Naturschutz.« Ihr Vater war immer auf ihrer Seite, aber ihre Mutter hatte nun mal die Hosen an, zu Hause wie im Geschäft. Und offensichtlich hatte sich ihre Mutter eine andere Tochter gewünscht, als sie es war. Energischer, zielstrebiger, männlicher.

Es klingelte an der Wohnungstür, und als Irma Bugsin geöffnet hatte, sahen Inge und sie draußen im Treppenhaus eine durchaus elegante Dame stehen, der man aber anmerkte, dass sie recht leichtlebig war, vielleicht sogar dem horizontalen Gewerbe angehören mochte.

»Wo ist die Max?« fragte sie.

»Wer sind Sie denn?«, wollte Inges Mutter wissen.

»Ich bin die Julischka aus Budapest!« rief sie und wiederholte ihre Frage: »Wo ist die Max?«

»Die Max ist tot«, antwortete Irma Bugsin.

Es wurde schon dunkel, als sie sich auf den Weg nach Neukölln machten, erst zu Tante Manda, die am Kottbusser Damm wohnte, dann weiter zu den Matuschewskis in die Ossastraße. Von der Ebertystraße aus war die Fahrerei ein wenig umständlich. Sie mussten zur Bersarinstraße laufen, von dort mit der Straßenbahn, der 4, zur Warschauer Brücke fahren, dort zur Hochbahn gehen und Kottbusser Tor noch einmal in die U-Bahn umsteigen. Vom Bahnhof Schönleinstraße waren es dann nur noch ein paar Meter. Inge fand das alles nicht sonderlich spannend und hätte lieber im Auto gesessen. Und das in Paris, London oder New York und nicht in diesem elenden und zerbombten Berlin. Warum war sie nicht woanders auf die Welt gekommen?

Tante Manda, eigentlich Amanda, war die Schwester ihrer verstorbenen Großmutti aus Baumschulenweg. Sie war Kriegerwitwe mit nur wenig Rente und verdiente ihren Lebensunterhalt recht ordentlich mit einer kleinen Leihbücherei in einer der Nebenstraßen des Kottbusser Dammes. Durch sie war Inge zur Leseratte geworden. Außerdem ging sie immer gern zu Tante Manda und blieb auch öfter über Nacht bei ihr, weil sie einen süßen Dackel namens Stupsi hatte.

»Mit dem kannst du gleich mal Gassi gehen«, sagte Tante Manda, als sie ihnen öffnete. »Ich bleib heute den ganzen Tag über im Bett.«

Den Grund für ihre depressive Stimmung sahen alle ein.

»Trudchen geht nach Australien. Mein Mann im Massengrab, meine Tochter am anderen Ende der Welt.«

»Du hast doch uns noch«, sagte Inge. »Und deinen Hund.«

Irmgard Bugsin war keine Frau für große Gefühle. »Wer flügge ist, muss aus dem Nest, damit was aus ihm wird. Aber zu heizen hast du genug? Klar, im Zweifelsfalle ja deine Bücher.«

»Ich bin doch keine Nazi-Jule! Eher erfriere ich.«

»Max wird dir morgen Holz vorbeibringen. Wir zersägen einen Schreibtisch.«

Wollten sie von Tante Manda zu Matuschewskis, konnten sie entweder laufen, die ganze Pflügerstraße hinunter bis zum Weichselplatz, oder aber die U-Bahn nehmen und dann am Hermannplatz in die 95 umsteigen.

»Wir wollen fahren.« Da waren sich Inge und Gerhard, was selten vorkam, einmal einig.

Ihre Mutter sah das anders. »Laufen ist gesund.«

Aber auch bei minus fünf Grad und einem eisigen Wind aus Richtung Osten?

»Ja, dann erst recht. Das härtet ab.« Gegen ihr Lebensmotto »Gelobt sei, was hart macht« war nicht anzukommen.

Maulend latschten sie mit. Und als sie endlich vor dem Hause Ossastraße 39 standen, mussten sie auch noch tüchtig Treppen steigen, denn die Matuschewskis wohnten im dritten Stock des Hinterhauses. Nicht eben vornehm, aber wenigstens hatten sie eine Innentoilette und keine auf halber Treppe oder gar unten im Hof.

Manfred Matuschewski wurde neun Jahre alt, und seine Mutter hatte große Mühe, ihn zu bändigen.

»Er ist immerzu unartig«, klagte sie dann auch, kaum dass man dem Jungen gratuliert und allen Anwesenden guten Tag gesagt hatte. »Ein Junge braucht eben die Hand seines Vaters.«

Doch Otto Matuschewski befand sich noch immer in sowjetischer Kriegsgefangenschaft, hatte aber in diesem Jahr wenigstens schon schreiben können. Eine kleine graue Karte nur, aber auch die hatte große Freude ausgelöst.

Inge kannte Manfreds Familie von klein auf. Margot Matuschewski war schon mit ihrer Mutter zusammen in die Schule gegangen. Am Mariannenplatz in Kreuzberg. Nebenan in der Adalbertstraße hatten Fritz und Maria Schablin ihr Restaurant gehabt, eine Kneipe mit Mittagstisch. »Zur Traube« oder »Zur Taube« –

Inge brachte das immer durcheinander, und ihre Mutter sprach nicht gern über diese Zeit. Es war ihr zu proletarisch.

Am meisten beneidete Inge Manfred Matuschewski um seine beiden Großmütter. Die Schmöckwitzer Oma hatte für alle ein gutes Wort und sah aus wie aus dem Bilderbuch, und die Kohlen-Oma war ein Original. Sie sagte, wenn sie irgendwie in Bedrängnis kam, »Mir geht das nichts an!« und hatte ständig ihre Handtasche auf den Knien stehen, als würde sie ihr hier mitten in der Wohnung jemand stehlen wollen. Inges Großmutti war gestorben, und Oma Koch, die Mutter ihres Vaters, galt als »komische Kruke« und ließ sich nur einmal im Jahr in der Ebertystraße sehen.

Neben den beiden Großmüttern saßen zwei Tanten, von denen Inge meinte, dass sie eigentlich ins Kino gehörten. Tante Trudchen war klein und hatte rachitische Dackelbeine. Sie war Putzfrau und berlinerte so stark, dass es Inge wie eine Fremdsprache vorkam. Im Hause Bugsin wurde nämlich, da achtete ihre Mutter mit aller Strenge darauf, bestes Hochdeutsch gesprochen. Schließlich sollte Inge einmal Lehrerin werden und Gerhard als Chef des Hauses Schablin & Co. in höheren Kreisen verkehren. Da also, wo Manfreds Tante Claire herkam. Deren Mann, auch er war schon lange tot, hatte sich Generaldirektor nennen dürfen. Tante Claire sah aus wie eine Doppelgängerin der legendären Claire Waldoff, aber auch ein wenig wie eine Zigeunerin. Sie hatte im Krieg alles verloren und lebte jetzt in einer eher jämmerlichen Wohnung in der Oppelner Straße in Kreuzberg.

»Ich war letzte Woche im Rathaus«, erzählte sie, »und hab dem Bürgermeister gesagt, er soll sich mal mein kaltes Loch ansehen. Hat er aber nicht. Da bin ich dann zu meiner Schwester nach Schmöckwitz gezogen, um nicht zu erfrieren.«

Margot Matuschewski hatte zur Feier des Tages eine Kaffeetorte gebacken, und bereitwillig verriet sie, während alle genüsslich die Kuchengabeln schwangen, das Rezept. »Kaffeegrund sammeln und trocknen, vom Ersatzkaffee, Mehl oder Grieß, dazu Wasser oder, wenn ihr habt, auch Milch. Mit Süßstoff und Eipulver verrühren und dann backen. Die Füllung aus Marzipanersatz, also: Grieß mit Milchpulver aufkochen und Mandelaroma und Süßstoff hinzutun.

Die Decke ist aus Mandelersatz: einfach Haferflocken in der Pfanne geröstet.«

Alle Frauen waren davon begeistert und baten Margot Matuschewski um ein Stück Papier und einen Kopierstift, um sich alles aufzuschreiben. Zettel gab es keine, aber sie durften sich Streifen von der Tageszeitung abreißen.

Danach spielten Inge, Gerhard und Manfred Schwarzer Peter, und das Geburtstagskind sagte ein Gedicht auf, das es vor den Kälteferien in der Schule gelernt hatte: »Und dräut der Winter noch so sehr mit trotzigen Gebärden, und wirft er Eis und Schnee umher – es wird doch Frühling werden.«

Auch 1947 wurde es Frühling, und Inge überstand das restliche Jahr und den nachfolgenden Winter ohne besondere Höhepunkte oder Krisen.

Sie wohnten auch im Sommer 1948 noch in der Ost-Berliner Ebertystraße, obwohl Irmgard Bugsin schon lange an einen Umzug in den Westen dachte, zumal sie dort ihr Geschäft hatten. Aber die anderen Familienmitglieder hingen zu sehr an ihrem Kiez. Und dann war es am 24. Juni 1948 zur Blockade der Westsektoren gekommen. Zwar wurden die West-Berliner aus der Luft versorgt, aber es war kein sonderlich schönes Leben, und Irmgard Bugsin war die Lust vergangen, weiterhin nach einer passenden Wohnung in Charlottenburg oder Wilmersdorf zu suchen.

Inge Bugsin ging also weiterhin in ihre alte Schule im Bezirk Friedrichshain und verbrachte die Freizeit mit ihren Freundinnen, allen voran Christa. Christa war burschikos und von solch kraftvoller Figur, dass alle sagten, sie müsse einmal Kugelstoßerin oder Diskuswerferin werden.

Am Nachmittag saßen sie oft auf dem Balkon und machten zusammen ihre Schularbeiten. »Wenn ich alleine eine Stunde dafür brauche und Inge allein auch eine, dann brauchen wir zusammen mindestens zwei.« Das lag daran, dass sie so viel redeten. Über ihre Klassenkameradinnen, über ihre Lehrer und über die Jungen auf dem Schulhof. Wie sie ihnen in der Pause immer hinterherliefen. Besonders Inge. Einer, Dieter, hatte sie auch schon richtig geküsst.

»Mit Brausepulver im Mund. Das hat dann auch bei mir geschäumt.«

Ihre Tage hatten sie schon lange, und wie man Kinder bekam, war ihnen von ihren Müttern auch schon verraten worden. »Kannst du dich noch daran erinnern, wie in Rockow ...« Inge war entsetzt gewesen, und sie und Christa hatten lange über die wahrscheinlichen Größenunterschiede bei Hengsten und Männern nachgedacht, dass da hoffentlich welche waren, und sich erst beruhigen können, als sie Karl-Hermann Bombach durch einen Spalt in der Schlafzimmertür in voller Aktion gesehen hatten. »Ich glaube, das kann ich verkraften«, hatte Christa gesagt. Aber ein bisschen Gefühl sollte beim ersten Mal schon dabei sein. Und sie hatten ja noch Zeit.

Inges Bruder war unten beim Trieseln. Hin und wieder warf sie einen Blick nach unten, denn ihre Mutter hatte fürchterliche Angst, dass ihrem Sohni, wie sie ihn nannte, etwas zustoßen könnte. Sogar als er neulich Läuse mit nach Hause gebracht hatte, war es ihr, Inge, in die Schuhe geschoben worden.

Das Trieseln war nicht gerade Gerhards Stärke, und er spielte lieber Klimpern. Kleingeld hatte er genug, denn seine liebe Mutter steckte ihm ständig etwas zu. Er und seine Freunde versuchten, ihre Groschen möglichst dicht an die Wand zu werfen. Der Beste durfte alle Münzen aufnehmen und versuchen, sie als Beute einzusacken. Dazu musste er sie vorher als Stapel auf die Innenseite seiner ausgestreckten Finger legen. Und dann kam es darauf an: Man musste sie nach oben katapultieren, ohne dass sie sich in alle Winde zerstreuten, und dabei so schnell die Hand drehen, dass der Stapel auf den Handrücken fiel und erneut nach oben geschleudert werden konnte. Dann waren die im Schwarm zur Erde fallenden Münzen mit der zugreifenden Hand zu fangen. Alle, die man erwischte, konnte man behalten. Mit denen, die zu Boden fielen, durfte der zweite Sieger weitermachen. Auch beim Klimpern verlor ihr Bruder immer wieder.

»Wenn er später als Chef von Schablin & Co. sein Geld auch so schlecht zusammenhält, dann sehe ich ja schwarz für euch«, sagte Christa.

»Mir geht das nichts an«, sagte Inge im Stil von Manfreds Kohlen-Oma.

Sie machten sich wieder an ihre Schularbeiten. Eine Hausarbeit über den Wiederaufbau nach dem Kriege war zu schreiben. Achthunderttausend zerstörte Wohnungen hatte es in der ganzen Stadt gegeben und mehr als dreißig Millionen Kubikmeter Schutt. Eine gute Note bekamen sie nur, wenn sie die Arbeit der Trümmerfrauen gebührend würdigten. *Sie sind die Geburtshelfer einer neuen Stadt gewesen,* schrieb Inge. *Schwielige Hände hatten sie und kaum etwas zu essen.* Christa sagte, dass das so nicht ginge. Man müsse etwas über die führende Rolle der SED hinzufügen und dass es die Leute in Ost-Berlin viel besser hätten als die im Westen.

Das Toilettenfenster ging auf den Hof hinaus, und saß Inge dort auf der Brille, hörte sie die Mieter reden und streiten und die kleinen Kinder plärren. Oft riefen auch die Scherenschleifer und die Schornsteinfeger etwas, oder der Bauersmann schwang seine Glocke: »Brennholz für Kartoffelschalen!« Diese nach unten zu tragen war aber Gerhards Aufgabe. Inge hatte das abgelehnt. Für den Handel sei Berlins künftiger Büromöbelkönig zuständig. Ab und zu kamen Leierkastenmänner und Pärchen, die etwas sangen, zum Beispiel »Cia, cia, cia, cio, Schieber stehn am Bahnhof Zoo. Ami, Stella und Orient ham die Schieber unterm Hemd!«

Das brachte Inge auf die Idee, nach den Zigarettenverstecken ihrer Mutter zu suchen. Als sie eine Schachtel gefunden hatte, rauchten sie und Christa genüsslich. Darauf stand als Strafe nur ein leichtes Kopfschütteln, denn ihre Mutter qualmte selber wie ein Schlot und sah keinen Grund, ihre Tochter daran zu hindern, eine richtige Frau zu werden.

Als sie auf den Balkon zurückkehrten, gab es unten in der Ebertystraße ein großes Hallo, denn soeben kam Strohhut-Emil angeradelt. Am Lenker hing ein Paar alter Schuhe, und auf dem Gepäckständer türmte sich einiger Trödel. Löchrige Aluminiumtöpfe klapperten. Aus der Zeitung wussten sie, dass der alte Kauz alles sammelte, was ihm in die Hände fiel. »Ick kann ma von nischt trennen, nich mal von meinem Vogel«, sagte er, tippte sich dabei an die Stirn und lüftete seinen Strohhut. Angeblich war er früher ein berühmter Zirkusartist bei Busch und Schumann. Freihändig fuhr er, die Beine auf dem Lenker. Die Kinder unten applaudierten laut.

Nach den Schularbeiten mussten Inge und Christa auf den Dachboden hinauf, in die Waschküche, und das schmutzige Zeug einweichen. Anschließend war nebenan, wo der Raum so groß war, dass Inge immer an die Tanzdiele in Rockow erinnert wurde, die Leine zu ziehen. Die große Wäsche besorgten zwei Frauen aus der Nachbarschaft. Ihre Mutter hasste die aggressive Waschlauge wie den feuchtwarmen Nebel, die giftigen Dämpfe, wie sie immer sagte, und auch Inge war die Waschküche ein Greuel. Lustig wurde es einzig und allein, wenn sie im Winter bei klirrendem Frost mit Gerhard zusammen die gefrorenen Wäschestücke von der Leine nehmen musste und sie dann die langen weißen Unterhosen ihres Vaters oder die duftigen Nachthemden ihrer Mutter auf die Dielen stellten. Aber heute war es unterm Dach so heiß, wie es in der Sahara sein musste.

Als ihre Eltern um halb sieben nach Hause kamen, ging Christa wieder. Zum Abendbrot war man bei den Bugsins gern allein.

Inge hatte wie immer Küchendienst und musste für alle die Brote schmieren. »Was wollt ihr auf der Stulle haben?«

Ihre Mutter hatte Tomaten organisiert, ihr Vater eine Blutwurst mitgebracht, und einiges gab es ja auch im Konsum auf Lebensmittelkarten. Die Marken waren schwer auseinanderzuhalten. Für Butter, Margarine, Käse, Brot, Milch, Fleisch, Wurst und Kartoffeln gab es welche. Zu hungern brauchte keiner.

Bei den Gesprächen gab ihr Vater den Ton an, alle anderen waren nur die Stichwortgeber.

»Wisst ihr, wen ich heute auf dem Alex getroffen habe?«

»Den Alex.« Das war ein alter Freund, der in West-Berlin mit Milch und Sahne handelte.

»Nein, Ebels Ete aus Dramburg.«

Nun kamen wieder die alten Geschichten, und Gerhard hatte einmal mächtig Prügel bekommen, als er auf die Idee gekommen war, mit der typischen Handbewegung die Bartwickelmaschine anzudeuten.

Inge dagegen hörte ihrem Vater gerne zu, wenn er von den guten alten Zeiten erzählte. »Vor dem Krieg ...«, begann er meistens, wobei sie manchmal nicht genau wusste, ob er den Ersten oder Zweiten Weltkrieg meinte.

Ihr Vater war als uneheliches Kind bei seiner Großmutter aufgewachsen. In Pommern, in Dramburg an der Drage. Über die führte eine Brücke, und unter den Knaben der Jahre 1910 bis 1915 hatte es als größte Mutprobe gegolten, sich mit den Füßen oben am Geländer zu verkeilen und mit dem Kopf nach unten an der Brücke zu hängen. Eduard Ebel, landläufig Ebels Ete, war der Anführer gewesen.

»Und wegen dem bin ich auch erst ein Jahr später eingesegnet worden«, sagte Max Bugsin.

»Wieso denn das?«

»Weil ich auf den Hut und den Anzug von ihm warten musste. Selber konnte mir meine Großmutter das alles nicht kaufen.« Dabei schmunzelte er, stolz darauf, dass er es trotzdem geschafft hatte, jetzt ein angesehener und nicht eben armer Mann zu sein.

Inge war glücklich, eine Familie zu haben, diese Familie. Sie hätte sich keine andere gewünscht. Wie es war, so war es gut.

Im Jahre 1949 war die politische Spaltung der Stadt endgültig besiegelt. In Ost-Berlin hieß der Oberbürgermeister Friedrich Ebert, Sohn des früheren Reichspräsidenten und Mitglied der SED, in West-Berlin war es Ernst Reuter von der SPD. Er hatte am 9. September 1948 eine vom *RIAS* übertragene Rede gehalten, der auch Inge Bugsin mit Tränen in den Augen gelauscht hatte: *Ihr Völker der Welt, ihr Völker in Amerika, in England, in Frankreich, in Italien! Schaut auf diese Stadt und erkennt, dass ihr diese Stadt und dieses Volk nicht preisgeben dürft und preisgeben könnt!*

Mit dem Herzen war sie West-Berlinerin, aber sie lebte im Ost-Sektor, und in Friedrichshain ging sie auch zur Schule. Dort merkte man natürlich, dass sie und ihre Eltern westliche Zeitungen lasen und nicht das *Neue Deutschland* und den *RIAS* und den *NWDR* hörten statt des *Berliner Rundfunks*. Und wenn sie ihren Freundinnen von den Sendungen der »Insulaner« erzählte, dann musste Herr Daasdorf sehr an sich halten.

Robert Daasdorf war in Ostpreußen zur Welt gekommen, im Dorfe Muntowen am Ixtsee, und bei den Kämpfen in Oberschlesien in sowjetische Gefangenschaft geraten. Gerade einmal zwanzig Jahre alt war er da. Schon immer ein glühender Antifaschist und auf der Suche nach Rezepten für eine bessere Welt, war er an einen alten KPD-Mann geraten, der sich für ihn verwendet hatte. Nach Ost-Berlin entlassen, war er in einem vierwöchigen Schnellkurs zum Lehrer ausgebildet worden. Sein großer Traum, sein Ziel war ein sozialistisches Deutschland. Und wenn es nicht das ganze sein konnte, vorerst jedenfalls, dann wenigstens die sowjetische Besatzungszone. Sie sollte als eigener Staat das Modell für die westlichen Besatzungszonen werden und darüber hinaus für ganz Europa, ja die ganze Welt.

Dafür wollte Robert Daasdorf kämpfen, und wenn von seinen Zöglingen einer mit dem Westen liebäugelte, dann war er ein Verräter für ihn. Fahnenflucht hieß für ihn recht eigentlich: Todesstrafe. Als Pädagoge jedoch musste er versuchen, die junge Seele mit anderen Mitteln einzufangen. Wie etwa Inge Bugsin. Es durfte nicht sein, dass die Besten, und dazu gehörte auch Inge, in den Westen gingen. Klar, wo ihre Eltern Kapitalisten waren. Lebten billig im Osten, saugten das Land hier aus und akkumulierten ihr Kapital dann drüben im Westen. Aber die Tochter war liebenswert, und er musste aufpassen, dass er sich nicht gar in sie verliebte. Also fasste er sie härter an als manch anderen.

»Inge, was war am 8. Mai?«

»Da hat meine Tante Manda Geburtstag.« Natürlich wusste sie, dass am 8. Mai 1945 die Deutschen kapituliert hatten, und verstand selber nicht, warum ihr das mit dem Geburtstag herausgerutscht war. Weil es für sie selber wichtiger war? Weil sie Daasdorf, »den von der SED«, ärgern wollte? Weil sie ihm und der ganzen Klasse zeigen wollte, dass sie eigentlich nicht zum Osten gehörte? Weil sie ebenso witzig und schlagfertig sein wollte wie ihr Vater und es genoss, dass die anderen lachten?

»Aber vielleicht gibt es noch etwas anderes, das wichtiger ist als dieser Geburtstag. Christa!«

Die erklärte es ausführlich und fügte noch hinzu, dass am 8. Mai diesen Jahres Generalmajor Alexander Kotikow, der sowjetische Stadtkommandant von Berlin, im Treptower Park ein Ehrenmal für die zwanzigtausend im Kampf um Berlin gefallenen Soldaten eingeweiht habe.

»Sehr schön.« Damit bekam Christa eine Eins und Inge eine Fünf. »Ich sehe da schwarz für Sie, mein liebes Fräulein Bugsin.« Herr Daasdorf verließ den Lehrertisch und kam langsam auf sie zu. »Und als Einzige aus meiner Klasse bist du immer noch nicht in die FDJ eingetreten.«

»Das ist doch freiwillig.«

»Wenn du etwas isst und etwas trinkst, dann tust du das auch freiwillig, denn es steht ja keiner mit dem Gewehr im Anschlag hinter dir und zwingt dich dazu. Und wie man essen und trinken muss, um zu überleben, so muss man die Kräfte des Friedens und des gesellschaftlichen Fortschritts unterstützen, will man nicht untergehen – im nächsten Krieg, als ausgebeuteter Arbeiter im Kapitalismus.«

Das sah Inge ein. Außerdem wäre sie gern wegen der blauen Bluse in der FDJ gewesen, denn sie liebte Blusen über alles und konnte gar nicht genug davon im Schrank hängen haben. Doch ihre Eltern lehnten es strikt ab, dass sie FDJlerin wurde und Erich Honecker zujubelte, dem Vorsitzenden. »Das ist doch alles SED, und wir waren schon immer gegen die Kommunisten.«

»Dann krieg ich aber immer schlechte Zensuren.«

»Ich habe auch immer schlechte Zensuren bekommen und habe es trotzdem im Leben zu was gebracht«, sagte ihr Vater.

Ihre Mutter sah das Problem viel deutlicher und beschloss, der Schule für Sekretariat und Lehrerzimmer ein paar Tische und Stühle zu spenden.

Vor den Sommerferien starteten sie zur ersten Klassenreise. Herr Daasdorf hatte eine Unmenge an Zeit und Kraft investiert, um alles auf die Beine zu stellen. Es sollte nach Ribnitz gehen, das fast an der Ostsee lag. Inge hatte bis dahin nicht gewusst, dass es Ribnitz gab. Ihre Mutter kannte es hingegen und hatte sie darauf hingewiesen, dass es gar nicht so weit von Rockow entfernt war.

Am Sonntag ging es los: zu nachtschlafender Zeit, wie Inge fand, noch vor dem Aufstehen. Schon zehn Minuten vor sechs sollte der Zug abgehen. Ihr Vater brachte sie zum Bahnhof Lichtenberg. Inge hörte ihre Klasse schon von weitem kichern und lachen. Gertraud, Evelyn, Hilde, Rita, Margot, Christa, Eva, Ingrid, Erika, Helga, Jenny, Hertha. Alle waren pünktlich. Nur einer schien verschlafen zu haben: Herr Daasdorf.

»Wenn er erst um halb zehn kommt, dann war er trotzdem pünktlich und wir alle zu früh«, murmelte Hertha, die zwar in der FDJ war, aber immer *RIAS* hörte. »Denn die Partei hat immer recht.«

Herr Daasdorf kam eine Minute vor Abfahrt des Zuges. Seine Straßenbahn war wegen einer herabgefallenen Oberleitung stehengeblieben. Auf der Linie 86, mitten im Wald. Er wohnte in Grünau nahe der Regattastrecke.

Über Neustrelitz ging es nach Rostock. Immer, wenn in der Ferne ein Dorf auftauchte, dachte Inge, es sei Rockow.

»Da muss es ganz schön felsig sein«, sagte Hertha.

»Wieso?« Inge staunte. »Da sind doch nur Felder und Wiesen.«

»Na, *the rock* ist doch der Felsen.« Herthas Bruder ging in West-Berlin zur Schule und hatte schon Englisch. »Aber wir lernen ja nur Russisch.«

In Ribnitz war die gesamte männliche Jugend am Bahnhof versammelt und machte so anzügliche Bemerkungen, dass Herr Daasdorf einen roten Kopf bekam und sich vornahm, das Thema bei der nächsten Jugendweihe in den Mittelpunkt zu stellen. Noch immer kamen zu viele westliche Zeitschriften ins Land, und die Jungen sammelten Pin-up-Girls wie er Briefmarken. Schluss mit dieser Dekadenz!

Sie kamen in ein altes Internat, und Inge war froh, dass es hier an der Ostseeküste keine Erdbeben gab. Sie wurde mit Christa, Hertha und Evelyn in das Zimmer 18 gesteckt. Der Blick auf den Bodden hinaus war herrlich. Zwei doppelstöckige Betten gab es, und niemand wollte unten liegen. Die Sprungfedern sahen nicht so aus, als könnten sie Lasten über dreißig Kilo verkraften. Außerdem rieselte, wie ein erstes Probeliegen ergab, aus den Strohsäcken immer eine Fuhre Staub nach unten, wenn man sich oben umdrehte. Nach der reinen Logik, die Inge vertrat, sollten die unten liegen, die am meisten wogen. Das waren Christa und Hertha. Die aber weigerten sich mit dem Argument, dass sie zum Asthma neigten und frische Luft brauchten. Inge konterte mit dem Argument, dass die beiden ja furchtbar schlecht klettern konnten und die besten Turnerinnen, also Evelyn und sie, nach oben gehörten. Evelyn schlug vor, die Plätze einfach auszulosen. »Ja, weil du beim Losen immer Glück hast.«

Als man sich auch nach einer Viertelstunde noch nicht einig war, holte man Herrn Daasdorf. Der wog 78 Kilo und machte sich erst einmal daran, die oberen Betten zu testen.

»Das gibt ja einen Skandal«, sagte Evelyn, die von sich behauptete, schon lange alle einschlägigen Erfahrungen gesammelt zu haben, und sich in der Rolle des Vamps gefiel. »Kaum sind wir eine halbe Stunde da, liegt unser Lehrer schon in meinem Bett.«

»Auf!«, korrigierte Herr Daasdorf sie. »Auf!« Er ergriff aber trotz dieser Klarstellung sofort die Flucht. Man wusste ja nie, was die westlichen Hetzblätter aus einer solchen Szene machten.

»Dann hilft nur noch die Rotation«, sagte Inge. »Jeden Abend tauschen wir die Betten.«

Aber auch das wurde abgelehnt, denn Hertha transpirierte ungewöhnlich stark, und Evelyn benutzte ein Parfüm, das die anderen mit Abscheu erfüllte.

»So riecht nur ’ne Nutte«, sagte Hertha.

»Woher weißt du denn, wie ’ne Nutte riecht?«, fragte Evelyn. »Aus’m Radio vielleicht. Aber besser, es riecht hier so wie im Puff als wie im Kuhstall.«

Das war der Auslöser für Hertha, über sie herzufallen. Inge wollte sie noch zurückreißen, schaffte es aber nicht und ging selber zu Boden.

»Keine Damenringkämpfe!«, schrie Herr Daasdorf, der plötzlich wieder in der Tür stand. »Wir sind hier nicht auf St. Pauli!«

»Woher wissen Sie denn, wie es auf St. Pauli zugeht?«, fragte Christa.

»Aus dem *Neuen Deutschland* natürlich.«

Herr Daasdorf schlug nun vor, die beiden oberen Bettgestelle einfach abzuheben und auf die Erde zu stellen. »Dann habt ihr zwar keinen Quadratzentimeter freie Fläche mehr, aber niemand muss oben schlafen.«

So wurde dann auch verfahren, und die anderen Mädchen kamen alle, um sich das anzusehen. »Ihr habt ja 'ne Macke!«

Um achtzehn Uhr gab es Abendbrot. Leckere Brote mit Hämosil, einem Aufstrich, der wie Blutwurst aussah und auch so schmecken sollte. Wobei die Betonung auf »sollte« lag. Als die Teller sich leerten und Hertha noch immer großen Hunger hatte, griff sie zu einer List, um sich die restlichen Schnitten zu sichern.

»Wisst ihr, wo der Name Hämosil herkommt?« Es wusste keine. Sie aber, da ihre Mutter Ärztin war. »Da sind die Hämorrhoiden drin verarbeitet, die sie in den Krankenhäusern den Leuten hinten rausschneiden.« Und für die medizinisch ungebildeten Klassenkameradinnen übersetzte sie Hämorrhoiden noch mit »Arschknödel«. Sie bekam die restlichen Brote, wurde aber von Herrn Daasdorf kräftig getadelt.

»Wieso? Sie sind doch sonst immer so für Allgemeinbildung, und nun wissen wenigstens alle, was Hämorrhoiden sind.«

»Es geht hier nicht um die Fäkalsprache, es geht hier darum, dass ihr ein Produkt unserer sozialistischen Fabriken madig macht und damit die Sache des Klassenfeindes unterstützt. Sicher, wir hätten richtige Blutwurst, wenn wir uns den amerikanischen und den deutschen Kapitalisten ausgeliefert hätten, aber nur um den Preis, dass bald wieder ein Krieg von Deutschland ausgehen würde. Und das möchte doch keiner!«

Nein.

Jeder durfte sich noch einen Becher mit kaltem Früchtetee holen, Marke »Wald und Wiese«.

Oben im Zimmer spielten sie nachher »Siebzehn und vier« und lauschten dann, als ihnen Herr Daasdorf um 22 Uhr das Licht ausdrehte, Evelyn, die nicht müde wurde, ihre erotischen Abenteuer detailliert auszubreiten. Ob sie das wirklich erlebt hatte oder alles nur erfunden war, sollten die drei anderen nie herausbekommen. Aus Filmen und Romanen schien es nicht zu sein, das hätte Inge gemerkt.

Um sieben Uhr morgens pfiff Herr Daasdorf draußen auf dem Flur, und beim zweiten Pfiff hatten sie unten auf dem Sportplatz zu sein. Frühgymnastik. Inge hasste das, eigentlich mochte sie Sport überhaupt nicht. Schön, sie fuhr viel Rad und schwamm auch gern, aber das sah sie nicht als Sport an, sondern als reine Fortbewegung.

Den Vormittag vertrödelten sie, am Nachmittag ging es mit dem Dampfer nach Dierhagen hinüber. Gesprächsthema Nummer eins war Herthas ständige Gier nach etwas Essbarem.

Zum Abendbrot verdrückte sie vier Teller Suppe und zehn Stullen. Mehr wurde ihr von Herrn Daasdorf nicht bewilligt, Christa schaffte es aber, noch zwei Stullen unter ihrem Pullover zu verbergen und ihr hinauf ins Zimmer zu bringen.

Während der nächsten Tage gab es volles Programm. Es ging nach Damgarten und zur Steilküste nach Wustrow und Ahrenshoop. Am Wochenende organisierte Herr Daasdorf einen bunten Abend, und Inge tanzte und gackerte viel. Das dicke Ende aber kam danach, als der Lehrer vor dem Schlafengehen erklärte: »Morgen laufen wir zur MAS nach Saal. Das sind nur knappe dreißig Kilometer.«

Inge war entsetzt. Sie war sicher, dass sie diese Strapaze nicht überleben würde. Ihr taten schon die Füße weh, und sie bekam Blasen, wenn sie von der Ebertystraße zum S-Bahnhof Landsberger Allee zu laufen hatte – und das waren gerade einmal vierhundert Meter. Sie hasste körperliche Anstrengung, es war ihr sogar schon ein Greuel, Sportlern zuzusehen, die sich quälten.

Sie musste sich etwas einfallen lassen. Aber was? Zuerst dachte sie an Selbstverstümmelung. Im Dritten Reich hatten das viele Männer versucht, um nicht an die Front zu müssen. Doch sie konnte sich ja schlecht hier im Internat einen Fuß abhacken. Vielleicht aber mit der Nagelschere in den großen Zeh stechen und Herrn Daasdorf sagen, dass sie eine Blutblase habe und nicht laufen könne. Als sie allein im Zimmer war, probierte sie es. Doch mehr, als die Haut ein wenig zu ritzen, gelang ihr nicht. Nicht mal ein Tröpfchen Blut war zum Vorschein gekommen. Aber irgendwie krank zu werden und nicht einsatzfähig zu sein war die einzige

Möglichkeit, die sie sah, um zu überleben. Nein, sie hätte ja auch fliehen können. Einfach zum Bahnhof laufen und sich in den Zug setzen. Und dann? Herr Daasdorf würde Alarm schlagen und nach ihr fahnden lassen. Schon in Neustrelitz würde man sie aus dem Zug holen, spätestens aber in Berlin hoppnehmen. Und ihre Eltern würden ihr Fahnenflucht vorwerfen und mächtiges Theater machen.

Blieb also doch nur die plötzliche Erkrankung. Doch wie sollte sie das schaffen, wo sie so gesund war wie lange nicht mehr? Am besten war ein verdorbener Magen. Aber wo bekam sie verschimmeltes Essen her? Bei Oma Koch auf dem Fensterbrett stand immer eine Menge davon, doch Berlin war weit.

Nach längerem Nachdenken kam sie auf das, was ihre Familie zu Ostern in einige Aufregung versetzt hatte. Gerhard hatte mit seinem Freund Manfred Matuschewski so lange Wettrülpsen gespielt, bis ihm furchtbar übel geworden war. Er war regelrecht kollabiert, und sie hatten einen Arzt rufen müssen.

Also ging sie hinunter auf den Sportplatz, der verlassen im milden Schein der Abendsonne lag. Eine Viertelstunde lang saugte sie nun die Luft aus ihrem Magen, würgte sie durch die Kehle und ließ sie mit lauten Rülpsern entweichen. Und wirklich, ihr wurde speiübel. Sogar brechen musste sie. Sie sank auf den Rasen. Christa fand sie und rief in ihrer Panik sofort nach Herrn Daasdorf. Der ließ Inge nach oben in ihr Zimmer bringen.

»Ich kann morgen unmöglich mit nach Saal«, sagte Inge. »Ich bin noch zu schwach, um so lange zu laufen.«

»Wenn du morgen früh nicht ganz so viel rülpst wie eben, schaffst du es schon.« Er schien sie durchschaut zu haben, hatte vielleicht auch Erfahrungen mit Simulanten. Damit ging er und ließ Inge mit Christa allein.

Die Freundin wischte ihr den Schweiß von der Stirn. »Nun erzähl mal! Mir kannst du doch alles sagen.«

Inge tat es. »Du weißt doch, dass ich lieber zehn Jahre meines Lebens opfere, als mich so zu quälen. Dreißig Kilometer! Nie!«

»Dann musst du, was Herrn Daasdorf betrifft, zum Letzten greifen.«

»Soll ich ihn verführen?«

»Nee, das nicht, der ist doch auch immun dagegen. Aber es gibt etwas, wo er sofort weich wird und dich morgen im Bett liegen lässt, während wir uns über die Landstraße schleppen.«

Inge richtete sich ein wenig auf. »Und … das wäre?«

»Du musst nur in die FDJ eintreten.«

So kam es, dass Inge doch noch die blaue Bluse trug und für Herrn Daasdorf ein vollwertiges Mitglied der menschlichen Gesellschaft zu werden versprach.

Das Jahr 1950 sollte für Inge Bugsin zum Schicksalsjahr werden. Sie war nun Bürgerin der Deutschen Demokratischen Republik, die Walter Ulbricht mit Hilfe und auf Weisung des Kreml am 7. Oktober 1949 aus der Taufe gehoben hatte, aber das Geschäft ihrer Eltern lag in West-Berlin, also, ohne dass Inge diese Statusfragen so richtig begriffen hätte, irgendwie im Ausland. Im feindlichen Ausland.

Für sie wäre es logisch gewesen, wenn ihre Eltern nun endlich nach West-Berlin gezogen wären. Doch nein, sie wollten sich, da ihnen die Ebertystraße zu klein und wohl auch zu schäbig geworden war, eine riesengroße Wohnung in Treptow mieten, in der Rethelstraße. Es gab eine erregte Diskussion, als sie mit ihrem Großvater und mit Bernhard Großkreutz darüber redeten.

»Unsere Zukunft liegt im Westen«, sagte Fritz Schablin. »Die SED macht doch systematisch alle kleinen Händler kaputt. Alles soll ja nur noch staatlich sein.« Er hatte seine Konsequenzen schon gezogen und war mit seiner neuen Ehefrau von Baumschulenweg nach Zehlendorf gezogen.

»Wer im Osten bleibt, der ist ganz schön bekloppt!«, verkündete Bernhard Großkreutz. Sein Wohnhaus in der Andreasstraße war zwar nicht in Schutt und Asche gelegt worden, aber ringsum und bis zum alten Schlesischen Bahnhof gab es nur noch Ruinen, und so war es ihm und seiner Frau nicht schwergefallen, in den Berliner Norden zu ziehen, und zwar nach Reinickendorf, also in den französischen Sektor. Dort hatte er sich eine kleine Metallfirma gekauft, eine Klitsche, in deren Bürotrakt es auch eine ganz komfortable Wohnung gab. Jedenfalls eine mit Bad und Innentoilette, was er so noch nicht gekannt hatte. »Los, lasst den Möbelwagen kommen, und ab in den Westen, bevor sie euch nicht mehr lassen! Oder euch als Kapitalisten und Volksschädlinge ins Zuchthaus stecken – oder gleich ab nach Sibirien.«

Inge sah gespannt zu ihrer Mutter hinüber. Die hatte das Sagen, auch wenn ihr Vater noch so laut tönte und seinem Schwiegervater und seinem Cousin wohl gern gefolgt wäre.

Irmgard Bugsin steckte sich eine Zigarette an – eine teure amerikanische. »Es gibt aber auch einige Gründe hierzubleiben.« Sie sagte das so kühl und beherrscht, als ginge es um die Frage, ob ihr Geburtstag in diesem Jahr auf den Mittwoch oder den Donnerstag fiel. »Ein Grund ist, dass wir hier eine wunderschöne Wohnung haben werden, mit dem Treptower Park gleich vor der Haustür. Ein anderer, dass ich und die Kinder hier in Ost-Berlin groß geworden sind, und Max auch, als er aus Dramburg zurück war. Der Hauptgrund aber ist unser Grundstück in Karolinenhof. Das möchte ich auf keinen Fall verlieren oder als West-Berlinerin nicht mehr hindürfen.«

Wer sie darin bestärkte, in Ost-Berlin zu bleiben, war Rita, die gerade geheiratet hatte und nun im Haus ihrer Schwiegereltern wohnte. Das war in Mahlow, südwestlich von Berlin gelegen und damit in der richtigen DDR, zu der Ost-Berlin ja nicht ganz gehörte, obwohl es ihre Hauptstadt war.

»Am Sonntag besuchen wir Rita«, sagte Irmgard Bugsin.

»Prima!« Inge freute sich, denn als Cousine ihrer Mutter wie auch ihres Vaters war Rita eigentlich ihre Großcousine, da aber Rita nur sieben Jahre älter war als sie, hatte sie in ihr immer die ältere Schwester gesehen. In Ritas Elternhaus in Guben, bei Onkel Hermann, hatten sie während des Krieges einige Zeit gelebt, und in Guben war Inge auch zur Schule gegangen. In die Klosterschule.

»Kommt man ohne Auto überhaupt nach Mahlow?«, fragte Gerhard. Er litt sehr darunter, dass seine Eltern kein eigenes Auto hatten, keinen Pkw jedenfalls. Dass ein Lieferwagen mit der Aufschrift *Schablin & Co.* durch die West-Berliner Straßen rollte, hob sein Prestige im Osten auch nicht sonderlich. Wie hatte Bernhard

Großkreutz neulich mal gesagt: »Der Mensch fängt bei mir erst an, wenn er ein Auto hat.« Da war Gerhard voll und ganz der Meinung seines Onkels beziehungsweise Großcousins.

Inge war es egal, ob sie im eigenen Wagen zu Rita fuhren oder mit der S-Bahn. Hauptsache, die Familie war beisammen. Das hatte sie all die Jahre, in denen ihr Vater Soldat gewesen war, so schmerzlich vermisst. Und das mit dem eigenen Auto hatte Zeit. Alle prophezeiten ihr ja, dass sie einmal einen reichen Mann abbekommen würde.

So liefen sie zum S-Bahnhof Treptower Park, um mit der Ringbahn bis Papestraße zu fahren und dort in den Vorortzug nach Rangsdorf umzusteigen.

Während der Fahrt spielten sie Buben-Anlegen und Sching-Schang-Schong. Papier deckt Brunnen zu. Schere schneidet Papier. Stein fällt in den Brunnen. Stein schleift Schere.

Als sie im Bahnhof Papestraße durch den langen Tunnel gingen, kamen ihnen die Matuschewskis entgegen. Max Bugsin und Otto Matuschewski umarmten sich wie zwei Fußballer, von denen der eine gerade das Siegestor geschossen und der andere die Vorlage dazu gegeben hatte.

Drei Jahre hatte Otto Matuschewski in sowjetischer Kriegsgefangenschaft verbracht und war dann mit einer Hüftgelenks-Tbc entlassen worden. Lange hatte er im Oskar-Helene-Heim gelegen, ehe sie ihn mit einem Gehgips nach Hause geschickt hatten. Dem war dann ein Gehapparat gefolgt, nun aber konnte er es bei einem Stock belassen und wieder einigermaßen gehen, wenn auch nicht eben schnell. Seine Schwiegermutter sagte immer, er sei ein Krüppel, aber immerhin stand er schon wieder in Lohn und Brot. Bei der Post, wie früher. Die Gauß-Schule hatte er besucht, Fernmeldeingenieur war er. Aber die guten Posten hatten die ergattert, die nicht in Gefangenschaft geraten oder eher zurückgekommen waren.

»Wo wollt ihr denn hin?«, fragte Otto Matuschewski.

»Nach Mahlow.« Gesprochen wie Mahlo.

»Etwa da malochen?«, wollte Manfred Matuschewski wissen.

»Nee, zu Rita Kaffee trinken. Die hat ja jetzt geheiratet.«

»Mann ist Mann – und wenn er im Bett sitzt und hustet«, stellte Margot Matuschewski fest.

»Woher weißt du, dass Wolfgang im Bett sitzt und hustet?«

»Das weiß ich nicht, aber das sagt meine Kollegin Lenchen Behnke immer. Durch Reden kommt nun mal 'ne Unterhaltung zustande.«

Sie verabredeten sich für den nächsten Sonntag zu einem Spaziergang durch den Treptower Park, und weiter ging es. Sechs Stationen waren es bis nach Mahlow. Hinter Lichtenrade verlief die Grenze zwischen West-Berlin und der DDR.

»Gott sei Dank haben wir kein Visum gebraucht«, sagte Irmgard Busgin.

Inge lachte. »Was nicht ist, kann noch werden.« Aber es war absurd, so etwas zu denken. Sie dachte lieber an Wolfgang.

Sechzehn Jahre alt war Inge jetzt und hatte längst entdeckt, wie lustvoll es sein konnte, den eigenen Körper zu erkunden. Seit sie aber wusste, wozu die Klitoris gut sein konnte, und nicht mehr dachte, es sei ein Druckfehler und der Autor hätte eigentlich ein Klistier gemeint, da überzog sich ihr Hals stets mit einem verräterischen Scharlachrot, wenn sie einem Mann begegnete, den sie sich als Bettgenossen vorstellen konnte. Wie etwa Wolfgang, Ritas Mann. Er studierte Chemie, und Rita hatte ihm zuliebe ihr Medizinstudium aufgegeben. Jetzt arbeitete sie in Berlin-Mitte in einem Büro, um Geld für beide zu verdienen.

»Muss das Liebe sein«, hörte Inge ihre Mutter sagen.

»Ich weiß nicht so recht.« Ritas Begeisterung für Wolfgang schien sich trotz allem in Grenzen zu halten.

»Die Liebe kommt in der Ehe«, sagte Irmgard Bugsin.

Inge hatte nicht das Gefühl, dass es bei ihren Eltern unbedingt so war, und sie fragte sich, warum ihre Mutter das so anders sah oder wenigstens sagte. Um sich selbst zu täuschen? Um Rita Hoffnung zu machen? Wie sollte sie das wissen? Man musste alles durchlebt haben, um es wirklich zu wissen. Ansatzweise wenigstens. Mindestens fünfzig Jahre gelebt haben. Inge rechnete nach. Man würde das Jahr 1984 schreiben, wenn bei ihr die *Fünfzig* auf der Torte stand. Noch eine Ewigkeit.

Beim Kaffeetrinken erzählte Rita ihre Lieblingsgeschichte. »Mein Vater war Polizeibeamter, und als ich zwei Jahre alt war, ist er nach Frankfurt/Oder versetzt worden. Da kommt eines Tages Max zu uns zu Besuch …«

»Und bringt dir einen kleinen Affen mit«, fiel ihr Inges Vater ins Wort. »Aber keinen aus Stoff, sondern einen richtigen, einen lebendigen. Aber der war nicht lange lebendig, der musste schon krank gewesen sein, als ich ihn gekauft habe.«

»Max, lass doch bitte mal Rita weitererzählen!«

»Danke, Irma! Also … mein Vater und Max wollen am Ufer einen würdigen Begräbnisplatz für mein Äffi finden, und wir gehen zu dritt an der Oder lang. Der tote Affe liegt in einem Schuhkarton, und den trage ich hinter den beiden her.«

»Rita als Sargträgerin … Wir laufen und laufen, aber finden keine passende Stelle.« Max Bugsin wollte die Chance nutzen, um Rita abzulösen, doch eine energische Handbewegung seiner Gattin stoppte ihn schnell.

Rita wollte zum Ende kommen. »Nach einer guten Stunde haben die beiden endlich ein Grab für mein Äffi gefunden: eine sandige Stelle unter einer alten Weide. Max setzt den mitgebrachten Spaten an, und mein Vater dreht sich um und will mir den Karton abnehmen. Da ist aber kein Karton mehr, und ich sage: ›Den hab ich schon in die Oder geschmeißt.‹«

In den nachfolgenden Gesprächen mühten sich nun alle, die unregelmäßigen Verben in Ritas Manier zu modernisieren. Hat jeder seinen Kaffee ausgetrinkt? Habt ihr schon gehört, dass Opa Bombach gesterbt ist? Bernhard ist zum ersten Mal in seinem Leben gefliegt – nicht auf die Schnauze, sondern nach London. Wann habt ihr denn in der Schule mit Russisch beginnt? Hast du gedenkt, ich werde deinen Geburtstag vergessen? Wer ist da eben in die Küche geschleicht? Gerhard, hast du den Draht hier verbiegt? Das ist doch glatt gelügt!

Nur Irmgard Bugsin machte nicht mit. Ihr erschien das zu albern.

»Dann sehen wir uns bei Inges Einsegnung.«

»Klar, wir kommen.«

Was es mit dieser Einsegnung auf sich hatte, konnte Inge nicht so recht begreifen. Dass ihre Eltern gebetet hätten, war ihr in all ihren Lebensjahren nicht ein einziges Mal aufgefallen. Im Gegenteil, ihr Vater hatte bei jeder Feier seinen großen Auftritt, wenn er die Heilsarmee parodierte und sang: »Es ist Kraft in dem Blut, es ist Kraft in dem Blut ...« Dem Blut des Heilands. Außerdem war zu befürchten, dass sie, obwohl nun Mitglied der FDJ, von Herrn Daasdorf und den anderen hundertprozentigen SED-Mitgliedern im Lehrerkollegium wieder schlechtere Noten bekam, wenn durchsickerte, dass sie eingesegnet worden war. Fortschrittliche Eltern schickten ihre Kinder zur Jugendweihe.

Sie fragte ihren Vater, doch der lachte nur. »Jetzt haben wir eine Wohnung mit einem Wohnzimmer, das so groß ist wie ein Saal, und nun müssen wir auch sehen, dass wir den vollkriegen.«

Als sie ihre Mutter ansprach, reagierte die mit einer abwehrenden Handbewegung und einem Gesichtsausdruck, der nur allzu deutlich war: Nie sollst du mich befragen. Mit der Wahrheit herauszurücken war ihr doch ein wenig peinlich: dass die Firma Schablin & Co. von kirchlichen Stellen einen größeren Auftrag zur Neuausstattung ihrer Büros erwartete, man aber dort ein wenig pikiert geguckt hatte, als ihr herausgerutscht war, dass ihre Tochter Inge noch nicht konfirmiert sei. Dann werde es aber Zeit!

Inge hatte das gelernt, was unumgänglich war, und Prüfung und Zeremonie über sich ergehen lassen wie einen Fahnenappell bei der FDJ und nahm auch die Geschenke ohne große Emotionen entgegen: so viel Briefpapier, dass sie damit handeln konnte, mehrere Garnituren mit Unterwäsche, die sie hasste, stapelweise Bücher, die sie nie lesen würde, und allerlei Krimskrams, der nur die Schränke füllte.

Dann saßen sie alle an der langen Tafel. Beim Kaffeetrinken reichte ihr Vater sein Fernglas herum. »Damit ihr erkennen könnt, wer euch gegenübersitzt.«

Inge sah sich wirklich alle einzeln an. Neunzehn Gesichter waren es. Ihr Vater, ihre Mutter und ihr Bruder. Dann die Großeltern. Bertha Koch, die Mutter ihres Vaters, nahm gerade ihr Gebiss heraus und legte es neben sich auf den Tisch. »Nicht mal die

Buttercremetorte kann ich damit kauen.« Georg Koch, Max Bugsins Stiefvater, war dabei, sich das dritte Stück Torte einzuschaufeln, und Inge hatte Angst, dass er wirklich einmal platzte, wie man es immer wieder prophezeite. Fritz Schablin, ihr richtiger Großvati, hatte heute im dunklen Anzug ganz besonders große Ähnlichkeit mit Winston Churchill. Nur dass er im Gegensatz zu diesem ein Glasauge hatte. Das richtige war ihm als Kind beim Spielen ausgeschlagen worden. Mathilde, seine neue Frau Gemahlin, mal Tilde und mal Hilde genannt, trug ein hellblaues Kleid und wirkte nicht nur deswegen wie ein Eisblock. Sie kam sich in dieser Runde sehr deplatziert vor. Das lag vor allem daran, dass Bernhard Großkreutz neben ihr saß und pausenlos schlüpfrige Witze erzählte.

»Neulich war ich mit meinem Freund Hans-Joachim zur Jagd. In Sachsen. Seinen Sohn haben wir auch mitgenommen, acht Jahre alt. Der Junge guckt nach Osten und sieht zwei Füchse, der Vater blickt nach Westen und sieht eine nackte Frau. Der Junge ist furchtbar aufgeregt: ›Baba, Figgse, Figgse!‹ Daraufhin mein Freund Hans-Joachim: ›Gerne, aber nur, wenn du de Muddi nüscht soochst.‹«

Helga, seine langjährige Ehefrau, tat so, als hätte sie ihn nie in ihrem Leben gesehen und liebend gern einen anderen Tischnachbarn gehabt.

Wer sich hingegen halb totlachte, war Alexander Lissey, ein entfernter Verwandter von Irmgard Bugsin, der in Neukölln mit Milch und Sahne handelte, so viel wog wie ein japanischer Sumoringer und von seiner Frau wie auch seiner Schwester begleitet werden musste, weil einer allein nicht ausreichte, um ihn aus seinem Mercedes zu heben. Die Schwester lief in der Familie Bugsin unter dem Namen Tante Mulle und war bekannt dafür, dass sie jeden Sonntag auf den Fußballplatz ging und sogar Mitglied bei Tasmania 1900 war.

»Versteh ich nicht«, sagte Bernhard Großkreutz. »Wie kann sie da mit Glied sein, wo soll sie das hernehmen?«

Max Bugsin gab seiner Vermutung Ausdruck, dass sie ein künstliches habe. In Paris habe er einmal eines gesehen. Lido hießen die.

»Dildo, Max, Dildo!«, kam die Korrektur vonseiten seiner Frau. »Aber können wir die Dinger bitte beiseitelassen!«

Auch Rita war an den Salons der oberen Zehntausend orientiert und litt unter dem nicht vorhandenen Niveau, ihr Wolfgang nicht minder.

Tante Manda hingegen war alles egal, sie starrte nur autistisch vor sich hin. Am Tage zuvor war ihre Tochter nach Australien geflogen.

Nicht zur Familie gehörten die drei Matuschewskis aus Neukölln und Christa, Inges beste Freundin. Auch um von ihr nicht getrennt zu werden, hatte Inge das harte Los auf sich genommen, jeden Morgen mit der Straßenbahn von der Rethelstraße nach Friedrichshain in die Schule zu fahren.

Alle warteten nun darauf, dass eine Rede gehalten wurde – was Männersache war. Max Bugsin sah seinen Cousin Bernhard an. Der gab den Blick weiter an Fritz Schablin. Der murmelte nur, dass sie mit dem geplanten Gedicht nicht rechtzeitig fertig geworden seien. Zu Inges Hochzeit gäbe es aber eines. »Herr Matuschewski, wir dachten alle, dass Sie ...« Otto Matuschewski aber zierte sich. Er gehöre nicht zur Familie, und andere hätten die weiterreichenden Rechte. Opa Koch vielleicht, der räuspere sich schon. Nein, er habe nur gerülpst. Reden könne er nicht, er sei ein einfacher Mann aus dem Volke. Dann eben Wolfgang. »Nein, ich bin Chemiker.« Und Naturwissenschaftler machten keine großen Worte.

Blieb noch Alexander Lissey. Der stand auch tatsächlich auf und setzte an zu einer großen improvisierten Rede. »Meine liebe Irma! Wir haben uns hier zu deinem vierzigsten Geburtstag versammelt, um fröhlich zu sein. Nach all den schrecklichen Jahren, die wir durchgemacht haben, fällt uns das schwer, aber ...« Dass ringsum so viel gelacht und gezischt wurde, irritierte ihn nicht wenig, er dachte aber, dies hinge mit seiner Aussage über die Zeit der Nationalsozialisten zusammen. »Was denn? Ist hier vielleicht einer unter euch, der das Dritte Reich schön gefunden hat?«

»Alex«, flüsterte ihm seine Schwester ins Ohr. »Inge! Es geht um Inge!«

»Was denn? Inge hat für Adolf geschwärmt?« Sein Entsetzen war ihm deutlich anzusehen. »Sie war ja noch ein Kind ... Obwohl ihre Eltern ... Irma, du hast doch immer ...«

»Sie wird heute eingesegnet.«

Alexander Lissey kam aus dem Staunen gar nicht mehr heraus. »Irma wird heute eingesegnet? Mit vierzig Jahren noch?«

»Nein, Inge!«

»Du hast mir doch aber selber gesagt, ich soll die fünf Liter Schlagsahne für Irma mitbringen.«

»Ja, damit sie die für Inges Einsegnung heute schlagen kann.«

»Warum sagt mir das denn keiner!« Beleidigt setzte er sich wieder, das heißt, er ließ sich fallen. Und da sein Stuhl aus Bugsins Lager stammte und wegen seines Alters als unverkäuflich galt, brach der unter ihm zusammen.

Die Folge war ein Bandscheibenvorfall, und Alexander Lissey schrie so sehr, als sie ihm wieder aufhelfen wollten, dass die Nachbarn klingelten und fragten, ob sie die Polizei holen sollten. Nein, einen Arzt oder die Feuerwehr.

Als man den Festredner auf einer Bahre davontragen wollte, knickten deren Holme weg, und man war ratlos, bis Otto Matuschewski vorschlug, doch eine Schranktür abzuschrauben und sie als Trage einzusetzen. So kam Alexander Lissey schließlich ins Krankenhaus.

Seine Schmerzensschreie hingen noch lange im Raum, und es wollte die ganze Feier über keine rechte Stimmung mehr aufkommen. Otto Matuschewski sollte über diese Einsegnung später sagen, bei den meisten Beerdigungen, die er mitgemacht habe, sei es fröhlicher zugegangen.

Daran erinnerte sich Inge noch ganz deutlich, als es am 2. März 1952 nach Neukölln in die Ossastraße ging, um nun Manfred Matuschewskis Einsegnung zu feiern.

Von der Rethelstraße aus mochten es knapp sechs Kilometer sein, und Inges Eltern beharrten darauf, diese Strecke zu Fuß zurückzulegen, während sie und ihr Bruder die Straßenbahn benutzen wollten. Es waren vom S-Bahnhof Treptower Park bis zum Wildenbruchplatz immerhin fünf Stationen.

»Dafür haben wir kein Geld«, beschied ihr Vater.

»Ihr verdient doch mit der Firma genug«, wandte Inge ein.

»Alle Gewinne werden wieder investiert«, sagte ihre Mutter. »Oder kommen zu den Rücklagen. Man weiß ja nie.«

»Sagt bloß, ihr habt keine Privatentnahmen.«

»Die werden auf das Notwendigste beschränkt.«

Inge kam mit ihrem letzten Argument. »Und wer soll das Geschenk tragen?«

»Ich selber«, sagte ihr Vater und zog einen weißen Briefumschlag aus der Innentasche seines Anzugs. »Er bekommt fünfzig Mark und soll sich selber was für kaufen.«

»Ja«, ergänzte ihre Mutter. »Einen Schreibtisch für sich, wenn sie umziehen sollten, endlich in eine Neubauwohnung, und er ein eigenes Zimmer bekommt. Aber einen Schreibtisch von Schablin & Co.«

So trottete Inge maulend nach Neukölln. Für sie war es ein Marathonlauf.

Immerhin wurde sie von den Gästen, insbesondere den Männern, mit einigem Hallo begrüßt.

»Du bist ja wirklich eine richtige junge Dame geworden!«, rief Manfreds Schmöckwitzer Oma aus und drückte sie fest an sich.

»Sieht sie nicht entzückend aus?«, flüsterte auch Margot Matuschewski ihrem Otto ins Ohr. »In ihrem Petticoat und den Strümpfen mit den schwarzen Nähten. Die wünsche ich mir einmal als Schwiegertochter.«

Als sie Kuchen zu den Nachbarn bringen mussten und Inge den Jungen beim Tragen half, kamen sie auf halber Treppe auch an der Toilette vorbei, die einer der Mieter ständig besetzt hielt. Bei offener Tür rauchte er eine selbstfabrizierte Zigarre und las dabei in alten Zeitungen. Das dauerte, und oft vergaß er das Spülen. Inge hielt sich beim Vorbeigehen die Nase zu und war dennoch einer Ohnmacht nahe.

»Krieg ich auch 'n Stück Kuchen?« Erich Lewandowski wollte es gleich hereingereicht bekommen und stieß die Tür noch ein Stück weiter auf. »Ist das schon deine Braut?«, fragte er den Konfirmanden.

»Nein!« Manfred Matuschewski lief rot an, aber auch Inge verfärbte sich ein wenig.

Später wurde es aber dennoch ganz lustig, denn mit Manfred, dessen Cousin Peter und ihrem Bruder spielten sie zuerst Gladow-Bande und dann *RIAS*. Otto Matuschewski hatte bei der Post ein richtiges Mikrophon ergattert, und sie konnten ihre Reportagen vom Wohn- ins Schlafzimmer übertragen. Inge ging dabei völlig neue Wege und interviewte nicht nur Zarah Leander, sondern sang auch gleich deren Lieder *Kann denn Liebe Sünde sein* und *Ich weiß, es wird einmal ein Wunder geschehn*, worauf ein Teil der Gäste protestierte. »Bitte keine Nazi-Durchhalteparolen!«

Politisch einwandfrei waren dagegen die Beiträge ihres Vaters, wenn auch diejenigen, die sich zu den höheren Ständen rechneten, ein wenig die Nase rümpften. Am meisten bei seinem Vortrag mit den durcheinandergeratenen Schüttelreimen: »Die Scheißebereibung ... äh ... die Reisebeschreibung ...« Da durften dann auch die »nickenden Fichten« nicht fehlen.

Aber die Stimmung war bombig. Und als dann alle das Lied von den Capri-Fischern sangen, war auch Inge ohne jedes Wenn und Aber mit von der Partie. Schließlich hatte sie ein Glas Weißwein nach dem anderen getrunken, und ihre Mutter sagte, sie würde schon ganz selig die Augen verdrehen und sei völlig hinüber.

»Wenn bei Capri die rote Sonne im Meer versinkt und vom Himmel die bleiche Sichel des Mondes blinkt, ziehn die Fischer mit ihren Booten aufs Meer hinaus, und sie legen in weitem Bogen die Netze aus.«

Da riss Inge die Gardine von der Stange und warf sie über Manfred Matuschewski und seine Gäste und sorgte damit für den absoluten Höhepunkt des Abends.

Für den Rückweg nach Ost-Berlin ließ ihre Mutter dann doch eine Taxe kommen, weil sie Angst hatte, Inge könne in der Straßenbahn antisozialistische Witze vortragen und an der Grenze die Volkspolizisten verhöhnen, wie sie es gerade übte: »Kennt ihr die Durchsagen im DDR-Radio: Beim nächsten Ton ist es acht Uhr. Piep! Und nun noch eine Durchsage für unsere Volkspolizei: Acht ist es, wenn der große Zeiger senkrecht nach oben zeigt und der kleine links unten auf die Brezel.«

Inge schrieb sehr ungern Klassenarbeiten, aber bei dieser heute gab sie sich alle Mühe, denn irgendwie hatte sie Ludwig Erhard in ihr Herz geschlossen. Sie hatte ein Faible für gemütliche Zigarrenraucher. *Er ist 1897 geboren worden und seit 1949 Minister im Kabinett von Bundeskanzler Konrad Adenauer. Wir bezeichnen ihn als den Vater der sozialen Marktwirtschaft, die durch ordnungspolitische Maßnahmen sozial nachteilige Auswirkungen des Kapitalismus zu verhindern sucht. Dadurch kommt es, dass es den arbeitenden Menschen in der Bundesrepublik Deutschland viel, viel besser geht als den Menschen in der DDR, die doch von sich behauptet, sie sei der Staat der Arbeiter und Bauern. Das stimmt aber nicht, weil das ZK der SED alle Macht in den Händen hat und Walter Ulbricht von seinen Organen alle verhören und einsperren lässt, die dagegen sind.*

Dieses Schicksal hätte Inge Bugsin womöglich mitsamt ihren Eltern geteilt, wenn ihr diese Zeilen bei Herrn Daasdorf und seiner Ost-Berliner Schule aus dem Füllfederhalter geflossen wären, doch sie schrieb sie im Herbst 1952 auf der Höheren Handelsschule, und die lag im West-Berliner Bezirk Charlottenburg.

Zwar wohnten sie noch immer in der Rethelstraße und gingen mit ihrem Hund, ihrer neuesten Errungenschaft, im nahen Treptower Park spazieren, doch Inge fuhr nun jeden Morgen mit der Stadtbahn bis zum Bahnhof Charlottenburg und lief von da zur Joachim-Friedrich-Straße.

Christa und die anderen aus der Klasse hatten es nicht fassen können. »Was, du machst kein Abitur?«

»Nein. Ich werde ja später mal die Firma meiner Eltern übernehmen, und darum muss ich das lernen, was dafür wichtig ist, und das geht nur im Westen.«

Das überzeugte die Freundinnen, doch es stimmte nicht ganz, denn immer wieder hatte ihre Mutter betont, dass »der Junge« die Firma übernehmen solle, auch wenn nicht zu übersehen war, dass sie, Inge, für diese Aufgabe die wesentlich besseren Voraussetzungen mitbrachte.

Auch Herr Daasdorf war fassungslos gewesen, als er von dieser Ausgangslage erfahren hatte, und ahnte, dass seine wohl beste

Schülerin bald in den Westen gehen würde. »Warum ergibst du dich denn bloß so ohne jeden Widerstand, liebe Inge, fügst dich so gottergeben in dein Schicksal? Kämpfen musst du, kämpfen! Um deinen eigenen Lebenserfolg. Um deine eigenen Ziele.«

»Ich habe aber keine Ziele«, hatte Inge ganz leise gesagt.

»Jeder Mensch hat doch seine Ziele.«

»Ich nicht.«

»Das wird schon noch kommen, du musst dir nur Zeit lassen. Und die hast du in unserer Republik. Bleibe hier, mache das Abitur, gehe dann in eine Fabrik, und lass dir den Wind um die Nase wehen. Hast du dann deinen Facharbeiterbrief, wirst du auch wissen, was du studieren willst. Inge ...« Er legte ihr den Arm um die Schulter. »Es steckt doch so viel drin in dir, lass es nicht verkümmern, nutze es!«

Doch Inge hatte ihn auf dem Flur vor dem Klassenzimmer stehenlassen. Was verstand er schon von ihrem Naturell? Nichts verstand er. »Lasst mich doch alle in Ruhe«, murmelte sie, als sie weiterging. Sie wollte nichts weiter als sich selber gehören. Keiner sollte sie vereinnahmen: keine Partei, keine große Firma. Sie wollte im Fluss des Lebens dahintreiben wie ein Ast, der ins Wasser gefallen war, und kein Motorschiff sein, das stromaufwärts fahren konnte und überall anlegte und Menschen mit sich nahm. An sich wollte sie nichts weiter als den ganzen Tag im Bett liegen und sich wohligen Gefühlen hingeben. Was hatte sie davon, wenn sie ihr Abitur machte? Nichts weiter als die Mühe des Lernens und die Angst vor der Prüfung und hinterher den ganzen Ärger mit dem Studium und einen Zwölf-Stunden-Tag als Ärztin oder Staatsanwältin. Sollten sich andere abmühen, sie nicht. Sie war nicht dazu geboren worden, sich andauernd abzurackern. Tat man es und wurde was und hatte was, kam der Krieg, und man bekam eine Bombe auf den Kopf.

Also war die Höhere Handelsschule noch das kleinste aller möglichen Übel gewesen. Aber auch hier tat sie nicht mehr, als unbedingt nötig war, um den Abschluss zu schaffen.

»Was soll's!«, sagte sie zu Christa, mit der sie weiterhin eng verbunden war. »Selbst wenn ich nur Einsen hätte, Chefin der Firma

Schablin & Co. würde ich ja doch nicht werden. Den Chefsessel wird ja mein Herr Bruder erben.«

»Du könntest aber zur Konkurrenz gehen und ihm die Hölle heißmachen.«

»Nicht, solange meine Mutter lebt.«

»Die ist es doch, die deinen Bruder zum Kronprinzen gemacht hat. Als könnten Frauen das nicht auch: eine Firma führen. Sie selber ist doch das beste Beispiel dafür. Dein Vater ist doch nur 'ne Marionette.«

»Ich bin nicht rachsüchtig, und wie oft soll ich dir denn noch sagen, dass der eine Gerhard für den anderen steht, mein Bruder für ihren Bruder. Und der, Gerhard Schablin, sollte einmal die Firma übernehmen und richtig groß rauskommen mit ihr.«

Christa legte ihren Arm um sie. »Ach, Inge ...«

»Schluss der Debatte!« Inge war Meisterin darin, alles so zu nehmen, wie es kam. Sie war eine breite, in sich ruhende Natur, und ihr Fatalismus war mit einer ansteckenden Fröhlichkeit verbunden.

Und dennoch kam es vor, dass sich in ihrer Nähe Männer prügelten, gestandene Männer sogar. Das geschah im September 1952, als Schablin & Co. seine neuen Geschäftsräume in der Hedemannstraße feierlich eröffnete. An die hundert Geschäftsfreunde hatte man eingeladen, Lieferanten wie Kunden, und alle waren gekommen.

Kaum jemand von ihnen wusste aber, dass sich hinter dem Co. im Firmennamen nicht nur Max und Irmgard Bugsin versteckten, sondern auch ein stiller Teilhaber mit Namen Paul Oeberg. Der aber war nun, als man zwei Stunden gefeiert und manche Flasche Dujardin, Asbach Uralt und Jacobi 1880 geleert hatte, gar nicht mehr so still.

»Eigentlich is et ja ein Skandal, det hier so jroß jefeiert wird!«, rief er, nachdem Bernhard Großkreutz, sozusagen der Ehrengast an diesem Nachmittag, eine kleine Rede gehalten und seinen Cousin über alle Maßen gelobt hatte. »Wenn ick mein Geld zur Bank jetragen und die Zinsen einjestrichen hätte, so niedrig die ooch sind, dann wär ick heute ’n reicher Mann. Aber so! Wat hab ick denn von die Bugsin ausjezahlt bekommen? Ein Almosen, mehr nich.«

»Bleiben Sie doch bitte sachlich«, bat Fritz Schablin, auch heute ganz und gar im Stile eines englischen Konservativen.

Aber Oeberg, der sein Vermögen als Fischhändler auf den Berliner Wochenmärkten gemacht hatte, war dazu schon zu sehr in Rage. »Du halt die Schnauze, Mann, und mach hier nich uff vornehmen Pinkel! Ick weeß doch jenau, wie de anjefangen hast – als kleener Kneipier. Und von dem, wat hier inne Firma läuft, vastehste doch bis heute nischt, wo de sowieso uff eenem Ooje blind bist.«

Da ging Max Bugsin dazwischen. »Paul, lass meinen Schwiegervater in Ruhe!«

»Du sauf lieber nicht so ville und loof die Weiba hinterher, sondern kümmere dir darum, dette mehr Uffträge an Land ziehst.«

Irmgard Bugsin warf ihm einen scharfen Blick zu. »Wir sind hier nicht auf dem Fischmarkt, Herr Oeberg!«

»Leider! Da sind die Leute ehrlicher und betrügen einen nich so.«

»Raus hier!«, schrie Max Bugsin nun. »So ’n kleener Heringsbändiger wie du, der hat hier nischt zu suchen.«

Den Heringsbändiger konnte Paul Oeberg nicht auf sich sitzen lassen. Er holte kurz aus und haute Max Bugsin derart eine runter, dass Inge Angst hatte, ihrem Vater würden die Zähne aus dem Mund geschleudert werden.

Daraufhin vergaß Fritz Schablin, dass er eigentlich immer und überall den Gentleman geben wollte, schrie »Sie Lump, Sie!« und trat Oeberg mit der Schuhspitze in den Hintern.

Der fuhr herum und schlug Inges Großvater mit einem kurzen rechten Haken in die Magengrube nieder.

Das wiederum konnte nun ihr Vater nicht auf sich sitzen lassen, sprang den stillen Teilhaber von hinten an und versuchte, ihn mit einem Doppelnelson in den Griff zu kriegen. Früher hatte er keinen Ringkampf ausgelassen und kannte sich in dieser Sportart bestens aus.

Doch Oeberg gelang es, die Finger von Max auseinanderzubiegen und sich zu befreien.

Da schlug ihm Fritz Schablin, auf dem Boden liegend, die Beine weg. Oeberg stürzte und riss Max Bugsin mit sich.

Jetzt wälzten sich alle drei über das frischgebohnerte Parkett und schlugen aufeinander ein, angefeuert von Bernhard Großkreutz und anderen Sportfreunden.

Irmgard Bugsin schämte sich furchtbar und lief auf die Straße hinaus, um mit einer Taxe nach Hause zu fahren.

Inge aber bewahrte die Contenance und rief die Polizei. Als der Funkwagen eintraf, sprangen die Streithähne auf und bemühten sich, ihre Kleidung zu ordnen.

»Ist hier was?«

»Nein. Wieso? Wir verstehen uns doch alle prächtig.« Max Bugsin umarmte Oeberg und seinen Schwiegervater.

Inge begriff, dass es im Geschäftsleben vieles gab, was man auf der Höheren Handelsschule nicht lernen konnte.

Im März 1953 verließ Inge Bugsin die Höhere Handelsschule mit einer mittelprächtigen Note, um in die Firma Stüber-Stoffe einzutreten. Ihre Eltern hatten das vermittelt, denn in der Hedemannstraße unterhielten sie jetzt auch eine kleine Werkstatt, und hin und wieder bezogen sie von der Firma Stüber Stoffe, mit denen ihr hauseigener Tischler arg abgenutzte Drehsessel neu beziehen musste.

Stüber-Stoffe residierte in der Steglitzer Schloßstraße. Mit der S-Bahn konnte Inge ihren Arbeitsplatz ganz gut erreichen, wenn sie auch, um vom Treptower Park zur Feuerbachstraße zu kommen, in Schöneberg umsteigen musste.

»Fährst du denn gerne zur Arbeit?« Alle fragten sie dasselbe.

Was sollte sie darauf antworten? Weder ein Ja noch ein Nein hätte ihre Stimmungslage angemessen wiedergegeben. Am liebsten hätte sie bis Mittag geschlafen und dann im Bett gefrühstückt. Bedient von einer Zofe. »Johanna, das Ei bitte weich! In einer halben Stunde will ich dann angekleidet werden! Wir wollen noch in die Stadt!« Zum Einkaufen natürlich und um gesehen zu werden.

Abends dann zu einer Party bei den oberen Zehntausend oder auf einen Ball. Und am nächsten Morgen mit einem Kavalier nach Paris. Oder nach Rom. Schlug sie eine Illustrierte auf, sah sie sich in voller Schönheit.

Daran gemessen, war es ziemlich ernüchternd und alles in allem ein elendes Leben, für einen Appel und ein Ei tagaus, tagein zu *Stüber-Stoffe – Export und Import – en gros und en détail* zu fahren und dort neun Stunden lang am Schreibtisch zu hocken. Andererseits war das Büro wie eine Bühne, auf der die Kolleginnen und Kollegen schöne Stücke aufführten und auf der auch sie sich herrlich inszenieren konnte. Zum Beispiel als Erbin des Berliner Büromöbel-Imperiums, die es an sich gar nicht nötig hatte, hier zu arbeiten, und der keiner an den Wagen fahren konnte.

Es war schon ein illustres Völkchen, das sich hier zusammengefunden hatte. An der Firmenspitze stand eine Frau: Hermine Stüber, 66 Jahre alt und Witwe. Nach dem Tode ihres Mannes war sie an seine Stelle getreten. Sie war herzensgut und in allem sehr nachsichtig: »Alles so laufen lassen, wie es gerade kommt.«

Max Bugsin sagte immer, das erinnere ihn sehr an seine Großmutter in Dramburg. »Die hat unter ihren weiten Röcken nie einen Schlüpfer getragen. Und dann hat man nur gesehen, wie sich um ihre Schuhe herum eine kleine Pfütze gebildet hat.«

Die Tatsache, dass die Chefin so großzügig war und über alles hinwegsah, nutzten in der Firma fast alle tüchtig aus. Raimund Atzler, der Prokurist, hatte nur seine süßen Enkelkinder im Sinn und machte schon kurz nach der Mittagspause Feierabend, um Zeit für sie zu haben. Hagen Sobotzyk, der Erste Einkäufer, war ständig zwischen Schottland und Sizilien unterwegs, um neue Muster zu entdecken, vor allem an Stränden, in Nachtbars und an schönen Frauenkörpern. Thomas Châteaudun, der Erste Verkäufer, war hugenottischer Abkunft und ständig dabei, jeder einigermaßen ansehnlichen Frau zwischen 18 und 48 ins Ohr zu flüstern, dass er ihr vorführen könne, wie es französisch ginge. Nur bei Inge Bugsin hielt er sich zurück. Siegfried Ciosanski aus dem Lager hatte nur seinen Fußball im Sinn, Karl-Heinz Klucke aus der Buchhaltung wollte für die SPD ins Berliner Abgeordnetenhaus und hing pausenlos am Telefon, um seine Fäden zu ziehen, Annerose Blazynski, der Lehrling, sang in einer Musikkapelle und übte ständig auf der Toilette, und Berthold Immelborn, der Bürobote, bastelte hinter der Frankiermaschine an seinen Modellbahnloks. Nur Charlotte Stachnik, Karla Stippekohl und Ursula Feldbausch, die drei Damen von der Kontokorrentbuchhaltung, Rechnungsprüfung und Kasse, gaben sich voll ihrer Arbeit hin und nutzten keine einzige Minute für Privates. Allerdings war da auch nichts, und die Arbeit war ihr einziges Vergnügen.

So war bei Stüber-Stoffe jeder auf seine Weise glücklich – bis auf Inge Bugsin. Warum das so war, wusste sie indessen nicht zu sagen.

»Was verlangst du eigentlich vom Leben?«, wurde sie von Christa gefragt.

»Dass ich nicht fünfeinhalb Tage in der Woche in der Firma hocken und arbeiten muss.«

»Nur durch das Tun gewinnt das Nichtstun seine Qualität«, sagte Christa, gerade auf dem Weg zum Abitur, in echt dialektischer Manier und kam ihr auch noch mit Lenin. »*Wer nicht arbeitet, soll nicht essen.* Was willst du denn sonst machen? Einen reichen Mann heiraten oder warten, dass Schablin & Co. eine Aktiengesellschaft wird und du dann vom Couponschneiden leben kannst?«

»Beides wäre nicht von Übel ...«, meinte Inge versonnen.

»Träumerin, du!«

»Ja, wenn ich mal große Träume hätte!« Dass sie keine hatte, schmerzte Inge am meisten. Sie wollte weder Schauspielerin noch Ärztin werden, auch nicht Olympiasiegerin oder Millionärsgattin. »Alles, was ich will, ist in Karolinenhof im Liegestuhl liegen und lesen.«

Aber auch dieses Vergnügen schien ihr genommen zu werden, denn nach dem Volksaufstand vom 17. Juni 1953 trauten sie sich nicht in den Ost-Sektor zurück.

Ihre Eltern hatten von ihrem Fahrer gehört, was da im Gange war, und sofort bei Inge in der Firma angerufen. »Fahr nicht nach Treptow zurück, sondern komm in die Hedemannstraße!« Über Freunde konnten sie auch Gerhard erreichen und ihm sagen, dass er ins Geschäft kommen solle. Dort sollte dann auch übernachtet werden. »Jeder von uns schläft auf zwei Schreibtischen, die wir aneinanderrücken. Pferdedecken liegen im Lieferwagen.«

Inge protestierte. »Das ist doch viel zu hart, Mutti. Wir haben doch das Geld für ein Hotel.«

»In Berlin in ein Hotel?« Ihre Mutter sah sie an, als wäre sie geisteskrank. »Da können wir ja unser Geld gleich aus dem Fenster werfen!«

So kampierten sie vierzehn Tage in der Firma. Rita und ihr Mann sorgten inzwischen dafür, dass die Räume in der Rethelstraße bewohnt aussahen und keiner auf die Idee kam, die Wohnung zu beschlagnahmen.

Ein Attest, dass Gerhard schwer erkrankt sei und nicht in die Schule kommen könne, besorgten sie sich von einem befreundeten Arzt. Der gab ihnen auch gleich Spritzen gegen die Schmerzen in Rücken und Schultern.

Als sich die Verhältnisse wieder beruhigt hatten und sie nach Ost-Berlin zurückkehrten, sagte Irmgard Bugsin, dass es so nicht weitergehen könne. »Es hilft alles nichts, wir müssen uns drüben eine Wohnung suchen und umziehen.«

»Und Karolinenhof?«, fragte Inge.

»Wenn wir legal umziehen, werden sie uns das Grundstück nicht wegnehmen können.«

»Wenn wir legal umziehen, müssen wir aber alles, was wir haben, hierlassen«, sagte Inges Vater und verbreitete, was er in dieser Hinsicht schon an Schreckensmeldungen gehört hatte.

»Dann müssen wir, bevor wir uns offiziell abmelden, peu à peu alles, was uns lieb und teuer ist, nach West-Berlin schaffen.«

»Mit der S-Bahn – oder wie?« Inge fasste sich an den Kopf.

»Nein, mit 'nem Güterzug«, sagte ihr Vater. »Sie werden auf der Ringbahn extra einen einsetzen für uns.«

So kam es, dass Inge in den nächsten Wochen und Monaten jeden Morgen schwerbepackt zur Firma fuhr und bei Stüber-Stoffe im Keller Teller, Tassen und Bestecke hortete, Schallplatten, Bücher, Bilder und alles, was sie an Schalen, Vasen und Nippes besaßen. Beschwerte sie sich, sagte ihr Vater nur: »Besser schwer bepackt als leicht bekackt.« Dies bezog sich darauf, dass Inge bei ihrer ersten Schmuggelfahrt furchtbare Bauchschmerzen gehabt hatte und nicht mehr in der Lage gewesen war, dem Druck ihres Durchfalls bis zur Notlandung hundertprozentig standzuhalten.

Als alle genügend Routine hatten und wussten, wann und wo Volkspolizisten und Zöllner auf der Lauer lagen, wagten es Inge und ihr Bruder sogar, das große Aquarium nach West-Berlin zu bringen.

»Mit allem Wasser drin?«, fragte Gerhard.

»Ja«, erwiderte Inge. »Nur die Fische müssen wir in den Mund nehmen, damit sie nicht mitkriegen, dass wir die aus der DDR rausschmuggeln, die brauchen sie nämlich für die HO, um sie da zu verkaufen. Weißt du, die Versorgungsengpässe, gerade bei Fisch.«

Auch dieses Unternehmen gelang, und als das Jahr 1954 anbrach, hatten sie bis auf Teppiche und Möbel fast alles nach West-Berlin geschafft. Doch in den besseren bürgerlichen Bezirken eine angemessene Unterkunft zu finden war furchtbar schwer.

Endlich schaffte es Max Bugsin, in der Koblenzer Straße 17 in Wilmersdorf eine Dreieinhalbzimmerwohnung zu mieten. Zum 1. Mai sollten sie einziehen. Doch die Handwerker wurden nicht rechtzeitig fertig, und so blieb ihnen nichts weiter übrig, als abermals in der Hedemannstraße ihr Notlager aufzuschlagen.

Inge freute sich schon auf die Koblenzer Straße, denn von dort aus war es bis zur ihrer Firma in Steglitz nur ein Katzensprung, und wenn die Straßenbahn einmal ausfiel, kam sie zur Not zu Fuß ins Büro.

Dorthin ging sie allerdings noch weniger gern als vorher schon, denn bei Stüber-Stoffe war die Hölle los. Das lag daran, dass Hermine Stüber ihr Geschäft aus Altersgründen verkauft hatte und der neue Chef ein harter Hund war. Er hieß Detlef Bödel, war 38 Jahre alt und Diplom-Kaufmann. Fast jedenfalls, denn kurz vor dem Examen hatte er sein Studium abgebrochen. Besser so, als durchzufallen. Was er von seinem Vater geerbt hatte, reichte allemal, um selber Unternehmer zu werden. Als er den Schlendrian bei Stüber-

Stoffe mitbekommen hatte, war er ausgerastet und hatte alle zu einer Betriebsversammlung zusammengetrommelt.

»Meine Damen und Herren, so kann es hier nicht weitergehen! Wir sind hier kein Erholungsheim. Sie kriegen gutes Geld von mir, und ich verlange dafür von Ihnen, dass Sie auch gute Arbeit abliefern und nicht Ihre Zeit hier in der Firma für das verwenden, was andere nach Feierabend oder am Wochenende erledigen. Wenn Sie hier bei Stüber-Stoffe angekommen sind und an Ihrem Schreibtisch sitzen, dann vergessen Sie bitte Ihre Enkelkinder, Ihre Schauspielschule, Ihre Partei, Ihren Fußballverein, Ihre Musikkapelle und Ihre Modelleisenbahn. Hier wird gearbeitet, und zwar schnell und gut. Und nicht nur hier im Hause, sondern auch unterwegs. Eine Geschäftsreise ist keine Urlaubsreise. Über jede Minute will ich von heute ab Rechenschaft haben. So, das wäre es fürs Erste. Ach ja, und wenn ich noch einmal einen erwische, der – so ganz aus Versehen – in einem Geschäftsbrief in meinen Namen ein zweites L einfügt, der fliegt auf der Stelle und hat noch eine Beleidigungsklage am Hals.«

»Ja, Herr Blödel«, murmelte der Lagerleiter.

So leise er auch gemurmelt haben mochte, der Chef hatte es gehört und reagierte dementsprechend. »Und Sie sind der Erste, der geht, Herr Ciosanski. Sie sind hiermit fristlos gekündigt! Packen Sie Ihre Sachen, und verschwinden Sie!«

Und Siegfried Ciosanski schlich ohne ein Widerwort von dannen, obwohl sicher war, dass er so schnell keine andere Arbeit finden würde, zumindest nicht in West-Berlin.

Danach wurde in der Firma Stüber-Stoffe nur noch einmal tüchtig gefeiert, mit dem neuen Chef an der Spitze, der sogar für Sekt und belegte Schrippen sorgte. Das war am Montag, dem 5. Juli 1954, dem Tag nach Bern. Im Endspiel um die Fußballweltmeisterschaft hatten die Deutschen die Ungarn sensationell mit 3 : 2 besiegt, und alle waren völlig aus dem Häuschen.

Bödel besaß schon ein Tonbandgerät und hatte die letzten Minuten der Reportage von Herbert Zimmermann mitgeschnitten. Ergeben lauschten sie jetzt:

... Puskas schießt, gehalten auf der Torlinie ... Toni, Toni, du bist Gold wert ... Jetzt Deutschland am linken Flügel, Schäfer flankt nach innen, Kopfball, abgewehrt, aus dem Hintergrund müsste Rahn schießen, er schießt, Tor, Tor, Tor, Tor für Deutschland! Halten Sie mich für verrückt, halten Sie mich für übergeschnappt, ich glaube, auch Fußball-Laien sollten ein Herz haben, sollten jetzt Daumen halten, viereinhalb Minuten Daumen halten in Wankdorf. 3 : 2 für Deutschland nach dem Linksschuss von Rahn ... Und die Ungarn, wie von der Tarantel gestochen, drehen den siebten oder zwölften Gang auf ... Und Kocsis flankt, Puskas abseits, Schuss, aber nein, kein Tor, kein Tor, Puskas abseits ... Der Sekundenzeiger, er wandert so langsam, wie gebannt starre ich hinüber ... Jetzt spielen die Deutschen auf Zeit ... Und die 45. Minute ist vollendet ... Aus, aus, aus, aus, das Spiel ist aus!

Alles, was zur Familie Stüber-Stoffe gehörte, lag sich nun in den Armen, und Thomas Châteaudun hätte sicherlich die Chance genutzt, Inge an sich zu pressen und zu küssen, doch er war an diesem Tage gerade geschäftlich unterwegs, um in einigen westdeutschen Großstädten nach einem passenden Ladenlokal zu suchen, denn Detlef Bödel traute den Garantien der Alliierten nicht so recht, was die Sicherung West-Berlins betraf, und wollte sich drüben im Bundesgebiet ein zweites Standbein schaffen, wobei für ihn, wie für alle West-Berliner, alles zwischen Flensburg und Konstanz, Elbe und Aachen Westdeutschland war.

Die Weihnachtsfeier hatte Bödel eigentlich ausfallen lassen wollen, sich aber von psychologisch geschulten Geschäftsfreunden sagen lassen, dass dies ein arger Fauxpas gewesen wäre. Nichts gefährde die Motivation mehr als das Schlachten heiliger Kühe.

So war es dann bei Stüber-Stoffe am zweiten Mittwoch im Dezember wieder einmal so weit. Die Weihnachtsfeier begann wie immer mit dem Ritual des Julklapps. Inge hatte das Los mit dem Namen *Annerose Blazynski* gezogen und ihrem musikbegeisterten Lehrling eine Karte für ein Konzert mit Werner Müller und dem RIAS-Tanzorchester gekauft. Sie selber war nun sehr gespannt, was sie bekommen würde.

Herr Atzler, als Weihnachtsmann verkleidet, griff in den großen Sack, förderte ein kleines Päckchen zutage und las ihren Namen vor: »Bitte sehr, *Fräulein Bugsin*!«

Als sie es geöffnet hatte, riefen alle »Ah!« und »Oh!«, denn was sie auspackte, war ein Armband, dem sein horrender Preis deutlich anzusehen war.

»Wer war das?«, fragte Karl-Heinz Klucke und gab sich so empört wie seine Parteikollegen, wenn sie eine Ulbricht-Rede kommentierten. »Wer wagt es, auf diese Art und Weise seine unlauteren Absichten öffentlich zu machen?«

Die Herren bestritten vehement, es gewesen zu sein, und Detlef Bödel war nahe daran, eine Untersuchung in Gang zu setzen und mit arbeitsrechtlichen Schritten zu drohen. Insbesondere deshalb, weil die Sache eskalierte, als sich Charlotte Stachnik, Karla Stippekohl und Ursula Feldbausch gegenseitig verdächtigten, schon lange hinter Inge Bugsin her zu sein und nun mit diesem Geschenk ihre Zuneigung erkaufen zu wollen.

»Friede auf Erden!«, rief Raimund Atzler, Kirchenältester bei sich in Lichterfelde.

Inge erriet schnell, wem sie das Armband zu verdanken hatte: Thomas Châteaudun. Schon seit Wochen hatte er sie so lüstern angesehen.

Nach dem Kaffee, als alle den von Hermine Stüber gebackenen Weihnachtsstollen über die Maßen gelobt hatten, hielt Detlef Bödel eine kleine Ansprache, in der er allen herzlich für ihren Einsatz dankte, den sie im vergangenen Jahr an den Tag gelegt hatten. Mit einem Gläschen Sekt wurde auf schöne Feiertage angestoßen. Dann legte Annerose Blazynski die mitgebrachten Platten auf, und es wurde getanzt.

Als ein langsamer Walzer erklang, kam Thomas Châteaudun auf Inge zu, um sie aufzufordern.

»Ja, gerne!« Sie hatte Angst, ein wenig rot zu werden.

Schon nach den ersten Schritten ging er auf Tuchfühlung. Sie wehrte sich nur in dem Maße, wie es nötig war, um dem anderen anzuzeigen, dass man kein billiges Flittchen war. Er duftete wirklich verführerisch und sah aus wie Gregory Peck. Oder Clark Gable.

An sich war Thomas Châteaudun gar nicht so recht ihr Typ, und sie hatte, so lange sie schon bei Stüber-Stoffe war, nicht ein einziges Mal einen erotischen Tagtraum an ihn verschwendet, aber heute war alles anders. Die aufschießende Freude über das Armband, aber mehr noch das Glücksgefühl, jetzt richtig zur Firma zu gehören, voll in deren Familie aufgenommen worden zu sein, und dazu der Sekt – jedenfalls war das Feuer nun entzündet.

Wie in Trance kehrte sie, als die Schallplatte abgespielt war, zu ihrem Stuhl zurück. Was sie da Hartes an ihrem linken Oberschenkel verspürt hatte, war sicherlich etwas anderes gewesen als der Haustürschlüssel des Kollegen.

Dass er ein Schürzenjäger war und über viel Erfahrung verfügte, das wusste sie, und zugleich fiel ihr ein, was ihre Mutter ihr geraten hatte: »Beim ersten Mal, da nimm dir einen erfahrenen Mann.« Wie es nun aber weitergehen sollte, konnte sie sich nicht so recht vorstellen, so viele Bücher sie auch gelesen und so viele Filme sie gesehen hatte. Da war man nie so ganz präzise, und die Aufklärungsbücher, die sie mit Christa zusammen verschlungen hatte, zeigten auch nur die Anatomie, aber die männliche sehr unzureichend, das heißt stets im Ruhezustand. Blieb nur die Orientierung an den Tieren, und die stimmte sie nicht eben hoffnungsvoll, insbesondere wenn sie an die Hengste in Rockow dachte. Aber wie sagte ihre Mutter immer: »Was sein muss, muss sein.« Und sie wurde im nächsten September schon 21, da musste es wohl sein.

Thomas Châteaudun gab sich in der folgenden Stunde alle Mühe, sie nicht mehr wahrzunehmen. Er tanzte vor allem mit Annerose Blazynski, die in der Tat sehr schnuckelig war, aber auch mit Charlotte Stachnik, Karla Stippekohl und Ursula Feldbausch, obwohl er die immer als »Rummsweiber« bezeichnet hatte. »Der Boden vibriert ja, wenn die plattfüßig und dickärschig daherkommen.« Und nun hielt er sie selig im Arm.

Inge gab es immer wieder einen Stich, wenn er mit einer von ihnen an ihr vorbeikam, und ihre Eifersucht wuchs von Mal zu Mal. Nie hatte sie recht verstanden, wenn in einem Roman geschrieben stand *Sie begehrte ihn*, nun verstand sie es. Es kribbelte zwischen den Schenkeln, und sie musste sich sehr zusammenreißen, um nicht ihre Hand zu nehmen und sich mit dem Finger Erleichterung zu verschaffen. Sie presste ihre Knie zusammen und rieb die Schenkel aneinander. Wenn sie sich im Rhythmus der Musik bewegte, merkte es keiner.

Als sie es nicht mehr aushielt, stand sie auf, um zur Toilette zu gehen. Die befand sich im Keller, und es war ein langer Weg dorthin. Als sie an der Tür zum Lager vorüberkam, hörte sie Schritte hinter sich. Sie dachte, es sei Herr Atzler, der Prokurist, und drehte sich um. Aber es war Thomas Châteaudun. Schon war er hinter ihr und umfasste sie sanft.

»Darf ich dir mal die neuen Stoffe zeigen, die wir heute morgen aus Schottland bekommen haben?«

»Ja, die will ich schon die ganze Zeit sehen.«

»Komm hinter die Ballen hier!« Er sagte, dass er schon die ganze Zeit über verrückt nach ihr sei, und küsste sie so stürmisch, dass ihr die Luft wegblieb.

Da stand Detlef Bödel hinter ihnen. »Wenn ich Sie wieder nach oben bitten dürfte! So etwas dulde ich hier nicht!«

Von nun an bestimmte Thomas Châteaudun ihr Leben. Privat trafen sie sich zum ersten Mal bei der großen Silvesterfeier, zu der Hagen Sobotczyk eine Reihe von Kolleginnen und Kollegen eingeladen hatte.

Am nächsten Tag begann Inge Bugsin dann, alles, was sie bewegte, in ihren kleinen Taschenkalender zu schreiben. Sie hatte ja keinen Menschen, dem sie sich anvertrauen konnte. Was ihre Eltern betraf, so fürchtete sie deren Ermahnungen und die kleinen Spötteleien, wusste aber auch, dass sie darauf aus waren, sie mit einem Geschäftsfreund aus der Büromöbelbranche zu verheiraten, und fand sich in dieser niemand, dann mit Manfred Matuschewski. Auch Christa schied aus, die hatte für Liebesdinge nicht die richtige Ader und wäre eine schlechte Beraterin gewesen. Vielleicht Rita? Nein, die würde alles für ausgeschlossen halten.

Am Abend des Neujahrstages begann Inge mit ihren Aufzeichnungen.

Sonnabend, 1. Januar 1955

Man kann nur einmal so etwas Schönes erleben. Ich werde ihn nie vergessen. Er hat gesagt: »Und wenn ich alt und grau werde, Silvester werde ich immer an dich denken.« Er hat zum ersten Mal erfahren, wie leidenschaftlich ich sein kann. »Du warst noch nie so nett zu mir. Du bist süß.«

Dienstag, 4. Januar 1955

Zum ersten Mal war Thomas bei mir zu Hause in der Koblenzer Straße. Allerdings nicht allein, sondern mit den Kollegen Hagen Sobotczyk und Berthold Immelborn zum Skatspielen. Mein Liebster, ich liebe dich immer mehr.

Donnerstag, 6. Januar 1955

Wir waren im Kino und haben 08/15 gesehen. Heute hat er mich gefragt, ob ich ihn so liebe, dass ich ihn mitnehmen würde bis ans Ende der Welt. Ja, mein Liebster, ich würde es tun.

Freitag, 7. Januar 1955

Hagen Sobotczyk hat gemeint, Thomas wäre gar nicht in der Lage, jemanden aufrichtig zu lieben. Ich bin sehr traurig darüber und zweifle an Thomas.

Sonnabend, 8. Januar 1955

Liebster, wenn du mich mit so schmerzerfüllter Stimme bittest: »Inge, ich schwöre dir, ich liebe dich!«, will ich dir das so gerne glauben. Ich habe in seinen Armen geweint. Es ist so tröstlich, bei ihm zu sein. Er liebt mich. Immer und immer wieder sagt er es mir.

Donnerstag, 13. Januar 1955

Vati und Mutti sind nicht da. Kegeln. Wir nutzen die Gelegenheit, zusammen zu sein. Heute habe ich wieder geweint, an seiner Liebe gezweifelt. Er schwört sie mir immer wieder.

Freitag, 14. Januar 1955

Ich bin sehr unglücklich. Er ist mit seiner Schwester Gudrun ausgegangen. Ich bin auch eifersüchtig. Thomas, du liebst mich nicht mehr. Wenn du mich lieben würdest, müsstest du auch vor Sehnsucht vergehen!

Montag, 31. Januar 1955

Thomas war wieder da. Ich liebe ihn, er liebt mich wahnsinnig. Vati hat uns überrascht.

Sonnabend, 5. Februar 1955

Thomas, du bist mir der liebste Mensch auf der Welt, du bist mein einziger Gedanke! Wenn wir uns in den Armen liegen, gehört er mir ganz. Ich werde krank vor Sehnsucht, wenn er nicht da ist. Er flüstert mir ins Ohr: »Inge, du wirst nie verstehen, wie sehr ich dich liebe!« Ich denke Tag und Nacht an ihn. Thomas bedeutet mir alles. Ich habe niemals so gelitten wie jetzt, wo ich ihn liebe. Für ihn könnte ich alles tun. Er küsst mich jetzt so anders, viel leidenschaftlicher als je zuvor. Leider konnte ich ihn abends nicht sehen, da ich zur Geburtstagsfeier von Manfred Matuschewski musste, Vati und Mutti waren gnadenlos.

Montag, 7. Februar 1955

Heute hat er mir eine Szene gemacht, weil ich zur Tanzstunde gehen will. Er muss mich wahnsinnig lieben und ist furchtbar eifersüchtig.

Sonnabend, 12. Februar 1955

Es ist so rührend, wenn seine Hände meinen Körper ertasten. Er liebt mich, es ist so herrlich, verliebt zu sein!

Sonntag, 13. Februar 1955

Wir haben uns den ganzen Nachmittag geküsst. Ich liebe ihn, trotzdem bin ich erschrocken über seine Heftigkeit. Aber ich kann ihm nichts abschlagen. Wenn er mich bittet, dann werde ich ganz schwach.

Montag, 14. Februar 1955

Ich lebe nur noch für Thomas. Wenn er bei mir ist, bin ich glücklich. Es gibt wohl kein verliebteres Paar als uns. Er öffnet mir die Bluse. Ich mag es gern, wenn er mich betrachtet, wenn er mich küsst.

Dienstag, 15. Februar 1955

Er ist bis halb zwölf bei mir gewesen. Wir waren so glücklich. Er begehrt mich, ich spüre es.

Mittwoch, 16. Februar 1955

Abends im Aki, letzte Reihe. Thomas sagte: »Der Gedanke, dass du einen anderen auch nur anlächelst, macht mich rasend.« Nie habe ich geglaubt, dass er so eifersüchtig sein kann.

Donnerstag, 17. Februar 1955

Wenn der Chef wüsste, dass wir uns jeden Tag im Lager küssen …

Sonnabend, 19. Februar 1955

Seit einiger Zeit ist Thomas anders zu mir. Ich glaube, er liebt mich zu sehr. Mein armer Geliebter!

Montag, 21. Februar 1955

Morgen haben wir die Faschingsfeier in der Firma mit Kostümzwang. Ich gehe als Vamp. Ach Thomas, ich habe nie daran gedacht, aber morgen möchte ich dich verführen.

Dienstag, 22. Februar 1955

Beinahe wäre es heute geschehen. Seit heute weiß ich, dass es einmal passieren muss. Wir lieben uns zu sehr.

Mittwoch, 23. Februar 1955

Werde ich jemals wieder so unbefangen wie bisher mit Thomas zusammen sein können? Wir befinden uns in einem furchtbaren Konflikt. Wir haben uns dazu entschlossen, ich habe aber furchtbare Angst. Dieses Nie gilt also nicht mehr. Bald soll es sein, weil Thomas es nicht mehr aushält. Ich ahnte nicht, dass es ihm so schwer ist. Wir haben alles besprochen, und doch sind wir nicht ganz sicher. Soll ich denn alles aufgeben, meine Unschuld, und auch das in mich gesetzte Vertrauen enttäuschen? Können wir das denn verantworten, sollen wir beide schuldig werden? Es kostet mich ein Wort, und es wird nicht geschehen. Aber ich liebe ihn. Was soll ich nur tun? Kann uns denn keiner helfen? Wenn es Folgen haben sollte, nehme ich mir das Leben. Ich bin dann kein Mädchen mehr, meine Entwicklung wäre abgeschlossen. Thomas, du bringst mich um den Verstand!

Donnerstag, 24. Februar 1955

Es ist noch nichts passiert, und dennoch fühle ich mich schuldig. Mein Vertrauen in Thomas ist erschüttert. Warum hat er »Nie!« gesagt und denkt nun dauernd daran? Bis gestern war Thomas ein fester Halt für mich, und ich habe ihm restlos vertraut, wenn ich auch wusste, dass er mich sehr begehrt. Aber er leidet unter dieser Beherrschung, er hat immer gelitten. Ich weiß, dass ich ihn erlösen kann, weil er unsere Liebe sehr ernst nimmt. Darum will ich es tun, ihm das Kostbarste geben, das ich besitze.

Freitag, 25. Februar 1955

Ich habe ihm gesagt, dass ich mir schlecht vorkomme. Noch ist nichts geschehen. Thomas quält sich mit den gleichen Gedanken. Trotzdem will er es. Ich werde Christa um ihr Biobuch bitten.

Sonnabend, 26. Februar 1955

Ich musste mit zu Matuschewskis. Schade, Thomas hatte Zeit. Ich liebe ihn, ich sehne mich nach ihm.

Sonntag, 27. Februar 1955

Thomas war schon vormittags bei mir, weil Vati und Mutti mit dem Kegelclub im Elm waren. Ich sollte ihn verführen. Er hat Angst vor den Folgen. Ich habe ihm gesagt, ich würde mir das Leben nehmen, wenn ein Kind unterwegs wäre. Er war sehr erschüttert und blieb noch bei mir, weil er Angst hatte, ich könnte es gleich tun. Ich will ihn nicht verführen, ich will ihn nie wiedersehen!

Donnerstag, 3. März 1955

»Warum willst du uns vernichten?« Er leidet, ich aber kann so nicht weiterleben. Ich muss ihm versprechen, dass ich mir nichts antue. Sonst kommt er nie darüber hinweg. Ich will doch aber nur sein Bestes. Noch wäre er unschuldig, später aber …

Freitag, 4. März 1955

In der Firma kann jeder sehen, dass wir uns lieben. Wir tun es doch, wenn ich auch später sterben muss. Nie hätten wir davon reden dürfen, jetzt ist es zu spät.

Mittwoch, 9. März 1955

Thomas ist verreist. Er soll helfen, die Filiale von Stüber-Stoffe in Düsseldorf aufzubauen. Ich habe große Sehnsucht nach ihm, bin aber auch froh über den Aufschub, den wir dadurch bekommen haben.

Donnerstag, 10. März 1955

Heute habe ich einen Brief von ihm bekommen. Ich bin glücklich. In Düsseldorf langweilt er sich ohne mich fürchterlich. »Mir war zum Heulen zumute, so sehr habe ich mich nach Dir gesehnt, meine Inge!« Ich bedeute ihm also alles. Er liebt mich genauso sehr, wie ich ihn liebe.

Mittwoch, 16. März 1955

Thomas ist wieder zurück. Wir lieben uns und kommen nicht los voneinander.

Donnerstag, 17. März 1955

Ich weiß, dass ich ihn verführen kann. Es fällt ihm sehr schwer, sich zu beherrschen. Am Dienstag wollen wir es tun.

Sonnabend, 19. März 1955

Ich muss heute mit Geschäftsfreunden der Firma Bugsin mit ins »Resi«. Thomas ist sehr wütend darüber.

Dienstag, 22. März 1955

Ich glaube Thomas, wenn er sagt, er habe alle Verbindungen zu anderen Mädchen abgebrochen. Er ist kompromissloser als ich. Aber auch ich liebe nur ihn. Der Tag war gekommen, wo wir ... Vati war mit Geschäftsfreunden unterwegs, Mutti mit Margot Matuschewski bei deren Schneiderin. Um sechs wollte Thomas in der Koblenzer Straße sein, doch er kam und kam nicht. Ich war sehr enttäuscht und habe geglaubt, er käme nicht mehr. Er kam aber doch. Mit einem Strauß dunkelroter Rosen. »Heute, Inge, heute ...« Leider kam Vati schon um 21 Uhr nach Hause. Wir hatten trotzdem großes Glück. Wäre er nur eine halbe Stunde später gekommen, es wäre eine Katastrophe gewesen. Aber es wird trotzdem irgendwann geschehen. Thomas hat wieder gesagt, er würde es nicht mehr lange aushalten.

Donnerstag, 24. März 1955

Ich bin also noch immer Jungfrau. Wir haben im Kino gesessen, uns geküsst und lange Abschied voneinander genommen. Thomas muss jetzt für einige Zeit für die Firma nach Düsseldorf.

Mittwoch, 20. April 1955

Ich muss Vatis Geburtstag mitfeiern, doch ich mag nicht lachen und trinken. Ich habe so große Sehnsucht nach Thomas. Ich weiß ganz gewiss, dass er mich liebt und unter der Trennung genauso leidet wie ich.

Freitag, 22. April 1955

Thomas ist aus Düsseldorf zurück. Endlich! Wir waren im Kino. Wie habe ich auf diesen Augenblick gewartet, da er wieder ganz mir gehören wird.

Sonnabend, 30. April 1955

»Ich liebe dich, und ich begehre dich!« Er versucht, mich zu verführen. »Es passiert ja doch einmal, da kannst du gar nichts machen.« Ich sage ihm, dass ich meine Tage habe.

Donnerstag, 5. Mai 1955

Er liebt mich wahnsinnig. Ich kann noch so kühl sein wollen, er wird mich stets aus der Reserve locken. Ich liebe ihn!

Sonnabend, 7. Mai 1955

Ich habe mich so auf diesen Abend gefreut und habe ihn mir selbst verdorben. Ich war eifersüchtig auf Gudrun. Erst als er mich nach Hause gebracht hatte, wurde alles wieder gut. Er ist so süß und lieb. »Ich will dich besitzen, ich bin verrückt nach dir! Du bist so schön, ich halte es nicht mehr lange aus. Ich will dich verführen.« Wir sind einander verfallen. »Mein Goldfasan, mein Sternchen!« Er verlangt nach mir. Seine Hände streicheln meinen Körper, der ihm völlig gehört. Er ist so leidenschaftlich und zärtlich. Er stöhnt vor Verlangen nach mir. »Ich möchte die ganze Nacht bei dir bleiben!«

Sonnabend, 14. Mai 1955

Nachdem wir Mittwoch und Donnerstag im Kino waren, sind wir auf dem Boot seines Freundes Dieter K. segeln gewesen. Anfangs war es nicht so schön, als seien wir uns fremd geworden. Dann aber waren wir glücklich. Wir lieben uns und wollen uns das Leben nicht mehr so schwermachen.

Dienstag, 17. Mai 1955

Am Sonnabend hatten wir uns versprochen, uns zu verstehen, besser als bisher, aber er war direkt ungezogen mir gegenüber, als wir bei Gudrun waren.

Donnerstag, 19. Mai 1955, Christi Himmelfahrt

Er liebt mich, er will mich verführen, ich spüre es fast körperlich, wie sehr er mich begehrt. Er ist so süß, so lieb.

Sonnabend, 21. Mai 1955

Vati und Mutti sind in Karolinenhof, Gerhard mit Manfred Matuschewski und dem Sportverein unterwegs. Thomas drängt: »Ich will hierbleiben und mit dir schlafen!« Er liebt mich, und seine Küsse sind herrlich. Da kommt ein Anruf: Gudrun hat mit ihrem Freund einen Motorradunfall gehabt und liegt mit einem Schlüsselbeinbruch im Krankenhaus. Er muss hin.

Sonntag, 22. Mai 1955

Mit Christa in Karolinenhof. Thomas will nicht rauskommen, weil er meint, Vati und Mutti können ihn nicht leiden. Wir streiten uns am Telefon.

Mittwoch, 25. Mai 1955

Alles dreht sich jetzt bei ihm um seine Schwester, dabei geht es Gudrun den Umständen entsprechend gut. Er meint, ich sei krankhaft eifersüchtig. Es ist nicht zu leugnen, dass eine kleine Entfremdung eingetreten ist. Wir vertagen die große Aussprache, und ich gehe mit Manfred Matuschewski ins Theater. Theater der Schulen, billige Plätze.

Sonnabend, 28. Mai 1955

Heute soll es geschehen! In meinem Bett! Vati, Mutti und Gerhard sind in Karolinenhof. Ich bin glücklich, wenn ich daran denke. Ich habe alle Bedenken über Bord geworfen, ich liebe ihn und freue mich darauf. Ich habe weder Angst noch Schuldgefühle. Ich bin überzeugt davon, dass man die große Liebe nicht ohne restlose Erfüllung erleben darf, wenn man die Möglichkeit hat. Das kann uns dann niemand nehmen. Ich bin für Thomas die Einzige, er ist der Einzige für mich. Ja, heute hat er mich ausgezogen und … Ich bin jetzt seine Frau.

Sonntag, 29, Mai 1955, Pfingsten

Vati und Mutti wissen nicht, wie es mit mir und Thomas steht. Sie denken, er ist nur ein netter Kollege. Ich kann ihnen nicht die Wahrheit sagen. Vati würde nur schreien: »Ich habe keine Tochter mehr!« Mutti würde nicht mehr mit mir reden. Sie will Pfingsten keinen weiteren Besuch in Karolinenhof, Bombachs kommen schon. So muss ich die beiden Feiertage ohne Thomas verbringen.

Dienstag, 31. Mai 1955

Thomas verführt mich hinten im Lager auf den Stoffballen. Wir sind wahnsinnig!

Sonnabend, 4. Juni 1955

Wie oft habe ich davon geträumt, eine ganze Nacht mit Thomas zusammen zu sein. Frau Stüber ist verreist, und Thomas passt auf ihre Villa auf. Zu Hause habe ich gesagt, dass ich bei Christa übernachte. Ich bin sehr glücklich. Noch nie war es so schön wie heute.

Donnerstag, 9. Juni 1955

Ich nehme mir das Leben, wenn ein Kind kommt. Du weinst vor Glück, dann weine weiter.

Sonntag, 12. Juni 1955

Radtour mit Thomas rund um Karolinenhof.

Donnerstag, 16. Juni 1955

Thomas war bei mir. Haben zusammen geschlafen. Morgen fliegt er nach Düsseldorf, um dort die Stüber-Filiale kommissarisch zu leiten.

Mit dieser nüchternen Information endete das Protokoll einer Liebe. Mehr trug Inge Bugsin in den weinrot eingebundenen Taschenkalender für das Jahr 1955 nicht ein. Es widerstrebte ihr, das, was sie fühlte, in Worte zu fassen. Alles kam ihr schal und abgestanden vor. Nur nicht wieder: *Liebe, Liebster, ich liebe dich!* Sie wollte nicht mehr daran erinnert werden. Eine unbeschreibliche Leere füllte sie aus. Sie hatte das Lachen verlernt.

»Bekommst du etwa ein Kind?«, fragte Christa, die viel ahnte, aber wenig wusste, was Thomas Châteaudun betraf.

»Nein!« Vielleicht war es das, was sie in eine so düstere Stimmung versetzte. Aber ihre Regelblutung hatte sich so pünktlich wie immer eingestellt. Erst hatte sie aufgeatmet, dann aber zu weinen angefangen. Ein Kind von Thomas – es hätte sie für immer aneinandergekettet und dem Leben einen Sinn gegeben. Nun, sie hatte von ihrer Mutter die nötige Härte geerbt, mit allem fertig zu werden. Wie hieß es immer: Lerne leiden, ohne zu klagen. Nein, sie klagte nicht, sie war dem Schicksal dankbar, dass es Thomas gab. Gegeben hatte, denn irgendwie fühlte sie, dass die alte Volksweisheit stimmte: Aus den Augen, aus dem Sinn.

Es war am 22. September, am Vorabend ihres 21. Geburtstages, als sie Christa alles beichtete. Sie saßen bei einem Glas Wein in einem Café in der Schloßstraße. »Morgen werde ich ja volljährig.«

»Kommt denn dein Kollege Thomas Châteaudun?«

»Der hat in Düsseldorf zu tun.«

»Und deshalb hast du so feuchte Augen?«

Inge seufzte. »Wenn du wüsstest.«

»Wenn jemand so anfängt ... Ich geh ja auch manchmal ins Kino.« Christa fixierte sie. »Wie war es denn?«

»Die Sache selber? Wie Zahnziehen.«

Christa spielte am Fuß ihres Weinglases. »Ein deutsches Mädchen hat rein in die Ehe zu gehen, ein deutsches Mädchen hat sich für den Mann aufzusparen, den es liebt.«

»Das habe ich ja getan. Es war die große Liebe.«

Christa wurde hellhörig. »Habe? War? Hört sich ja alles sehr nach Vergangenheit an.«

Jetzt begann Inge doch zu weinen. »Ich weiß auch nicht. Es ist wie mit einem Blumenstrauß: Plötzlich ist er verwelkt. Ich verstehe nicht warum, aber ...«

Christa war hilflos. »Weil er nicht mehr in Berlin ist?«

»Er hat in Düsseldorf viel zu tun, schreibt aber regelmäßig.« Inge zog einen Bogen dünnes Luftpostpapier aus der Handtasche. Er war mit großen Buchstaben bedeckt. Eine sympathische, wenn auch wenig ausgereifte Handschrift. »Hier, mehr Zeit hatte er nicht. Mit Kugelschreiber.«

»Und du hattest einen goldenen Füller erwartet.« Christa überflog den Brief.

Mein geliebtes Mädchen, es ist die erste freie Minute, die ich dazu benutze, Dir einige Zeilen zu schreiben. Wir haben wahnsinnig viel zu tun, es ist zum Scheibenschießen. Ich muss schon wieder zu einem Kunden raus in den Laden. Ich habe furchtbare Sehnsucht nach Dir. Du hörst bald wieder von mir. Und denke daran, dass ich Dich sehr liebe. Zehntausend Küsse. Dein Thomas

»Hört sich doch gut an«, sagte Christa, während sie Inge den Brief zurückgab. »Will er dich denn heiraten?«

»Von der Ehe hat er nie gesprochen.« Erst jetzt fiel Inge das so richtig auf. »Ich aber auch nicht. Ich will vorher noch so viel erleben.«

Christa wurde nun drastisch. »Und meinst du, dich nimmt nachher noch jemand, wenn du vorher durch die Betten gegangen bist?«

Inge Bugsin fuhr auf: »Entschuldige mal! Bis jetzt war es nur eines!«

»Wenn die Dämme erst einmal gebrochen sind ...«

Inge konterte mit einer alten Berliner Wendung: »Ist der gute Ruf erst einmal ruiniert, lebt sich's wirklich ungeniert.« Jetzt wurde sie regelrecht trotzig. »Ich freue mich schon auf die, die noch kommen werden.«

»Pst«, machte Christa. »Wenn das deine Eltern hören!«

»Morgen bin ich volljährig.«

Christa lachte. »Pass bloß auf, du landest eines Tages noch im Puff!«

Inge Bugsin reagierte mit einem Trinkspruch ihres Vaters: »Es lebe die Liebe, der Leichtsinn, der Suff, der uneheliche Beischlaf, der Papst und der Puff!«

»Da tun sich ja Abgründe auf.« Christa wurde wieder ernsthaft. »Ich verstehe immer noch nicht, warum es mit Thomas Châteaudun aus sein soll.«

»Er hätte nicht nach Düsseldorf gehen sollen«, brach es aus Inge heraus. »Wenn er mich wirklich lieben würde, wäre er in Berlin geblieben.«

»Wenn du ihn wirklich lieben würdest, wärst du mit ihm nach Düsseldorf gegangen«, kam ihr Christa mit einer Logik, gegen die kaum anzukommen war.

»Ich geh nicht weg aus Berlin!«, rief Inge.

»Man kann nicht alles haben«, sagte Christa. »Wenn ich dir was raten darf: Setz dich ins nächste Flugzeug, flieg zu ihm hin, schlepp ihn vor den Traualtar, setzt mindestens drei Kinder in die Welt, und werdet glücklich!«

Inge sank in sich zusammen. »Ich kann nicht … alles verlieren, mein Zuhause und Karolinenhof.«

Unter märkischen Kiefern

1956

Karolinenhof fiel nur dadurch auf, dass es durch nichts auffiel. Kaum ein Berliner Ortsteil war der Allgemeinheit unbekannter als Karolinenhof. Hier stand kein Gebäude von auch nur geringstem historischem Wert, hier hatte kein Maler etwas gemalt, kein Erfinder etwas erfunden und kein Dichter etwas gedichtet, und ermordet worden war hier auch niemand, der Anspruch auf einen Platz im Lexikon gehabt hätte.

So war auch Inge Bugsin sehr erstaunt, als ihr Vater, es war Ende 1948, eines Abends nach Hause kam und seiner Familie mitteilte, es bestünde die Möglichkeit, in Karolinenhof ein schönes Eckgrundstück zu kaufen.

»Wo liegt denn das?« Inge vermutete es zu Recht im Südosten der Stadt, musste aber erst den Stadtplan auseinanderfalten, um es genau zu orten.

Es lag als kleines Oval zwischen dem Langen See und dem Adlergestell, an die vier Kilometer von Grünau entfernt, und nur ein schmaler Streifen Wald trennte es von der Stadtgrenze bei Eichwalde. In Längsrichtung wurde es von der Vetschauer Allee durchschnitten, und las man diesen Straßennamen auf der Karte, dachte man an eine Prachtstraße mit vielen Baumreihen und repräsentativen Gebäuden, doch diese Allee war von hochstaplerischer Natur und hatte nicht mehr zu bieten als eher bescheidene Siedlungshäuser, ein schmales Betonband und zwei in einem besonderen Schotterbett liegende Straßenbahngleise, die von der 86 auf ihrem Weg von und nach Schmöckwitz genutzt wurden.

Ein Dutzend weiterer Straßen und Wege fand sich in Karolinenhof, zum Teil noch unbefestigt und aus purem märkischem Sand, mit Namen, die durchweg an den Spreewald erinnern sollten. Drei Haltestellen gab es: Schappachstraße – mit einer Wendemöglichkeit für Einsetzer –, Lübbenauer Weg und Vetschauer Allee, Ecke Adlergestell. Lübbenauer Weg, Ecke Treppendorfer Weg lag das Anwesen, das Max Bugsin dann kaufen sollte. Inge liebte es vom ersten Augenblick an.

Es war ein echt märkisches Grundstück. Viel grauer Zuckersand, eine lichte Kiefer, einige Obstbäume, von Kalksteinen gesäumte, aber nicht mit Platten belegte Wege, ein paar Beete mit Erdbeeren, Mohrrüben, Bohnen und Blumen und ein Rasen, der eher an ein Stück ausgedörrte Savanne als an einen englischen Golfplatz denken ließ. Man konnte sie hier hören, die tiefe Stille der Natur, wie sie Fontane so liebte, und Inge fühlte sich, schläfrig, wie alles war, dahin versetzt, wo *Vom Winde verweht* angesiedelt war, in den amerikanischen Süden also.

Ein wenig glich sie, wie sie da auf ihrer Schaukel saß, der jungen Effi Briest. Doch wo blieb der Baron von Instetten, der kam und sie mitnahm in die große, weite Welt? 21 Jahre alt war sie jetzt, das blühende Leben, ebenso reizend wie klug, und dennoch nichts weiter als eine kleine Sachbearbeiterin in einer Firma, die keiner kannte.

»Soll das alles sein?«, fragte sie ihre Mutter, die neben ihr im Liegestuhl lag.

Irmgard Bugsin antwortete mit einem Spruch, den sie vor Tagen auf ihrem Abreißkalender gefunden hatte: »*Wer warten kann, zu dem kommt alles.*«

Inge lachte. »Bestimmt nicht hier draußen in Karolinenhof.«

»Die Frage stellt sich doch für dich gar nicht«, sagte Christa, die sich gerade ein Glas Limonade geholt hatte und aufrecht vor Inge stand. »Du bist doch schon längst von deinen Eltern verheiratet worden.«

Inge brauchte einen Moment, ehe sie wusste, was die Freundin meinte. »Du meinst, mit Manfred Matuschewski?«

»Ja, ich meine, mit Manfred Matuschewski.«

»Seit wann interessiere ich mich für jemanden aus'm Kindergarten?«

»Entschuldige, der Manne ist jetzt achtzehn Jahre alt. Und in dem Alter hat Alexander der Große schon seine Schlachten geschlagen.«

»Manfred Matuschewski schlägt sich höchstens mit seinen Mathe-Aufgaben herum, und selbst wenn er das Abitur schaffen sollte, mit Ach und Krach, wird aus ihm auch nicht viel. Er hat doch nur seinen Sport im Kopf. Ein Mann muss einer Frau doch auch was bieten können.«

»So, wie der gebaut ist, wird er dir eine ganze Menge bieten können«, sagte Christa.

Irmgard Bugsin hustete warnend. »Jetzt wird es doch langsam etwas zu pikant.«

Doch Christa ließ sich nicht beirren. »Inge ist ja mit ihm in vierzehn Tagen zum Paddeln verabredet. Dann wird er mit ihr in eine einsame Bucht fahren und ...«

»Leg dich mal wieder auf deine Decke, und genieße die Sonne«, sagte Irmgard Bugsin.

»Ja, ich verstehe schon.« Einen Liegestuhl bekam Christa schon lange nicht mehr zugewiesen, denn mit ihrem nicht unwesentlichen Körpergewicht hatte sie es noch ein jedes Mal mühelos geschafft, die zugegebenermaßen immer etwas morsche Bespannung zum Reißen zu bringen. »Ich bleibe dabei, Inges Mann heißt Manfred. Ich weiß das, ich hab nämlich 'n Riesentalent als Wahrsagerin.«

Diese Prophezeiung ihrer besten Freundin hatte Inge Bugsin im Ohr, als sie sich Mitte Juni aufmachte, um von Wilmersdorf nach Karolinenhof zu fahren.

Am 11. Juni waren sie in Neukölln gewesen, um Margot Matuschewskis 46. Geburtstag zu feiern, und da hatte sie mit Manfred geflirtet und getanzt. So übel war er gar nicht. Wenn er nur nicht diese verdammten vier Jahre jünger gewesen wäre. Und sie würde ihn durchfüttern müssen, wenn er studieren sollte. Wenn er dann wirklich mal Geld verdiente, war sie alt und grau. Andererseits konnte sie dann immer sagen, wo es langging. Und außerdem schien es ja wirklich so, als seien sie vom Schicksal füreinander bestimmt. Schade, dass es dieses Wochenende mit dem Paddeln noch nicht klappte. Manfred hatte einen wichtigen Wettkampf in Westdeutschland.

Es war ein Sonnabend, wie er im Buche stand, und sie beeilte sich, Punkt ein Uhr aus der Firma zu kommen. Nur schnell raus nach Karolinenhof! In ihr Paradies. Für dieses Wochenende war von ihren Eltern die Parole ausgegeben worden: Kein Besuch, absolute Ruhe!

»Und Christa?«

»Auch Christa nicht!« Ihre Mutter hatte sich nicht erweichen lassen. »Es war eine harte Woche im Geschäft, und ich will niemanden draußen haben, so lieb er mir auch sein mag.«

Inge nahm es kommentarlos hin. So konnte sie ungestört lesen und dösen. Das war ja auch mal schön.

Karolinenhof war ihr großes Glück, aber auch dieses Glück hatte seinen Preis: die ewige Schlepperei. Als West-Berliner, die sie nun waren, hatten sie kein Recht und keine Chance, in Ost-Berlin zu essen, zu trinken oder einzukaufen, und erst recht mussten sie sich Haus- und Gartengeräte, Betten, Decken, Kissen, Saatgut, Düngemittel und vieles mehr von zu Hause mitbringen. Und das alles mit öffentlichen Verkehrsmitteln und mit Gerhards Fahrrad. Zwar hatte die Firma Schablin & Co. einen Lieferwagen, aber keiner aus der Familie besaß einen Führerschein, und den Fahrer für private Transporte teuer zu bezahlen verstieß gegen das Prinzip ihrer Mutter, jeden Pfennig dreimal umzudrehen, bevor sie ihn ausgab. Außerdem waren die Kontrollen an der Sektorengrenze zu fürchten, wo alles beschlagnahmt werden konnte.

Nun wäre alles kein so großes Problem gewesen, wenn man die vorhandenen Lasten durch vier geteilt hätte, doch so lief die Sache nicht, denn ihre Eltern fuhren direkt vom Geschäft nach Karolinenhof, und Gerhard beteuerte immer wieder, dass er sein Rad nicht überladen durfte, weil ihn sonst die Vopo hoppnehmen würde. Außerdem waren es von der Koblenzer Straße in Wilmersdorf bis zum Lübbenauer Weg in Karolinenhof gut und gerne dreißig

Kilometer. »Das ist ja die halbe Tour de France – und da fahren sie wenigstens ohne Gepäckständer.«

Also blieb alles, oder jedenfalls fast alles, an Inge hängen. Mit ihrem Rucksack, zwei großen Tragetaschen und einem Einholnetz kam sie sich wie ein Packesel vor, als sie die Detmolder Straße überquerte und zum Bahnhof Wilmersdorf lief. Ein Freund mit eigenem Wagen wäre nicht schlecht gewesen. Aber woher nehmen und nicht stehlen? Und selbst Thomas hatte kein Auto besessen. Thomas ... nicht mehr als ein schöner Traum.

Inge Bugsin hatte nie viel für sportliche Betätigung übriggehabt und keuchte schon, als sie gerade einmal zweihundert Meter gelaufen war, nicht einmal die Hälfte der Strecke. Aber ging sie langsamer, verpasste sie den direkten Zug nach Grünau. Der fuhr nur alle zwanzig Minuten. Ansonsten hätte sie warten oder den Umweg über Treptow machen müssen. Eine Fahrkarte hatte sie vorrätig, war nur der Stopp an der Wanne zu machen, dem Knipserhäuschen, und es dauerte eine Ewigkeit, bis der Beamte seine Zange gezückt hatte. Oben hörte sie den Zug einlaufen, die Bremsluft zischen.

Mit letzter Kraft lief sie die Treppen hinauf und schaffte es gerade noch, in den Zug zu springen, ehe die Halbtüren mit lautem Knall gegeneinanderkrachten. Ihr Netz wurde eingeklemmt, und sie musste bis zur nächsten Station warten, ehe sie es retten konnte. Zum Glück fand sie einen freien Platz und konnte die halbe Stunde bis Grünau genießen.

Neukölln hielt sie Ausschau nach Manfred Matuschewski. Quatsch, der war ja gar nicht in Berlin! Köllnische Heide, letzter Bahnhof im Westsektor. Immer wieder kamen Gerüchte auf, dass sie alles abriegeln würden. Baumschulenweg ... In Fahrtrichtung links konnte sie in den Rodelbergweg hineinsehen. Sie sah ihre Großmutti vor sich. Wie sie mit ihr und Gerhard zum Rodeln ging. Vor Ewigkeiten. Inge musste nachrechnen. Dreizehn Jahre war es her. Sie fuhren am Friedhof vorbei, und sie machte es so, wie Manfred Matuschewski und ihr Bruder es immer machten: Sie drehte sich zur anderen Seite hin. Nur nicht dran denken.

»Grünau! Endstation! Alles aussteigen!«

Sie beeilte sich. Instinktiv. Die nächste Station, Eichwalde, lag schon in der DDR, und wer als West-Berliner aus Versehen weiterfuhr, landete für Stunden, wenn nicht gar Tage, bei der Vopo oder der Stasi. Darum mied sie auch die Züge, die weiterfuhren nach Königs Wusterhausen.

Jetzt galt es, schnell nach unten zu laufen und zu versuchen, an der Haltestelle der 86 in der Menge möglichst weit vorn zu stehen, denn fast immer war die Straßenbahn überfüllt, und es konnte einem passieren, dass man nicht mitkam.

Mit ihrem vielen Gepäck hatte sie zwar ein erhebliches Handicap aufzuweisen, aber das teilte sie mit vielen anderen, die hinauswollten auf ihr Grundstück, in ihr Wochenendhäuschen oder ihr Zelt an der Großen Krampe oder hinten am Krossinsee. Sie hörte, wie die Leute stöhnten, dass es so sei wie damals bei den Hamsterfahrten.

Daran konnte sich Inge nicht erinnern, denn das Hamstern hatte ausschließlich ihr Vater besorgt. Er war nach Rockow gefahren, vor allem aber hatte er auf dem schwarzen Markt das besorgt, was sie brauchten, um nicht zu verhungern.

Die 86 kam die Wassersportallee herunter, man sah die blassgelben Wagen durch die Bäume schimmern. Ein großer Triebwagen mit zwei Anhängern, aber schon zur Hälfte besetzt. Der Straßenbahnfahrer klingelte wie von Sinnen, denn die Menschen standen teilweise weit in sein Profil hinein, und er hatte Angst, sie zu erfassen. Die Tatsache, dass er bremste und die letzten Meter nur schlich, nutzten einige besonders ausgebuffte Fahrgäste und sprangen auf, bevor die Bahn angehalten hatte.

Inge hatte Glück. Sie stand genau vor einer Tür und wurde von denen, die hinter ihr warteten, auf die Plattform des ersten Beiwagens katapultiert. Geschafft! Riesig war die Freude, mitgekommen zu sein, zumal viele zurückbleiben mussten.

Langsam ging es durch den Wald. Nicht nur, weil die Wagen überladen waren und der Strom nicht ausreichte, sondern vor allem, damit die Schaffner Zeit hatten, sich durch die bis zum geht nicht mehr verdichteten Leiber zu pressen und das Fahrgeld zu kassieren.

An den Regattatribünen erreichten sie das Ufer der Dahme, die von hier bis Schmöckwitz den Langen See durchfloss. Drüben lagen die Müggelberge, grün und bläulich mit den Kronen ihrer Kiefern. Der hölzerne Turm war leider abgebrannt. Weiße Segel tanzten übers Wasser, und sie freute sich auf die Paddeltour mit Manfred am nächsten Wochenende.

Als sie Karolinenhof ausstieg, hatte es die Schaffnerin noch immer nicht geschafft, bis zu ihr vorzudringen. Schnell sprang sie auf die Straße. Wieder zwanzig Pfennig gespart und den Sozialismus an seinem Siegeszug gehindert.

Als hätte Walter Ulbricht ihre Gedanken erraten und sich dafür rächen wollen, riss, gerade war sie in den Lübbenauer Weg gebogen, ihr Einkaufsnetz, und Apfelsinen, Zwiebeln und Kartoffeln kullerten in den Sand. Vornehm, wie es Mutter und Großvater gern bei ihr sahen, wenn sie sich auf öffentlichen Straßen und Plätzen bewegte, fluchte sie auf Französisch: »*Merde!*«

Wie von einer guten Fee herbeigezaubert, hielt daraufhin ein großer Wagen dicht neben ihr, und ein Mann von etwa dreißig Jahren sprang heraus. »Darf ich Ihnen behilflich sein?«

Inge war perplex. »Sie in Ihrem schicken Anzug?«

»Wenn Sie möchten, ziehe ich ihn vorher aus.«

»Ja, bitte!« Inge reagierte so, wie es die Frauen im Kino immer taten, insbesondere in amerikanischen Filmkomödien.

»Schön, aber auf Ihre Verantwortung.« Im Nu war das Jackett ausgezogen und über einen Gartenzaun gelegt. Nun machte er sich daran, seinen Gürtel zu lockern und die Hose aufzuknöpfen.

Da kam ein scharfes »Walter, lass das bitte!« aus dem Wagen. Offenbar der Vater des Retters.

»Gut, aber dann ist es deine Schuld, wenn ich nachher schmutzige Knie habe.« Und trotzig kniete er sich in den grauen Zuckersand, um Inge beim Einsammeln ihres Obstes und ihrer Feldfrüchte zu helfen. Dabei gerieten ihre Gesichter dicht aneinander, und Inge blieb für Sekunden der Atem weg. Dafür schlug ihr Herz umso schneller. Sein Gesicht glühte, und seine Hitze sprang auf sie über. Sie hatte das Gefühl, wie ein Blatt Papier in Flammen aufzugehen. Es war noch um einige Grade heftiger als damals bei Thomas.

»Ich weiß gar nicht, wie ich Ihnen danken soll«, stammelte sie.

»Ich wüsste da schon was, aber …«

»Walter, kommst du nun bitte!« Das war ein Befehl, untermalt von einem kurzen Tippen auf die Hupe.

Walter machte eine Geste völliger Hilflosigkeit, verbeugte sich kurz und sprang dann zurück auf den Beifahrersitz.

Ehe sich Inge besonnen hatte, war er in einer großen Staubwolke entschwunden. Nicht einmal die Autonummer konnte sie sich merken. Verloren stand sie da, wie irgendwo in South Carolina. Bei großer Hitze fühlte sie sich in Karolinenhof immer wie in den amerikanischen Südstaaten, und oft sprachen sie davon, dass sie ihre Sommerlaube in Caroline's Yard hätten. Und Walter, englisch ausgesprochen, war der Sohn eines Ölmagnaten, der gerade auf dem Weg zu einem Bohrturm war.

Sie ermahnte sich: Hör auf zu spinnen! Der und sein Vater, die handeln wahrscheinlich mit Klopapier, und nie im Leben wirst du ihn wiedersehen.

Sie war ein durch und durch bodenständiger Mensch und hatte sich schnell wieder auf das konzentriert, was zu tun war: das Sommerhäuschen, also die Laube, ausgiebig zu lüften, Bier und Wein vorn im Bunker, dem unterirdischen Gewölbe mit Wasseruhr und Absperrhahn, kalt zu stellen, die Küche aufzuräumen, Kartoffelsalat zu machen, Buletten zu braten und den vor sich hin welkenden Tomatenpflanzen ordentlich Wasser zu geben. Abgestandenes aus der Regentonne natürlich. Nahm sie, was viel einfacher war, den Schlauch, dann bekam sie nachher tüchtig Schelte von ihrer Mutter. Irgendwie hatte die einen Instinkt für den feinen Unterschied. Sie meinte, die Pflanzen könnten mit ihr sprechen.

Als sie ihre Pflichten so weit erfüllt hatte, holte sie sich erst einmal einen Liegestuhl aus dem Schuppen, trug ihn unter die große Kiefer, klappte ihn auf und steckte sich eine Zigarette an. Dann griff sie nach ihrer geliebten *Quick* und blätterte sie von hinten nach vorn durch. Was gab es Neues vom Film?

Mit Christa konnte sie sich stundenlang darüber streiten, welcher Schauspieler der männlichste Mann war: John Wayne, den sie in *Red River* zum ersten Mal gesehen hatte, Gary Cooper, dessen

High Noon sie liebte, Gregory Peck, von dem sie *Ein Herz und eine Krone* am besten fand, Marlon Brando, dessen *Die Faust im Nacken* sie dreimal gesehen hatte, oder Burt Lancaster, für den sie seit *Verdammt in alle Ewigkeit* in den höchsten Tönen schwärmte? Vielleicht aber war ihr Favorit doch der Clark Gable, wie er als Rhett Butler in *Vom Winde verweht* zu sehen war. Nein, doch eher Curd Jürgens, dessen Foto in der Koblenzer Straße über ihrem Bett hing, seit sie ihn in *Des Teufels General* gesehen hatte, oder Hans Albers in *Auf der Reeperbahn nachts um halb eins*. Mit Peter van Eyck, Horst Buchholz, O. W. Fischer, Gérard Philipe und James Dean konnte sie dagegen wenig anfangen, von den allen träumte sie nie. Ebenso wenig wie von Heinz Erhardt, der sie immer an Otto Matuschewski erinnerte. Als Väter oder Onkel waren solche Männer wunderbar, aber nicht als Liebhaber.

Nach der zweiten Zigarette griff sie zur Tageszeitung. Zur West-Zeitung, die sie aus Wilmersdorf mitgebracht hatte. Sicherheitshalber als Einwickelpapier, denn an sich war es wohl verboten.

Politik interessierte sie nicht übermäßig. Nichtsdestoweniger hatte sie am 1. Mai brav vor dem Schöneberger Rathaus gestanden und für die Wiedervereinigung Deutschlands protestiert. Hunderttausend Menschen sollten es gewesen sein. Aber wenn sie nicht hingegangen wäre, hätte dieselbe Zahl in der Zeitung gestanden, nicht etwa nur 99 999. Noch immer berichteten sie von dem dreihundert Meter langen Spionagetunnel, den die Amerikaner vom West-Berliner Ortsteil Rudow unter der Sektorengrenze hindurch nach Ost-Berlin vorangetrieben hatten, um das Telefonnetz des sowjetischen Militärs und der DDR anzuzapfen. Immer mehr Menschen flüchteten aus der DDR in den Westen, nur Christa wollte nicht.

Was Inge immer wieder gerne überflog, war die Reklame: *Schenken nennt man das Vergnügen an Dingen, welche andere kriegen: DUJARDIN! – Wer JACOBI 1880 trinkt, freut sich länger! – Überall ist man sich klar: JACOBS KAFFEE wunderbar! – Das strahlendste Weiß meines Lebens: SUNIL! – Die Arbeit im Büro macht froh: Kaufen Sie die Möbel bei SCHABLIN & CO!*

Ihre Eltern und ihren Bruder ärgerte es immer, dass sie, die Bugsins, nur das Co. waren, Inge aber hatte es gern, sozusagen anonym zu bleiben. Manfred Matuschewski spottete immer, dass es eigentlich CO_2 heißen müsste, weil es ja für Max und Irmgard Bugsin stünde.

Dann machte ihr Herz einen kleinen Sprung, denn wer ihr da entgegenlächelte, das war sie selber. Sie saß keck im luftigen Sommerkleid auf der Kühlerhaube eines Porsches und hielt eine kunstvoll geformte Radkappe in der Hand. *BG – alles für's Auto.* Von Bernhard Großkreutz hatte sie einhundert D-Mark dafür bekommen, und in der Firma fragten die Kunden, ob sie noch andere Aktfotos von ihr haben könnten.

Christa meinte immer, wenn sie von jedem Jungen, der mit ihrem Foto ins Bett ginge, eine Mark bekäme, wäre sie eine reiche Frau.

Inge winkte regelmäßig ab. »Wahrscheinlich ist es nur Manfred Matuschewski.«

Am Gartenzaun schepperte es. Sie versteckte ihre Zeitung schnell unterm Liegestuhl.

Aber es war nur ihr Bruder Gerhard. Er fluchte fürchterlich. »Ich habe eine Acht im Rad.«

»Besser eine Acht im Rad als eine Fünf im Zeugnis. Und wo hast du die her?«

»Die Fünf? Von Frau Kagelmann in Englisch.«

»Nein, die Acht.«

»Da bin ich am Bahnhof Oberschweineöde gegen einen Baum gefahren.«

Nach dem Grund brauchte Inge nicht zu fragen, der war bei solchen Unfällen immer derselbe: Ihr Bruder hatte sich wieder einmal nach einem hübschen Mädchen umgesehen. Über seine diesbezüglichen Interessen war sie bestens informiert, zumindest in den Sommermonaten, wenn sie in Karolinenhof im selben Zimmer übernachteten, denn Gerhard sprach im Schlaf und verriet dabei alle seine Geheimnisse.

»Ich denke, du hast Marlies?«, fragte sie deshalb.

»Auf einem Bein kann man nicht stehen.«

»Da aber keine von deinen Flammen hier ist, kannst du dich ja beim Rasenmähen abreagieren. Spätestens um halb fünf ist Vati hier, und du weißt, dass es wieder mächtig Ärger gibt, wenn du nicht fertig bist.«

Gerhard machte sich fluchend ans Werk, und Inge genoss das herrliche Gefühl, einmal andere arbeiten zu sehen.

Besser wäre es gewesen, ihr Vater hätte den Rasen selber gemäht, unsportlich, wie er war, und mit mindestens 25 Kilo zu viel auf der Waage, doch es war sein eisernes Prinzip, zu Hause und im Garten nie einen Finger krumm zu machen. Was seine Irma und die Kinder nicht schafften, blieb für die Putzfrau. Für etwaige Reparaturen und alle Renovierungsarbeiten bekamen die Handwerker der Firma Schablin & Co. einen Sonderauftrag.

Aber selbst wenn Max Bugsin gewollt hätte, es wäre ihm kaum etwas gelungen. Im Gegenteil. Versuchte er, einen Nagel in die Wand zu schlagen, dann war das Ergebnis ein tiefes Loch im Putz und ein heftig blutender Daumen, während der Nagel selbst krumm und schief am Boden lag. Mähte er den Rasen, durchtrennte er mit traumwandlerischer Sicherheit das Elektrokabel und löste einen so heftigen Kurzschluss aus, dass halb Karolinenhof keinen Strom mehr hatte. Wischte er Staub, so gingen mindestens zwei Vasen zu Bruch, kochte er Kartoffeln, so zogen regelmäßig Rauchschwaden aus dem Fenster, weil er sie total vergessen hatte und die Knollen, nachdem alles Wasser verdunstet war, zu schwarzen Eierkohlen wurden. Sollte er einkaufen gehen und Rosenkohl mitbringen, so kam er mit einem Strauß Rosen und einem Kopf Rotkohl nach Hause.

Jetzt stand er am Gartentor und schimpfte. »Ich hab schwer zu tragen.« Immerhin seine Aktentasche mit einer Flasche Cognac und zwei Flaschen Weißwein. »Warum holt mich denn keiner von der Straßenbahn ab?«

Inge drückte sich aus dem Liegestuhl, um ihm zu öffnen. »Woher sollen wir denn wissen, wann du kommst?«

»Dann wartet ihr eben an der Haltestelle.«

»Wo ist denn Mutti?«

»Sie ist in Grünau zurückgeblieben.«

»Schön, dass du nicht zurückgeblieben bist«, sagte Gerhard und feixte.

Vielfach wurde gerade das von seinem Vater behauptet. Dass der ohne seine Frau und seinen Schwiegervater immer der kleine Beizer geblieben wäre. Doch damit tat man ihm unrecht, denn Max Bugsin verstand es meisterhaft, seine Gesprächspartner zu unterhalten und zu amüsieren und ihnen nebenbei das an Tischen, Stühlen und Schränken zu verkaufen, was sie ohne ihn nie gekauft hätten. Wer mit Max zusammensaß und verhandelte, der sparte sich Willi Millowitsch und das Hamburger Ohnsorg-Theater.

Das alles wusste Inge, sie wusste aber auch aus den vielen Büchern, die sie las, dass die meisten Komiker im Privatleben ziemliche Grantler waren. So leider auch ihr Vater. Sie liebte ihn trotzdem – oder andersherum, sie konnte ihn nur ertragen, weil sie ihn liebte. Er war eben so, wie er war.

Und heute war er besonders schlecht gelaunt, weil er sich bei einem Arbeitsessen mit einem Lieferanten förmlich überfressen hatte. Zu groß war die Portion Eisbein mit Erbspüree gewesen, und nun rumorte es in seinen Gedärmen und zwickte und drückte.

Als er in der Nähe seines Sohnes einen fahren ließ, bekam der einen solchen Schreck, dass er mit dem Rasenmäher über den Begrenzungsstein fuhr und die Messer furchtbare Scharten davontrugen.

»Das bezahlst du von deinem Taschengeld!«, rief Max Bugsin.

»Gerne.« Gerhard blieb gelassen. »Wenn du mir einen weiteren Kredit gewährst.« Er hatte so viele Schulden bei seinem Vater, dass noch einmal fünfzig Mark keine Rolle mehr spielten. »Aber Schuld hast du ja.«

»Ich werd doch noch in freier Natur …«

»Pst«, mahnte seine Frau, die es gern ein wenig vornehmer hatte. Sie war inzwischen mit der nächsten Straßenbahn glücklich in Karolinenhof gelandet und hatte nur noch einen Wunsch: »Meinen Kaffee!«

Inge eilte in die Küche, um ihn zu kochen. Sie tat das gern für ihre Mutter, die sie bewunderte. Wie souverän sie es schaffte, das Geschäft zu führen, wobei die besondere Fähigkeit der Irmgard

Bugsin darin bestand, ihren Mann wie eine Marionette zu führen, ihm dabei aber das Gefühl zu geben, er sei der große Unternehmer und würde den ganzen Laden schmeißen. Bei gewinnträchtigen Aufträgen hatte sie längst heimlich mit dem Kunden alles ausgemacht, und die Verträge lagen unterschriftsreif in der Schublade, wenn Max dort auftauchte und glaubte, mit Späßen und Schnurren die Leute geneigt zu machen. Um zu merken, dass er nur noch offene Türen einzurennen brauchte, fehlte es ihm an einem Quäntchen Intelligenz.

Inge hatte schnell durchschaut, was da zwischen ihren Eltern ablief, und fand, dass sie ein ideales Agreement gefunden hatten, um gemeinsam alt zu werden.

Ihr eigener Lebensentwurf sah dagegen anders aus. Sie hätte schon gern einen Mann gehabt, der ihr überlegen war und zu dem sie aufschauen konnte. Sie spürte keinerlei Drang, selber zu führen, sie wollte viel lieber geführt werden. Das gehörte für sie dazu, wenn sie sich richtig geborgen fühlen wollte. Freiheit hieß für sie im Wesentlichen, frei zu sein von finanziellen Sorgen und frei zu sein vom Druck, andauernd Entscheidungen treffen zu müssen, von denen der Aufstieg oder Untergang eines Unternehmens abhing. Hätte sie einen Fragebogen ausfüllen müssen, sie hätte kein Wort dafür gefunden, das diese hervorstechende Charaktereigenschaft voll auf den Punkt brachte. Bequem wäre zu wenig gewesen, denn sie arbeitete ja viel und gerne und unternahm eine Menge. Aber sie besaß nicht den Ehrgeiz, im Beruf nach oben zu kommen oder irgendwie in der Öffentlichkeit wahrgenommen zu werden. Sie liebte das Überschaubare, das bescheidene Glück, und vielleicht war darum für sie Familie alles – die, aus der sie kam, und die, die sie einmal gründen wollte.

Bald nun war die Karolinenhofer Idylle perfekt. Irmgard Bugsin saß in ihrem Lehnsessel, trank ihren extra starken Kaffee und erfreute sich am Anblick ihrer Blumen und Beeren. Max Bugsin lag im Liegestuhl und schnorchelte friedlich vor sich hin. Ein Bier und ein Cognac hatten ihn vollends eingeschläfert. Gerhard war auf seine Lieblingskiefer geklettert, die, die nicht ausgeastet worden war, und schrieb einen leicht pornographischen Liebesbrief an die Klassenkameradin, die in der Höheren Handelsschule mit einem kurzen Rock neben ihm gesessen hatte.

Inge lag auf dem Rasen und las Karl May. Es war *Der blaurote Methusalem*, und der spielte da, wo es niemand vermutet hätte: in China. Damit war sie Manfred Matuschewski sicher um einiges voraus, und er würde Augen machen, wenn er es erfuhr. Vielleicht war er doch der ideale Mann für sie. Er rauchte nicht, er trank nicht, und er war genauso auf das Familiäre fixiert wie sie. Gott, wenn sie doch nur bei ihm dasselbe Kribbeln empfunden hätte wie vorhin bei diesem Walter, der ihr beim Aufheben ihrer zerstreuten Sachen geholfen hatte! Aber Walter war entschwunden, für immer, und Manfred Matuschewski konnte sie jederzeit haben. Wenn das mit dem Spatzen in der Hand stimmte, dann war Manfred die beste Lösung, wenn aber ...

Weiter kam sie nicht, denn plötzlich schrie ihr Bruder oben in seinem Ausguck wie ein mittelalterlicher Türmer: »Überfall! Bombachs kommen!«

Inge reagierte nicht. »Du hast schon mal bessere Scherze gemacht.«

»Ich schwör's dir, bei allem, was mir heilig ist.« Um zu unterstreichen, dass er die Wahrheit sagte, kam er schnell heruntergeklettert.

Inge lief daraufhin zum Zaun und spähte durch die Hecke. »Tatsächlich, sie kommen wirklich. Alle viere.«

Nun sprang auch ihre Mutter auf und versuchte, ihren Mann wachzurütteln. »Max, schnell ins Haus, Bombachs kommen!«

Inge fühlte sich an die Zeiten erinnert, in denen sie sich voller Panik in den Luftschutzkeller begeben hatten. Aber Bombach klang ja auch irgendwie wie Bombe. »Sie dürfen nicht merken, dass wir hier sind. Los, schnell alles wegräumen!«

»Am besten, wir schaffen alles nach Schmöckwitz, bevor sie uns wieder völlig ausplündern«, schlug Gerhard vor.

»Wir müssen sie hinnehmen wie einen Hagelschauer oder einen Orkan«, sagte Irmgard Bugsin. »Seit Karl-Hermann Einkäufer beim Senat ist, hat er uns voll in der Hand.«

Max, aus seinen Träumen gerissen – wieder einmal Budapest –, jammerte, dass er nicht wieder stundenlang mit Karl-Hermann Bombach saufen wollte. »Meine arme Leber!« Er war auch als Erster im Haus.

Die anderen folgten, und Inge hatte gerade die Eingangstür abgeschlossen, als Bombachs klingelten. Und zwar Sturm.

»Zwecklos, keiner da«, sagte Gerhard.

»Leise!«, zischte Inge. »Am besten, du gehst nach vorne und sagst es ihnen selber.«

»Irgendwann werden sie's schon merken.«

Doch Bombachs verstärkten nur ihre Bemühungen und ließen den Klingelknopf ständig gedrückt.

»Vielleicht denken sie, wir schlafen«, vermutete Inge.

So schien es zu sein, und bei den Bugsins keimte Hoffnung auf, noch einmal davongekommen zu sein, doch dann hörten sie Schritte auf der Terrasse draußen. Karl-Heinz Bombach, der Sohn, war über den Zaun geklettert.

Gerhard kroch unters Bett, Irmgard Bugsin verbarg sich hinter einem Bademantel, der auf einem Bügel an der Seite des Kleiderschranks hing, Max schlüpfte ins Bett und zog sich die Decke über den Kopf, und Inge kniete sich hinter das Fußende des hölzernen Bettgestells.

Zwar hatten sie die Fensterläden in der Eile nicht schließen können, aber wenigstens waren die Gardinen vorgezogen, und es war so dämmrig im Zimmer, dass sie gute Chancen hatten, von draußen nicht gesehen zu werden. Obwohl ihnen das, was zu ihnen drang, wenig Hoffnung machte.

»Sie müssen zu Hause sein«, hörten sie Karl-Heinz Bombach. »Hier raucht ja noch eine Zigarette. Ich sehe aber drinnen nichts.«

»Nimm ein Streichholz, und zünde ihnen die Bude überm Kopf an, dann kommen sie schon raus.« Das war Bombach senior mit seinem dröhnenden Humor.

Nicht dass Inge wirklich glaubte, der Junge würde es tun, aber sie zitterte trotzdem. Bei Karl May griffen die Siedler, wurden sie von Indianern oder Tramps überfallen, immer sofort zur Waffe und feuerten aus allen verfügbaren Fenstern. Aber bei ihnen hingen nur eine Luftpumpe und ein Hula-Hoop-Reifen an der Wand.

Blieb ihnen die Strategie »Toter Käfer«. Und sie schien zu gelingen, bis ... ja bis ihr Vater nicht mehr an sich halten konnte. Das Erbspüree in seinen Gedärmen. So gab es das, was Gerhard später als Gasexplosion bezeichnete. Der Knall allein wäre noch nicht verderblich gewesen, aber der Geruch, der ihm auf der Stelle folgte, ließ Inge aufschreien. Zu dicht kniete sie neben beziehungsweise hinter ihrem Vater, und sein Körper war zu voluminös, als dass die Bettdecke alles hermetisch abgeschlossen hätte.

»Mann, ich erstinke!« Mit zugehaltener Nase fuhr Inge nach hinten und riss dabei die Obstschale vom Tisch. Der Lärm, der dabei entstand, war so gewaltig, dass die Belagerer draußen gar nicht anders konnten, als lauthals zu frohlocken.

»Kommt raus, wir wissen, dass ihr da seid! Und wir haben Hunger und Durst.«

Den Bugsins blieb nichts weiter übrig als die bedingungslose Kapitulation, und sie mussten alles auftischen, was Küche und Vorratskeller zu bieten hatten. Inge musste an fremde Völker denken, wo den Göttern alles zu opfern war, obwohl die Menschen selbst kaum genug zu essen hatten. Zuerst musste ihre Käsetorte dran glauben, später ihre gesamten Bestände an Buletten, Würstchen und Kartoffelsalat, aber auch an Bier und Wein. Und dabei mussten sie noch lächeln, immer nur lächeln, denn von Bombachs Wohlwollen hing das Schicksal ihrer Firma ab. Orderte er nichts mehr, geriet Schablin & Co. auf Schlingerkurs und trieb der Pleite entgegen.

Bombach aber erwähnte diesen Zusammenhang mit keinem Wort, er bezog alles auf die Freundschaft zwischen den beiden Familien.

»Prost Irma, Prost Max, Prost Inge! Auf euer Wohl!« Er hob sein Cognac-Glas. »Es ist immer wieder schön, mit euch zusammen zu sein. Die Ebertystraße schweißt die Menschen für immer aneinander. So ist es doch, oder?« Er wartete, bis die Bugsins genickt hatten. »Und die Zeit bei euch in der Firma war eine wunderbare Zeit, eine Zeit, die ich nicht missen möchte.«

Karl-Hermann Bombach hörte sich gern selbst reden, und seine Eloquenz hatte ihn in der SPD schon bis zum Abteilungsvorsitzenden aufsteigen lassen. »Ich habe als einfacher Tischler angefangen«, war seine stehende Wendung. »Genauso wie Friedrich Ebert.« Der hatte zwar den Beruf des Sattlers erlernt und Walter Ulbricht den des Tischlers, aber wer wusste das schon so genau, und den gehassten Kommunisten in West-Berlin als Vorbild hinzustellen, hätte Karl-Hermanns Karriere schnell ein Ende bereitet.

Die Bombachs wollten nach oben. Mit aller Macht und allen Mitteln. Zwar hatten sie es schon von der leicht proletarischen Ebertystraße zu einer bescheidenen Neubauwohnung in Tempelhof gebracht, aber am Ziel waren sie erst, wenn sie ein Häuschen im Grünen ihr Eigen nennen konnten. Wenigstens in »Bad Rudow«, wie Karl-Hermann immer sagte.

Und dafür wurde jeder Pfennig gespart. Toilettenpapier beispielsweise kannten sie nicht, da mussten »für hinterlistige Zwecke« zerschnittene Zeitungen genügen. Aber nicht welche, die sie selber gekauft hatten, sondern ausgelesene Exemplare, die sie an ihren Arbeitsplätzen einsammelten und mit nach Hause nahmen. Kein altes Stück Brot wurde weggeworfen, kein harter Kanten kam um, davon kochten sie sich ihre Brotsuppe. Und hatte Magda Bombach Geburtstag, dann schlich sich ihr Sohn am Abend davor auf einen Friedhof, nahm einen schönen Strauß von einem frischangelegten Grab, versteckte ihn unter seiner weiten Regenjacke und trug ihn nach Hause. Am meisten aber sparten sie, wenn sie sich mehrmals in der Woche oder zumindest an den Wochenenden bei anderen einluden. Bei Verwandten, Freunden und vor allem Lieferanten. Selbstverständlich ohne je eine Gegeneinladung auszusprechen.

Fleißig waren sie, das musste man ihnen lassen. Magda Bombach arbeitete als Putzfrau. Begonnen hatte sie mit Treppenhäusern, aber da hatte sie in der Regel nur wenig Beute machen können. Zu selten vergaßen die Leute ihre Einkaufsnetze vor der Wohnungstür. Bei Ärzten und Anwälten sah die Sache schon ganz anders aus, zumal sie es schaffte, so elend auszusehen, dass ihr jeder etwas schenken wollte. Mal ein Kleid, mal einen halben Braten, der bei eine Fete übrig geblieben war. Und fragte sie mit treuem Hundeblick, ob denn diese alten Schuhe noch jemand tragen wolle, bekam sie zumeist zu hören, was sie hatte hören wollen: »Nein, nein, die können sie ruhig mitnehmen, Frau Bombach.«

Marlene Bombach war fünfzehn Jahre alt und arbeitete als Verkäuferin in einer Bäckerei. Damit hatte die Familie Schrippen, Brot und Kuchen immer kostenlos, was den Etat weiterhin entlastete.

Der Sohn hieß Karl-Heinz, wie alle männlichen Bombachs seit ewigen Zeiten immer Karl und noch etwas hießen. Karl-Hermann, Karl-Heinz, Karl-Friedrich, Karl-August oder Karl-Georg. Auf diese Tradition waren sie alle sehr stolz. Karl-Heinz war siebzehn Jahre alt und lernte bei der BVG, was ihm erlaubte, in West-Berlin kostenlos mit U-Bahn und Bus zu fahren. Darüber hinaus aber verstand er es, den Rest der Familie mit Freifahrscheinen zu versorgen. Auch das schlug im Laufe eines Jahres ganz schön zu Buche.

Nach dem Kaffeetrinken brach man auf, um zur Badestelle zu laufen. Die war zwar den Karolinenhofer »Siedlern« vorbehalten, aber brachte jemand Gäste mit, dann ging das schon in Ordnung. Bombachs freuten sich, dass sie in einem privaten Strandbad verweilen durften, ohne Eintritt bezahlt zu haben.

»Ich schwimme so weit mit ihnen raus, dass sie nicht mehr zurückkönnen«, sagte Gerhard zu Inge. »Wenn sie alle auf einmal ertrinken, müssen wir auch nur einmal zur Beerdigung.«

»Und wie bringe ich nachher Magda um die Ecke?«, fragte Inge. Frau Bombach war Nichtschwimmerin und ging höchstens bis zu den Knien ins Wasser.

»Dann müssen wir meinen Plan wohl fallenlassen.«

Nachher hatten die Bombachs so großen Hunger, dass sie alles vertilgten, was Inge nach Karolinenhof geschleppt hatte. Um die letzte Stulle entbrannte ein heftiger Kampf zwischen Karl-Heinz und Gerhard.

»Die ist für mich, für morgen früh!«, rief Gerhard. »Die letzte!«

Bombach senior lachte. »Ihr könnt doch schnell mit dem Rad nach Schmöckwitz fahren und dort frühstücken oder euch Nachschub holen.« Er blickte sich suchend um. »Wo steht denn eigentlich eure Erdbeerbowle?«

»Wir haben heute keine angesetzt«, log Inge. Das Karolinenhofer Kultgetränk stand im Bunker mit dem Wasseranschluss und war von den Bombachs noch nicht entdeckt worden.

»Ich kann mir schon denken, wo sie steht.« Magda Bombach hatte Inge ganz genau beobachtet und mitbekommen, wohin ihr Blick gegangen war. Damit machte sie sich auf den Weg und kam wenig später mit der Bowlenschüssel zurück. »Ihr seid alle ganz schön vergesslich.«

Während sie sich ein Glas holte und füllte, begannen die Kinder, die Stachel- und Johannisbeersträucher zu plündern. Was sie sich nicht in den Mund stopfen konnten, sammelten sie in zwei leeren Blechbüchsen, die sie neben der Mülltonne gefunden hatten.

Karl-Hermann holte sich eine Säge aus dem Schuppen und ging zum Kirschbaum. »Ich brauche einen schönen Ast für unser Blumenfenster.«

Inge konnte das nicht mehr mitansehen und setzte sich auf ihr Rad, um ein paar Runden zu drehen. Vielleicht kam ihr das Auto mit Walter entgegen. Nein, kam es nicht!

Als sie aufs Grundstück zurückkam, war Magda Bombach dabei, sich Blumen abzuschneiden. Einen Riesenstrauß hielt sie schon im Arm. Inge sah, dass ihre Mutter einer Ohnmacht nahe war, liebte sie doch ihre Blumen über alles. Aber sie schwieg und machte weiterhin gute Miene zu bösem Spiel. Das Geschäft hatte Vorrang vor allem.

Kurz nach 22 Uhr zogen die Bombachs endlich ab, nicht ohne eine letzte Bedingung zu stellen: »Ihr bringt uns doch noch alle zur Straßenbahn?«

Die 86 war kaum Richtung Grünau verschwunden, da kniete Inge nieder, um dem Herrn zu danken. »Nicht dafür, dass sie endlich weg sind, sondern dafür, dass er uns die Kraft gegeben hat, sie nicht umzubringen.«

»Dafür kriegen wir nächste Woche von Karl-Hermann wieder einen dicken Auftrag«, sagte ihr Vater, und ihre Mutter fügte hinzu, dass im Leben eben alles seinen Preis habe.

Als sie wieder auf dem Grundstück waren, sah Irmgard Bugsin, die ihre Taschenlampe eingeschaltet hatte, im groben Kies des Hauptweges etwas golden funkeln und bückte sich, um es aufzuheben. »Das ist ja eine Brosche.«

»Ja, die von Magda«, sagte Inge. »Die muss sie verloren haben, als sie die Bowle geholt hat.«

»Die wird genauso viel wert sein wie die Beute, die sie bei uns gemacht haben«, sagte Gerhard.

»Wenn man noch den ideellen Schaden dazunimmt ...«, ergänzte Inge, »... den verschandelten Garten ... ohne Blumen, mit einem amputierten Kirschbaum ...«

»Ich verkaufe die Brosche Montag beim Juwelier und sag, die ist von meiner Mutter.« Max hatte da keinerlei Skrupel.

»Kommt nicht in Frage!«, rief Irma Bugsin. »Wir bereichern uns auf keinen Fall an den Bombachs. Das haben wir nicht nötig.«

»Nein, aber wir können das Geld ans Rote Kreuz überweisen«, sagte Inge. »Strafe muss sein!«

Ihre Mutter blieb hart. »Wenn sie morgen wiederkommen und nach der Brosche fragen, dann kriegt Magda sie zurück.«

»Dann haben wir sie also morgen noch mal in Karolinenhof?«, schrie Inge. »Nein! Nein! Ich kriege Krämpfe.«

Ihre Mutter zeigte keinerlei Reaktion. »Musst du dich eben aufs Rad setzen und sie ihr nach Tempelhof bringen.«

»Ich bin doch nicht ...« Inge tippte sich gegen die Stirn. »Außerdem hat mein Rad 'n Platten. Wird wohl Gerhard fahren müssen.«

»Auf keinen Fall!«

»Das ist keine Frage des Wollens, sondern des Müssens.«

Ein scharfer Blick seiner Mutter genügte, und er holte sein Rad aus dem Schuppen.

Insbesondere im Sommer war für Inge die Arbeit in der Firma eine unschöne Unterbrechung der Wochenenden in Karolinenhof. Fuhren sie am Sonntagabend nach Wilmersdorf zurück, ihre Eltern und sie mit der Bahn und Gerhard mit dem Rad, dann sagte sie jedes Mal mit Friedrich Schiller: »*Die schönen Tage von Aranjuez sind nun vorüber.*«

Karolinenhof war mehr als ein Kurzurlaub, Karolinenhof stand für: »Hier bin ich Mensch, hier kann ich's sein.« Manchmal sagte Inge auch: »Damals sind wir nach Rockow geflüchtet, heute flüchten wir nach Caroline's Yard.« Sicher war das mehr als übertrieben, es gab aber doch Aufschluss über ihre Gefühlslage. Sie liebte es eben ruhig und verspielt, wäre gern Prinzessin oder Komtesse gewesen, ohne Büro und strengen neuen Chef.

»Kannst du doch alles haben«, sagte Christa, die neben ihr auf dem Rasen lag, als sie wieder einmal dieses Thema diskutierten. »Ich nicht. Bei meiner Körperfülle nimmt mich kein Millionär. Dich aber.«

Inge lachte. »Ja, der Millionär Manfred Matuschewski. Deine Empfehlung.«

»Der macht nächstes Jahr sein Abitur und studiert dann.«

»Ja, und was will er studieren? Das schöne Fach ›Weiß ich nicht‹. Da habe ich dann meinen Bettelstudenten.«

»Hauptsache, ihr seid glücklich.« Christa erinnerte Inge noch einmal an ihre Wette. »Morgen ist ja der große Tag, an dem ihr zusammen paddelt, und du weißt, ich wette um ein Essen im Hotel Stadt Berlin, dass es morgen bei euch beiden funkt.«

Inge reagierte mit einem Spruch aus der Gastronomie der DDR, über den sich die West-Berliner immer lustig machten: »Bitte warten Sie! Sie werden platziert.«

»Das Schicksal wird dich neben ihn platzieren.«

»Ich habe dir doch erzählt, wer mein Traum ist.« Inge schloss die Augen. Ganz deutlich sah sie Walter vor sich, wie er sich bückte, um ihre Sachen aufzuheben – wie nahe sie sich waren.

»Hör doch auf damit, das ist doch kindisch!« Christa war so nüchtern und realistisch, wie man es zu sein hatte, wenn man aus Brandenburg kam. In einem Dorf bei Kyritz war sie auf die Welt gekommen und aufgewachsen und erst nach dem Krieg in Berlin ansässig geworden, als ihr Vater eine Stelle als Maschinenschlosser im RAW Schöneweide gefunden hatte. Und um Inge die Flausen vollends auszutreiben, machte sie sich auch noch über den Namen Walter lustig. »Walter, wenn er pupt, dann knallta.«

Inge reagierte leicht gereizt. »Christa, vapiss da!«

Die Freundin nahm es ihr nicht übel. »Warum denn in die Ferne schweifen, das Gute liegt so nah – und heißt Manfred.«

Nachdem sie noch eine Weile über Thomas Châteaudun geredet hatten, war das Thema Liebe abgehakt, und sie wandten sich wieder dem zu, was ansonsten ihren Alltag prägte: wie ihre beiden Welten, wie Ost und West immer weiter auseinanderdrifteten und dass Inge sich in Karolinenhof manchmal wirklich wie im Ausland fühlte, weil sie nicht mehr wusste, wovon die Leute sprachen. Was war ein ABV? Was wollte eine Frau haben, wenn sie nach »Alba Zell« oder »Yvette Intim« fragte? Und *Amiga* war nicht die Freundin auf Spanisch, sondern eine Schallplattenmarke. Schön, das meiste kannte Inge noch aus ihrer eigenen DDR-Zeit, aber da verblasste schon vieles. Um das wieder aufzufrischen, machte Christa öfter einen Test mit ihr.

»Subbotnik?«

»Arbeitseinsatz.«

»Sehr schön. Barkas?«

Inge zögerte nur einen kleinen Augenblick. »Kleintransporter der VEB Barkas Werke Hainichen.«

»Pramo?«

»*Praktische Mode*, Modezeitschrift.«

»Gut! Und Karo?«

Eine Zigarettenmarke, die Inge nie geraucht hatte. »Was haben wir immer gesagt? Getrocknete Lumpen.«

»Sehr schön!« Christa war mit ihr zufrieden und meinte, sie könne jederzeit ins sozialistische Lager zurückkehren.

»Danke, kein Bedarf.«

»Aber nach Karolinenhof willst du weiterhin kommen.«

Das klang vielleicht schärfer, als es gemeint war, aber Inge zuckte trotzdem zusammen. Die Freundin, obwohl nun alles andere als linientreu, sah es offensichtlich noch immer als Verrat an, dass sie vor zwei Jahren mit ihren Eltern in den Westen gegangen war. Gleich würde sie wieder damit beginnen, dass Inge doch im Osten als Frau die viel größeren Chancen gehabt hätte, und es hätte sicherlich eine längere Diskussion gegeben, wenn nicht in diesem Augenblick Margot und Otto Matuschewski am Gartenzaun gestanden hätten.

»Wilhelm!«, rief Max und lief nach vorn, um das Gartentor aufzuschließen und die Gäste einzulassen.

»Bruno! Dass ich dich noch einmal wiedersehen darf!«

Die beiden hatten einen komödiantischen Spaß daran, sich mit anderen Vornamen anzureden, und manchmal spielten sie ihr Wiedersehen so gekonnt theatralisch, dass die Leute Tränen in den Augen hatten. Man hielt sie für zwei Spätheimkehrer, die sibirische Lager überlebt hatten.

Inge servierte allen das Abendbrot auf der Veranda, dann spielten die »älteren Herrschaften« Canasta. Irmgard Bugsin und Otto Matuschewski auf der einen Seite gegen Max und Margot auf der anderen. Was man verlor, kam in eine Gemeinschaftskasse. War der Betrag hoch genug, wollte man einen Ausflug nach Paris machen.

»Muss dein Vater nur aufpassen, dass er da nicht auf seine unehelichen Kinder stößt«, sagte Christa.

»Pst«, machte Inge und ließ das Geschirr ein wenig lauter klirren.

Sie waren gerade beim Abwaschen. Inge spülte, die Freundin hatte abzutrocknen. Gern hätten sie das Gerhard übertragen, doch der war mit seiner Höheren Handelsschule zu einer Exkursion in den Hamburger Hafen unterwegs.

Als sie fertig waren, »gingfuhren« sie zur Badestelle. Das war ein Verb, das Otto Matuschewski gerade erfunden hatte, um plastisch wiederzugeben, dass Inge mit dem Rad fuhr und Christa, die diese Kunst nicht recht beherrschte, neben ihr herlief.

»›Gehfahren‹ solltest du als Patent anmelden«, sagte Inge.

»Gefahren gibt es doch schon«, erwiderte Otto Matuschewski. »Da bekomme ich kein Patent für. Aber für die neue Zahl, die ich entdeckt habe, kriege ich mit Sicherheit den Nobelpreis.«

»Was, eine neue Zahl?« Inge staunte.

»Ja, eine Zahl, die bisher völlig unbekannt gewesen ist, wie ein Komet, den noch niemand gesehen hat. Sie liegt zwischen sieben und acht, und darum habe ich sie »sacht« genannt. Die Sacht.«

Anschließend zogen Inge und Christa los in Richtung Wasser. Nichts war für Inge schöner, als am frühen Abend schwimmen zu gehen. Wenn die untergehende Sonne alles Grün mit goldenen Rändern verzierte, wenn das Wasser besonders warm war und die Haut umschmeichelte, wenn der Friede greifbar war. Das Paradies konnte kaum schöner sein als Karolinenhof.

Inge schwamm allein hinaus, und ihr war es lieb so.

Christa war Nichtschwimmerin und kühlte sich lediglich die Füße. Gerhard lästerte immer, der Magistrat habe ihr verboten, ins Wasser zu gehen, weil sonst die Dahme über ihre Ufer getreten wäre.

Sie blieben am Strand, bis sich die ersten Sterne zeigten. Eine Sternschnuppe blitzte auf und zeichnete für Sekunden eine gleißende Linie an den Himmel.

»Wünsch dir was!«, sagte Christa.

»Ja ...« Inge wünschte sich die nächste große Liebe. Endlich wieder einmal. Im September wurde sie schon 22 Jahre alt. Irgendwann würde man spotten, sie sei ein altes Mädchen. Von Thomas Châteaudun und dem, was zwischen ihm und ihr gewesen war, wusste außer Christa niemand.

Sie fuhren zurück zum Grundstück. Wie die beiden Ehepaare dort unter dem Vordach beieinandersaßen und im Schein von Glühbirne und Petroleumlampe Karten spielten, hätten sie von Spitzweg gemalt sein können. Völlig unvorstellbar, dass die Männer noch vor kurzem im Schützengraben gelegen hatten und die Frauen mit ihren Kindern in den Luftschutzkeller geeilt waren. Aber Inge war sich auch bewusst, wie sehr die Idylle trog, denn schon wieder war ja Krieg, wenn auch nur Kalter Krieg, und alle hatten Angst, dass von einem auf den anderen Tag auch wieder geschossen werden könnte. Und wenn die erste Atombombe abgeworfen wurde, dann sicher über Deutschland.

»Und was haben wir bis jetzt vom Leben gehabt?«, fragte sie die Freundin. »Nicht viel!«

»Nun versündige dich mal nicht«, warnte Christa. »Allein dass du noch lebst, ist doch schon 'n großes Glück. Andere sind im Krieg gestorben oder haben ihre Eltern und ihre Heimat verloren.

Und haben keinen Karolinenhof. Von einem Thomas Châteaudun ganz zu schweigen.«

Damit zogen sie sich ins Zimmer zurück und machten erst einmal Jagd auf die Mücken, die schon tagsüber hier eingedrungen waren. Achtzehn waren es schließlich, die sie an den Wänden zerklatschten.

Christa kam in Gerhards Bett. Vor dem Einschlafen lasen sie noch ein wenig. Inge Karl Mays *Der blaurote Methusalem*, um am nächsten Tag Manfred Matuschewski überraschen zu können, und Christa das *Magazin*. Von draußen drang das gleichmäßige Gemurmel der Kartenspieler herein, nur ab und zu unterbrochen von den lauten Flüchen der Verlierer.

»Ich bin dafür, bald das Licht auszumachen«, sagte Inge. »Wenn meine Eltern nachher schlafen gehen, bekommst du kein Auge mehr zu.«

So war es dann auch, als die Matuschewskis mit der letzten Straßenbahn nach Schmöckwitz gefahren waren, um dort zu übernachten. Als es draußen hell zu werden begann, wurde die Luft in dem kleinen Raum so knapp, dass Inge nahe am Ersticken war. Frische Luft kam nur wenig herein, da die Fenster nur bessere Luken waren. Das Schnarchen übernahm heute ihre Mutter. Was sie sonst immer unterhalten hatte, fehlte Inge in dieser Nacht: dass Gerhard im Schlaf gerne redete und kundtat, welche seiner Klassenkameradinnen er gern vernascht hätte und wie viel Geld ihm seine Mutter wieder heimlich zur Finanzierung seiner Amouren zugesteckt hatte.

Als sie mit Christa am Frühstückstisch saß, mochte sie alles in allem vier Stunden geschlafen haben und fühlte sich ebenso müde und zerschlagen wie herrlich überdreht.

»Das kann wirklich ein wunderbarer Tag werden«, sagte sie nach der ersten Tasse Kaffee und der ersten Zigarette.

Christa nickte. »Der Tag der ganz, ganz großen Liebe. Denk an meine Prophezeiung!«

»Die Botschaft hör ich wohl, allein mir fehlt der Glaube.« Der Glaube daran, dass Manfred Matuschewski plötzlich etwas in ihr entflammen könnte. Sie hatte ihn immer als kleinen Bruder gesehen, nicht viel anders als Gerhard, und Brüder nahm man hin wie seine Tage, Brüder begehrte man nicht. Inzest gab es höchstens im Roman, und auch da nur ansatzweise.

Was Christa für Bilder im Kopf hatte, wusste Inge ganz genau: Manfred, der irgendwo auf einer kleinen Insel im Seddinsee mit ihr an Land ging und sie verführte. Inge hingegen konnte sich beim besten Willen nicht vorstellen, wie das gehen sollte. Nie würde er die Initiative ergreifen, das musste schon sie tun.

Doch wenn sie zu vielem begabt war, dazu nicht. Der Mann, mit dem sie nach Thomas Châteaudun schlafen wollte, musste um sie werben, mit Rosen und auch, ja, mit teuren Geschenken, musste mit ihr ausgehen, musste irgendwie geheimnisvoll sein ... und vor allem älter und erfahrener. Das alles erklärte sie Christa, als die gar nicht mehr aufhören wollte, ihr Manfred Matuschewski anzupreisen.

»Sehnsucht und Träume sind das eine«, verkündete Christa. »Die Taube auf dem Dach. Aber die kriegst du nie, und wenn, dann macht sie dein Leben kaputt. Nimm den Spatz in der Hand, wenn du wirklich glücklich werden willst, denn nur der ist für die Ehe tauglich.«

»Gut, dann will ich mich auf den Weg zu meinem Manni-Spatz machen«, sagte Inge und stand auf, um Christa mit dem Rad zur Haltestelle zu bringen und dann gleich weiter nach Schmöckwitz zu fahren, zu Tante Mary, englisch ausgesprochen, wie die Bugsins Manfreds Oma nannten.

Als Inge das Grundstück am Adlergestell betrat, sah sie schon Manfreds Faltboot fertig ausgerüstet auf dem kleinen Wägelchen stehen, auf dem man es zum Wasser ziehen musste.

Manfred saß noch mit seinen Eltern, seiner Schmöckwitzer Oma und Tante Trudchen am Frühstückstisch.

Inge wurde fast ein wenig rot, als sie Manfred per Händedruck begrüßte. Plötzlich spürte sie den Kitzel, den sie so lange vermisst hatte. Vielleicht ging es ja doch. Christa hatte recht, es wäre die einfachste Lösung. Wenn sie sich nicht täuschte, musterten sie Margot und Otto schon mit Blicken, wie man sie nur von Schwiegereltern kannte. Und Christas Prophezeiung erschien sich erst recht zu erfüllen, als Manfreds Großmutter kam, sie in den Arm nahm, an sich drückte und »mein Kind« zu ihr sagte. Willkommen im Schoße der Familie, dachte Inge, und: Familie ist alles. Wie hatte sie es bei Georg Hermann in *Jettchen Gebert* gelesen: *Alles kam, wie es kommen musste.*

Nur Manfred schien noch nicht zu ahnen, dass heute der Tag gekommen war, an dem sich alles entschied, denn er war so wie immer: höchst widersprüchlich. Voller Kraft und schnellster jugendlicher Hundertmeterläufer in Berlin, gleichzeitig aber schlich er so langsam und müde durch die Gegend, als müsse er jeden Moment erschöpft zu Boden sinken. Er war begabt, hätte spielend sein Abitur machen und Medizin oder Jura studieren können, also etwas, das später viel Geld und Prestige einbrachte, doch anstatt sich Mühe zu geben, ließ er die Schule schleifen und hatte auf die Frage, was er denn anschließend studieren wolle, nur die stereotype Antwort parat: »Mal sehen.« So unentschlossen und antriebsschwach war er, dass sich Inge immer wieder an den Studenten in Fontanes Roman *Mathilde Möhring* erinnert fühlte. Der wohnte bei den Möhrings zur Untermiete, und an Mathilde, der Tochter, war es dann, aus ihm einen Mann zu machen. Sogar Landrat wurde er noch. Und aus Manfred konnte eine Menge werden, das spürte sie, wenn er nur jemanden hatte, der ihn an die Hand nahm und ihm sagte, wo es langging. Oberstudienrat zu werden für Sport und Geschichte wäre sicherlich ein Klacks für ihn, vielleicht auch Professor für Neuere Geschichte. Mit ihr an seiner Seite.

Seite an Seite gingen sie auch, als sie mit Boot und Wägelchen durch den dichten Kiefernwald zum Wasser zogen. Manfred hatte das Steuer in der einen, sie an der anderen Hand gepackt. Wie ein altes Ehepaar, dachte Inge und wusste, dass dies der wesentliche Grund war, warum sie bisher von so vielen Männern geträumt hatte, nur nicht von Manfred Matuschewski.

Sie kamen auf den schwarzgrauen und staubigen Weg, der vom Adlergestell und dem Reifenwerk zum Langen See hinunterführte. Hier hatte es bis vor kurzem die legendäre Gaststätte »Waldidyll« gegeben.

Neben dem stabilen hölzernen Steg, an dem die Fähre anlegte, die Siedler und Ausflügler nach Krampenburg hinüberbrachte, gab es einen flachen Uferstreifen, an dem sie ihr Boot einsetzen konnten. Manfred zog es so weit ins Wasser, dass er es vom Wagen heben und schwimmen lassen konnte.

Dann half er Inge beim Einsteigen, und sie staunte, wie galant er sein konnte. War er ihr doch bisher immer ein wenig ungehobelt vorgekommen.

Sie saß vorn im Boot und konnte den Ausblick ungestört genießen. Links entdeckte sie ihre Karolinenhofer Badestelle und glaubte, ihren Vater zu erkennen. Wahrscheinlich grummelte er vor sich hin, weil er heute niemanden hatte, mit dem er plaudern konnte.

Wandte sie den Blick ein wenig weiter nach rechts, schoben sich die Müggelberge in ihr Blickfeld, dann folgten Krampenburg mit seinen wenigen Häusern, der weite Trichter der Großen Krampe, die Landzunge »44« vor dem Seddinsee, die beiden Inselchen, die ihn vom Langen See abgrenzten, und schließlich die kleine Bucht vor dem Schmöckwitzer Hafen.

Manfred, unsichtbar für sie, begann zu paddeln.

Sie war zu faul, das Paddel zu schwingen, und steckte sich erst einmal eine Zigarette an. Dies gehörte zum vollendeten Genuss. Erst als sie auf dem langgestreckten Seddinsee waren und der Wind von vorn kam, erklärte sie sich bereit, ihn zu unterstützen.

Manfred redete viel, aber alles schien ihr nichtig zu sein und ziemlich verkrampft. Über die Schule, über seine Leichtathletik, über die Chancen der SPD. Das alles interessierte sie wenig. Erst als er auf Karl May zu sprechen kam, hakte sie ein, und sie begannen einen kleinen Wettkampf.

»Wer war Pida?«, fragte Manfred sie.

Inge brauchte nicht lange zu überlegen. »Ein Kiowa-Häuptling, Lieblingssohn Tanguas. In *Winnetou I* wird er von Old Shatterhand überwältigt und gegen den Gefangenen Sam Hawkens ausgetauscht.« Es stand eins zu null für sie, und sie musste sich eine Gegenfrage überlegen. »Wer ist Ellen?«

»Die Tochter von Old Firehand und Ribanna. Sie wird beim Überfall auf Old Firehands Festung von Parranoh gefangen und soll dessen Frau werden.« Manfred hatte mühelos ausgleichen können.

So ging es noch ein Weilchen hin und her, während sie die Einfahrt zum Oder-Spree-Kanal rechts und den Seddinwall links liegenließen und auf die Einfahrt zum Gosener Graben zuhielten.

Inge ließ nichts unversucht, in Führung zu gehen. »Wie heißt eigentlich Old Surehand mit richtigem Namen?«

Manfred überlegte viele Paddelschläge lang, bis er bekennen musste, es nicht zu wissen.

»Leo Bender!« Inge jubelte. Das war der Sieg.

Sie kamen in eine Landschaft, von der Manfred sagte, sie sei ein Spreewald *en miniature*. Der richtige war ihnen als West-Berlinern ja seit Jahren verschlossen. Ein schmales Flüsschen war der Gosener Graben, die Verbindung zwischen dem Seddin- und dem Dämeritzsee. Er schlängelte sich durch Wiesen und Horste hindurch, kleinen Booten vorbehalten, während Dampfer und Lastkähne den Kanal nebenan benutzten. Es duftete nach frischem Heu. Und Heu, dachte Inge, steht ja nicht nur für Tierfutter, sondern auch für etwas anderes, für: Zwei im Heu.

Manfred schien Ähnliches zu empfinden, denn er suchte nach einem Landeplatz. »Wie wär's mit einem kleinen Picknick, gnädiges Fräulein?«

Inge sagte, dass sie Lust dazu hätte.

Sie fanden ein Plätzchen, das dank dichter Büsche den Blicken anderer Wasserwanderer entzogen war. An eine Decke hatte Manfred gedacht, ebenso an zwei Flaschen Selterswasser und eine Packung Kekse.

Sie streckten sich aus, keinen halben Meter voneinander entfernt, und Inge sah genau, wie sich Manfreds Turnhose vorne langsam wölbte. Gleich würde er zur Attacke ansetzen. Sie musste an Christas Prophezeiung denken. Nun denn, warum aufhalten, was vom Schicksal längst beschlossen war?

Doch Manfred zögerte. Offenbar aus der Angst heraus, dass sie ihn zurückstoßen würde.

Sie legte sich so auf die Seite, dass es lasziver nicht mehr ging und unmissverständlich als Einladung zu deuten war, doch den ersten

Schritt musste er schon machen. Jemanden zu verführen lag ihr nicht.

Doch Manfred schluckte nur. Klar, es war das erste Mal bei ihm, und er hatte gehörig Angst vor allem.

Eine Ameise kam Inge zur Hilfe. Sie kroch die Innenseite ihrer Schenkel hinauf. »Mach die bitte mal weg!«

So konnte Manfred nicht anders, als sie zu berühren. Als seine Fingerkuppen ihre Haut entlangstrichen, konnte sie ein leichtes Zittern nicht mehr unterdrücken. »Entschuldige, hab ich dir weh getan?«

»Ganz im Gegenteil.«

»Soll ich dir den Rücken streicheln … kraulen?«

»Ja.« Sie drehte sich auf die andere Seite. »Meinen BH kannst du ruhig aufhaken, wenn er dich stört.«

Manfred wagte es tatsächlich und gab sich alle Mühe, zärtlich zu sein. Nur glaubte er, die ganze Zeit über reden zu müssen. »Bei uns in der Klasse, da sind die Mädchen … Im Film, da … Ich weiß gar nicht, was ich dir jetzt sagen soll.«

»Sag gar nichts, sondern tu einfach das, was du tun willst.«

»Alles?«

»Ja, alles.«

»Hier?«

»Ja, hier.«

»Ich hab doch keinen … mit.« Dublosan meinte er, den Männerschutz.

»Macht nichts. Ich pass schon auf.«

Jetzt beugte sich Manfred über sie, um sie zu küssen. Offenbar war er der Meinung, dass das vorher sein müsse. Doch als er sie ansah, zuckte er zurück. Mochte er keine braunen Augen? War ihm plötzlich eingefallen, dass sie sich immer wie Geschwister begegnet waren? Hatte er Angst, sich zu blamieren, so unerfahren, wie er war, wenn es darum ging, in sie einzudringen?

Er fand keine Worte, sondern schrie auf und erschlug eine Bremse, die ihn soeben in den Oberschenkel gestochen hatte. Es schmerzte höllisch, und er stürzte zum Wasser, um die Wunde zu kühlen. Schnell war ein scharlachroter Flatschen entstanden.

Danach war es unmöglich, wieder in Stimmung zu kommen. Bedauerte sie, dass nichts geschehen war, oder freute sie sich darüber? Sie wusste es nicht.

»Aufgeschoben ist ja nicht aufgehoben«, sagte Manfred, und sie fand das nicht eben poetisch.

Er hätte ja nicht unbedingt versuchen müssen, als großer Charmeur wie Johannes Heesters oder Maurice Chevalier daherzukommen, aber ein bisschen weniger Sachlichkeit wäre gar nicht schlecht gewesen. Das war eben der Fluch, wenn man sich schon seit Ewigkeiten kannte und es albern fand, plötzlich auf romantisch umzuschalten. Vielleicht war es doch etwas anderes, miteinander zu schlafen, als miteinander Tischtennis zu spielen. Zwar half er ihr jetzt galant ins Boot, aber daran, sie in den Arm zu nehmen und zu küssen, dachte er nicht mehr. Da war er unglaublich hölzern. Zumindest an Thomas Châteaudun gemessen.

»Du kannst mir ja heute Abend mal einen Liebesbrief schreiben«, sagte sie.

»Ich muss erst noch Schularbeiten machen.« Dann versprach er aber doch, ihr etwas sehr Schönes zu schreiben. »Du kriegst es, wenn du nach dem Kaffeetrinken noch einmal nach Schmöckwitz kommst. Und dann gehen wir hinten zur Badewiese im Wald.«

Sie ahnte, dass er vorher unter irgendeinem Vorwand mit dem Rad nach Grünau fahren würde, um dort in der Toilette das aus dem Automaten zu ziehen, was ihm die Sache später erleichtern würde. Obwohl er immer so tat, als wolle er im Leben nie mehr werden als Pförtner im Bezirksamt Neukölln, brannte er wahrscheinlich vor Ehrgeiz, wollte studieren und hoch hinaus. Und da hatte er natürlich Angst – ein Kind zu diesem Zeitpunkt würde ihm alles versauen.

Vom Verstand her hatte er recht, ganz sicher, aber das Leben war doch nicht nur eine Sache des Kopfes, und Inge fühlte sich gekränkt, dass er sie nicht genommen hatte. Ohne große Worte, ganz animalisch. War sie also nicht einmal attraktiv genug, um einen achtzehnjährigen Gymnasiasten zu verführen? Das schmerzte schon. Aber es war auch ihre Schuld. Sie hätte ihn nur ein wenig führen müssen, selber alles in die Hand nehmen. Im wahrsten Sinne des Wortes. Dann wäre jetzt, als sie auf dem Seddinsee zurück nach Schmöckwitz fuhren, alles entschieden gewesen.

Als Inge eine Stunde später Manfreds Eltern im Garten sitzen sah, bereute sie noch mehr, dass die große Chance vertan war. Wie gerne hätte sie Margot und Otto als Schwiegereltern gehabt. Schon lange hatte sie das Tante und Onkel weggelassen und redete beide mit Vornamen an. Sie waren das große Geschenk, das Manfred mit in jede Ehe brachte.

Viele Gäste waren nach Schmöckwitz gekommen, und man sah allen an, was sie dachten, als sie das junge Paar erblickten.

Inge wurde rot und starrte auf den Boden.

In den wäre Manfred gern versunken, denn der große Sportfleck vorn auf seiner Turnhose war zwar schon getrocknet, aber noch immer deutlich sichtbar.

»Bitte zu Tisch!«, rief Manfreds Schmöckwitzer Oma. Als sie Inge erblickte, kam sie auf sie zu und nahm sie in den Arm. »Mein liebes Kind, schön dass du mit uns zusammen essen willst.« Mit ihren vielen Schürzen war sie wie eine Glucke. Inge versank sozusagen in ihr. Kernseife und Kampfer hüllten sie ein.

Sie genoss es und war zugleich ein wenig traurig, denn so liebevoll ging es in ihrer eigenen Familie selten zu – eigentlich nie. Höchstens rau, aber herzlich. Ihre Mutter war ihr eine Spur zu distanziert und kühl, und ihr Vater wie ihr Bruder wollten immerzu witzig und schlagfertig sein und waren ständig bereit, für einen guten Gag alles zu opfern und alle in die Pfanne zu hauen.

Marie Schattan dagegen, Tante Mary, war die Güte in Person, immer dem anderen zugewandt. »Ich glaube an das Gute im Menschen« war ihr Standardspruch.

Inge kam zwischen Manfred und ihrer vermeintlichen Schwiegermutter zu sitzen.

Margot Matuschewski blickte streng. Ob wirklich alle die Etikette beachteten, insbesondere ihr Sohn?

»Manfred, rückst du mal bitte Tante Grete den Stuhl zurecht. Das gehört sich so. Hast du dir schon die Hände gewaschen? Otto, nimm beim Sprechen die Hände vom Mund, man versteht dich ja kaum! Mutti, haben wir denn keine Servietten mehr?«

Inge fühlte sich sehr an ihre eigene Mutter erinnert. Beide, Irma wie Margot, waren gute Verwalterinnen des Lebens, immer darauf bedacht, dass alles funktionierte und keiner aus der Rolle fiel. Was sie da leisteten, war eine Menge, aber immer, wenn sie Tante Mary sah, ihr liebes Gesicht, spürte Inge, dass es da noch etwas anderes gab, und das bestand aus Güte und dem Bedürfnis, die Kinder und Kindeskinder zu verwöhnen, sie in allem zu unterstützen, sie zu bewundern und stolz auf sie zu sein. Und nicht immer nur etwas von ihnen zu fordern, gutes Verhalten wie gute Leistungen, und sie zurechtzuweisen, wenn sie nicht so waren, wie sie sein sollten.

Wo immer Marie Schattan war, da herrschte eine von Herzen kommende Fröhlichkeit. Alle am Tisch wurden von ihr eingefangen: Onkel Berthold, ihr jüngerer Bruder, der als Kommunist zwölf Jahre im Vernichtungslager gesessen hatte und nun als Kommunalpolitiker den SED-Staat aufzubauen half, mit Grete, seiner Frau aus Breslau, die schwerhörig war. Albert, der ältere der Brüder, Tischler, in West-Berlin ansässig und Mitglied der SEW. Tante Trudchen, ihre Schwägerin, die einfache Frau aus Siemensstadt mit ihren Dackelbeinen und ihren Berichten über das, was sie als Putzfrau erlebte. Helmut Matuschewski, Ottos Bruder, der bei der AEG als hochqualifizierter Dreher tätig war. Irma, seine Frau, deren Backkünste sprichwörtlich waren, und Peter, ihr Sohn aus erster Ehe, der aber mit seiner Angel verschwunden war, um etwas fürs Abendbrot zu fangen. Auf ihrem Stammplatz saß Manfreds Kohlen-Oma, Anna Matuschewski. Kam noch die liebe Tilly hinzu, eine alte Freundin Marie Schattans, die wie eine englische Gouvernante wirkte und immer wieder betonte, dass ihr Vater als Oberkellner in den feinsten Häusern gearbeitet habe. Mit den drei Matuschewskis und Inge waren sie elf Personen, und die Tischtennisplatte, die Manfred schon morgens aufgebaut hatte, reichte kaum aus.

»Manfred, hör auf zu wackeln, sonst bricht sie wieder zusammen!« Margot Matuschewski wollte ihrem Sohn auf die Finger schlagen.

»Warum bricht Oma zusammen, wenn ich hier an der Platte wackle?«

»Du!«, kam es warnend.

»Mir geht das nichts an«, sagte die Kohlen-Oma und umfasste ihre Handtasche, die sie wie immer auf den Knien stehen hatte, etwas fester.

Onkel Albert war Fachmann, hob die Tischdecke hoch und bückte sich, um unter die Platte zu gucken. »Otto, klemm mal deinen Stock drunter!«

Manfreds Vater tat, wie ihm geheißen, und verlieh ihr dadurch etwas mehr Stabilität. »Die Böcke wackeln, Albert, und die sind noch aus deiner alten Werkstatt.«

»Aus West-Berlin«, fügte Onkel Berthold hinzu. »Und da wackelt ja bekanntlich alles.«

»Ah, Wackelpudding gibt es heute!«, rief Tante Grete.

»Es geht um den Tisch!«, schrie Margot Matuschewski.

»Wieso gibt es Fisch heute? Ich hab doch Fleisch für den Gulasch mitgebracht.«

»Gulpopo«, verbesserte sie Irma Matuschewski. »Arsch sagt man hier nicht.«

»Irma, bitte!« Manfreds Mutter guckte pikiert, und auch die liebe Tilly verdrehte die Augen.

»Mir geht das nichts an«, wiederholte die Kohlen-Oma.

»Nun stopft euch mal das Muul!«, sagte die Schmöckwitzer Oma, die vom Lande kam, mit ihren Eltern als Kind von der Warthe nach Berlin gezogen war und noch ab und an eine Art Platt sprach. »Seien wir dankbar dafür, dass die Familie wieder einmal beisammen ist. Inge gehört ja schon immer dazu. Nun heben wir alle unser Glas und rufen: ›Gerda, wir denken an dich!‹«

Inge kannte das. Die Gedenkminute für ihre Tochter in Polen sowie deren Mann und Kinder war Pflichtübung bei jedem Beisammensein in Schmöckwitz.

Groß war der Schoß dieser Familie, und Inges Gefühle waren schwer auf einen Nenner zu bringen. So warmherzig sie alle waren, und so verlockend es war, einmal als Inge Matuschewski durchs Leben zu gehen, so kleinbürgerlich erschien ihr alles, biedermeierlich bis manchmal spießig, und sie hätte es schon gern eine Nummer größer gehabt. In Bezug auf Einkommen und Vermögen wie auch auf den gesellschaftlichen Status. Der Spatz in der Hand war ja schön und gut, aber noch hatte sie doch alle Chancen, was die Taube auf dem Dach betraf. Gleichzeitig hörte sie Christas warnende Stimme: Warum denn in die Ferne schweifen, das Gute liegt so nah.

In diesem Falle saß es in Gestalt von Manfred Matuschewski Knie an Knie mit ihr. Und am späten Nachmittag wollten sie sich noch einmal treffen. Auch hinter der Badestelle an der Schmöckwitzer Brücke gab es dichtes Unterholz. Als ob damit alles besiegelt würde. Ja, doch. Irgendwie schon. Beide wussten sie es.

Sie bedankte sich für Speis und Trank und ging zu ihrem Rad. »Ich bin zum Kaffee wieder zurück.«

»Und bring deine Eltern mit!«, rief ihr Otto Matuschewski hinterher. »Wir müssen noch unsere Canastarunde zu Ende spielen.«

»Ja, natürlich.«

Manfred begleitete sie zum Gartentor und schaffte es sogar, sie zu küssen. Wenn auch nicht direkt auf den Mund, sondern ein Stückchen daneben.

Sehr erotisch fand Inge das nicht, eher nahm sie seine Lippen als einen Stempel wahr und hatte das Gefühl, dass nun »Diese Frau gehört mir!« auf ihrer linken Wange stand. Ihr Märchenprinz hätte sich bei allem ein wenig anders angestellt, aber das Leben war nun mal kein Märchen. Glücklich würde sie nur, wenn sie das nahm, was ihr gegeben wurde, und nicht nach dem verlangte, was ihr versagt blieb. Und vielleicht war die Inge Matuschewski doch das Beste, was ihr passieren konnte, denn im Grunde ihres Herzens war Behaglichkeit das, wonach sie in erster Linie strebte, und die konnte sie an Manfreds Seite und in seiner Familie haben.

In Karolinenhof fand sie ihre Eltern schlafend im Liegestuhl. Sie legte sich daneben, erschöpft vom Paddeln, müde vom Essen und Verdauen. Wenn sie in Karolinenhof etwas ganz besonders liebte, dann war es der Blick die Kiefernstämme hinauf. Schlank waren sie und licht und leicht die Wipfel, sie hatten nichts von der germanischen Schwere der Eichen und anderer dichtbelaubter Bäume. Ein Hauch von Mittelmeer war das inmitten der Mark, und es duftete bei ihnen im Garten wie in der Macchia, was auch am Kräutergarten ihrer Mutter liegen mochte. Inge träumte von St. Tropez, von Sardinien und Ajaccio.

»Hallo, was ist denn das für 'n verschlafenes Nest hier? Aufwachen, wir sind es! Kommt mal, der Champagner muss kalt gestellt werden!«

Inge schreckte hoch. Am Zaun stand Bernhard Großkreutz, eigentlich ihr Großcousin, aber für sie immer der Onkel, Onkel Bernhard. Er war mit seiner Frau Gemahlin erschienen. Inges Freude über diesen Besuch hielt sich in Grenzen, und Irma Bugsin murmelte, dass sie sich lieber einen Zahn ziehen lassen würde, als mit Bernie Großkotz Champagner zu trinken, aber natürlich mussten sie ihn und Helga freudig und mit allen Ehren empfangen. Schließlich war er der Cousin von Max.

»Was gibt's denn zu feiern?«, fragte Inge, die aufgesprungen war, um die Gartenpforte aufzuschließen.

»Meine erste Million!«, rief Bernhard Großkreutz. »Und weißt du schon das Neueste, liebe Inge? Ich werde nächstes Jahr eine Filiale in England aufmachen, in London. Und wenn du besser Englisch sprechen könntest, würde ich dich zu meiner Geschäftsführerin machen.«

»Sie kann's ja noch lernen«, sagte Inges Mutter, die nun auch nach vorn gekommen war. »Wenn sie ein Jahr als Au-pair-Mädchen nach England geht, dann kann sie's.«

Als sie dann auf der Veranda saßen und die Champagnerflasche leerten, nahm die Idee langsam Gestalt an.

»Ich kenne da einen Amerikaner, der mal Soldat bei uns im Hunsrück war und mit dem ich ein paar Geschäfte gemacht habe: Mr Beal. Einen komischen Vornamen hat er: Jeremias. Aber dafür kann er ja nichts. Jetzt ist er in London verheiratet und hat zwei Kinder. Ich ruf gleich morgen an und mach das für Inge fest.«

»Ihr könnt doch nicht so einfach über meinen Kopf hinweg bestimmen, dass ich nach England gehen soll!« Inge fühlte sich irgendwie entmündigt. Schließlich wurde sie im September 22 Jahre alt.

»Doch, wir können!« Bernhard Großkreutz hob sein Glas. »Deine Eltern haben den Mann für dich ausgesucht – Manfred Matuschewski –, und ich suche die Firma aus, in der du dein Glück machen wirst: meine. AFIA – das ist ihr neuer Name. *Alles für Ihr Auto*. Du bist der Star in meiner Anzeige, und du wirst einmal der Star in meiner Firma sein. Gerhard kriegt Schablin & Co., du kriegst AFIA.«

Draußen auf dem Lübbenauer Weg hupte jemand anhaltend.

»Sie klauen unseren Mercedes!«, schrie Helga.

Bernhard Großkreutz gab Entwarnung. »Das ist ein Ost-Auto, Schatz, ein Moskowitsch oder so.«

»Vati wird von der Roten Armee abgeholt«, sagte Inge. »Er soll denen was vorsingen und -tanzen. Die haben das damals mitgekriegt, als er bei der Wehrmacht in Russland aufgetreten ist, und nun wollen sie ihn für sich haben.«

»Pst«, machte ihre Mutter. »Mit so etwas spaßt man nicht. Geh doch mal nach vorne, und sieh nach, wer das ist.« Sie stieß Inge an.

Die ging ein wenig zögernd. Man wusste ja nie.

Als sie am Zaun angekommen war, sah sie, wer am Steuer des schwarzen Wagens saß: Walter! Später schrieb sie über diesen Augenblick in ihr Tagebuch: *Es war wie ein Erdbeben. Ich habe richtig gezittert und war völlig weg.*

»Sie wieder? Ich habe doch gar nichts verloren.«

»Ich aber: Sie. Nun habe ich Sie wiedergefunden. Kommen Sie mit, ich fahre zu einer kleinen Feier nach Karlshorst und suche eine Begleiterin. Zum Tanzen und so.«

»Ich bin doch schon verabredet«, stammelte Inge. »Und ich habe auch gar kein richtiges Kleid hier draußen.«

»Sie würden auch die Schönste sein, wenn Sie nur einen Zuckersack anhätten.«

»Moment, ich komme gleich.« Inge eilte nach hinten in die Laube, um sich umzuziehen. Auf die Idee, nein zu sagen, kam sie keine Sekunde.

»Ein Kollege von mir«, log sie ihre Eltern an. »Der ist zufällig hier vorbeigekommen und will mich in die Stadt mitnehmen. So erspare ich mir nachher die volle Straßenbahn.«

»Aber du willst doch noch mit Manfred schwimmen gehen und ...«

»Sag ihm irgendwas! Dass es mir leid tut, aber mein Chef mich abgeholt hat, weil wir einen Eilauftrag haben.« Inge war schon dabei, sich schick zu machen. So gut dies auf einem Plumpsklo mit einem matten Spiegel möglich war. Ein nie gekanntes Hochgefühl hatte sie erfasst. Sie schwebte wie auf Wolke sieben.

Sie fuhr mit Walter in eine Karlshorster Villa, irgendwo hinter der Trabrennbahn. Es geschah alles mit einer Selbstverständlichkeit, die keine Fragen nötig machte. Jeden Morgen ging die Sonne auf, Heiligabend fiel immer auf den 24. Dezember, ihr Vater hieß Max, Karolinenhof lag im Südosten Berlins. Und sie gehörte zu Walter.

Später schrieb sie in ihr Tagebuch:

Es bestand zwischen uns eine magische körperliche und geistige Anziehungskraft. Er sah nicht wirklich gut aus, aber er hatte einen einmaligen männlichen Charme. Die Party war wunderbar. Zwanglos. Der Raum in herrliches Halbdunkel gehüllt. In den Gesprächen Weisheit und Nonsens gut gemixt. Jazzplatten. Es war eine lange, wundervolle Nacht.

Als sie von der Toilette kam und zurück ins Partyzimmer wollte, musste sie einen langen Flur entlanggehen. Walter stand da und wartete auf sie. Umschlang sie, war wild nach ihr. Und gleich nebenan wartete ein Schlafzimmer.

Sie sahen sich in der darauffolgenden Woche jeden Tag, und als sich Inge am Samstagnachmittag wieder in Karolinenhof auf dem Liegestuhl ausstreckte, noch allein, zogen all die Bilder noch einmal an ihr vorüber. Ihre Gefühle konnte sie in einem Satz zusammenfassen, der sehr nach Schlagertext klang: Was kann das Leben nicht alles geben! Um sieben Uhr wollte Walter sie wieder abholen.

»Fortsetzung folgt«, hatte er am Abend zuvor geflüstert und dabei durchblicken lassen, dass er bei einer Zeitung oder beim Rundfunk arbeitete.

Als Inge sich feingemacht hatte und gerade das letzte Rouge auftrug, standen plötzlich zwei Männer auf dem Grundstück. In langen Regenmänteln und mit Gesichtern, wie Inge sie aus vielen Filmen kannte. Gestapo, schoss es ihr durch den Kopf. Quatsch! Die Stasi! Die Beine schienen ihr wegzuknicken. Sie musste sich am Türpfosten festhalten.

»Fräulein Bugsin?«, fragte der ältere der beiden.

»Ja?«

»Wir haben eine Nachricht für Sie, die Sie bitte sehr ernst nehmen sollten.«

»Ja?« Sie wusste, dass das alles mit Walter zusammenhängen musste, hatte der doch auf all ihre Fragen, wie er denn eigentlich hieße, wer seine Eltern seien und was er beruflich so mache, nur mit dem stereotypen »Nie sollst du mich befragen« geantwortet. »Ist er tot?«

»Für Sie: Ja! Das heißt, Sie haben ihn nie gekannt! Und Sie werden ihn auch nie wiedersehen! Auch keinen Versuch in dieser Hinsicht unternehmen! Haben wir uns da verstanden!«

»Ja.«

»Wenn Sie sich an unsere Abmachung halten, dürfen Sie sich weiterhin auf dem Territorium der Deutschen Demokratischen Republik aufhalten, wenn nicht …« Er machte eine vielsagende Geste.

»Ich verstehe.«

Als die beiden Stasi-Männer gegangen waren, brach Inge in Tränen aus. Alles brach zusammen, und zum zweiten Mal in ihrem Leben dachte sie daran, Selbstmord zu begehen.

Zum Glück kamen ihre Eltern und ihr Bruder, und sie musste sich zusammenreißen. Später offenbarte sie sich ihrer Mutter, und nur ihr.

»Er wird der Sohn eines hohen Tiers aus der SED gewesen sein«, sagte Irmgard Bugsin in dem geschäftsmäßigen Tonfall, den sie kaum einmal ablegen konnte. »Peinlich für den Vater, diese Affäre mit einer Kapitalistentochter aus dem Westen. Sie werden Walter sicherlich in eine Aeroflotmaschine setzen und nach Moskau ausfliegen. Oder nach China oder die Äußere Mongolei. Vielleicht war er ja gar kein Journalist, sondern Diplomat.« Sie fixierte ihre Tochter. »Bekommst du ein Kind von ihm?«

»Ich hoffe nicht.«

Tränen fliessen insgeheim

1957–1958

Die Leute in England rissen sich um Hausangestellte aus dem Ausland, und Bernhard Großkreutz hatte keine Mühe, über seine Freunde in London eine Stelle für seine Großcousine beziehungsweise Nichte zu finden.

»Wie gesagt, die Leute heißen Beal und werden sich zu gegebener Zeit bei Ihnen melden«, ließ er Inge von seiner Sekretärin telefonisch übermitteln.

Nun rückte der Tag ihrer Abreise immer näher, und Inge hatte manchmal das Gefühl, sie würde zu ihrer Hinrichtung fahren. Doch nur ihrer Freundin Christa gestand sie ein, dass sie vor allem einen Riesenbammel hatte, zumal eine ihrer früheren Klassenkameradinnen gerade das Handtuch geworfen hatte und sozusagen als gebrochener Mensch aus England heimgekehrt war. Ihre Gastgeber hätten sie schlecht behandelt, und der Hausherr, ein durch und durch ekliger Mann, habe ständig versucht, mit ihr ins Bett zu gehen. »Eine fremde Sprache lernt man am besten im Bett, und bei mir kannst du auch gleich noch Französisch lernen.«

Doch Inge war nicht der Typ, der von einem einmal gefassten Entschluss wieder abrückte. Als Belohnung winkte ihr ja die leitende Stelle in der Firma ihres Onkels. Nicht mehr Sklavin sein, sondern die Frau Chefin. Außerdem fühlte sie etwas in sich, das sie als ihren Wandertrieb bezeichnete: Raus aus Berlin und die Welt erleben. Die große, weite Welt. Sich den Wind um die Nase wehen lassen. Tolle Männer kennenlernen, Walter endlich vergessen.

Mrs Beal hatte zwar am 19. Juni auf blau changierendem Papier kurz geschrieben, aber ihre Handschrift war derart unleserlich, dass man in der Koblenzer Straße lange raten musste, wie und wo sie Inge in London in Empfang nehmen wollte.

Immer wieder las Inge den Brief laut vor: »*Dear Miss Bugsin, I received your letter and we will meet you at Victoria Station June 29th* ... Aber dann? ... *but you permit to the Central Planning Office* ... Aber Sie erlauben zum Zentralen Planungsbüro? ... Versteh ich nicht ... *I hope you will have a pleasant journey to England. Yours faithfully Mrs E. Beal.*«

Das *Dear Miss Bugsin* klang wirklich gut, viel weltgewandter als *Liebes Fräulein Bugsin*.

Als Gerhard aber im Wörterbuch nachsehen wollte, was unter *permit* zu verstehen war, stieß er durch Zufall auf *bug* und schrie auf. »Das heißt ja Wanze! Aber auch Käfer und Bazillus. Im Amerikanischen auch noch Defekt und Fehler.« Und da *sin* die Sünde war, meinte er, Inge solle sich lieber nicht in England sehen lassen. »Fräulein Wanzensünde, wie klingt denn das? Oder Sündenbazillus.«

»Dann kann man sie ja gleich Fräulein Tripper nennen«, sagte ihr Vater. »Das ist einfacher.«

»Da kannst du ja aus eigener Erfahrung bestens mitreden«, murmelte ihre Mutter, und Inge wusste sehr wohl, dass sie damit auf Budapest und andere vermutete Amouren anspielte.

Sie konzentrierte sich wieder auf Mrs Beals Brief. »Vielleicht heißt das nicht *you permit*, sondern *your permit*«, sagte Irmgard Bugsin unter Verweis auf das Englisch, das sie auf der Höheren Handelsschule gelernt hatte. »*Your permit*, also deine Aufenthaltserlaubnis. *But* heißt das auch nicht, sondern *sent*: *I have sent your permission to the Central Planning Office.*«

»Die Erlaubnis entziehen sie ihr ja doch wieder«, warf Christa ein und kam auf die Wanzensünde beziehungsweise den Tripperbazillus zurück.

»Inge Nuity müsste sie heißen«, sagte Gerhard, der weiter im Wörterbuch geblättert hatte.

»Wieso das?«

»Weil *ingenuity* Scharfsinn heißt.«

Der Abschied auf dem Bahnhof Zoologischer Garten war kurz und schmerzlos, wie es der Stil der Bugsins gebot. Gefühle seien dazu da, dass man sie nicht zeige, sagte Irmgard Bugsin bei jeder sich bietenden Gelegenheit.

Bernhard Großkreutz war nicht erschienen, hatte aber angerufen und Inge ermahnt, sich kein Kind anhängen zu lassen.

Die Fahrt im Interzonenzug war recht angenehm, obwohl die Wagen den Beständen der DDR-Reichsbahn entstammten und dementsprechend kräftig nach Desinfektionsmitteln rochen. Aber Inge kam schließlich aus dem ersten Arbeiter- und Bauernstaat auf deutschem Boden und war mit diesen Gerüchen aufgewachsen, ja, fand das ganze Ambiente geradezu anheimelnd.

Nur die Kontrollen machten ihr ein wenig Angst, denn zwar hatte sie die DDR schon als Jugendliche und ganz legal verlassen, aber irgendwie kam sie sich doch wie ein Republikflüchtling vor, und die mochte man ja zwischen Elbe und Oder nun überhaupt nicht. Zum Glück stand in ihrem Ausweis als Geburtsort Berlin. Guben oder Rockow wären schlimmer gewesen. Die Zöllnerin wühlte so verzückt in Inges Koffer, dass sie genau wusste, was man unter einem Wäschefetischisten zu verstehen hatte.

Ihre Mutter hatte ihr so viel zu essen eingepackt, dass es für eine Polarexpedition gereicht hätte. Bis Düsseldorf schaffte sie gerade mal zwei Knüppel und drei Apfelsinen.

Sie war so satt, dass sie sich in Düsseldorf im Wartesaal nur einen Kaffee und eine Cola bestellte. Der Zug nach Ostende ging um null Uhr 21, und sie musste wach bleiben. Natürlich hatte sie *Wie angelt man sich einen Millionär* gesehen, denn sie mochte sowohl Lauren Bacall als auch Marilyn Monroe, und wenn sie nun für ein Jahr nach England ging, dann nicht ohne gewisse süße Träume zu haben. Manche lange Abende in Karolinenhof hatte sie mit Christa darüber gesprochen.

»Lieber die große Liebe!«

»Lieber einen mit Geld!«

»Am besten die große Liebe mit einer Million auf'm Konto.«

Doch wer sie hier in Düsseldorf im Wartesaal ansprach, war nur eine junge Frau, der Inge schon im Zug begegnet war.

»Ich sitze da drüben. Ob Sie wohl mal bitte auf meinen Koffer aufpassen könnten, wenn ich auf die Toilette gehe?«

»Ja, klar. Obwohl man ja immer vorsichtig sein muss, wenn einer einen Koffer stehenlässt.«

»Verstehe ich nicht.«

Inge erklärte es ihr. »Einen Koffer stehenlassen, das heißt bei uns in Berlin, mächtig einen fahrenzulassen, einen fürchterlichen Stinker, und sich dann klammheimlich zu entfernen.«

So kamen sie ins Gespräch.

Die andere hieß Heidelinde Laskowsky und war ebenfalls geborene Berlinerin. »Groß geworden bin ich in Lichterfelde, in der Baseler Straße. Von da kann man zu Fuß zur FU laufen.« Sie war nur ein Jahr älter als Inge, hatte aber schon alles Mögliche studiert. »Psychologie, Publizistik, Theaterwissenschaft, Germanistik. Nun will ich's mit der Anglistik probieren, aber erst einmal vernünftig Englisch lernen. In London. Und meinen ersten Roman anfangen.«

»Da will ich aber drin vorkommen. Und wenn Sie dann ganz berühmt sind ... Wenn ich jetzt schon Ihren Koffer tragen darf?«

»Lassen Sie mal, dazu sind die Männer da.« Und schon war Heidelinde aufgestanden und zu einem Herrn mittleren Alters gegangen, der am Nebentisch saß und sie schon die ganze Zeit über angestarrt hatte. »Sie sind doch Kavalier und ...«

Schon war er aufgesprungen und hatte sich ihren Koffer geschnappt.

Der Zug war ziemlich voll, und sie mussten sich einen Sitzplatz teilen. Über Köln, Aachen und Brüssel ging es nach Ostende auf die Fähre.

Das Wetter war herrlich. Sie stürmten auf das Oberdeck, schnappten sich zwei Liegestühle und legten sich in die Sonne.

Heidelinde hatte die Augen geschlossen. »Wenn man überlegt, dass es mal gerade ein Dutzend Jahre her ist.«

»Was her ist?«, fragte Inge.

»Na, dass hier, wo wir gerade mit der Fähre durch die Nordsee pflügen, der U-Boot-Krieg getobt hat.« Und sie zitierte aus der *Jungfrau von Orléans*: »*Die Waffen ruhn, des Krieges Stürme schweigen / Auf blut'ge Schlachten folgt Gesang und Tanz.*«

»Wenn wir in London sind, müssen wir gleich tanzen gehen. Rock 'n' Roll.«

»Einverstanden«, sagte Heidelinde. »Ich werde sehen, dass ich bei Ihnen in der Nähe ein Zimmer finde.«

Das klappte dann auch. Vorher aber litten sie noch während der zweistündigen Zugfahrt von Dover nach London. *In einem so dreckigen Wagen fährt bei uns nicht einmal das Vieh*, schrieb Inge später nach Berlin.

Die Beals standen tatsächlich auf dem Bahnsteig, um sie abzuholen. Man hatte eine hochgehaltene Puppe als Erkennungszeichen ausgemacht, und Inge hatte sie schnell entdeckt.

Mr Beal schien Inge um einiges jünger zu sein als ihr Vater, zehn Jahre mindestens, war aber alles andere als ihr Typ. Dick war er, hatte nur noch wenige Haare und schwitzte gewaltig. Der Schweiß perlte nur so von seiner Halbglatze. Trotz der Hitze trug er einen schwarzen Anzug. Der war allerdings so speckig, dass er in die Reinigung gehörte. Oder in den Müll. Jeremias Beal war von Hause aus Amerikaner, aber nach seiner Zeit als Soldat in Deutschland in *Old Europe* hängengeblieben. Zu Inges Erstaunen sprach er weitaus besser deutsch als sie englisch. Insgesamt fand sie ihn durchaus annehmbar, und witzig war er auch.

»O Inge, hast du dir dein Au-pair-Mädchen mitgebringt, wenn du machst ein solches bei uns?« Damit zeigte er auf Heidelinde.

»Nein, nein.« Inge erklärte ihm die Zusammenhänge, und Mrs Beal hatte auch sofort eine Idee, wo sie Heidelinde in Cricklewood unterbringen konnte. Bei einer Freundin.

Mrs Beal hieß Ebna mit Vornamen und war, wie Heidelinde später formulierte, der Typ laszive Schlampe. Das lag an ihren roten Haaren, ihrem viel zu engen Rock und der Art, wie sie rauchte. Eindrucksvoller als Marlene Dietrich. Sie war Engländerin, aber keine, wie Inge sie sich vorgestellt hatte, also steif und furztrocken.

Die Beals hatten ein schwarzes Auto mit weißen Streifen – auch eine komische Sache – und luden Inge und Heidelinde unter vielem Gelächter ein.

»Wenn ich die blonde Inge nachts nach Hause umbringe«, sang Mr Beal und bewies dann, dass er, obwohl Ami, den schwarzen englischen Humor schon voll beherrschte. »Wir sind Juden, Mrs Bugsin, aber Sie müssen keine Angst vor uns haben. Die Kammer, in der Sie wohnen werden, ist eine ganz normale. Und, nu, was mache ich beruflich? Ich handele. Was soll a Jüd auch anders machen. Mit antikem Silber, also Kannen, Schalen, Leuchtern, Gabeln und Messern. Wenn Sie mal etwas brauchen für Ihre Leut zu Hause ...«

So kam Inge nach Cricklewood und lernte die beiden Kinder kennen, die nun für ein Jahr ihre Schützlinge werden sollten. Die Tochter hieß Hilary und war fünf Jahre alt. Ihr Bruder Tony war gerade elf geworden. An sich waren ja beide ganz nett, aber Inge erschienen sie furchtbar unerzogen. Sie konnte es nicht fassen, wie sehr man die beiden machen ließ, was ihnen gerade in den Sinn kam. Wenn Hilary und Tony Radio hörten, dann in einer Lautstärke, dass die Wände wackelten. Inge brummte ständig der Schädel. Manchmal war sie richtig empört. Sie notierte in ihrem Tagebuch:

Was hier verschwendet wird, ist ungeheuerlich. Die Kinder werfen halbe Eier weg. Bei allem Reichtum – so etwas darf in meinem Haushalt später nicht vorkommen. Von dem, was hier weggeworfen wird, könnte sich gut und gerne eine Person ernähren. Es gilt scheinbar als vornehm, etwas auf dem Teller übrigzulassen. Bekommt Tony ein gebratenes Ei, isst er garantiert nur das Weiße. Bekommt Hilary eines, manscht sie nur damit rum. Der Rest wird weggetan.

Inge war schließlich in Notzeiten groß geworden, und immer hatte es geheißen: Was auf den Teller kommt, wird gegessen. Und abgeleckt hatte sie ihren Teller auch noch, um ja kein Quentchen verkommen zu lassen. Aber noch mehr als die Verschwendungssucht der Kinder störte sie deren Wildheit und mangelnde Ordnungsliebe und Disziplin.

Die Gören sind entsetzlich verwöhnt. Ich möchte am liebsten alle beide mal übers Knie legen. Sie bekommen immer ihren Willen. Ich bin davon überzeugt, das gibt es bei uns in Deutschland nicht, jedenfalls nicht in diesen Kreisen.

Bei ihr zu Hause war es immer darauf angekommen, erst den Willen der Kinder zu brechen, um sie dann zu nützlichen Mitgliedern der menschlichen Gesellschaft zu machen.

Am Abend, wenn *television* angesagt war, sah das Wohnzimmer wie eine Räuberhöhle aus. Diverse Zeitungen waren auf dem Teppich verstreut, Keksbüchsen und drei Paar Schuhe lagen herum, dazu kamen ein Morgenrock, ein Teddybär und ein ganzes Arsenal an Pistolen und Gewehren.

Am schlimmsten aber war der Morgen. Hilary hatte sich in ihre Bettdecke eingewickelt und schrie aus Leibeskräften, dass sie nicht in die Schule gehen wolle. Inge schloss erst die Fenster, weil sie Angst hatte, die Polizei würde anrücken, dann versuchte sie, mit der Mumie fertig zu werden, bekam aber einen solchen Tritt in den Bauch, dass sie erst einmal zu Boden ging. Sie rappelte sich wieder hoch und stürzte auf den Flur, um ihre Madame zu alarmieren.

Ebna Beal lag seelenruhig im Bett und rauchte. Inge möge die Tochter schreien lassen. »Das Böse muss raus aus ihr, verstehst du. Katharsis, wenn dir das was sagt.«

Inge sagte es nichts, und sie wandte sich Tony zu, um ihn dazu zu bewegen, sich die Zähne zu putzen.

Aber dem Jungen wollte sich der Sinn dieser Maßnahme nicht erschließen. Auch brachte er es mit dem Händewaschen durcheinander. Vor dem Essen, okay, nach dem Stuhlgang, auch okay, aber er habe während der Nacht weder gegessen noch gekackt. Als er sich dennoch zur Reinigung seiner Beißerchen durchgerungen hatte, nutzte er das Wasser im Mund, um Inge mit kräftigem Prusten von oben bis unten vollzuspritzen.

Sie wandte sich hilfesuchend an Mr Beal, der gerade aus dem Badezimmer kam.

Doch der lachte nur. »Selber schuld! Warum ziehst du dich schon an, bevor du unter die Dusche gehst?« Dann aber hatte er Mitleid mit ihr und rief seiner Frau zu, sie möge versuchen, die Kinder zu bändigen.

»Das ist Aufgabe des Vaters.«

»Nur, wenn die Mutter tot ist.«

»Dann ermorde mich doch bitte!«

»Wenigstens das könntest du alleine schaffen.«

»Gib doch zu, dass du die Kinder nicht im Griff hast.«

»Ja, gebe ich, aber wozu habe ich eine Deutsche ins Haus geholt? Die soll hier für Ordnung sorgen.«

Inge juckte es in den Fingern, zum Ausklopfer zu greifen. Mit dessen Hilfe hatte ihre Mutter immer schnell für Ruhe gesorgt. Das ging aber in Cricklewood nicht. Also blieb ihr nichts anderes übrig, als zu warten, bis sich die beiden Beal-Kinder ausgetobt hatten. Sie gab sich alle Mühe, deren Protestaktionen gegen die Erwachsenenwelt ins Leere laufen zu lassen, sosehr ihr das auch gegen den Strich gehen mochte.

Als die beiden Rangen dann endlich am Frühstückstisch saßen, trugen sie eine kleine Schlacht aus. Jeder kaute sein Weißbrot so lange durch, bis er kleine Kugeln formen konnte, und versuchte dann, sie dem anderen ins Gesicht zu spucken.

»Treffer!«

Die Eltern amüsierten sich köstlich, und Inge fiel dann die Aufgabe zu, die Geschosse wieder einzusammeln.

Tagsüber ging es dann so einigermaßen mit Tony und Hilary, wenn Inge auch große Mühe hatte, sie zur nötigen Körperhygiene anzuhalten. Tony war durch nichts zu bewegen, in die Badewanne zu steigen.

»Warum tust du es nicht?«, fragte Inge.

»Du lässt kein Wasser ein, sondern Salzsäure, damit ich mich auflöse.«

Inge meinte schon, er würde eine Macke haben, doch Heidelinde konnte sie beruhigen. Sie hatte einen Bruder, der war ebenso. »Und Jungen in diesem Alter müffeln alle gerne.«

Und wenn sich Inges Schützlinge wirklich einmal die Hände wuschen, hielten sie die nur einmal kurz unter den Wasserhahn und schmierten den meisten Dreck ins Handtuch.

Heute bekam Inge allerdings zweimal die Chance, sie doch ins Badezimmer zu schleifen und gründlich zu reinigen. Das erste Mal, als Tony mit Hilfe seines neuen Chemiekastens eine kleine Explosion in seinem Zimmer ausgelöst hatte, und später nach dem Backen in der Küche. Im nächsten Brief berichtete sie ihrer Mutter:

Mit Hilfe von Mehl, Wasser, Milch und Marmelade ging es ans Werk. Sämtliche erreichbaren Schüsseln wurden schmutzig gemacht und ein grauer, nein, eher schwärzlicher cake hergestellt. Die Kinder waren hinterher beschmiert mit Teig und Marmelade, so dass ich alles abseifen konnte. Oh, ich könnte noch seitenlang Schauergeschichten dieser Art erzählen!

Am Abend gab es noch einmal ein Riesentheater, denn Tony hatte am Fernsehapparat gespielt, und das Ding ging nun nicht mehr einzuschalten. Kein Bild, kein Ton, alles schwarz und schweigend.

Fluchend und jammernd drehte Mr Beal an den Knöpfen herum. Ein Abend ohne *television* war unvorstellbar für ihn.

Mrs Beal machte ein Geschrei, als sei eben ihre Mutter eines grausamen Todes gestorben, und Hilary stand ihr kaum nach.

Tony dagegen kämpfte lautstark um seine Ehre. Er habe den Apparat nicht kaputtgemacht, sondern – im Gegenteil – richtig repariert. Seine Eltern könnten stolz auf ihren Jungen sein, solch ein technisches Genie wie er sei nicht mal Thomas Alva Edison gewesen.

»Dann muss es doch ein Klacks für dich sein, das Ding wieder zum Laufen zu bringen.«

»Erst wenn ich neue Schlittschuhe kriege.«

»Das Einzige, was du kriegen solltest, ist ein paar hinter die Ohren«, murmelte Inge und beschloss, gemein zu sein und Tony das Spiel zu verderben. »Mr Beal, versuchen Sie's doch mal mit einem ganz einfachen Mittel: einfach den Stecker in die Dose!«

Was sie dann sahen, war ein Auftritt von Tommy Steel. Über den schrieb Inge später an ihren Bruder:

Er ist der Nachfolger von Elvis Presley. Ich habe gedacht, ein Idiot hampelt da rum – Gitarre umgebaumelt. Da greift er dann lässig rein, hopst immer auf einem Bein. Bubikopf, die Haare bis an die Nasenspitze. Das ist der *Star in London, jeden Tag steht etwas über ihn in der Zeitung.*

Tony war ein besessener Briefmarkensammler, und Inge bekam ihn dadurch besser in den Griff, dass sie ihm versprach, ihm bei

Wohlverhalten jede Menge *german stamps* zu schenken, und so ging mit fast jedem Brief die Bitte nach Berlin, doch alles abzuschneiden, was auf privat und im Büro eingegangen Briefen klebte, und nach London zu schicken.

Das Haus der Beals war überschaubar. Im Erdgeschoss waren Küche, Essraum, Wohnzimmer und Diele und in der ersten Etage Inges Kammer, das Schlafzimmer der Beals, die beiden Kinderzimmer, Bad und Toilette. Nach hinten raus gab es einen kleinen Garten, nur ein Drittel so groß wie der in Karolinenhof.

Gemessen an den teuren Stilmöbeln ihrer Eltern, kamen ihr die Schränke und Truhen der Beals ziemlich billig vor, kein Stück passte richtig zum anderen, und sie schrieb nach Berlin, dass ihre Laube in Karolinenhof besser möbliert sei.

Nahm Inge die Koblenzer Straße als Maßstab, war ihr Zimmer eher eine Besenkammer. Wie es sich für ein Dienstmädchen eben gehöre, sagte Heidelinde. Inge beeilte sich, die kahlen Wände ein wenig zu schmücken. Über das Bett hängte sie ein farbiges Foto des jungen Hans Albers, der schon immer ihr Schwarm gewesen war, und über die Kommode kamen zwei süße Dackel mit Schlappohren und dicken Patschpfoten.

Cricklewood, NW 2, wurde als Villenviertel bezeichnet, aber die Häuser standen hier nicht einzeln und in gehöriger Entfernung voneinander, wie sie das von Berlin her kannte, von Dahlem, Frohnau oder auch Rudow, sondern Wand an Wand, weil die Gärten nicht rundherum lagen, und sie musste eher an deutsche Kleinstädte denken.

Die Ebbsfleet Road ging vom Cricklewood Broadway ab und stieß auf die Bahngleise. So war Inge nach ein paar hundert Metern an der Cricklewood Railway Station, aber auch an der Bushaltestelle. Bis zur U-Bahn-Station Kilburn war es etwas mehr als einen Kilometer zu laufen. Zu viel für sie. In Berlin nahm sie für solche Entfernungen immer das Rad. Aber die Beals mochten und hatten keine Fahrräder.

Was Inge an Hausarbeit zu verrichten hatte, war nicht mehr und auch nicht schlimmer als in der Koblenzer Straße oder draußen in der Laube. Da hatte sie schon immer rangemusst. Am Vormittag war Staub zu saugen. Das dauerte eine Weile, denn alle Zimmer und Flure waren mit Velours ausgelegt. Zu wischen waren nur die kleine Küche, der Essraum und das Bad.

Mrs Beal, die Hausarbeit hasste, lobte sie in höchsten Tönen.

Auch Mr Beal, der sich oft darüber beklagt hatte, dass in seinem Hause alles ein wenig schmuddelig sei, fand es *very good*. Aber er hatte ja schon immer gewusst, wo die Vorteile der Deutschen lagen. Sogar das Wort »Säuberungsaktion« kannte er. Und niemand machte die Betten so gut wie sie. Das hatte Inge wohl von ihrem Vater gelernt, dem *Mr Obergefreiten*.

Als Inge den Wäscheschrank der Beals öffnete, wäre sie fast in Ohnmacht gefallen. Alles war nur schnell hineingestopft, nichts ordentlich gestapelt. So schlimm sah es nicht einmal bei Tante Manda aus.

Ihre größte Entdeckung waren die Motten. Beim ersten Schwirren dachte sie, ein kleiner englischer Nachfalter hätte sich in ihr Zimmer verirrt, und riss schnell das Fenster auf, um ihm die Freiheit zu schenken, dann aber merkte sie, dass Dutzende dieser süßen Tierchen den ausgelegten Velours als Nistplatz nutzten. Schnell legte sie ihre Sachen in den Koffer zurück und hätte den am liebsten luftleer gepumpt, um die Motten abzutöten.

»Nimm doch Mottenpulver«, riet ihr Heidelinde.

»Ich hasse Mottenpulver! Wenn ich Mottenpulver rieche, werde ich richtiggehend krank.«

»Dann solltest du deine Sachen nie tragen, denn Motten gehen nur an getragene Kleidungsstücke.«

Über ihre Arbeit konnte Inge also nicht klagen. In ihr Tagebuch schrieb sie:

Bis jetzt habe ich wirklich nur acht Stunden täglich gearbeitet. Morgens immer tea, dann breakfast und anschließend Staubsaugen und -wischen. Es folgt ein bisschen kleine Wäsche, dann habe ich bis zum Mittag noch ungefähr eine halbe Stunde für mich. Danach kommt das Abwaschen, Fegen, Aufräumen und Plätten, und es ist zirka sechzehn Uhr. Bis halb sieben frei, supper, abwaschen, ready. Anschließend television. It is a nice thing.

Das Essen, das Mrs Beal selber zubereitete, fand Inge durchweg miserabel. Sechsmal in der Woche gab es Fleisch, aber ungesalzen und ohne jedes Gewürz in der Pfanne gebraten, und sonntags kaltes Huhn. Ebenfalls ungesalzen. Auch Saucen gab es keine. Das Gemüse war jedes Mal eine andere Sorte, kam aber ausnahmslos aus der Büchse und war ohne Salz aufgekocht worden. Worauf sie sich freute, war einzig und allein das Dessert. An Brot kannten die Beals nur Weißbrot, auch Wurst hatten sie im Hause, aber nur solche Sorten, die Inge in Berlin immer unter dem Tisch an ihren Dackel verfütterte. Dazu der ewige Tee. Sie träumte davon, wieder in Berlin zu sein, eimerweise richtigen Kaffee zu trinken und bergeweise Schwarzbrotstullen mit kräftig gewürzter Leberwurst zu essen.

Hatten die Beals Besuch, so kam Inge gar nicht mehr aus dem Staunen heraus. Erst einmal standen die Gäste stumm und hilflos herum, bis sie sich entschlossen, selber nach einem Stuhl oder einem Sofaplatz Ausschau zu halten. Höflichkeitsfloskeln gab es nicht. Keiner von den Gastgebern nahm ihnen die Garderobe ab, und auch Inge wurde das nicht aufgetragen. Ja, es gab nicht einmal einen Garderobenhaken oder -ständer, sondern alles wurde über einen Sessel geworfen, den Mr Beal auf die Diele geschoben hatte. Manche Besucher machten von diesem Angebot jedoch keinen Gebrauch und saßen im Mantel herum, bis sie fürchterlich zu schwitzen anfingen. Immerhin war das ein Aufhänger, um nun wenigstens über das Wetter zu reden.

In ihren Briefen nach Deutschland schilderte Inge dies alles, auch dass in England alles teurer werde und von Inflation die Rede sei. *Es ist also überall dasselbe.* Mindestens alle vierzehn Tage schrieb sie nach Berlin, und dabei gab sie sich alle Mühe, heiter zu klingen. *Inliegend ein Bild von mir, damit ihr nicht vergesst, wie ich aussehe.*

Fast jedes Mal bat sie ihre Mutter, ihr ein paar Kleinigkeiten zu schicken. *Meine Engelchen, meinen Ascher und noch ein nettes Bild von dir.* Auch die *Hör zu* und die *Quick* vermisste sie, vor allem aber ihre geliebte Schokolade. *Ich kaufe mir hier selten welche, weil die englische Schokolade unter aller Kanone ist. Das Kon-*

fekt ist so schlecht, wie es bei uns 1945 war. Selbst im Osten ist es besser. Der Kuchen taugt auch nichts. Also bat sie fast in jedem Brief, ihr Süßigkeiten zu schicken.

Auch die Spielabende in der Koblenzer Straße fehlten ihr sehr. *Halma würde ich gern mal wieder spielen oder Canasta. Hier verlerne ich alles. Sage Christa, sie soll fleißig üben, damit es uns im nächsten Jahr nicht zu dreckig geht, wenn wir zusammen gegen Dich und Vati und Margot und Otto Matuschewski antreten.*

Auch um ihren Hund, um Pummelpeter, machte sie sich Sorgen: *Passt bloß auf, dass Tante Manda ihn nicht zu gut füttert!*

In jedem ihrer Briefe war sie bemüht, ihr London-Abenteuer als eine wunderbare Sache zu schildern. *Seht nur her, was Ihr für eine Tochter habt: tüchtig, selbständig, weltläufig.*

Wie ihr wirklich zumute war, schrieb sie in das Tagebuch, das ihr Christa am letzten Abend in Berlin geschenkt hatte. Laut war ihr Pfeifen im Wald, intensiv die Selbstbeschwörung.

30. Juni 1957

Gestern war ich sehr unglücklich, gewiss, ich sehne mich auch heute nach Hause, aber ich weiß doch, dass es so richtig ist. Heulen könnte ich, denke ich an die schönen Wochenenden in Karolinenhof. Aber denke ich ans Büro … Nein, es ist besser so. Wenn ich mich auch immer nach Berlin sehnen werde, ich gewinne hier die Sprache und werde mich schon durchsetzen. Ich werde London kennenlernen, was ich mir sonst nur unter großen Entbehrungen hätte leisten können. Dieses Jahr geht ja schnell vorbei. Ich fürchte mich vor Weihnachten. Ohne Eltern …

2. Juli 1957

Ich war wirklich sehr einsam und müde, und alles war so fremd. London schien mir die hässlichste Stadt auf der Erde zu sein. Das Haus hier kam mir schrecklich vor, mein Zimmer wie eine Zelle. Dann habe ich mir am nächsten Tag selbst Mut zugesprochen, ganz ernsthaft, dass ich mir alles schon in Berlin reiflich überlegt habe und ich genau wusste, was mich erwartete. Aber vom warmen Nest aus kann man sich dieses Alleinsein gar nicht vorstellen. Und es wurde wirklich besser. Ich bin jetzt nicht gerade glücklich, aber zufrieden.

6. Juli 1957

Heute endlich ein Brief von Mutti. Heimweh habe ich ja doch, so ein paar Tränen fließen insgeheim, aber ich bin schon bestens geübt, mich zu trösten. Wozu habe ich meine Finger, meine Phantasie und meine …

Die ersten Behördengänge absolvierte sie ohne Probleme. Bei der Londoner Krankenversicherung hatte sie sich anzumelden, von der Polizei war der Pass zu holen. Die Leute waren nett zu ihr, und ihr Englisch war so gut, dass alle sie verstanden. Oder zumindest so taten als ob. Bei der ärztlichen Untersuchung brauchte sie nicht einmal die Bluse auszuziehen, und in den Mund wurde auch nur flüchtig geschaut.

Selbstverständlich vergaß sie nicht, weshalb sie eigentlich nach London gekommen war: um nach einem Jahr perfekt Englisch zu können. Mrs Beal hatte schon eine preiswerte und gute Schule für sie ausfindig gemacht, und als Inge dort vorsprach, gab es keinerlei Schwierigkeiten. Es war nicht gerade billig, aber sie hatte die Chance, schon im Dezember ihr Examen zu machen, das sogenannte Cambridge-Examen. Die Sekretärin testete sie, indem sie ihr drei unterschiedlich schwere Lehrbücher vorlegte, und als Inge las und übersetzte, kam sie gleich in die oberste Stufe.

Mittwochs und sonntags hatte sie ihre Ausgehtage, und da machte sie sich auf den Weg, London *on top of a bus* zu erkunden. Beeindruckt war sie vom Picadilly Circus, von der Westminster Abbey und von der Hyde Park Corner, wo die Leute große Reden schwingen konnten. Auch politische. Manche waren religiös und sangen Kirchenlieder. Sie musste schmunzeln, als sie sich vorstellte, dass ihr Vater hier stand und das vortrug, womit er in Berlin und anderswo die Leute unterhielt: »Die Scheißebereibung … äh, Reisebeschreibung …«

Schnell kam sie dahinter, dass es besser war, in den Restaurants

Tee zu bestellen und keinen Kaffee, der immer schmeckte wie eingeschlafene Füße.

Was ihr beim Bummel durch London auffiel, fasste sie in ihrem Tagebuch wie in ihren Briefen nach Berlin zusammen.

London ist eine sehr aufregende Stadt. Eine Großstadt, eine Weltstadt. Der Lebensstandard ist ziemlich hoch. Es gibt aber hier in London auch sehr viele arme Leute, und ich glaube, dass der Gegensatz zwischen Arm und Reich sehr groß ist. Das heißt, die ganz Armen leben in so schmutzigen und menschenunwürdigen Behausungen, wie es bei uns kaum möglich ist. Das liegt natürlich größtenteils daran, dass wir fast alles neu aufbauen mussten und es dann besser machten, während London sehr alte Häuser hat, eben wirklich noch Slums. Im Großen und Ganzen neidet man Deutschland seinen Wohlstand. Man kann es schier nicht fassen, dass wir – als besiegtes und völlig am Boden liegendes Land – heute besser dastehen als je zuvor und unsere D-Mark die stärkste Währung Europas ist. Die Zeitungen schreiben meistens sehr gehässig über Deutschland. Man fürchtet sogar, dass wir uns wieder zum Nationalsozialismus hinwenden könnten.

Natürlich fieberte sie dem Tag entgegen, an dem sie die erste Verabredung in ihr Tagebuch eintragen konnte. Sie wusste, dass sie jetzt ein, zwei Männer brauchte, um über Thomas und Walter hinwegzukommen. Vor allem Walter war die Sehnsucht, die sie ein Leben lang begleiten würde, aber so schmerzlich alles war, sie hatte nicht vor, seinetwegen allem zu entsagen. Was Thomas und Walter gekonnt hatten, konnten andere auch. Vielleicht noch besser. Also begab sie sich auf die Suche und machte überall, wo attraktive Männer auftauchten, ein Gesicht, das ihnen signalisieren sollte: Hallo, ich bin frei, du kannst mich ruhig ansprechen.

Der Erste, der das tat, war ein Geschäftsfreund von Mr Beal. Er hieß Ali und kam aus Indien.

Als sie Heidelinde von ihm erzählte, meinte die nur trocken, sie solle nur achtgeben, dass er später auch Alimente zahlen würde, und reimte: »Inder zeugen viele Kinder.« Sie müsse nur aufpassen, dass es keine Tochter würde, denn die hätten es in Indien furchtbar schwer. »Und wenn er dann vor dir sterben sollte, musst du aufpassen, dass sie dich nicht auf seinen Sarg legen und im Rahmen einer Witwenverbrennung mit ihm einäschern.«

Diese Warnungen aber waren es nicht, die Inge zögern ließen, pünktlich zur U-Bahn-Station Kilburn zu gehen, wo Ali auf sie warten wollte – es war der Gedanke an Thomas und Walter. Ließ sie sich jetzt mit Ali ein, verriet sie ihre große und ihre ganz große Liebe. Sie bummelte absichtlich, so dass sie zehn Minuten zu spät kam. Am Abend schrieb sie dann in ihr Tagebuch:

Gott sei Dank war Ali schon weg, oder vielmehr, ich war nicht rechtzeitig da. Wenn er mir gefallen hätte, wäre ich wahrscheinlich mit klopfendem Herzen zur Stelle gewesen. Er hat mir nicht gerade missfallen, war mir aber vollkommen gleichgültig. Wie anders war es damals bei Thomas und Walter!

22. Juli 1957

Man soll jeden Augenblick seines Lebens leben, mit wachen Sinnen – ich glaube, dass ich das kann. Mit Sehnsucht denke ich an Berlin und bin trotzdem froh, hier in London zu sein. Ich bin mit mir selbst zufrieden, freue mich über Kleinigkeiten – über den Wind, der sanft und etwas feucht ist. Am Themse-Ufer riecht es nach Motor und etwas fauligem Wasser. Das erinnert an die Spree an der Oberbaumbrücke. Genau kann ich mich an die letzten Stunden in Karolinenhof erinnern – das letzte Bad, ein letzter Blick in das Zimmer. Es macht mein Herz schwer und froh zugleich. Schwer, weil alles flüchtig ist – niemals kehrt derselbe Augenblick zurück –, und froh, weil ich dankbar bin, dies alles erlebt zu haben, es so erlebt zu haben, dass ich mir alles genau vorstellen kann, dass ich die Luft rieche und den Himmel sehe. Und die Gewissheit: Das alles wartet auf mich, ich kehre zurück und erlebe es neu – verändert und doch unverändert, um viele Erfahrungen reicher. Und darum werde ich auch reicher fühlen, wie schön die Heimat ist. Wieder wird die Ferne locken, und dankbar werde ich sein für jede Minute in der Heimat. Ich werde sentimental. Das liegt wohl in der Familie: Lachen und Weinen in einem Topp.

Am 25. Juli ging sie zusammen mit Heidelinde in ein Konzert von Johnnie Ray. Sie war völlig weg, und gleich am nächsten Tag schrieb sie an ihren Bruder nach Berlin, wie es sie gepackt hatte:

So also singt Johnnie Ray – »I'm just walking in the rain« –, und so sieht er aus: ein großer mittelblonder Junge. Er ist sehr sympathisch. Beim Singen ist sein Gesicht verzerrt, als schmerze es ihn, seine eigene Stimme nicht laut genug hören zu können. Er trägt einen Hörapparat. Man spürt, wie er ganz dabei ist, wie er sich beim Singen anstrengt. Das Publikum rast, wenn er in die Knie geht und seine Hände rhythmisch bewegt. Schweißperlen strömen über sein Gesicht, er schließt die Augen und singt, fast könnte man es Schreien nennen. Dann wieder klingt es sanft und leise schmelzend – soft and tender – und steigert sich zum überlauten Schluchzen.

Am 2. August sollte es für viereinhalb Wochen an die Nordsee gehen, und zwar nach Worthing/Sussex. Die Beals hatten dort in der George 5th Avenue eine Ferienwohnung gemietet.

Vorher mussten in Cricklewood alle Zimmer gründlich saubergemacht werden. Inge trug es mit Fassung, denn was man hier unter gründlich verstand, hätte zu Hause bei ihrer Mutter zur sofortigen Kündigung der Putzfrau geführt, und außerdem half ihr Mrs Beal.

Inge hatte in Worthing wesentlich mehr zu tun als in London, zumal dauernd Gastkinder da waren, die ihr den letzten Nerv raubten. Ihr, aber auch Mrs Beal. Doch da gab es anderes, das mehr als nur ein Ausgleich war.

Zuerst waren da der Strand und die See. Schließlich war sie am und auf dem Wasser groß geworden und konnte so gut schwimmen, dass damals in der DDR die Trainer immer wieder versucht hatten, sie in ihre Vereine zu holen. Doch dagegen hatte ihr Naturell gestanden. Ihr fehlte jeder Ehrgeiz, im Wettkampf die Erste zu sein, und eine gewisse Schläfrigkeit war so etwas wie ihr Markenzeichen. Passiv war sie, verausgabte sich nicht gerne, ließ alles auf sich zukommen. Sich abzumühen und verbissen zu kämpfen erschien ihr irgendwie plebejisch. Churchills Motto *No sports* fand sie außerordentlich sympathisch. Der konservative Lebensstil gefiel ihr. Sich nur nicht unnötig echauffieren. Stattdessen still genießen. Da hatte sie ihren Großvater aus Baumschulenweg als Vorbild.

Stieg sie ins Wasser, musste sie höllisch aufpassen, denn es gab eine Menge Steine, und trat sie in den stinkenden Seetang, dann war das auch nicht gerade appetitlich. Dann aber, wenn sie sich in die Wellen warf, wurde es herrlich. *Ich wurde wie ein Ball hin und her geworfen*, schrieb sie nach Berlin. *Es war ein wunderbares Gefühl.*

Noch wunderbarer aber waren andere Gefühle – ausgelöst von David. Sie lernte ihn kennen, als sie in seinen Armen lag. Das geschah, als sie beim Aussteigen aus dem Bus mit ihren Sandalen an einer herausstehenden Schraube hängenblieb und auf das Pflaster zu stürzen drohte.

»Oh, Entschuldigung!«, rief sie.

»Keine Ursache. Wenn Sie Zeit haben, machen wir das öfter.« Er hatte ihr in einem Deutsch geantwortet, wie es Engländer sprachen, aber auch die Leute in Zürich und Bern.

Als hätten sie sich schon ewig gekannt, schlenderten sie Seite an Seite die Straße zum Strand hinunter, und es stellte sich heraus, dass er aus Preston kam und hier in Worthing als Turnlehrer arbeitete, seine Frau aber Schweizerin war.

»Wir haben uns getrennt. Mal sehen, was wird.«

Sie stürzten sich zusammen in die Wellen, es war gerade Flut, und Inge schwamm so weit hinaus, wie sie es immer gewollt, aber nie gewagt hatte. Nun war ja jemand an ihrer Seite, der sie retten konnte, falls ihr die Kräfte schwanden.

Dann saßen sie im Sand und redeten in einer putzigen Mischung aus Deutsch und Englisch. Sie hatten dieselben Interessen – Film und Jazz.

David hatte vieles gemeinsam mit Walter. Auch er war über dreißig und hatte schon schütteres Haar, dunkelblond und ein wenig gekräuselt, und in etwa dieselbe Größe: 1,85 Meter, schätzte sie. Auf alle Fälle musste sie zu ihm aufschauen. Hager und drahtig war er, kein Gramm Fett zu viel.

Die beiden Kinder, auf die Inge aufzupassen hatte, störten sie ein wenig beim Turteln, doch David hatte die wunderbare Gabe, sie zu beschäftigen und gleichzeitig intensiv mit ihr zu reden.

Am Donnerstag, als Inge ihren freien Nachmittag hatte, fuhren sie in seinem Wagen nach Brighton. Anschließend lud er sie zum Essen ein.

»Kennst du ein gutes Restaurant?«, fragte Inge.

»Was heißt Restaurant – bei mir zu Hause!«

Seit langer Zeit schmeckte es Inge wieder einmal. Noch schöner aber war der Nachtisch. Walter hatte sich von seinen Gefühlen und seiner Lust mitreißen lassen und war dementsprechend schnell erschöpft gewesen, David aber konnte seine Leidenschaft fein dosieren und war von einer Ausdauer, die bewundernswert war. Immer wieder verlangte er nach ihr.

Er lachte. »Ich tu's doch nur für dich – bei deinem Nachholbedarf.«

So ging es zehn Tage lang, und Mrs Beal wollte Inge schon zum Arzt schicken, so ausgelaugt war sie.

Dann fand sie am Morgen einen Brief von ihm im Briefkasten. Er schrieb ihr, dass er Hals über Kopf nach London müsse, um nach Zürich zu fliegen. »Meine Frau ist schwanger, und wir wollen sehen, dass wir wieder zueinanderfinden, damit unser Kind Vater und Mutter hat.«

Inge vermisste David, aber sie weinte seinetwegen nicht. »Liebe war es eigentlich nicht«, sagte sie zu Heidelinde.

»Aber wichtig, was das Studium der Männer betrifft.«

»Du sagst es! Das liest man doch in keinem Buch, und im Film sieht man es erst recht nicht.«

Der 2. September war Inges erster Schultag. Sie war mit einem ziemlichen Bammel hingegangen, weil sie Angst hatte, die Lehrer würden ihr wegen ihres Wunsches, schon im Dezember das Examen zu machen, Größenwahn vorwerfen.

Doch das passierte nicht, denn die anderen Mädchen in ihrer Klasse hatten eine wesentlich schlechtere Aussprache und einen viel geringeren Wortschatz. Sie waren ohne jegliche Vorkenntnisse nach England gekommen und auch nach zehn Monaten Schule alles andere als perfekt. Die Spanierinnen schafften es noch immer nicht, das *H* am Wortanfang richtig auszusprechen. Es klang wie *Ch*, und Inge fand es putzig.

Ansonsten war London so, wie London laut Lehrbuch zu sein hatte: Es regnete beinahe ununterbrochen und war auch schon herbstlich kühl. Schnell hatte sie sich einen mächtigen Schnupfen geholt. Sie schrieb nach Berlin, dass man ihr doch bitte schnellstmöglich ihre Wintersachen schicken möge. Vielleicht auch das Geld für eine Dauerwelle, denn die kostete in London umgerechnet 37 D-Mark, und die hatte sie nicht.

Es war ein stiller Sonntagmorgen. Inge hatte die Kinder abgefüttert und stand in der Küche, um schnell eine zu rauchen. Ihre Madame schlief noch, aber Mr Beal war schon auf und kam mit einer Kiste Silbersachen herein, die er auf dem Markt verhökern wollte.

»Ich bin ein Narr!«, sagte er und schlug sich mit der freien Hand gegen die Stirn. »Spreche dauernd von Diät und fresse in einer Tour. Gestern Abend bei unseren Freunden: Spaghetti – eine Riesenmenge –, Suppe, Braten, Nachspeise. Und heute habe ich Magenschmerzen. Und wieder ein Kilo zugenommen.«

»Soll ich Ihnen zum Frühstück Eier braten?«

»Nein, bloß nicht!« Mr Beal ergriff die Flucht.

Das Wetter hatte sich ganz überraschend gebessert und war Mitte September noch fast sommerlich, und so nutzte sie ihren freien Sonntag, um mit Heidelinde, Bennie und Martina die Tower Bridge zu besichtigen. Anschließend fuhren sie von der Westminster Abbey in einem Boot die Themse hinunter. Abends gingen sie ins Kino und sahen *Gone with the wind*.

Am 23. September wurde Inge 23 Jahre alt, und mit Schrecken dachte sie daran, dass das ihr erster Geburtstag ohne ihre Mutter und ohne ihren Bruder sein würde. Fern der Heimat. Sie musste an ihren Vater denken, wie oft der seinen Geburtstag ohne seine Lieben hatte feiern müssen, damals als Soldat in Russland. Seit sie am eigenen Leibe erfahren hatte, wie krank es einen machte, wenn man allein in der Fremde war, verzieh sie ihm auch die Affäre mit seiner Julischka aus Budapest. Man musste es tun, um sich zu retten.

Tony und Hilary brachten ihr am Morgen ein Geburtstagsständchen und sangen allerliebst *Happy birthday to you*. Auch ein Geschenk hatten sie zu übergeben: zwei englische Taschenbücher und einen Packen Briefpapier. Von den Beals bekam sie eine hübsche weiße Garnitur und Mr Beal machte einige neckische Bemerkungen. Inge fragte sich, ob nun bald das kommen würde, worüber sie mit Heidelinde immer spottete, dass die Hausherren stets versuchten, ihre Au-pair-Mädchen zu verführen.

»Das ist doch der Hauptgrund, warum wir in die Ferne schweifen.«

»Wenn ich mir so vorstelle, wie Mr Beal …« Inge vermutete bei ihm ein ziemlich winziges Beischlafvollzugsorgan. »Bei dem Bauch, den er hat, kann das doch nie und nimmer funktionieren.«

»Immerhin hat er zwei Kinder gezeugt.«

»Da war er vielleicht noch dünner oder hat ein Verlängerungsrohr benutzt.«

Voller Erwartung riss sie das große Paket auf, das aus Berlin gekommen war. Es enthielt ein paar elegante bordeauxfarbene Lederhandschuhe, ein wunderschönes silbernes Armband und für ihre kahle Kommode eine Vase und einen Leuchter. Ihre Freude war groß. Auch ihre alte Firma hatte sie nicht vergessen und ihr einen Kasten Konfekt geschickt.

Fast, so erzählte Inge später, wenn sie von ihrem Londonaufenthalt sprach, wäre ihr Geburtstag auch ihr Todestag geworden, denn als sie den Mülleimer öffnete, kam ihr mit affenartiger Geschwindigkeit eine Riesenspinne entgegen. Ein Exemplar, x-mal so groß wie jenes, das sie im letzten Sommer in Karolinenhof bei einer Wette verspeist hatte. Ein Skorpion, schoss es ihr durch den Kopf. Eine Vogelspinne! Und deren Bisse konnten tödlich sein. Das Imperium der Spinnen hatte damals Rache geschworen, und nun war die Gelegenheit gekommen, grausam zurückzuschlagen. Inge sah sich schon am Boden liegen. Sie bekam keine Luft mehr und krümmte sich im Todeskampf. Am nächsten Tag schrieb sie in einem Brief nach Berlin:

Ich war wirklich wie gelähmt. Und Hunger hatte ich auch keinen. Dann habe ich schnell meinen Fuß darauf gesetzt, und die Spinne ist einen Heldentod gestorben. Es war schade, denn sie hätte sicher zwei Mahlzeiten abgegeben, und eine Abwechslung im Speisezettel wäre es auch mal gewesen.

Am Abend traf sie sich dann mit ihren Freundinnen im Deutschen Club, eigentlich dem CVJM, dem Christlichen Verein Junger Männer, dem aber auch Mädchen angehörten. Neben Heidelinde waren es Rosemarie, Pia, Bennie und Martina, die alle schon ein Jahr und länger in London lebten.

Rosemarie kam aus Wien und träumte davon, in die USA zu gehen und dort Karriere als Schauspielerin zu machen. Dazu musste sie aber erst einmal ein lupenreines Englisch sprechen.

Pia war Italienerin, kam aber aus Meran und wurde von den anderen als Deutsche angesehen. Sie zog es nach Kanada, weil ihr großer Bruder dorthin ausgewandert war und ein Hotel eröffnet hatte.

Bennie war in Tübingen aufgewachsen, hatte aber eine französische Mutter, was ihren Vornamen Benediktine erklärte. Sie wusste nur, dass sie nicht genau wusste, was sie wollte. Abwarten, sich treiben lassen.

Martina kam aus Hannover. Sie wollte Anglistik studieren und dann Englischlehrerin werden.

Aber alle waren sich einig, dass jeder von ihnen seine Pläne über den Haufen werfen würde, wenn sie dem Mann ihrer Träume begegneten. Es musste gehörig kribbeln, wenn sie ihn erblickten, und er musste ihnen etwas bieten können. Ein Häuschen mit Garten, und dass sie im Leben etwas darstellten. Als Frau eines Arztes, eines Rechtsanwalts, eines Unternehmers, eines hohen Ministerialbeamten. Die suchten ja alle eine Frau mit Niveau und eine, die perfektes Englisch sprach. Um mit ihr zu repräsentieren, um eine gute Mutter für ihre Kinder zu haben.

Nahm man die Titelbilder der Illustrierten und die Mannequins auf den Laufstegen als Maßstab, dann konnte nur Rosemarie als schön gelten, aber auch die anderen hatten ein gewaltiges Plus in die Waagschale zu werfen: ihre Jugend. Herzlich konnten sie sein, zupackend und so fröhlich wie Effi Briest auf ihrer Schaukel, als der Baron Geert von Instetten sie zum ersten Mal erblickt. Viele, viele Jahre älter als sie. Das war noch unverrückbar fest in ihren Köpfen und Herzen verankert, dass der Mann älter sein musste als sie, gereift, und etwas darstellte in der Gesellschaft.

»Armer Manfred Matuschewski«, sagte Bennie, als sie dessen Glückwunschkarte gelesen hatte. »Macht er sich so große Hoffnungen, dass es mit euch doch noch etwas werden wird, und weiß nicht, dass er das Spiel niemals gewinnen kann.«

Martina erinnerte sich an eine Stelle aus Carl Zuckmayers Stück *Des Teufels General*: *»Irrtum, sagte der Hahn und stieg von der Ente.«*

Inge unternahm kaum noch etwas ohne ihre Freundinnen. Sie waren eine richtige Clique. In jeder freien Minute zogen sie los und hatten ihren Spaß miteinander. So ziemlich alle Cafés kannten sie, aber das im Wiener Stil eingerichtete »Swiss Cottage« wurde ihr Lieblingsaufenthaltsort. Zu bekakeln gab es immer etwas. Die häufigsten Themen waren ihre Herrschaften und die Männer. Über beide konnten sie immer wieder Tränen lachen.

»Mr Ditchburn, mein Sklavenhalter, will nach New York fliegen und steht auf dem Flugplatz an der Passkontrolle. Sagt der Beamte: ›Sie haben sich aber sehr verändert, Sir.‹ – ›Ja, kann sein, ich habe ein paar Falten mehr.‹ – ›Und wie ist das sonst so mit der Geschlechtsumwandlung gewesen?‹ Was soll ich euch sagen: Mr Ditchburn hatte den Pass seiner Frau eingesteckt.«

»Mit Matteo war es eine Nacht, ich kann euch sagen! Der feurigste Liebhaber aller Zeiten! Als ich in seinem Zimmer bin, ist er nicht mehr zu halten. Er macht nicht mal Licht. Ich komme gar nicht dazu, mich auszuziehen, schon hat er mich aufs Bett geworfen und legt los. Er hat aber furchtbare Mühe, und ich will ihm erklären, woran es liegt, doch er hält mir den Mund zu. Als er dann fertig ist, mimt er den Zerknirschten. ›Hätte ich gewusst, dass du noch Jungfrau bist …‹ Ich daraufhin: ›Und hätte ich gewusst, dass du so wenig Erfahrung mit Frauen hast …‹ Er hatte gar nicht gemerkt, dass ich wegen der Kälte draußen zwei Schlüpfer anhatte – und er hat mir nur den oberen ausgezogen, den dicken.«

Aber sie taten auch viel für ihre sonstige Bildung. So ging es unter anderem ins British Museum, zu den Steinsärgen und den Mumien.

»Wenn wir keine passenden Männer finden sollten, dann bedienen wir uns eben hier«, sagte Heidelinde.

Schrumpfköpfe aus der Südsee bestaunten sie ebenso wie die Bibliothek mit den Originalhandschriften von Musikern, Malern und Dichtern. Inge hatte aber die größte Freude an der Abteilung Nordamerika mit den Waffen und Kleidungsstücken der Apachen und Sioux. Auch erbeutete Skalpe waren zu bewundern. Sie musste an Manfred Matuschewski denken und ihre Wettkämpfe. Wer war Ellen? Die Tochter von Old Firehand und Ribanna. Richtig, eins zu null. Ewigkeiten war das her.

Anschließend hatten sie noch die Kraft, vier Stunden im Kino zu sitzen und *The Ten Commandments* zu sehen.

Nach ihrem Geburtstag steckte Inge dann in einem seelischen Tief, wie sie es so nicht mehr erwartet hätte. Der Wahlsieg Konrad Adenauers ließ sie zwar vor Freude an die Decke springen, dann aber ging es ihr zunehmend schlechter. Sie fühlte sich wieder »heimwehkrank« und überlegte schon, ob sie nicht doch früher nach Berlin zurückkehren sollte.

Die Kinder setzten ihr gehörig zu. Sie fand sie frech und unerzogen und teilweise sogar heimtückisch. Dazu kam, dass sie mit den jüdischen Feiertagen wenig anfangen konnte. Sie erschrak regelrecht, als sie Mr Beal mit einem schwarzen Käppi erblickte und plötzlich Gebete sprechen hörte. Man aß in Honig getunkte Äpfel und trank einen speziellen koscheren Wein. Nach Berlin meldete sie:

Seit Tagen wird man mit Fisch gemästet. Mir wird schon übel, wenn ich nur Fisch sehe. Die ganze Sache dauert zehn Tage. Am nächsten Sonnabend ist Buß- und Bettag. Da wird überhaupt nichts gegessen. Ich hoffe aber, dass ich doch etwas bekomme. Es ist so komisch, sie wünschen einander jetzt schon ein frohes neues Jahr.

Als Martina das zufällig las, schimpfte sie mit Inge. »Nach dem, was die Deutschen den Juden angetan haben – denk nur mal an

Auschwitz –, sollten wir solche Töne vermeiden. Ich finde es von den Beals unwahrscheinlich edel, dass sie dich überhaupt als Au-pair-Mädchen genommen haben – eine Deutsche.«

»Meine Eltern waren doch alles andere als Nationalsozialisten«, entgegnete Inge, aber sie musste auch zugeben, dass sie vom Leid der Juden wie von ihren Sitten und Bräuchen nur wenig wusste. »Ich bin schließlich in der DDR zur Schule gegangen, und da war immer nur die Rede von den Kommunisten, die im KZ ermordet worden sind. Und Israel, das war das feindliche kapitalistische Ausland.«

Martina erzählte ihr noch einiges, und von da an betrachtete sie die vielen Juden in Cricklewood mit ganz anderen Augen, hatte aber auch einiges von ihrer Unbefangenheit verloren. Sah sie die Beals und ihre Freunde in Festtagskleidung zur Synagoge gehen, hatte sie die Verladerampe des Güterbahnhofs Grunewald vor Augen, und alles machte sie traurig und depressiv.

Kam keine Post aus der Heimat, war sie ebenso niedergeschlagen wie wütend. *Na, ich muss schon sagen, von euch hört man ja gar nichts mehr. Ist euch der russische Mond aufs Dach gefallen, und habt ihr alle einen Dachschaden? Dreimal am Tag kommt der Briefträger, und dreimal renne ich vergebens zur Tür.*

Mit dem russischen Mond meinte sie den Sputnik, der seit dem 4. Oktober 1957 die Erde umkreiste.

Warum die Wilmersdorfer plötzlich nur noch selten schrieben, hatte sie bald herausgefunden: Fernsehen und schreiben konnte man nicht gleichzeitig. Dass ausgerechnet ihre Mutter als Erste davorsaß, verwunderte sie aber doch. Inge selbst hatte das Fernsehen schon über. Aber sie konnte sich auch nicht zu weit aus dem Fenster hängen, denn auch sie hatte vergessen, nach Berlin zu schreiben und ihren Eltern einen herzlichen Glückwunsch zur Silberhochzeit zu schicken. Sehr bedripst musste sie es nachholen.

Über einen Brief aus Berlin ärgerte sie sich aber, und zwar über den von Bernhard Großkreutz. Er klang furchtbar geschraubt, und *in der Anlage* schickte er ihr fünfzig D-Mark, mit denen sie sich in London ein paar schöne Stunden machen sollte. Das tat sie dann auch, indem sie ins Kino, ins Theater und zu Konzerten ging.

Die Kinobesuche waren für sie als Berlinerin immer ein besonderes Erlebnis. Für drei Shilling und sechs Pence bekam sie zwei Filme, die *Wochenschau*, die Vorschau auf die beiden nächsten Filme und eine Menge Reklame zu sehen. Kaum fassen konnte sie, wie sich die Engländer im Kino verhielten. Sie rauchten und aßen, wann immer sie Lust darauf hatten, und kamen und gingen, wie es ihnen gerade gefiel.

Zumeist gab es amerikanische Filme. Sie freute sich, dass sie fast jedes Wort verstand. Einmal spielte eine Szene in München, und sie zuckte regelrecht zusammen, als sie die Menschen deutsch sprechen hörte.

Völlig weg war sie, als sie *The One That Got Away* mit Hardy Krüger sah. Am Abend stellte sie sich vor, mit ihm im Hotelzimmer zu sein. *The Ten Commandments* sah sie noch ein zweites Mal, und alles machte einen so gewaltigen Eindruck auf sie, dass sie beschloss, die Bibel zu lesen. Doch als in der englischen Fassung immer stand *Our Lord* statt *Unser Herr*, ließ sie es wieder. Bei Jesus Christus immer an einen leicht dekadenten Lord zu denken, lenkte doch gewaltig ab.

Im Oktober ging sie auch zum ersten Mal ins Theater und sah Sir Laurence Olivier in *The Entertainer*. Sie war begeistert und verstand fast alles, was gesprochen wurde. Ansonsten lachte sie, wenn die anderen lachten. Auch die Londoner Oper wollte sie kennenlernen und versuchte es mit *Aida* und mit *Carmen*.

Ende November war es erbärmlich kalt in London, und Inge fror, wie sie noch nie in ihrem Leben gefroren hatte – nicht einmal im Krieg und danach in der Rethelstraße. Nur wenn sie direkt vor dem Kamin hockte, taute sie ein wenig auf, aber nicht oft fand sie die Zeit dafür. Zum Schlafengehen zog sie sich eine Strickjacke und dicke Socken an und deckte sich mit zwei Daunen- und fünf Wolldecken zu – und erwachte dennoch halberfroren.

Nur Mrs Beal fror nicht. Sie schlief sogar bei offenem Fenster, und das, obwohl sie nur ein dünnes Nylonnachthemd trug. So war Inge ein wenig schadenfroh, als ihre Madame die Grippe hatte. Wie alle im Haus.

Ansonsten hatte sie nicht viel zu lachen, denn jetzt hieß es heizen, heizen, heizen, sie musste mehr Kohlen nach oben schleppen und mehr Asche nach unten tragen als damals in ihrer Treptower Parterrewohnung. In der Küche der Beals stand ein Boiler, und der musste pausenlos mit Koks gefüttert werden. Zwar gab es überall kleine elektrische Öfen, doch das half nicht viel, denn das Haus hatte keine Doppelfenster, und es zog überall wie Hechtsuppe.

Das Schlimmste aber war, dass sie das Holz zum Feuermachen selber hacken musste – aus einer alten Kommode, die Tony zerlegt hatte. Überall stieß sie auf Nägel und musste aufpassen, dass ihr das Beil nicht abrutschte und in den Fuß fuhr.

Bald hatte sie eine große Blase am Zeigefinger. Nur gut, dass sie nicht an der Schreibmaschine sitzen musste. Ihr Vater hatte ernsthaft nachgefragt, ob sie neben englischer Stenografie auch einen Kurs in englischer Schreibmaschine belegt habe. *Nein*, hatte sie geantwortet. *Schreibmaschine ist ja wohl überall dasselbe. Oder glaubt Ihr, hier wird mit den Füßen geschrieben?*

Anfang Dezember kam zur Kälte noch der berühmte Londoner Nebel. Nach Hause schrieb sie:

Es war zum Fürchten. Dichter gelber Dunst, der sogar ins Haus dringt und alles schwarz macht. Es sah aus in allen Zimmern, als wenn feiner Staub umhergeflogen wäre. Draußen konnte man keine drei Schritte weit sehen, und es war lebensgefährlich, über die Straße zu gehen, obwohl alle Autos nur im Schritttempo fuhren und die Schaffner neben den Bussen liefen, um den Weg zu weisen. Wenn man seinen Weg nicht ganz genau wusste, blieb man besser zu Hause. Ich hatte mit den anderen Mädchen einen Treffpunkt vereinbart, aber wenn wir uns nicht laut zugerufen hätten, hätten wir möglicherweise stundenlang nebeneinandergestanden, und keine hätte von den anderen gewusst.

Schon Mitte November fing Inge an, Weihnachtseinkäufe zu tätigen, denn die Pakete nach Deutschland sollten sehr lange unterwegs sein. Die Kaufhäuser und Geschäfte waren überfüllt, und auf der Oxford Street konnte man sich nur schiebend vorwärtsbewegen. Vor den U-Bahn-Eingängen standen die Leute in langen

Schlangen. Es wunderte Inge immer wieder, wie gesittet sich die Londoner benahmen. Keiner drängelte oder schimpfte. Sie musste schmunzeln, wenn sie daran dachte, wie sich die Berliner in solchen Situationen verhalten hätten – wie im Tollhaus.

Die Päckchen aus Berlin trudelten nach und nach ein und wurden hinter dem Bett gestapelt.

Die Prüfung in ihrer Schule war für sie ein Klacks. Die Ergebnisse würde sie aber erst im Februar erfahren.

Heiligabend verbrachte Inge wieder im CVJM. Die Beals hatten keinen Weihnachtsbaum im Wohnzimmer stehen. Am ersten Feiertag, als sie das obligatorische Huhn essen musste, zäh und trocken wie immer, lief ihr das Wasser im Munde zusammen, als sie daran dachte, wie bei ihr zu Hause in der Koblenzer Straße gerade der Gänsebraten aus dem Ofen geholt wurde.

Silvester gingen die Beals zu einer Feier, und Inge hatte auf die Kinder aufzupassen. Das konnte ja heiter werden, wenn die beschlossen, bis weit nach Mitternacht aufbleiben zu wollen. Doch überraschenderweise gingen Tony und Hilary schon vor *11 p.m.*, also 24 Uhr deutscher Zeit, schlafen. So konnte sich Inge an die Bar schleichen, sich ein Wasserglas voll Cognac eingießen und sich in Richtung Deutschland wenden. Im Geist stieß sie dann mit ihren Lieben an: »Prost Mutti, Prost Vati, Prost Gerhard! Ein glückliches und erfolgreiches Jahr 1958 für euch!«

Der erste Tag in diesem neuen Jahr begann für Inge sogleich mit einem kulturellen Großereignis, mit dem *London Festival Ballet* in der Royal Festival Hall. Am nächsten Tag sah sie *Carmen Jones* im Kino. Erst Ende Februar kam sie dazu, wieder einmal einen längeren Brief nach Deutschland zu schreiben:

Liebe Mutti, lieber Vati, lieber Gerhard, diesmal habt Ihr mal lange warten müssen, nicht wahr? Recht herzlichen Dank für Eure Briefe. Nein, ich habe nicht vergessen, Manfred Matuschewski zu seinem zwanzigsten Geburtstag zu gratulieren. Es war bestimmt eine schöne Feier, und Ihr habt mich würdig vertreten. Otto erzählt ja immer, dass ich ihn mal heiraten werde. Einen Mann, der vier Jahre jünger ist? Nee, da bleibe ich lieber eine alte Jungfer.

Wie geht es mir? Gestern war ein Glückstag für mich. Zuerst ist meine Familie am Morgen abgefahren und kommt erst am Sonntagabend wieder. Das ist jetzt vielleicht herrlich ruhig hier! Ich habe mich heute erst mal richtig ausgeschlafen und nach dem Aufstehen weiter gefaulenzt. Gestern haben mich Heidelinde und Rosemarie besucht. Dann ist am Vormittag euer Paket angekommen, wofür ich mich herzlich bedanke. Ich habe mir schon gedacht, dass da etwas Süßes drin sein würde, aber als ich den Bienenstich erblickt habe, habe ich einen Indianertanz mit Freudengeheul aufgeführt. Der Kuchen schmeckt wunderbar! Außerdem habe ich gestern noch die Benachrichtigung erhalten, dass ich mein Examen bestanden habe. Ich bin sehr froh darüber, das ist doch wenigstens etwas.
Bei uns ist schon lange Frühling, Krokusse und Schneeglöckchen blühen überall, und die Bäume haben schon dicke Knospen. Es ist so schön warm, und seit langem scheint mal wieder die Sonne. Wir wollten schon Rudern gehen, aber es war noch geschlossen.
Habt Ihr eigentlich den Fasching gut überstanden? Hier hat man gar nichts davon gemerkt.
Dass unser Pummelpeter gestorben ist, kann ich noch immer nicht verwinden. Ich denke oft an ihn. Es wird ganz komisch für mich sein, wenn wir in diesem Sommer ohne ihn spazieren gehen. Ich freue mich schon mächtig auf den Sommer in Berlin, aber es wird ja ziemlich ruhig sein, wenn Gerhard in Hannover anfängt.
Sobald es wärmer wird, mache ich einen Ausflug nach Schloss Windsor und fange an, meinen Fotoapparat in Aktion zu setzen. Ich habe noch nicht viel geknipst, weil es sich nicht recht lohnte und ich lieber bei Sonnenschein Bilder machen möchte.
Euer Konfekt, von dem ich gerade nasche, ist übrigens ausgezeichnet, sicher 'ne teure Marke!
Habt Ihr den Winterschlussverkauf gut ausgenutzt? Ich habe mir eine weiße Orlon-Jacke gekauft. Ich muss mir jetzt noch Schuhe zulegen, leider sind die so unheimlich teuer. Sind bei Euch auch »Cream and Coffee« die *Modefarben?*
Seid alle recht herzlich gegrüßt. Und nochmals vielen Dank für das Paket! Eure Inge

Wenig später schrieb sie auch an ihren Bruder, der gerade seine Prüfung an der Höheren Handelsschule bestanden hatte und dem sie eine große Karriere zutraute, nicht zuletzt deswegen, weil er die Fähigkeit seines Vaters geerbt hatte, auf die Menschen zuzugehen und sie angenehm zu unterhalten.

Ich kann mir lebhaft vorstellen, dass sich alle Leute um den Sohn vom Bugsin reißen. Man kann sich seine Eltern ja nicht aussuchen, aber findest Du nicht auch, dass wir beide unerhörtes Glück hatten?

Diese Zeilen gerieten ihr ein wenig schief, denn sie saß beim Schreiben auf einer Parkbank.

Immer, wenn die Sonne so herrlich schien, schwänzte sie die Schule und holte sich ein wenig Bräune.

Als neben ihr ein älteres Ehepaar Platz genommen und einen heimlichen Blick auf ihren Brief geworfen hatte, wurde sie angesprochen. Ob sie auch aus Deutschland käme?

»Ja, ich arbeite als Au-pair-Mädchen in Cricklewood.«

»Ah ja. Wir kommen aus Berlin. Aber wie man hört, sind Sie keine Berlinerin.«

»Wieso?«

»Na, Sie berlinern doch gar nicht.«

Inge lachte. »Fehlt bloß noch, dass ich anfange, gebrochen deutsch zu sprechen.«

Manchmal war es wirklich so, dass sie etwas auf Englisch viel kürzer und treffender ausdrücken konnte. Mit ihren Freundinnen sprach sie ohnehin in einem Mischmasch aus Deutsch und Englisch.

Mit denen verbrachte sie auch Ostern – natürlich im CVJM. Danach zogen sie in eine Tanzdiele zum Rock 'n' Roll. Begeistert waren sie von einem Konzert in der Royal Albert Hall mit David Oistrach an der Violine. Sie hatten allerdings nur Stehplätze, und hinterher konnte sie nur noch nach Hause humpeln. Das lag aber auch daran, dass die Londoner Busfahrer wieder einmal streikten.

Am 21. April gingen ihre Gedanken in Richtung Wilmersdorf,

denn da feierten sie zu Hause den Geburtstag ihres Vaters. Und wer machte in diesem Jahr in Karolinenhof die Laube sauber, wenn sie nicht da war? Vielleicht konnten sie Christa dafür anheuern.

Auch den Muttertag versäumte sie diesmal. Eine Postkarte musste genügen. Für einen Anruf fehlte ihr das Geld, für einen Blumenstrauß erst recht. Sie schrieb schon nicht mehr Koblenzer Straße 17, sondern – echt englisch – 17, Koblenzer Straße.

Es kam der Mai, und sie hörte ihren Vater singen: Im Mai, da ist es schön, da blühn die Bööm … Bei schönem Wetter ging sie mit ihren Freundinnen immer *fully dressed* in den Hampstead Heath Park, setzte sich dort in die Sonne und konnte nicht anders, als an Karolinenhof zu denken. Trotz der Menschenmassen um sie herum.

Am Abend machte sie sich daran, die Wintersachen zu packen und per Post nach Berlin zu schicken.

Aber noch hielt London etwas für sie bereit, das der absolute Höhepunkt ihres Englandaufenthaltes werden sollte. Das besondere Geschenk kam aus Frankreich und hieß Alain.

Als sie an ihrem freien Nachmittag in der U-Bahn saß, um in die Innenstadt zu fahren, fiel ihr Alain geradewegs in den Schoß. Er hatte sich nicht richtig festgehalten, als der Zug plötzlich bremste. Er entschuldigte sich, halb auf Englisch, halb auf Französisch, meinte aber, dass er dem Schicksal für diese Notbremsung dankbar sein müsse. »Sonst hätte ich Sie ja nicht kennengelernt. Ich hoffe, Sie haben keine blauen Flecke von mir. Wenn ja, würde ich die gern mit meinen Küssen wieder wegmachen.«

Der geht aber ran, dachte Inge.

Eine Viertelstunde später, als sie auf dem Trafalgar Square standen, hatte er sie schon geküsst, und als es Abend wurde, lag sie längst in seinem Bett im Hotel, und er bewies ihr, dass er nicht umsonst die Tagebücher von Anaïs Nin gelesen hatte. Zudem war er Musiker und Poet und hatte die Figur eines griechischen Halbgottes. Immer wieder musste er Inge den Mund zuhalten, denn ihre kleinen Schreie wurden lauter und lauter. Später schrieb sie in ihr Tagebuch:

Er hat meinen Körper zum Klingen gebracht. Wie ein Instrument. Ich hätte nicht gedacht, dass so viel möglich ist. Alain ist sozusagen ein Thomas hoch zwei. Allein deswegen hat sich London gelohnt.

Jeden Abend lag sie auf ihrem Bett und versuchte, das nachzuvollziehen, was sie mit Alain erlebt hatte, und manchmal waren die Nachbeben so heftig, dass sie ihr Gesicht ins Kopfkissen pressen musste, um die Beals nicht aufzuwecken.

Sie brauchte gut vierzehn Tage, um vom Alain-Fieber halbwegs geheilt zu werden. Dass sie ihn nie wiedersehen würde und alles unterließ, ihn zu finden, war von Anfang an ausgemacht gewesen.

Thomas, Walter, David, Alain ... Alle vier waren nur Sternschnuppen, keine Fixsterne, alle schnell wieder verschwunden.

»Nimm es nicht zu schwer«, sagte Heidelinde. »Jetzt kannst du leichten Herzens eine gute Ehefrau und Mutter werden.«

»Also, rein in die Ehe!« Inge lachte wegen der Doppeldeutigkeit dieses Satzes und steckte sich eine weitere Zigarette an.

Fröhliche Pfingsten wünschte sie ihren Lieben in Berlin und beneidete sie um die Torte, die in Karolinenhof anzuschneiden war, dann wurden auch schon die ersten Pläne für ihre Rückreise geschmiedet.

Hartmut Meyerdierks, ein Geschäftsfreund des Hauses Schablin & Co., der im niedersächsischen Duingen zu Hause war und Max und Gerhard schon auf seine Jagdhütte eingeladen hatte, wollte so nett sein, sie in Hannover vom Bahnhof abzuholen und im dicken Mercedes mit nach Berlin zu nehmen. Eine Fahrkarte hatte sie sich schon kurz nach Pfingsten gekauft.

Sie schrieb jetzt kaum noch nach Berlin. Wozu denn auch, wo sie ja bald alles *face to face* und ausführlich erzählen konnte.

Alles? Sicher nicht!

Was sie wirklich bewegte, vertraute sie ihrem verschließbaren Tagebuch an, und auch da beließ sie es, wenn die Rede auf David und Alain kam, bei drei Punkten. Es wäre zu kompromittierend gewesen, wenn es doch jemand gelesen hätte, womöglich ihr späterer Ehemann. Außerdem hätte sie es gar nicht in Worte fassen können, denn sie war weder eine Gwen Bristow noch eine Anaïs Nin.

Immer spärlicher wurden die Eintragungen in ihr Tagebuch. *Schreiben, schreiben, ich weiß nur nicht, was ich schreiben soll. Immerfort kann ich doch nicht vom Heimweh schreiben.*

Zum letzten Mal nahm sie es am 23. Juni 1958 in die Hand, also eine Woche vor ihrer Rückkehr nach Deutschland.

London ist eine herrliche Stadt, und mir tut es sehr leid, to say good bye for good. Yet, I don't know, I might come back one day. Ich habe schon Tränen darüber vergossen, dass wirklich alles vorbei sein soll. Ich habe bereits Lebewohl zu den Mädchen gesagt, we have had a wonderful time together. The last Wednesday in Richmond, wasn't it just great?

Der Mann fürs Leben

1959

Als Inge Bugsin am 27. Mai 1959 erwachte, betete sie seit langer Zeit wieder einmal: »Herr, lass alles ruhig bleiben!« Heute war der Stichtag für das Ultimatum, das die UdSSR am 27. November 1958 gestellt hatte. Kremlchef Nikita Chruschtschow hatte gedroht, die Kontrolle über die Zufahrtswege nach West-Berlin der DDR zu übertragen, wenn sich die Westmächte nicht bereit erklärten, es in eine »entmilitarisierte, freie Stadt« umzuwandeln. Die West-Berliner und ihre Regierung unter Willy Brandt fürchteten nun, dass »die politisch selbständige Einheit West-Berlin«, wenn sie derart von der Bundesrepublik getrennt wurde und wenn die Schutzmächte erst abrückten, schnell eine Beute der DDR werden würde. Einverleibt.

Ansonsten erinnerte das Jahr 1959 Inge immer an eine Eieruhr: Die Zeit verrann gemächlich, Höhepunkte gab es keine.

Sie arbeitete noch immer oder, besser gesagt, wieder bei Stüber-Stoffe, denn nach ihrer Rückkehr aus England hatte sich Bernhard Großkreutz an nichts mehr erinnern können. »Ich soll dir was zugesagt haben im Hinblick auf die Leitung einer Londoner Filiale? Das musst du geträumt haben.«

Dass sie von ihrem lieben Onkel beziehungsweise Großcousin dann sagte, er müsste Großmaul oder Großkotz und nicht Großkreutz heißen, scherte ihn wenig.

Ansonsten nahm sie es gottergeben hin, wieder an ihrem alten Schreibtisch zu sitzen. Sie hatte ja zu fliehen versucht, und allein das zählte. Wenn sie den lieben langen Tag Lieferscheine tippte und Skonti und Rabatte berechnete, dann durchlebte sie die Tage in England noch einmal. Die Beals, Cricklewood, die See, David und Alain.

»Was soll jetzt noch kommen?«, fragte sie des Öfteren, wenn sie mit Christa zusammensaß, Kaffee trank und rauchte.

»Die Ehe, Mann und Kinder.«

»Na schön, wenn uns das als Frauen so vorherbestimmt ist.« Und sie zitierte im Anschluss daran das, was ihr Vater immer sang, wenn er als Stimmungskanone eingeladen worden war. »Glücklich ist, wer vergisst, was nicht zu ändern ist.«

»Freust du dich nicht darauf?«

Inge überlegte lange mit ihrer Antwort. »Doch, aber ...«

Gern las sie Romane, die in den amerikanischen Südstaaten angesiedelt waren, und so hätte sie auch leben mögen. Im tiefen Süden, in Louisiana auf einer Terrasse sitzen und sich bedienen lassen. Muße haben und Teil dessen sein, was die Amerikaner *leisure class* nannten.

Was dagegen hatte sie, wenn sie nach Feierabend auch nur fünf Minuten mit ihrer Zigarette auf dem Balkon saß? Sie hatte die Stimme ihres Vaters und ihrer Mutter im Ohr: »Inge, wenn du morgen einholen gehst, dann achte darauf, dass sie dir nicht wieder Schabefleisch andrehen, das schon ganz grau aussieht.« Oder: »Inge, wenn wir von Stüber den Stoff für die reklamierten Drehstühle von Wamey kaufen, dann musst du aber sehen, dass wir mehr Rabatt bekommen.«

Früher hatte sie sich alle Hausarbeit mit Gerhard geteilt, aber ihr lieber Bruder war Mitte letzten Jahres nach Hannover gegangen, um sich in die Büromöbelbranche einzuarbeiten. Nicht etwa als Lehrling – das wäre ihm zu poplig gewesen –, sondern als Volontär. Er sah sich bereits als Chef von Schablin & Co. und gab schon das Geld aus, das er noch gar nicht hatte. Immer wieder mussten ihm seine Eltern unter die Arme greifen, was seine Mutter heimlich und ohne große Worte tat, sein Vater aber stets mit ätzenden Kommentaren begleitete.

Inge hatte eine dunkle Ahnung, dass das Gerhard auf Dauer nicht guttun würde, und nahm ihn, war er zu Besuch in Berlin, immer wieder zur Seite. »Du musst dich abnabeln von ihnen und sagen, ich brauche euch nicht, ich gehe meinen eigenen Weg. Und wenn du dein Geld als Müllkutscher verdienst.«

Gerhard wandte ein, dass er mit dessen Lohn nie auskommen würde. »Aber vor allem kann ich Mutti doch nicht hängenlassen. Das Geschäft ist doch nun mal ihr Ein und Alles, und wenn ich es nicht weiterführe, verschwindet Schablin & Co. aus der Stadt.«

»So bleibst du doch immer ihr Gefangener und wirst nie ein freier Mann.«

»Die Familie ist alles!«, sagte Gerhard mit allem Pathos, das ihm zur Verfügung stand.

»Das Geschäft ist alles!«, erwiderte Inge nicht ohne Bitterkeit, denn je älter sie wurde, desto schmerzhafter war die Erkenntnis, dass sich ihr Leben nur derart im Leeren drehte, weil man ihr den Mittelpunkt genommen hatte: die Firma. Mit der hätte alles einen Sinn gehabt. Das war der Lebensentwurf, dem sie nun Tag für Tag nachtrauerte: ihr Abitur machen, studieren und Diplom-Kauffrau werden und Schablin & Co. zu einem mittelständischen Unternehmen machen, das in ganz Deutschland operierte, das heißt, überall Zweigniederlassungen hatte und in eigenen Fabriken fertigen ließ.

»Aus und vorbei«, sagte sie zu Christa.

»Du hättest es nur mit aller Kraft wollen müssen, dann wäre es auch so gekommen. Aber du hast es nicht gewollt, du hast nur deine Ruhe haben wollen. Lesen, rauchen, faulenzen, ins Kino gehen. Von nichts kommt nichts. Begabung allein ist zu wenig.«

»Keiner kann aus seiner Haut heraus.« Inge wusste, dass es ihr großes Handicap war, sich nicht quälen zu können, nicht quälen zu wollen. Entweder es kam von selbst, oder sie ließ es. Und die Firma Schablin & Co. war ihr nicht in den Schoß gefallen, um die hätte sie kämpfen müssen. Aber kämpfen war ihr zuwider.

So also saß sie auch an jenem historischem 27. Mai bei Stüber-Stoffe, rollte auf den alten Gleisen dahin und hoffte fast, sosehr sie es auch fürchtete, dass die Russen sich daranmachten, West-Berlin zu erobern und in die Hauptstadt der DDR einzugliedern. Was dann? Vielleicht kam sie ins Gefängnis, vielleicht wurde sie in den VEB Roter Schnuller gesteckt und musste am Fließstand stehen und Nuckel verpacken. Das wäre schlimm, aber wenigstens passierte etwas.

»Na, schon die ersten MiGs über der Stadt gesehen?«, fragte Thomas Châteaudun.

»Nein, aber …« Inge zog ihr weißes Geschirrhandtuch aus der Schreibtischschublade und ging damit zum Fenster. »Ich hisse sicherheitshalber die weiße Fahne. Und im Lager unten haben wir ja genug Stoffe, um rote Fahnen zu nähen. Für Hammer und Sichel musst *du* aber sorgen.«

»Das lass ich meine Kinder machen.« Thomas Châteaudun saß ihr am Schreibtisch gegenüber, um einige Belege mit ihr zu vergleichen. Zweimal im Monat kam er jetzt nach Berlin. Mit der ersten Maschine landete er in Tempelhof, mit der letzten flog er zurück nach Düsseldorf. Er war nun verheiratet, treuer Ehemann und glücklicher Vater, und es kam schon manchmal vor, dass Inge seine Frau beneidete.

Viel konnten sie nicht plaudern, denn kaum hatte Detlef Bödel zwei seiner Mitarbeiter im trauten Zwiegespräch beisammenstehen sehen, kam er auch schon herbei, um sie zu trennen. »Wenn Sie hier eine Konferenz abhalten, dann hätte ich gern gewusst, worum es geht.«

»Um die exakte Übersetzung des Wortes *errichten*«, log Thomas Châteaudun. »Ich will gerade unseren Geschäftsfreunden in Manchester schreiben, dass Sie planen, einen Büroneubau zu errichten, scheue mich aber, dafür das Verb *to erect* zu verwenden, weil ich Angst habe, es könnte zu obszön klingen, so nach Erektion. Und Fräulein Bugsin war ja nun ein Jahr in England und kennt sich da bestens aus. Nicht mit den Erektionen, sondern mit der Sprache.«

»Herr Châteaudun, bitte!« Mit einem Blick, der einer Verwarnung gleichkam, trat Bödel den Rückzug an, gleichzeitig aber auch dahingehend beruhigt, dass von ihm bezahlte Arbeitszeit nicht für private Gespräche genutzt wurde.

In der Warenannahme hörten sie heimlich Radio, und gegen Mittag konnte ihnen Karl-Heinz Klucke melden, im RIAS habe es geheißen, die sowjetische Botschaft in Ost-Berlin habe einem amerikanischen Korrespondenten gegenüber geäußert, dieser 27. Mai sei ein ganz gewöhnlicher Tag auf dem Kalender und man habe mit keinerlei Aktionen zu rechnen. »Es kann aufgeatmet werden.«

Während der Mittagspause klingelte Inges Telefon. Sie verzog das Gesicht. »Nein! Ich will nicht gestört werden.«

Da Bödel aber angeordnet hatte, auch während der Mittagspause ans Telefon zu gehen, um keinen Kunden zu verprellen, gab sie Annerose Blazynski, die ihr gegenübersaß, ein Zeichen, doch bitte abzunehmen.

Die junge Frau tat es, und während sie lauschte, zeigte sie ein verzücktes Lächeln. »Sie können aber Komplimente machen, Herr … Da muss man ja erröten.« Sie plauderte noch ein wenig mit dem Anrufer, dann reichte sie den Hörer zu Inge hinüber. »Für Sie, Fräulein Bugsin, ein Herr Meyerdierks.«

Inge stutzte und war sich ziemlich sicher, keinen Herrn Meyerdierks zu kennen. Erst als sie seine Stimme hörte, wusste sie wieder, mit wem sie es zu tun hatte: mit Hartmut Meyerdierks von der Firma Wamey in Duingen. Ihr Vater und ihr Bruder, fiel ihr wieder ein, waren schon zweimal mit ihm auf seiner Jagdhütte gewesen. Er hatte sie bei ihrer Rückreise aus England in Hannover vom Bahnhof abgeholt und im Auto mitgenommen. Auf der Fahrt nach Berlin war es auch recht lustig zugegangen, aber als Mann war er für sie herzlich uninteressant gewesen, denn er war glücklich verheiratet und mit zwei netten Kindern gesegnet.

»Ich komme gerade von Ihrer Mutter aus dem Geschäft, liebe Inge, und weiß von ihr, dass Sie nach Feierabend nichts vorhaben. Da dachte ich, wie schade und dass die Berliner Bars heute Abend auf einen so wunderschönen Anblick auf keinen Fall verzichten dürfen, und bin zu dem Entschluss gekommen, Sie einmal so richtig auszuführen. Darf ich vorschlagen, dass wir erst ins Kino gehen, das ist ja eine Ihrer großen Leidenschaften, anschließend in einem erstklassigen Restaurant eine Kleinigkeit zu uns nehmen, Austern vielleicht, und zum Schluss sehen, in welcher Bar sie die besten Cocktails mixen.«

Inge verschlug es bei diesen gewählten Worten glattweg die Sprache. Und wenn sie zusagte, dann auch, weil Hartmut Meyerdierks sie auf diese Art und Weise überrumpelt hatte.

Schon als sie aufgelegt hatte, tat es ihr leid. Lieber saß sie vor dem Fernseher, als dass sie sich den ganzen Abend über anhörte, wie nett doch Meyerdierks' Frau war, wie prächtig sich die beiden Kinder entwickelten und wie sehr er sich für seine Firma aufzuopfern hatte.

Mit seinem Bruder Gregor zusammen hatte er die Firma Wamey geerbt. Wamey stand für Walter Meyerdierks, das wusste Inge bereits, und mehr über das Unternehmen aus dem Niedersächsischen erfuhr sie aus dem Katalog, den ihr Thomas Châteaudun aus seiner Schreibtischschublade hervorholte. Ab und an lieferte Stüber-Stoffe auch nach Duingen.

Die handwerklichen Ursprünge der Firma Wamey reichten weit ins vorige Jahrhundert zurück. Damals hatte die Familie Meyerdierks in Alfeld an der Leine eine Drechslerwerkstatt betrieben. Im Jahre 1906 hatte dann Walter Meyerdierks einen großen Schritt nach vorn gemacht und im benachbarten Duingen eine Fabrik für die industrielle Fertigung von Schul- und Büromöbeln errichtet. Insbesondere in den Jahren 1921 bis 1936 hatte sich die Firma Wamey prächtig entwickelt und Zweigwerke in Drakenburg und Hannover gebaut. Spezielle Türblätter aus Sperrholz, Tischlerplatten und allerlei Sägewerkserzeugnisse hatten die Produktionspalette abgerundet. Über 1500 Mitarbeiter konnte Wamey zu dieser Zeit aufweisen. Der Krieg stoppte die Expansion, aber die Werke blieben vom Bombenhagel verschont. Als Walter Meyerdierks sich 1956 aufs Altenteil zurückgezogen hatte, waren ihm seine Söhne Gregor und Hartmut in die Firmenleitung gefolgt.

Das alles hatte Inge schon bei Stüber-Stoffe gelesen, zu Hause erfuhr sie dann Weiteres von ihrer Mutter. »In seiner Ehe soll es mächtig kriseln.«

Inge wurde sofort hellhörig. »Du meinst doch nicht etwa …«

»Er wäre schon eine gute Partie.«

»Er ist doch viel zu alt für mich.«

Ihre Mutter konnte da nur den Kopf schütteln. »Er ist Jahrgang 1923. Und was sind schon elf Jahre Unterschied? Außerdem ist er ein außerordentlich gutaussehender und sehr charmanter Mann.

Mit Vico Torriani und Maurice Chevalier kann er mühelos mithalten.«

Da mochte sie recht haben, und seine Ähnlichkeit mit den Genannten war wirklich verblüffend. »Und du meinst, nach meinen Erfahrungen in London mit den Kindern der Beals, da kann ich mich auch gleich um seine kümmern.«

»Die würden bei der Mutter bleiben, wenn es wirklich zur Scheidung kommen sollte.« Irmgard Bugsin konnte über dieses Thema diskutieren, ohne auch nur die Spur einer Emotion zu zeigen, nicht anders als bei der Frage, ob sie sonntags Schwein oder Rind essen sollten.

Inge wurde nun drastisch. »Und ansonsten gilt, was du mal zu Rita gesagt hast: Die Liebe kommt in der Ehe.«

»So ist es. Und wenn sie nicht kommen sollte, ist das Leben an der Seite eines Millionärs immer noch besser als mit Liebe an der Seite eines armen Schluckers.« Und passend dazu zitierte sie den Titel eines Romans von Thyde Monnier, den sie gerade von ihrem Buchclub zugestellt bekommen hatte: *»Liebe ist das Brot der Armen.«*

Inge zündete sich die nächste Zigarette an. »Ich dachte immer, ihr wolltet mich mit Manfred Matuschewski verkuppeln.«

»Da hättest du so, wie es aussieht, nicht einmal dieses Brot gehabt.«

»Und du meinst wirklich, Hartmut Meyerdierks hat Interesse an mir?«

»Warum hat er dich wohl eingeladen?«

Inge überlegte. Ob Hartmut Meyerdierks spürte, dass sie ein Faible für ältere Männer hatte? Wissen konnte er es nicht. Wie sollte er von Thomas, Walter oder David erfahren haben? Wahrscheinlich verspürte er gar nichts, nicht einmal das Bedürfnis, mit ihr ins Bett zu gehen, sondern war nur daran interessiert, bei Schablin & Co. einen Fuß in der Tür zu haben und zuzusehen, dass ihre Eltern nur noch bei Wamey kauften und die Hedemannstraße langsam zur Filiale der Duinger wurde.

Wie spöttelte Thomas Châteaudun immer, wenn sie über die Enthaltsamkeit ihres Chefs herzogen: »Das Geschäftliche ist bei einem richtigen Unternehmer immer wichtiger als das Geschlechtliche.«

Und Hartmut Meyerdierks war nun wirklich ein richtiger Unternehmer. Dasselbe konnte sie von ihrer Mutter behaupten. Wahrscheinlich hatte die schon an der Rechenmaschine gesessen und ausgerechnet, was sie in zehn Jahren mehr verdienten, wenn Inge in die Firma Wamey einheiratete und man alle bestellten Schul- und Büromöbel auch nur um zwei Prozent billiger beziehen konnte.

Inge kam sich vor wie eine Prinzessin, die um das Wohl des Staates willen einem Mann, den sie eigentlich nicht richtig mochte, zur Frau gegeben wurde. Aber gleichwohl sprang sie nicht auf, schrie nicht mit der notwendigen Hysterie »Nicht mit mir!«, lief nicht in ihr Zimmer und warf auch nicht die Tür hinter sich zu. Hartmut Meyerdierks war ja immerhin eine Möglichkeit, dem Leerlauf ihres Lebens zu entkommen.

Und noch etwas anderes flammte in ihr auf: Wenn sie erst Frau Meyerdierks war, dann hatte sie genug Geld und Einfluss, um eines fernen Tages die Firma Schablin & Co. zu kaufen und den Zustand herzustellen, der für sie der rechtmäßige war. Sie gehörte dahin, nicht Gerhard.

Dies alles ging ihr durch den Kopf, als sie zum Rendezvous mit Hartmut Meyerdierks fuhr. Mit der U-Bahn. Vor dem KaDeWe am Wittenbergplatz waren sie verabredet.

Es wurde ein zauberhafter Abend, und Inge war noch nie so verwöhnt worden. Hartmut Meyerdierks las ihr jeden Wunsch von den Augen ab. So charmant wie er plauderten nicht einmal die Männer in Komödien, die Curt Goetz geschrieben hatte. Als vollendeter Kavalier enthielt er sich selbstverständlich jeglicher sexueller Anspielung, obwohl seine strahlend blauen Augen deutlich erkennen ließen, dass er sie entzückend fand.

Aber er hielt sich in allem zurück. Weder streichelte er ihre Hände, wenn er ihr Feuer gab, noch tasteten sich seine Zehenspitzen unter dem Tisch ihre Beine hinauf. Was er da zelebrierte, war die vollendete Minne – im Vergleich zu Thomas, Walter und David, von Alain ganz zu schweigen. Die hatten von der ersten

Sekunde ihrer Begegnung an nichts anderes im Sinne gehabt, als sie so schnell wie möglich zu erobern, ihren Körper zu besitzen.

Hartmut Meyerdierks aber beließ es auch vor der Haustür, als er sie gegen vier Uhr morgens vor dem Hause Koblenzer Straße 17 aus seinem Mercedes hob und über den Bürgersteig trug, bei einem formvollendeten Handkuss. Selber laufen konnte sie nicht mehr, dazu hatte sie zu viel Champagner geschlürft.

Am nächsten Morgen ließ sie ihre Mutter bei Stüber-Stoffe anrufen und Herrn Bödel mitteilen, dass sie unter fürchterlichen Kopfschmerzen und Kreislaufstörungen leide, was auch stimmte, und leider nicht zur Arbeit kommen könne.

Um elf Uhr stand sie dann auf, duschte kalt und kochte sich einen Kaffee, in dem der Löffel stehen konnte. Wenig später klingelte ein Bote an der Tür und brachte ihr einen Strauß dunkelroter Rosen von Hartmut Meyerdierks mit einem kleinen Kärtchen dabei.

Verehrtes Fräulein Inge, lassen Sie mich herzlichen Dank für diesen einmalig schönen Abend sagen und Ihnen gute Besserung wünschen. Leider muss ich schon heute Vormittag wieder nach Duingen zurück, und wenn Sie diese Zeilen lesen, werde ich schon auf der Autobahn sein und Sie dabei in jeder Sekunde vor Augen haben. Wenn ich doch nur ein wenig dichten könnte! Nur so könnte ich Ihnen sagen, was ich fühle. Und nun sind Sie mir schon wieder so fern. Aber darf ich hoffen, Sie noch einmal ausführen zu dürfen, wenn ich wieder in Berlin bin? Ich wünsche mir nichts sehnlicher. Damit verbleibe ich als Ihr ergebener Hartmut Meyerdierks.

Als Inge das gelesen hatte, war sie ebenso beglückt wie belustigt. Dass er sie verehrte, machte sie froh, andererseits fand sie seinen Stil auch ein wenig antiquiert. Wie aus einem UFA-Film. Aber was ließ sich schon dagegen sagen? In den besseren Kreisen war es eben Usus, dass man einer Frau den Hof machte, bevor man mit ihr schlief, und es war ja durchaus kein schlechter Brauch.

Doch als sie Christa am Abend davon erzählte, lachte die nur: »Vielleicht ist er impotent.«

»Quatsch!«, rief Inge. »Der hat doch zwei Kinder.«

»Weißt du denn, ob die von ihm sind? Auch in Duingen haben sie Briefträger. Aber sag mal ehrlich, würdest du einen Mann heiraten, wenn er impotent ist?«

Inge wich einer klaren Antwort aus. »Kommt drauf an …«

»Kommt drauf an, ob er Millionär ist und zwei Möbelfabriken hat?«

»Ich habe schon genug Romane gelesen, wo Frauen mit einem impotenten Mann glücklich verheiratet waren und sich von andern das geholt haben, was er ihnen nicht bieten konnte. Und nebenher einen Liebhaber wie Thomas Châteaudun – damit könnte ich gut leben.«

»Das Leben ist kein Roman!«

»Jedes Leben ist ein Roman!«

Christa wurde nun drastisch. »Lass dir ein Diaphragma einsetzen, wenn er wieder nach Berlin kommt, und setz alles dran, ihn zu verführen!«

Am 12. Juni war Hartmut Meyerdierks wieder in Berlin, und Inge rief ihn im Hotelzimmer an, um ihn zu fragen, ob er Lust habe, mit ihr tanzen zu gehen. Er zögerte ein wenig, bevor er ja sagte, »aber nicht vor 23 Uhr«, und sie hatte das Gefühl, dass eine andere Frau in seiner Nähe war. Einsilbig war er und spürbar gehemmt.

Was war daraus zu schließen? Dass er sich bei jedem Berlin-Besuch eine andere suchte? Sie musste sich eingestehen, dass sie mächtig eifersüchtig war.

Es ließ ihr keine Ruhe, und so fuhr sie schon um 22 Uhr zum Hotel Savoy, das war in der Fasanenstraße, um sich ins Foyer zu setzen und zu sehen, mit wem er nach unten kam.

Aber da saß er schon – und wirklich mit einer anderen Frau zusammen. Inge schlüpfte schnell hinter einen Pfeiler, um die beiden zu beobachten.

Ein Liebespaar waren sie nicht, das sah sie auf den ersten Blick, und ein Flittchen war die Frau auch nicht, dazu war sie zu bieder. Auch schienen sie sich heftig zu streiten. Schließlich sprang sie auf und stürzte auf die Straße. Hartmut Meyerdierks wollte ihr folgen, stoppte dann aber ab und tat nichts, um sie aufzuhalten. Sie stieg in eine Taxe und fuhr davon.

Als seine Blicke dem Wagen folgten, erblickte er Inge.

»Das war meine Frau«, sagte er und bemühte sich um sein gewohntes Lächeln. »Sie wollte einen letzten Versuch machen, sich mit mir zu versöhnen … Ganz überraschend für mich! Aber Sie haben ja gesehen, wie es ausgegangen ist.«

»Dann ist Ihnen jetzt bestimmt nicht danach zumute, mit mir tanzen zu gehen?«

»Wenn ich ganz ehrlich sein soll …«

Inge sah, dass er getröstet werden musste. »Kommen Sie mit zu uns nach Hause, da koche ich schnell was für Sie.« Sie sagte bewusst »zu uns«, um ihn in Sicherheit zu wiegen, doch ihre Eltern wohnten den Sommer über in Karolinenhof, und sie hatte die Wohnung in der Koblenzer Straße ganz für sich allein. »Na, wie ist es?« Sie versuchte, sich so in Positur zu stellen, dass sie möglichst sinnlich wirkte.

Hartmut Meyerdierks besann sich lange, ehe er zustimmte, und sie hatte das Gefühl, er würde ihr eher widerwillig folgen.

In seinem Mercedes fuhren sie nach Wilmersdorf.

Als sie die Treppe hinaufgingen, fühlte sich Inge wie in einem französischen Film: Sie war das leichte Mädchen, und ein älterer Freier folgte ihr hinauf ins Zimmer.

»Ich hoffe, Ihren Eltern ist es recht, wenn ich so spät abends noch zu Besuch komme«, sagte Hartmut Meyerdierks.

»Sie wissen doch, dass meine Mutter ganz begeistert von Ihnen ist.« Inge klingelte und tat sehr erstaunt, dass keiner öffnen wollte. »Wo sind die denn hin?«

»Sie werden doch nicht etwa schon nach Karolinenhof gefahren sein?«

»Das hat mir keiner gesagt.« Was stimmte, denn es war selbstverständlich, dass sie am Wochenende in Karolinenhof übernachteten, und musste mit keinem Wort erwähnt werden. »Ich lüge doch nicht.«

Damit schloss sie auf und machte Licht. »Treten Sie ein!« Fast hätte sie das Übliche gesagt: Tritt ein, bring Glück herein. »Sie können sich ja vor den Fernseher setzen, während ich mich in der Küche betätige.«

»Wenn ich bitte kurz von Ihrem Apparat aus telefonieren könnte? Ich muss meinem Bruder noch sagen, dass wir nun doch die Schreibtische für das Bezirksamt Wilmersdorf liefern sollen. Es ist mir nämlich gelungen, Herzog & Altmann den Auftrag abzujagen.«

»Herzlichen Glückwunsch! Aber das mit dem Telefonieren ...«

Ihr war eingefallen, dass der Apparat in ihrem Zimmer stand – und da war das Bett nicht abgedeckt, da lagen ihre Dessous auf dem Teppich. Das würde ihn sicher an seine Ehe erinnern und kaum Lustgefühle bei ihm auslösen.

»Setzen Sie sich doch im Wohnzimmer auf die Couch, ich hole Ihnen das Telefon.« Die Schnur war lang genug.

Ein Draufgänger wie Alain oder ein geiler Bock wie Thomas Châteaudun wäre ihr nun gefolgt und hätte sie aufs Bett geworfen und genommen, doch Hartmut Meyerdierks war ein Gentleman und ließ sich ins Wohnzimmer führen, ohne auch nur daran zu denken, sie irgendwie unsittlich zu berühren, als sie sich an ihm vorbei durch den Türrahmen quetschte.

Als sie dann allein in der Küche stand, geriet sie in Panik, denn der Kühlschrank war so gut wie leer. Ihre Eltern hatten alles Essbare mit nach Karolinenhof genommen. Nur einen Würfel Margarine gab es noch. Und einen Topf mit der restlichen Tomatensuppe vom Mittwoch. In der Speisekammer standen aber stapelweise Büchsen. Auch Kartoffeln und Zwiebeln gab es noch. Daraus ließ sich sicherlich noch etwas zaubern, wenigstens in Richtung Hausmannskost. Hauptsache, es gab genug zu trinken. Sie war beruhigt. Drei Flaschen Weißwein mochten reichen.

»Mögen Sie Tomatensuppe?«, rief sie ins Wohnzimmer.

Keine Antwort.

War er vor dem Fernseher eingeschlafen? Nein, er telefonierte noch und hatte sie nicht gehört. Ein wenig hoffte sie schon, dass er jetzt in die Küche kam und seinen Charme versprühte. Es schien fast so, als würde er Angst vor ihr haben. Sie verstand nicht, warum ein Mann ihr so intensiv den Hof machte und dann, wenn die Tür sperrangelweit offen stand, seine Chance nicht nutzte. Hoffentlich hatte das nicht wirklich die Gründe, die Christa angeführt hatte.

Dem Drang, das herauszufinden, konnte sie nicht länger widerstehen, und als sie die Teller mit der aufgewärmten Tomatensuppe ins Wohnzimmer trug, stellte sie sich mit Absicht so ungeschickt an, dass sie sich einen Teil der Suppe über ihr helles Sommerkleid kippte.

»O mein Gott, nein!« Sie gab ihm den Teller in die Hand und stürzte ins Bad. Schnell hatte sie das Kleid ausgezogen und zum weißen Bademantel gegriffen. Der war ihr um einiges zu knapp, und als sie vor dem Spiegel stand, fand sie, dass sie es fast mit einer Marilyn Monroe aufnehmen konnte. Kein Mann der Welt würde da widerstehen können.

Doch, einer: Hartmut Meyerdierks. Als sie vor ihm stand, ganz die Frucht, die gepflückt werden wollte, wandte er den Blick keine Sekunde vom Fernseher und sagte nichts weiter als: »Schön, dass Sie es sich bequem gemacht haben, aber wenn ich eine Bitte äußern dürfte?«

»Ja«, hauchte sie sehr weiblich und in der Hoffnung, dass er nun mit einem speziellen Wunsch herausrückte, etwas sehr Erotischem.

Doch er sagte nur, dass ihn dieser Anblick zu stark an seine Frau erinnere, die auch immer so schlampig zum Essen erschienen sei. »Darf ich Sie also bitten, sich nicht im Bademantel an den Tisch zu setzen?«

»Ich kann mich ja gleich nackend hinsetzen.« Inge war automatisch in den witzig-drastischen Ton verfallen, der in der Familie Bugsin, wenn sie, ihr Vater und ihr Bruder miteinander sprachen, gang und gäbe war.

Hartmut Meyerdierks lächelte nur ein wenig gequält. »Für wen halten Sie mich?«

»Entschuldigung!« Inge drehte sich um und lief in ihr Zimmer. Es war schon mehr eine Flucht als ein normaler Abgang.

Schnell zog sie sich ihr bestes Kleid über, um mit ihrem Gast angemessen zu soupieren. Wenn es auch nur Linsen mit fettem Speck gab – aus der Büchse.

Er plauderte mit ihr über die Schönheit seiner Heimat, über die Leine bei Alfeld und den Ith, den Gebirgsrücken westlich des Flusses, direkt vor seiner Haustür.

»Der Lauensteiner Kopf hat immerhin eine Höhe von 439 Metern. In den Karten steht *Ith Hills*.«

»Das klingt ja richtig nach Karl May.« Inge war plötzlich interessiert an allem.

»Die Ith Hills sind sozusagen der Hausberg bei uns in Duingen.«

Der Name Duingen übte auf sie eine Faszination aus, die leicht erklärbar war. Es klang so vertraulich nach »Du, Inge«, und sie nahm es als ein gutes Omen. Aber wie sollte aus ihnen jemals ein Paar werden, wenn er nicht einmal ihre Hand nahm und streichelte? War er wirklich impotent? Oder – trotz Ehe – im Grunde seines Herzens schwul? Nein, viel wahrscheinlicher war, dass er innerlich noch immer an seine Frau gebunden war und es darum nicht schaffte, mit einer anderen intim zu werden. Die meisten Männer konnten das, und zwar mühelos, er aber nicht. Das sprach ja eigentlich für ihn. Dass er kein Barbar war, sondern ein Mann mit Tiefgang. Was konnte sie sich für die Ehe Besseres wünschen!

Nicht einmal einen Handkuss gab es, als er sich von ihr verabschiedete, und sie winkte auch nicht, als sie unten die Tür ins Schloss fallen hörte.

Sie war furchtbar enttäuscht von diesem Abend, und am liebsten hätte sie sich aufs Bett geworfen und hemmungslos geschluchzt. So, wie es die verlassenen Frauen auf der Leinwand immer taten. Doch sie war nicht der Typ dafür, sie kam in dieser Hinsicht ganz nach ihrer Mutter.

Was sie insgeheim erwartet hatte, wurde ihr in diesem Augenblick so richtig klar: stürmische Umarmungen, kurz, das, was in gehobenen Romanen immer mit einer »stürmischen Liebesnacht« umschrieben war. Thomas, Walter, David und Alain in einem. Ihre kleinen Schreie, wenn er in sie eingedrungen war, und laute, wenn sie endlich kam. Dabei sinnlos gestammelte Worte von ihm und anschließend der Heiratsantrag. Und sie hätte mit Freuden ja gesagt.

Doch was war? Sie saß allein im Sessel und litt darunter, dass ihr Leben so leer und sinnlos war. Keine Aussicht, das Geschäft zu übernehmen, kein Mann, keine Kinder.

Von Thomas Châteaudun hätte sie schon gern eines haben wollen, aber der war ja nun in festen Händen und hatte keinen Sinn mehr für Seitensprünge.

Thomas war also abzuhaken, Walter war abgetaucht, gestorben für sie, auch wenn er irgendwo in der Äußeren Mongolei oder in Mosambik noch so lebendig seine geheimen Missionen erfüllte, Alain liebte sich weiterhin von Bett zu Bett, und David hatte zu seiner lieben Frau zurückgefunden, um wieder die Freuden des Ehelebens zu genießen, wie es auch Hartmut Meyerdierks in Kürze tun würde. Und sie blieb wieder einmal allein zurück, mit einer Wunde mehr.

Nun dachte sie doch daran, nach den Schlaftabletten ihrer Mutter zu suchen und sie alle auf einmal zu schlucken.

Christa war ihre letzte Rettung. Sie rief sie an. »Ich muss dir mal mein Herz ausschütten.«

Christa blieb gelassen. »Du hast schon Pech mit deinen Männern. Aber überhaupt keinen gehabt zu haben ist noch um einiges schlimmer. Außerdem bleibt dir ja immer noch dein Manfred Matuschewski. Sooft du auch von oben abstürzt, du hast das Netz, in das du fällst.«

»Manfred Matuschewski ist jetzt bei Siemens in Hannover.«

»Fahr hin, beglücke ihn und mach ihm einen Heiratsantrag!«

»Meinst du das ernst?«

»Ja, schließlich wohnt er da in der Ernststraße.«

Inge verbrachte eine schlaflose Nacht. Fuhr sie am Morgen wirklich nach Hannover und kam als Verlobte zurück, war sie ein für alle Mal von der Qual des Ungewissen erlöst und konnte ihr Leben endlich planen. Also doch Manfred Matuschewski! Sie wusste es ja von Kindheit an, dass sie füreinander bestimmt waren. Mit diesem Gedanken schlief sie ein.

Was sie weckte, war die Klingel im Flur.

»Ein Paket für Sie!« Die Stimme eines Boten.

Sie warf sich ihren Morgenmantel über und öffnete.

Nachdem sie dem Mann ein Trinkgeld in die Hand gedrückt hatte, riss sie den Brief ab, der auf das braune Packpapier geklebt war. Echt Bütten. Das konnte nur von Hartmut Meyerdierks sein.

Mein liebes Fräulein Inge, Sie waren goldig gestern Abend, und Sie sind ein Mensch, der Gold wert ist, also nehmen Sie die beiliegende Brosche als die Huldigung, die Ihnen zusteht. Es hat mir sehr leid getan, dass Sie Ihr wunderschönes Kleid meinetwegen ruiniert haben, ich bin aber schnell in das beste Modehaus am Platze gelaufen, um für Ersatz zu sorgen. Hoffentlich passt es Ihnen wie angegossen. Gern würde ich das selber prüfen, doch bei Wamey ist ganz überraschend die Steuerprüfung eingefallen, und ich musste Hals über Kopf in die Heimat zurück. Ich versichere Ihnen, liebe Inge, dass ich untröstlich bin, zumal ich wohl so schnell nicht an die Spree kommen kann. Wahrscheinlich erst wieder im Herbst, da hier alle Urlaub haben, auch mein Bruder, und einer hier sein muss, der die Zügel in der Hand hält. Aber ich habe da eine Idee: Im nächsten Monat kommen ja Ihr Vater und Ihr Bruder wieder einmal zu mir in die Jagdhütte, und da wäre es mir ein großes Vergnügen, auch Sie begrüßen zu dürfen. Oben unter dem Dach gäbe es auch einen separaten Schlafraum für Sie. Bitte, kommen Sie! Es ist schon fast ein Flehen. Ihr Ihnen völlig ergebener Hartmut Meyerdierks.

Christa umarmte Inge, als sie davon hörte. »Er will dich wirklich. Und er will, dass du rein in die Ehe gehst. Wie es von alters her christlicher Brauch ist. Niemals vor der Ehe ins Bett. Und nicht, bevor man geschieden ist.«

»Meinst du denn, er glaubt von mir, dass ich noch Jungfrau bin?«

»Sicher! Denn du hast ihm nichts verraten. Und deine Mutter sicher auch nicht. Die wird ihn in dem Glauben gelassen haben, dass du bisher immer auf Manfred Matuschewski gewartet hast, wie das von den Eltern abgesprochen war, und dass das rein platonisch gewesen ist.« Sie grinste und hielt die Hand auf. »Kann ich dich also mit Thomas, Walter, David und Alain erpressen. Tausend D-Mark reichen mir fürs Erste.«

»Die darfst du als Bürgerin der DDR gar nicht haben. Du wirst meine Trauzeugin sein, das reicht. Meinst du denn wirklich, ich soll mit zur Jagdhütte fahren?«

»Ja, du sollst!«

Jeden Tag waren sie mit dem Geländewagen unterwegs, und zwischendurch gab es auch ausgedehnte Spaziergänge, so weit die Füße trugen. Bei Inge trugen sie nicht weit, aber immerhin kamen so viele Kilometer zusammen, dass sie von Wanderungen reden konnte. Unvergesslich, weil mit zwei Blasen und einem geschwollenen Knie verbunden, wurde die Wanderung von der Lippoldshöhle zur Reuberghütte bei Warzen. Auch der Odenberg, der Bruchsee, der Glockenstein und die Lönsgrotte bei Hoyershausen waren geeignet, ihr alles abzuverlangen. Anderes dagegen ließ sie weniger erschöpft sein. Ihrer Freundin Christa schrieb sie ins östliche Berlin:

Von der Lönsgrotte konnte Hartmut Meyerdierks gar nicht genug bekommen, meine Liebesgrotte dagegen interessiert ihn noch immer nicht. Er macht mir weiterhin den Hof, aber ansonsten behandelt er mich wie seine Schwester oder eine Frau mit einer Firma, an die er seine Möbel liefern möchte. Manchmal denke ich, es ist bei ihm nur Schauspielerei, und er liebt nur die Firma und nicht mich. Außerdem dreht sich hier oben im Leinebergland alles um die Jagd. Die Männer zittern nur vor Erregung, wenn sie ein Reh im Visier haben.

Die Männer, das waren ihr Vater und ihr Bruder sowie Hartmut und Gregor Meyerdierks.

Gerhard Bugsin war jetzt Volontär in Frankfurt/Main und hatte ihr geschrieben, dass er nicht nach Duingen kommen werde, da er das Fahrgeld nicht aufbringen könne. Mit den Worten, er habe schon immer ein Herz für die Armen gehabt, hatte sein Vater ihm dann etwas überwiesen. »Ehe du am Frankfurter Hauptbahnhof als Bettler dasitzt.« In Berlin hatten sie sich mächtig geärgert, dass Gerhard aus Hannover weggegangen war.

Auch für Inge hatte man eine zünftige Jägeruniform herangeschafft, und trafen sie auf dem Weg zum Hochsitz Freunde der Meyerdierks, wurde Inge zumeist für einen Herrn der Schöpfung gehalten. Frauen gingen kaum zur Jagd, und auch Inge dachte mit Schrecken daran, dass man Tiere töten wollte.

»Das kleine süße Reh«, sagte sie. »Es soll nicht sterben!«

»Sie essen ja auch das kleine süße Kälbchen, das man im Schlachthof getötet hat«, sagte Gregor Meyerdierks.

»Ich habe immer gedacht, bei einer Jagdgesellschaft duzen sich alle.« Max Bugsin fand die Harmonie der Truppe gestört, wenn sich alle siezten.

»Schön, duzen wir uns alle!« Hartmut Meyerdierks zog eine mit Cognac gefüllte Feldflasche aus seiner Lodenjacke. Ihr Schraubverschluss ließ sich als Becher verwenden, und den ließ er kreisen, während sie reihum Brüderschaft tranken. Er selber bediente sich jedes Mal bei Max, Gerhard und Inge aus der Feldflasche.

»Prost Inge! Ich heiße Hartmut.«

»Prost Hartmut! Ich bin die Inge.«

Mit verschränkten Armen nahmen sie ihren vorgeschriebenen Schluck und küssten sich dann.

Inge fand es wenig romantisch, und da ihre wie seine Lippen feucht vom Cognac waren, musste sie an Peter, ihren Dackel, denken. Wie der ihr das Gesicht abgeschlabbert hatte. Nur rochen Hunde nicht so intensiv nach Alkohol.

Überhaupt wurde auf der Jagdhütte andauernd getrunken. Man brauche das Zielwasser, hieß es. Wie auch auf der Kegelbahn, zu der sie fuhren, als es am zweiten Abend heftig regnete. Bei den Kegelbrüdern war Max im Nu die große Nummer, und er sagte, dass er sich nur im Krieg bei seinen Kameraden so wohl gefühlt habe wie hier in Duingen.

Ihr erster Jagdausflug sollte Inge unvergessen bleiben. Kaum hatten sie auf dem Hochsitz Platz genommen, fiel auch schon ein Schuss. Inge erschrak fürchterlich, dachte an den Krieg und blutige Verbrecherjagden. Gregor hatte abgedrückt, doch als er seine Beute aus dem Gras hob, sah sie, dass er nur eine wildernde Katze abgeschossen hatte.

»Die gibt es Sonntag bei Meyerdierks' als Hasenbraten zu Mittag«, sagte Inges Vaters.

»Ja, natürlich! Und ihr Berliner seid alle herzlich eingeladen«, entgegnete Hartmut Meyerdierks.

Da will er mich seinen Eltern vorstellen, dachte Inge, damit die sich ein Bild von ihrer neuen Schwiegertochter machen können.

Inge hatte ein wenig Bange vor diesem Augenblick, denn es gab oben in der Jagdhütte kein Bad, sondern nur eine Regentonne, in der man sich schnell mal das Gesicht nass machen konnte, und sie hatte das Gefühl, dass sie langsam schon ein wenig müffelte. Zudem sah sie nicht eben blendend aus, denn unten im Raum schnarchten die Männer so heftig, dass sie manchmal dachte, in ein Sägewerk geraten zu sein. Wie sollte sie da schlafen können? Außerdem aßen sie ausschließlich Linsen und Erbsen, die ein Arbeiter in einem Kübelwagen aus der Wamey-Kantine hinauf zur Jagdhütte brachte, und warme Luft stieg ja bekanntlich nach oben. An Christa schrieb sie:

Jeden Morgen staune ich, dass ich nicht erstunken bin. Aber alles in allem ist es ein herrliches Abenteuer. Stell dir vor, gestern haben sie mich Schießübungen machen lassen. Wenn auch nur auf eine Scheibe, das heißt, ich habe zwar auf die Scheibe geschossen, sie aber nicht getroffen. Mein Vater schon. Was ein alter Soldat ist ... Morgen will er seinen ersten Bock schießen. Er war ein wenig pikiert, als Hartmut gesagt hatte: ›Na, Max, du hast doch in deinem Leben schon viele Böcke geschossen.‹ Morgen wollen wir nach Herford fahren und alle Büromöbelfirmen in der Gegend abklappern, übermorgen aber stehen wir wieder um zwei Uhr nachts auf, um zur Jagd zu gehen.

Das taten sie dann auch. Im Schein der Taschenlampen ging es durch den Wald, und Inge fühlte sich in die Welt Karl Mays versetzt. Ein Trupp deutscher Auswanderer streifte durch die Rocky Mountains. Irgendwo mussten die Sioux lauern. Wo blieb Old Shatterhand, um sie zu retten? Als sie über eine Wurzel zu stolpern drohte, fing Hartmut Meryerdierks sie auf und ließ ihre Hand erst wieder los, als sie den Hochsitz erreicht hatten. Es war weniger eine Schmetterhand als eine, die Kugelschreiber und Cognacschwenker hielt.

Auf dem Hochsitz hatte man ruhig zu sein. Das war etwas, was ihrem Vater als Folter erscheinen musste, doch er konnte sich wirklich weitgehend beherrschen. Nur eines ließ er sich nicht nehmen: den anderen die Namen ihnen völlig unbekannter Tiere zu nennen. »Da, ein Reh! Ein Hase! Ein Fuchs! Ein Wildschwein!«

Inge bedankte sich flüsternd bei ihm. »Ohne deine Hilfe hätte ich das für einen kleinen Elefanten gehalten.«

Die Meyerdierks zischten. »Pst!« Sie warteten nämlich auf einen kapitalen Rehbock, der dem Förster und den einheimischen Jägern Mal für Mal durch die Lappen gegangen war. Man sagte ihm schon magische Kräfte nach. Oder dass er die Wiedergeburt eines lange verstorbenen Königs sei.

»Da ist er!« Hartmut Meyerdierks war so aufgeregt, dass er Inge kräftig in den Oberarm kniff.

Nur mit Mühe konnte sie einen Schmerzensschrei unterdrücken. Sie hätten ihr nie verziehen, wenn dadurch der Bock vertrieben worden wäre.

So aber stolzierte das Tier arglos am gegenüberliegenden Waldrand entlang. Doch noch war das Licht für einen sicheren Schuss zu schwach. Viel zu langsam ging die Sonne heute auf.

Max Bugsin hatte sich am Boden des Hochsitzes lang ausgestreckt und lag eine Viertelstunde im Anschlag. Das Jagdfieber hatte ihn so sehr gepackt, dass er am ganzen Körper zitterte.

»Jetzt musst du aber!«, flüsterte Hartmut Meyerdierks, denn der Bock hatte irgendwie Witterung aufgenommen und schickte sich an davonzuspringen.

Ihr Vater drückte ab – und es war ein Meisterschuss. Der Bock lief noch ein paar Meter, dann brach er zusammen.

»Da muss erst ein dummer Berliner als Sonntagsjäger kommen«, sagte Gerhard Bugsin. »Das Gehörn nehmen wir mit nach Berlin und hängen es als Andenken ins Wohnzimmer.«

Am Nachmittag fuhren sie dann zu den Meyerdierks' nach Duingen.

Inge wurde von Walter Meyerdierks, dem legendären Firmengründer, und seiner Frau Elisabeth wirklich wie die zukünftige Schwiegertochter empfangen, und sie stieg in der Gunst der Alten bis zum Gehtnichtmehr, als sie fragte, ob sie in die Waschküche dürfe. »Ich will schnell alles durchwaschen, was oben in der Jagdhütte dreckig geworden ist, auch das Zeug der Männer.«

»Nicht doch, Fräulein Bugsin, dafür haben wir doch unsere Minna! Aber wenn Sie vielleicht ein Vollbad nehmen möchten?«

Da sagte sie mit Freuden ja, und hinterher fühlte sie sich wirklich wie eine Prinzessin.

Hartmut Meyerdierks bot sich an, ihr die Villa zu zeigen, und sie rechnete damit, dass er jetzt, wo sie so herrlich duftete, nun endlich darangehen würde, Hand an sie zu legen. Doch er begnügte sich damit, den Cicerone zu spielen und ihr alle Schätze des Hauses zu zeigen.

Ging es bei ihr zu Hause schon sehr gehoben zu, was Möbel, Teppiche, Lampen und dergleichen betraf, so konnte sie hier in der Villa Meyerdierks nur ausrufen, es sähe ja hier so aus wie im Charlottenburger Schloss.

»Es ist schwer, als Millionär keinen guten Geschmack zu haben. Man holt sich einen Innenarchitekten ins Haus und lässt ihn machen. Und wenn man dazu noch selber Möbel herstellt ...«

Abrupt und ohne es recht zu wollen, platzte Inge daraufhin mit der Frage heraus, ob denn seine beiden Kinder nicht alles verwüsten würden. »In England bei den Beals, da ... Und mein Bruder hat als Junge mit Vorliebe unseren Eichentisch mit eigenen Schnitzereien verziert. Wo steckt denn deine Familie eigentlich?«

»Die wohnen doch schon längst in Hannover. Die Scheidung läuft. Wenn alles abgeschlossen ist, dann bin ich frei und kann ...«

Inge blieb das Herz stehen, denn gleich würde er sie in den Arm nehmen und fragen, ob sie ... Nein, denn gerade waren sie im Billardzimmer angekommen, und Hartmut Meyerdierks hatte im nächsten Augenblick ein Queue in der Hand. »Ich bin berühmt für meine Stoßtechnik.«

»Das führ mir doch mal bitte vor!«

Doch zu ihrer großen Enttäuschung nutzte er nach dieser Vorlage den Billardtisch nicht als Bett und Beilager, sondern zeigte ihr, wie Dreiband ging. »Der Spielball muss vor der Karambolage mit dem zweiten der anderen Bälle mindestens drei Banden berührt haben.«

Wieder nichts, dachte sie. Platonisch war zwar auch ganz schön, aber nicht das ganze Leben. Dafür hatte er Eltern, mit denen sie auskommen konnte, die sie sogar sympathisch fand.

Beim Essen, es gab Rehbraten, spielte er wieder ganz den Eroberer und ließ durchblicken, dass ihre Verlobung nur noch eine Frage von Tagen sein konnte. »Wie gesagt, wenn die Scheidung durch ist, dann ...«

So fühlte sich Inge quasi als Verlobte, als sie am Ende ihres Urlaubs gemeinsam mit ihrem Vater nach Berlin zurückfuhren. Sie saß vorn neben Hartmut Meyerdierks, ihr Vater hinten im Wagen. Wie ein Kind sein Spielzeug, hielt er seine Jagdtrophäe in den Händen und spielte ständig mit den Spitzen des Geweihs.

Im Kofferraum hatte Hartmut Meyerdierks einen Drehsessel liegen, den er zu Siemens in Hannover bringen musste. »Tut mit leid, dass wir den kleinen Umweg machen müssen, aber wir haben da einen geliefert, der einen kleinen Materialfehler hatte, und wenn ich den jetzt selber umtausche, dann ist das gut für die Beziehungen zwischen Wamey und Siemens.«

Max Bugsin meldete sich von hinten. »Bei Siemens, da ist doch Karl-Heinz Bombach jetzt Lehrling.«

»Nein, Vati, das ist Manfred Matuschewski.«

»Der ist doch zur Post gegangen, weil Otto das wollte.«

»Otto schon, aber die Post wollte Manfred nicht.«

Ihr Vater war Meister darin, alles durcheinanderzubringen. Das lag daran, dass er die Kunst des Zuhörens nicht einmal ansatzweise erlernt hatte. Er war immer nur auf Sendung und nie auf Empfang.

Hartmut Meyerdierks wusste davon, dass Inge und Manfred eigentlich schon als Kinder von ihren Eltern verkuppelt worden waren, und lenkte das Gespräch schnell auf anderes. »Hast du denn in der Jagdhütte sehr viel vermisst?«

Inge brauchte nicht lange nachzudenken. »Neben dem Bad nur meine Filme.«

Sie war eine leidenschaftliche Kinogängerin, und es verging keine Woche, in der sie nicht mindestens einmal vor der Leinwand gesessen hätte. Rita hatte einmal gesagt, dass sei eine frühkindliche Prägung, weil ihr Vater sie schon als Baby mit ins Kino geschleppt habe.

Das war insoweit richtig, als Max nichts lieber tat, als mit ihr auszugehen und so zu tun, als sei sie nicht seine Tochter, sondern seine Freundin. Wie genoss er es, wenn sich die Leute nach ihnen umdrehten und murmelten »Der alte Knacker und das junge Ding«.

Gerhard störte da nur, und wenn man ihn notgedrungen mitnehmen musste, dann konnte ihr Vater ziemlich maulig werden.

Sie hatte ihren Spaß daran, auch schonte es ihren Geldbeutel, denn natürlich bezahlte Max Bugsin stets alles, vom Eintritt bis zum Eiskonfekt, aber er war auch mächtig anstrengend, denn auch einfach strukturierte Filme verstand er nicht und fragte dauernd flüsternd, wer denn wer sei und wie er mit den anderen zusammenhängen würde. Am schlimmsten war es bei Kriminalfilmen. Und selbst, wenn der Mörder wie bei *M* von Fritz Lang deutlich gekennzeichnet war, fragte Max Bugsin noch, wer es denn gewesen sei. Auch brachte er es fertig, sie mitten in der spannendsten Liebesszene zu fragen, ob sie schon wüsste, dass man die Drehstühle vom Typ Sesselfurzer jetzt bei Wamey um fünf Mark billiger bekäme als bei Herzog & Altmann.

Als sie von Hartmut Meyerdierks gefragt wurde, was sie denn in diesem Jahr schon alles gesehen habe, brauchte Inge nicht lange nachzudenken, um eine Reihe von Filmen zu nennen. Da waren *Der Pauker* mit Heinz Rühmann, *Der eiserne Gustav* und *Wir Wunderkinder*, dann *Helden* mit O. W. Fischer und Liselotte Pulver, *Dorothea Angermann* mit Ruth Leuwerik sowie *Ein Tag, der nie zu Ende geht* ebenfalls mit Ruth Leuwerik und Hans Jörg Felmy.

Ihr Vater konnte es nur schwer ertragen, wenn andere lange redeten, und blätterte beleidigt in den alten Zeitungen und Illustrierten, die neben ihm lagen. Stieß er auf eine Werbung, dann las er laut vor, was da stand, ohne Rücksicht darauf, welches Filmerlebnis Inge gerade kommentierte. »*Keine Feier ohne Meyer. Sieh fern mit HÖR ZU – Deutschlands große Familienzeitschrift für Fernsehen, Rundfunk und Unterhaltung. Mit dem Einkommen besser auskommen – KaDeWe. Peter Stuyvesant – der Duft der großen weiten Welt. Große Leistung kleine Preise biete ich für alle Kreise! Arthur Krause – Fachgeschäft für Qualitätsbekleidung, Kottbusser Damm. Playtex – Living BH. Der BH, der passt. Nach*

New York, London, Mailand, Zürich jetzt auch bei uns! KAJOT am S- und U-Bahnhof Neukölln.«

So kamen sie nach Hannover, und Hartmut Meyerdierks fuhr über Laatzen nach Wülfel, wo Siemens zwischen Ausfallstraße und Bundesbahn ein großes Lager unterhielt. Es hatte inzwischen zu regnen begonnen, trotzdem wollte Inge mit Hartmut Meyerdierks aussteigen und ihn ins Bürogebäude begleiten.

»Willst du mir beim Tragen helfen?«

»Nein, aber nicht nur du musst deinen Stuhl loswerden, ich meinen auch, und die werden ja sicherlich 'ne Toilette im Hause haben.«

Die hatte Inge dann auch bald gefunden. Als sie anschließend auf Hartmut Meyerdierks wartete, konnte sie durch eine gläserne Wand hindurch etliche Siemens-Mitarbeiter an ihren Schreibtischen sitzen sehen, und es dauerte nicht lange, da hatte sie Manfred Matuschewski entdeckt.

Er tippte Zahlen in eine Rechenmaschine und sah dabei ziemlich unglücklich aus. Irgendetwas schien nicht aufgehen zu wollen, und er geriet immer mehr in Panik.

Inge zitterte geradezu mit ihm mit, denn von hinten aus dem Glaskasten näherte sich der Lagerleiter, und der sah zum Fürchten aus.

Und richtig, er blieb hinter Manfred Matuschewski stehen, redete kurz mit ihm und stauchte ihn dann fürchterlich zusammen. Es war wie beim Fernsehen, wenn der Ton ausgefallen war. Sie verstand kein Wort und wusste dennoch ganz genau, was der Vorgesetzte sagte. Manfred Matuschewski wurde immer kleiner und legte dieselbe Demutshaltung an den Tag wie ihr Dackel, wenn er etwas ausgefressen hatte und fürchten musste, mit der Leine eines übergezogen zu bekommen.

Offenbar wurde der Lehrling Matuschewski nicht nur dafür getadelt, dass er sich andauernd verrechnete, sondern auch für seinen Verstoß gegen die Kleiderordnung, denn nun bückte er sich, holte seinen Schlips aus der Schreibtischschublade und band ihn wieder um. Trotz der Hitze, die in der Halle herrschte.

Als er aufblickte, entdeckte er Inge und erstarrte. Es war wie in einem amerikanischen Film, wenn die Heldin an einem Steinbruch vorbeikommt, in dem ihr Freund als Strafgefangener in Ketten schuften muss und von den Wärtern gequält wird. Seine Blicke waren ein einziges Flehen: Bitte, hol mich raus hier!

In diesem Augenblick kam Hartmut Meyerdierks auf Inge zu, legte seinen Arm um ihre Schultern und zog sie mit sich fort in Richtung Tür.

»Jetzt hätte eine Schicksalsmelodie aufbranden müssen«, sagte sie später zu Christa. »Ich habe so getan, als hätte ich ihn gar nicht gesehen, um die Sache nicht noch schlimmer zu machen, und bin mit Hartmut schnell raus zum Auto. Die Sache war ja längst entschieden.«

Die Freundin zog nachdenklich an ihrer Zigarette. »Wenn's wirklich ein Film gewesen wäre, dann hätte es die Leute mehr gerührt, ja, sie hätten Rotz und Wasser geheult, wenn du den Millionär abgeschüttelt hättest und zum kleinen Lehrling geeilt wärst. Leidenschaftliche Umarmung am Schreibtisch. ›Manfred, ich liebe dich doch, Manfred, wir gehören zusammen! Für immer!‹ Und abgeblendet.«

Inge nahm es gelassen. »Aber ich liebe ihn nicht. Manfred.«

»Und Hartmut?«

»Die Liebe kommt in der Ehe!«

Doch vorerst kam nicht einmal die Ehe. Zwar wurde Hartmut Meyerdierks Ende August 1959 geschieden, aber noch hatte er Inge nicht gefragt, ob sie seine Frau werden wolle. Auch förmlich verlobt waren sie nicht und auch nicht im Bett gewesen, aber immerhin hatte er sie geküsst und dabei einen Satz gesagt, über den Christa pausenlos kichern konnte: »Liebe Inge, nimm diesen Kuss sozusagen als amtlichen Stempel, dass du die meine bist.«

Christa arbeitete nach dem Abitur im Elektro-Apparate-Werk J. W. Stalin am S-Bahnhof Treptower Park und besorgte die Korrespondenz in Russisch, und Inge hatte manchmal das Gefühl, dass die Freundin auf ein eigenes Leben, insbesondere ein eigenes Liebesleben verzichtete, um ganz in ihrem, Inges Leben, aufzugehen.

»Pass auf«, sagte Christa, als sie das Thema Hartmut Meyerdierks in stundenlangen Dialogen bis ins letzte Detail abgehandelt hatten, »er wird am Sonntag in Karolinenhof antreten, um bei deinen Eltern um deine Hand anzuhalten.«

Als Inge dann am Sonnabendnachmittag im Liegestuhl lag, war sie in elegischer Stimmung. Wenn Hartmut Meyerdierks wirklich kam und die alles entscheidende Frage stellte, dann hieß das wohl, Abschied nehmen von Karolinenhof.

Die Villa in Duingen wartete schon auf die neue Frau Meyerdierks. Und selbst wenn Hartmut wirklich nach Berlin zog, um hier eine Dependance der Firma Wamey einzurichten oder mit ihr zusammen den Vertrieb von Herzog & Altmann aufzubauen – was auch zur Debatte stand –, dann konnten sie nicht jedes Wochenende hier draußen sein, denn ihr Vater duldete keinen anderen Platzhirsch in seinem Revier.

Oben in der Jagdhütte war es noch gegangen, denn die gehörte dem alten Walter Meyerdierks, und strenggenommen waren sie dessen Gäste gewesen und nicht Hartmuts. Aber schon beim ersten Besuch hier in Karolinenhof hatten sich Hartmut und ihr Vater ein wenig angefaucht, denn jeder wollte im Mittelpunkt stehen und das Sagen haben.

Hinzu kam, dass ihre Mutter Hartmut Meyerdierks geradezu anhimmelte und immer wieder durchblicken ließ, dass sie einen solchen Mann auch gern geheiratet hätte, und ihr Vater so eifersüchtig wurde und sich so gekränkt fühlte, dass er mit einer schweren Gastritis zu kämpfen hatte und einmal sogar mit Magenblutungen im Krankenhaus landete.

»Alles hat seine Zeit«, sagte Christa. »Und du kannst nicht alles haben.«

»Hast du wieder deinen Abreißkalender durchgeblättert?«, brummte Inge. »Jeden Tag eine neue alte Weisheit.«

Sie war selten gereizt – heute war sie es. Christa hatte gut reden. Obwohl die fast zwei Jahre jünger war als Inge, schien sie innerlich schon alles hinter sich zu haben und genoss jeden Tag den Herbst ihres Lebens.

Inge hatte nicht einmal Lust, mit ihren Eltern und den Matuschewskis Karten zu spielen. Ihre Stelle nahm Tante Manda ein.

Die spielte jetzt mit Christa zusammen, während ihre Mutter mit Otto Matuschewski ins Rennen ging und ihr Vater Margot Matuschewski als Partnerin hatte.

Inge beneidete alle sechs: Sie hatten ihren inneren Frieden längst gefunden und genossen ihn, während sie hin und her gerissen war. Was war, wenn sie Hartmut einen Korb gab und weiter wartete, bis der Richtige kam? Wer war denn der Richtige? Thomas Châteaudun und Manfred Matuschewski ganz sicher nicht. Nicht Alain, aber Walter oder David wären es womöglich gewesen, doch von denen hatte sie das Gefühl, dass sie längst auf dem Friedhof lagen und nur noch süße Erinnerungen waren – mehr nicht. Sie versuchte, sich dadurch abzulenken, dass sie der Spielerrunde lauschte.

»Otto, ich lege jetzt meine Asse raus«, sagte ihre Mutter. »Und hoffe, dass du ausmachen kannst.«

Otto Matuschewski lachte. »Wer Jott vertraut und Bretter klaut, der hat 'ne billige Laube. Bei mir jibt's nischt zu löten an de Holzkiste.«

»Max«, rief Christa, »du kannst die ablegte Zehn nicht nehmen, der Haufen ist gesperrt.«

»Doof is besser wie pucklich, det sieht man nich so«, war Tante Mandas Kommentar, und sie freute sich, dass sie einen Joker aufgenommen hatte. »Sieh da, sieh da.«

»Sieh da, sieh da, Timotheus, die Olle fällt vom Omnibus«, ergänzte Otto Matuschewski.

»Momentchen mal!« Max Bugsin presste die Hände auf den Leib und verzog sein Gesicht. »Ich muss mal. Bleibe im Lande und entleere dich redlich.«

Otto Matuschewski lachte. »Der Morgenschiss, der kommt gewiss, und wenn es spät am Abend ist.«

»Otto!«, rief seine Frau. Immerhin hatte sie einmal das Lyzeum besucht. Wenn auch nicht bis zum Ende.

»Heirate, und du lachst dir tot«, sagte Tante Manda.

Inge sinnierte. Wie würde es wohl sein, wenn sie diese Menschen nicht mehr um sich hatte? Warum konnte es nicht immer so bleiben, wie es war, bis an ihr Lebensende? Nein, sie wollte nicht hinaus in das Leben, das alle feindlich nannten. Dass sie es packen würde, hatte sie mit ihrer Zeit in England unter Beweis gestellt, sie musste sich nicht mehr beweisen. Und selber Mutter sein, Kinder aufziehen? Sie zögerte mit einer Antwort. Sicher, bei Fontane stand: *Wo die Kraft ist, da entsteht von selbst ein Mittelpunkt.* Aber sie selber war ja nicht die Kraft und der Mittelpunkt, sie war ja nur das Anhängsel von Hartmut Meyerdierks. »Ah, das ist doch der, der einmal die Firma Wamey erben wird.«

Es kam ihr vor, als hätte Christa den einzig richtigen Weg gewählt: allein durchs Leben zu gehen, sein eigener Herr zu sein. Mit einer Ergänzung vielleicht: ab und an einen Liebhaber wie Thomas, Walter, David oder Alain zu haben. Doch auch bei diesem Gedanken klang sofort ein mächtiges Aber in ihr auf: Du hast nicht eigentlich gelebt, wenn du keine Kinder zur Welt gebracht hast. Und die gedeihen nun einmal am besten in einer glücklichen Ehe.

»Wenn ich doch Hartmut nur lieben würde«, flüsterte sie und hatte zugleich die machtvolle Stimme ihrer Mutter im Ohr: »Die Liebe kommt in der Ehe!«

Da stand Hartmut Meyerdierks draußen auf dem Lübbenauer Weg, einen gewaltigen Strauß roter Rosen im Arm. »Hallo, ich bin's!«

»Kommen Se rin, können Se rauskieken«, rief Tante Manda.

Inge schnellte aus dem Liegestuhl, um aufzuschließen und ihn hereinzulassen. Er küsste sie nur kurz auf die Wange, dann eilte er zum Tisch, an dem ihre Eltern saßen, und blieb mit einer formvollendeten Verbeugung vor ihnen stehen.

»Liebe Frau Bugsin, lieber Herr Bugsin, ich darf Sie hiermit um die Hand Ihrer Tochter Inge bitten.«

»Lebenslauf, ick erwarte dir«, sagte Tante Manda.

Nur eine Mutter weiss allein

1964–1965

Inge Meyerdierks kam vom Kinderarzt und wollte das schöne Wetter nutzen, um noch ein wenig spazieren zu gehen. Danielas Keuchhusten war weitgehend abgeklungen, und der Arzt hatte ihr empfohlen, mit dem Kind mehr an die frische Luft zu gehen. Die Kleine brauche Bewegung.

Doch Daniela lag lieber in ihrem Sportwagen und ließ sich schieben. Und dass die Luft hier am Hindenburgdamm so klar und rein war wie im Schwarzwald, ließ sich kaum behaupten.

Aus der DDR wehte eine Menge Mist herüber, und für den Rest sorgten die West-Berliner selber. War es neblig, presste man sich am besten ein Taschentuch vor Mund und Nase. Die Leute fragten schon, ob es sinnvoll gewesen war, nach dem Krieg alle Gasmasken wegzuwerfen.

Vielleicht war es doch besser, Hartmut stieg wieder voll bei Wamey ein, und sie zogen nach Duingen.

Dies alles ging ihr durch den Kopf, und sie sah sich am Ufer der Leine sitzen, als sie zusammenfuhr. Fast wäre sie mit dem Kinderwagen gegen ein Lieferfahrzeug gestoßen, das vor ihr auf den Bürgersteig gerollt war. Große rote Buchstaben sprangen ihr in die Augen: *Schablin & Co.* Drei Männer stiegen aus: zwei Angestellte ihrer Eltern und – Manfred Matuschewski.

»Was machst du denn hier?«

»Ich bin Schauspieler.«

Für einen Augenblick glaubte Inge wirklich, ihrer Schwägerin Roswitha mit ihrem vielverspotteten Faible für Film und Schauspiel wäre es gelungen, den Kontakt zwischen einem Produzenten und Schablin & Co. herzustellen, und sie würden nun mit dem Lieferwagen eine Szene drehen, doch nirgendwo waren Kamera und Scheinwerfer zu sehen gewesen.

Und als Manfred Matuschewski nun hinzufügte, man habe ihm eine tragende Rolle zugeteilt, erinnerte sie sich daran, dass er ein Teil seines Studiums als Möbelträger bei Schablin & Co. verdiente. Im Augenblick waren Tisch und Stühle in die nahe liegende Schule zu schleppen.

Er zeigte auf den Kinderwagen. »Und du bist am Schieben?«

»Das liegt bei uns so in der Familie.«

Alle wussten, warum die Bugsins so gut betucht waren: weil Max mit seinen Schiebereien auf dem schwarzen Markt für das Startkapitel gesorgt hatte.

Manfred Matuschewski streichelte Daniela zwar übers Köpfchen, war aber ansonsten sehr gehemmt und eher einsilbig.

Inge hatte Mitleid mit ihm. Er war nichts und hatte nichts, nicht mal eine Zukunft, und sie lief als wohlhabende Frau und glückliche Mutter durch die Stadt. Sah er sie, musste ihm sein ganzes Elend vor Augen stehen. 26 Jahre war er jetzt und wohnte immer noch zu Hause bei den Eltern. Nicht mal eine Freundin hatte er, soweit sie wusste. Und obwohl er keinerlei Ablenkungen hatte, schleppte er sich nur mühsam durchs Studium.

Als sie am 1. Februar seinen Geburtstag gefeiert hatten, war ihr bei der Durchsicht seiner Bücher ein seltener Karl May in die Hände gefallen. »Mensch, *Trabber Geierschnabel.* Kann ich mir den mal ausleihen?« Ja, natürlich. Zu Hause hatte sie dann zwischen letzter Seite und Buchdeckel einen Zettel gefunden, hundertprozentig seine Handschrift:

Ich bin nichts. / Ich werde nie etwas sein. / Ich kann auch nichts sein wollen. / Abgesehen davon, trage ich in mir alle Träume dieser Welt.
Fernando Pessoa, Tabakladen

Hartmut sagte ganz offen, dass er Manfred Matuschewski für einen Waschlappen und Versager hielt, einen ewigen Hungerleider, und ihr Vater meinte, er sollte lieber Fraufred heißen. Sein Lebensweg schien festgelegt: Er fand keine Arbeit, musste von Sozialhilfe leben und wurde langsam, aber sicher zum Alkoholiker.

»Endstation Parkbank«, sagte Hartmut.

Was wäre jetzt, fragte sich Inge, wenn Manfred Matuschewski damals am Gosener Graben wirklich mehr Mann gewesen wäre und nicht so zögerlich?

»Los, junger Mann!«, rief der Vorarbeiter von Schablin & Co. »Hier wird nicht geflirtet, hier wird gearbeitet.« Und schon hatte er Manfred Matuschewski einen Stapel Stühle in die Hand gedrückt.

Der nahm sie und trabte gottergeben davon, kaum dass er Inge und Daniela noch auf Wiedersehen sagen konnte.

Nachdenklich ging Inge weiter. Für Manfred Matuschewski schien wirklich zu gelten: *born to fail* – zum Scheitern geboren. Aber sosehr sie auch Mitleid mit ihm hatte, so froh war sie doch, nicht den Namen Inge Matuschewski zu tragen.

Daniela begann zu quengeln. »Ich will zum Spielplatz! Schaukeln!«

Inge gab nach. Im nächsten Jahr kam die Tochter in den Kindergarten, und da war es dann aus mit den eigenen Wünschen, da musste sie gehorchen. Sie hob die Kleine aus dem Wagen und herzte sie dabei. Daran, dass ihre Mutter das mit ihr gemacht hatte, konnte sie sich nicht erinnern. Man hatte die Kinder damals nach der Methode »Nur nicht verzärteln« erzogen. »Gelobt sei, was hart macht.« Das hatte nicht nur für die Jungen gegolten. Sicherlich hatte es unter den Müttern Ausnahmen gegeben. Zu denen aber hatte Irmgard Bugsin nicht gehört.

Noch heute weigerte sich Inge, einen Teppich zu klopfen, denn immer, wenn sie einen aus Weidenruten geflochtenen Ausklopfer sah, zuckte sie zusammen und hätte am liebsten laut geschrien. Rückblickend erschien es ihr, als hätten sie und ihr Bruder täglich damit Bekanntschaft gemacht, insbesondere in den Jahren, in denen ihr Vater im Krieg gewesen war. »Soll ich erst zum Ausklopfer greifen?« war die stehende Wendung ihrer Mutter. Oder: »Willst du erst Haue haben?«

Die Älteren sagten ja noch heute, dass die Kinder, hatten sie ihre Wutanfälle, geradezu nach Schlägen verlangten, um wieder zu sich zu kommen. Inge selbst hatte sich geschworen, ihr Kind niemals zu schlagen, was immer Daniela auch sagte und tat.

Sie beobachte die Tochter beim Klettern. Diese kleinen Ärmchen und Beinchen. Putzig. Zum Knuddeln.

Sie dachte an das Bild, das bei Manfreds Schmöckwitzer Oma im Wohnzimmer hing und dessen Text sie schon als Kind fasziniert hatte: *Nur eine Mutter weiß allein, was lieben heißt und glücklich sein.* So kitschig das auch war, es hatte einen wahren Kern. Zumindest im Umkehrschluss: Wer nicht Mutter war, wusste nicht, was lieben heißt und glücklich sein. Es lag in der Natur. Nestbau und Aufzucht, Leben weitergeben. Sie lebte weiter in Daniela, in deren Kindern und so weiter. Dadurch wurde sie unsterblich. Niemand durfte die Kette durchbrechen.

Nachdem sich Daniela müde gespielt hatte, kletterte sie wieder in ihr Gefährt, und weiter ging es. Inge erreichte das nördliche Ufer des Teltowkanals und schob den Kinderwagen langsam über den Schotterweg.

Zwar hätte Daniela mit ihren dreieinhalb Jahren sehr gut selber laufen können, doch Inge hatte immer Angst, ihre Tochter würde ihr entwischen und ins Wasser fallen. Bevor sie das Kind in der trüben Giftbrühe gefunden hätte, wäre es schon lange ertrunken. Und sie gleich mit, denn es waren Ewigkeiten vergangen, da sie als exzellente Schwimmerin gegolten hatte. Damals, in ihrem ersten Leben, als sie mit ihrem Vater und ihrem Bruder in Karolinenhof ins Wasser gesprungen und hinüber ans andere Ufer der Dahme geschwommen war. Das mochten gut und gerne zweihundert Meter gewesen sein.

Seit dem 13. August 1961 war Karolinenhof für sie gleichsam ein versunkener Kontinent, nur noch Vergangenheit. Sicher, formal gehörte das Grundstück am Lübbenauer Weg noch immer ihren Eltern, aber sie durften es nicht mehr betreten, und irgendein Günstling des SED-Regimes lag nun auf ihrem Rasen, sonnte sich und wohnte den Sommer über in ihrem Häuschen. Der Buddelkasten, den sie für Daniela gekauft hatten, war verschenkt worden.

Der Verlust von Karolinenhof schmerzte Inge Tag für Tag, noch mehr aber litt sie darunter, dass sie Christa nicht mehr sehen konnte. Auch Rita fehlte ihr. Manchmal saß sie nur da und weinte, wenn sie allein war.

Und sie war oft allein, denn Hartmut hatte viel in Duingen zu tun. Aber auch hier in Berlin war er pausenlos auf Achse, um die Filiale von Herzog & Altmann in Schwung zu bringen. Die war Hartmuts eigenes Kind, während Wamey in Duingen von seinem Vater und seinem Bruder dominiert wurde.

War er zu Hause, erwies er sich als rührend besorgter Ehemann und Vater, aber er war eben nur wenig zu Hause, und wenn, dann oft auch nur in Begleitung von Geschäftsfreunden. Die wollten dann gut essen und viel trinken, und Inge hatte pausenlos zu kochen und die Herren aus den Chefetagen mit erlesenen Speisen und Getränken zu versorgen. Und das alles mit Daniela am Rockzipfel.

Oft sehnte sie sich nach den idyllischen Zeiten zurück, die sie bei Stüber verbracht hatte.

»Das ist also das Glück, das in der Ehe kommt«, sagte sie zu ihrer Mutter.

Irmgard Bugsin blieb ernst. »Später wirst du diese Jahre einmal als die glücklichsten deines Lebens ansehen.«

»Da kann ich mir ja gleich ’nen Strick nehmen.«

»Versündige dich nicht! Träume sind das eine, das Leben ist das andere. Und Glück ist letztendlich nur die Summe des Unglücks, dem du entgangen bist. Denk an den Krieg, dass dich keine Bomben getroffen haben, dass du keine unheilbare Krankheit hast, dass Daniela nicht mit einer Behinderung auf die Welt gekommen ist, dass du ein Dach über dem Kopf hast und nicht betteln gehen musst.«

Inge nickte. »Du hast ja recht, aber …« Über dieses Aber hätte sie mehrere Filme drehen können. »Und am 23. September werde ich schon dreißig.«

»Was soll ich da sagen? Wo feiert ihr denn? Bei euch zu Hause?« Das war in Lichterfelde in der Ringstraße.

»Wahrscheinlich verreisen wir.«

Das taten sie dann auch. Sie und Hartmut. Daniela ließen sie bei der anderen Großmutter, bei der in Duingen.

Hartmut hätte ihr gern eine Reise nach England, Frankreich oder gar in die USA geschenkt, doch Inge hatte sich entschlossen, an die Ostsee zu wollen. »Ich habe als Kind nie von London, Paris oder New York geträumt, sondern immer nur von der Ostsee.« Von deren Stränden lagen aber die schönsten da, wo ein West-Berliner oder Bundesbürger im Allgemeinen nicht verweilen durfte, in Polen, in der DDR, in der Sowjetunion, und so waren sie auf Falshöft gekommen, ein ehemaliges Fischerdorf an der Flensburger Förde. Ein einziges Wahrzeichen hatte Falshöft: seinen rot-weißen Leuchtturm. Und in dessen unmittelbarer Nähe hatten sie ein kleines Hotel gefunden, einen Familienbetrieb.

»Schön kuschelig«, fand Inge und freute sich auf die vierzehn Tage allein mit Hartmut.

Er selber hätte es wohl gern ein wenig feudaler gehabt. »Wenn schon Meer, dann wenigstens St. Tropez!«

Hartmut war nur elf Jahre älter als sie, aber die Leute in Falshöft dachten anfangs, sie wäre mit ihrem Vater gekommen. An sich störte sie das nicht, denn sie hatte ein Faible für das, was man als Männer im besten Alter bezeichnete, doch manchmal fühlte sie sich wie Effi Briest an der Seite des distinguierten Barons Geert von Instetten. Immer wieder las sie Fontanes Roman, um sich über ihre Gefühle Hartmut gegenüber Klarheit zu verschaffen.

»Liebst du Geert nicht?«, fragt Effis Mutter.
»Warum soll ich ihn nicht lieben?«, lautet Effis Gegenfrage. Sie liebte ja auch ihre Freundinnen, den alten Pastor Niemeyer und ihre Eltern. Und Instetten? »... ja, wenn er nur ein bisschen anders wäre.«
»Wie denn Effi?«

Diese Passagen hatten Inge immer wieder dazu gebracht, das Buch zur Seite zu legen und ins Leere zu starren. »Wie denn, Inge?« Ein bisschen mehr wie Walter, David, Alain und Thomas. *»Er ist so lieb und gut gegen mich und so nachsichtig, aber ... ich fürchte mich vor ihm.«*

Und ebenso erging es Inge. In Hartmut Meyerdierks schien ein finsterer Dämon zu stecken, sie ahnte es. Die Bedenken gegen ihn wären sicherlich in heißer Liebesglut dahingeschmolzen, doch was das Bett betraf, da galt für sie auch nur wieder Effi Briest: *Um zehn war Instetten dann abgespannt und erging sich in ein paar wohlgemeinten, aber etwas müden Zärtlichkeiten, die sich Effi gefallen ließ, ohne sie recht zu erwidern.*

Als sie an ihrem Geburtstag aus Travemünde zurückkamen, wo sie fürstlich gespeist und beim Besuch im Spielcasino viel Spaß gehabt hatten, war Hartmut von all dem Champagner, den er getrunken hatte, so müde, dass er schon neben ihr eingeschlafen war, noch ehe er mit den besagten *etwas müden Zärtlichkeiten* überhaupt begonnen hatte.

Das Kerzenlicht fiel auf all das Gold, das er ihr geschenkt hatte, das Armband, die Uhr, die Kette, und sie fegte alles mit dem Handrücken vom Nachttisch auf den Teppich. Das Einzige, was er ihr wirklich geschenkt hatte, war Daniela. Ohne ihn hätte es keine Tochter gegeben. Dafür war sie ihm dankbar. Nur das zählte.

Aber je mehr sie nun an die Tochter dachte, desto größer wurden ihre Schuldgefühle. Sie hätten niemals allein nach Falshöft fahren dürfen, um hier ihren dreißigsten Geburtstag zu feiern, Daniela hätte unbedingt mitkommen müssen. Als sie aber am nächsten Morgen Hartmut bat, doch schnell nach Duingen zu fahren und die Tochter an die Ostsee zu holen, hatte der Mühe, sich nicht an die Stirn zu tippen.

»Ich möchte mit dir allein sein, ich möchte auch mal zum Angeln fahren. Außerdem brauche ich auch mal vierzehn Tage meine Ruhe. Urlaub vom Geschäft, Urlaub von einem Gör, das dauernd quakt.«

Inge sprang auf. »Ich will aber Daniela um mich haben.«

»Dann fahr doch hin zu ihr!«

»Mache ich auch!«

So ließ sich Inge von den Wirtsleuten nach Flensburg fahren und setzte sich dort in den Zug nach Duingen. Als ihre Mutter davon hörte, rief sie sofort bei Hartmut in Falshöft an und fragte, ob Max nicht an Inges Stelle treten könne, sie müssten doch sowieso für zwei bezahlen.

Zwar war Hartmut Meyerdierks seinem Schwiegervater nicht sonderlich herzlich verbunden, aber seiner Schwiegermutter konnte er nie etwas abschlagen.

So reiste also ihr Vater nach Falshöft, während Inge ihre Tochter aus Duingen abholte und mit ihr schöne Tage in Berlin verbrachte, vorwiegend im Zoo.

Der nächste runde Geburtstag, den es zu feiern galt, war der ihres Vaters. Am 21. April 1965 wurde Max Bugsin sechzig Jahre alt. Lange wurde darüber diskutiert, wie man diesen Tag begehen sollte, und alle Gäste, die in die Koblenzer Straße kamen, wurden um ihre Meinung gebeten. So wie die Matuschewskis am dritten Weihnachtsfeiertag.

Seit dreißig Jahren war es Brauch, dass die beiden Familien sich an diesem Tage trafen. So auch diesmal, obwohl die Familie Bugsin inzwischen sozusagen aus drei Abteilungen bestand: erstens Max und Irmgard nebst Tante Manda, zweitens Inge, Hartmut und Daniela und drittens Gerhard, Roswitha und Philip. Bei den Matuschewskis war die Sache einfacher, denn Manfred studierte jetzt Soziologie und wohnte immer noch bei seinen Eltern in Neukölln an der Treptower Brücke.

»Hat er denn endlich eine Freundin, die er mitbringen kann?«, fragte Max Bugsin.

»Höchstens einen Freund«, sagte Hartmut Meyerdierks. »Nachdem er Inge nicht bekommen hat, ist er umgeschwenkt.«

»Nicht doch.« Gerhard nahm seinen Freund in Schutz. »Da war doch seine große Liebe, eine Stewardess von der PanAm ... Ist aber nichts daraus geworden, und daran trägt er nun schwer.«

»Wie bei uns«, sagte Irmgard Bugsin. Das bezog sich darauf, dass Manfred Matuschewski sein Studium noch immer zu Teilen dadurch finanzierte, dass er, wenn Not am Mann war, bei Schablin & Co. Büromöbel ausfahren half, und da war meistens schwer zu schleppen.

Gerhard war mit Weib und Kind nach langer Odyssee durch

Hannover, das Saarland und die Gegend um Frankfurt/Main heimgekehrt nach Berlin, so ziemlich als Bittsteller, und wirkte nun unter dem Matriarchat der Irmgard Bugsin in der Firma Schablin & Co. Zu einer Villa reichte es noch nicht, man wohnte in einem Mietshaus in Steglitz.

»Was studiert Manfred Matuschewski noch mal?«, fragte Tante Manda.

»Soziologie«, antwortete Inge.

»Da kann er ja mal Tierarzt werden.«

»Nicht Zoologie, Tante Manda, sondern Soziologie! Das klingt wie Zoologie, da hast du schon recht, aber Zoologie für Menschen: wenn die sich wie die Tiere benehmen.«

Nun verstand Tante Manda gar nichts mehr und gab das auch unumwunden zu. »Ach ja. Aber wie sage ich immer: Doof is besser wie pucklich, det sieht man nich so.«

»Was will er denn mal werden, der Manfred Matuschewski?«, fragte Max Bugsin.

»Was soll er als Soziologe schon werden?«, fragte Hartmut Meyerdierks zurück. »Taxifahrer natürlich!«

»Er hat doch gar keinen Führerschein.«

Immer, wenn sie über Manfred Matuschewski sprachen, hatte Inge keine guten Gefühle. Sie fühlte sich irgendwie schuldig daran, dass der Buddelkastenfreund, wie sie ihn gelegentlich nannte, so als Underdog durchs Leben gehen musste. Sie hätte ihn nehmen und hochpäppeln müssen. Es wäre ihre Pflicht gewesen. An ihrer Seite hätte er Karriere gemacht und wäre glücklich gewesen. So aber ... Irgendwann würde er ein Fall für die Sozialhilfe sein. Und immer wieder hörte sie ihre innere Stimme: Du hast ihn auf'm Gewissen.

Als die Matuschewskis kamen, war Inge ziemlich befangen und vermied es sogar, Manfred die Hand zu geben.

Schlecht sah er aus. Es hieß, er solle Tag und Nacht an seiner Diplomarbeit sitzen, obwohl er wisse, dass sowieso alles umsonst sei. Warum hatte er nicht Medizin oder Jura studiert? Warum hatte er nicht alles darangesetzt, sie zu erobern? Manche Menschen waren eben vom Schicksal geschlagen und machten immer das, was falsch war.

Als sie sich an den Kaffeetisch setzten, achtete sie darauf, dass sie einen Stuhl weit weg vom ihm ergatterte.

Ihr Vater hatte, wie hätte es anders sein sollen, das Gespräch schnell an sich gerissen und wollte wissen, wie er denn nun seinen sechzigsten Geburtstag angemessen feiern sollte.

»Mit mir allein«, schlug Gerhard vor. »Wir fliegen nach Paris und gehen ins Moulin Rouge.«

Inge lachte. »Klar, da tanzt ja jetzt seine Julischka aus Budapest.«

»Nein«, wurde sie von ihrer Mutter korrigiert. »Die ist Mannequin für Totenhemden und glaubt, dass die Max auch so machen wird.«

Machen war das Stichwort für Hartmut Meyerdierks. »Aber mehrmals hintereinander, Max!«

Max Bugsin fühlte sich verhöhnt und wollte das einmal klarstellen: »Der Mann nimmt seine Potenz mit ins Grab.«

»Und was macht er da mit ihr?«, fragte Otto Matuschewski.

Als man das ausführlich erörtern wollte, mahnte Roswitha, man möge doch bitte bedenken, dass sich Kinder im Raum befänden.

»Kinder muss man ja dabei nicht jedes Mal machen«, erwiderte ihr Schwiegervater.

»Max, jeh in dir«, rief Tante Manda.

»War er schon, is ooch nischt los«, sagte Irmgard Bugsin.

»Jetzt wird's aber politisch.« Margot Matuschewski hatte Angst, dass sich beide nun beharken würden. »Zurück zum Geburtstag! Was willst du denn nun machen, Mäcki?«

»Ich will nicht sechzig werden.«

»Da hättste dich jung aufhängen müssen«, sagte Otto Matuschewski. »Nun ist es zu spät.«

»Was nicht ist, kann ja noch werden«, sagte Hartmut Meyerdierks. »Aber bei seinem Gewicht ... Solche dicken Stricke gibt's doch gar nicht.«

Max schmollte. »Bei mir Jummiband – ick zieh mir zurück und warte auf eure Vorschläge.«

Der erste kam von Manfred Matuschewski. »Am besten, du begehst Selbstmord an deinem Geburtstag. Dann spart ihr beim

Grabstein, weil der Steinmetz den Tag nur einmal einmeißeln muss.« Und er schrieb auf einen kleinen Zettel, wie er sich die Sache dachte: *1905–1965, jeweils am 21. April.*

»Einen Tag nach dem Geburtstag des Führers«, fügte Otto Matuschewski hinzu. Das bezog sich darauf, dass Max Bugsin schon x-mal erzählt hatte, wie schön das Feiern im Krieg gewesen war.

»Überall habe ich angeklopft und gesagt, ich will eine große Geburtstagsfeier für unseren geliebten Führer organisieren.« Auch diesmal spulte er die Geschichte in voller Länge ab. »Da konnte ja von den Oberen keiner nein sagen, und sie mussten was von ihren Vorräten rausrücken: Cognac, Wein, Delikatessen. Wenn wir Hühner hatten, wurden die geschlachtet und gebraten. Da haben wir dann in meinen Geburtstag reingefeiert. Nach außen hin war das Hitlers Geburtstag, in Wirklichkeit haben wir aber meinen gefeiert.«

»Vielleicht sprichst du mal mit der NPD«, sagte Otto Matuschewski. Die Nationaldemokratische Partei war gerade gegründet worden und galt als so weit rechts stehend, dass sie von vielen als Neugründung der NSDAP angesehen wurde. »Vielleicht kannst du mit denen den Trick wiederholen.«

»Ich war doch nie ’n Nazi!«, rief Max Bugsin.

»Dann musst du dir für deinen Geburtstag schon was anderes überlegen.«

»Fahr zur Jagdhütte, und feiere ganz mit dir allein«, schlug Hartmut Meyerdierks vor.

Margot Matuschewski protestierte. »Nein, ich will an diesem Tag auch was von meinem Mäcki haben.«

»Ich habe da eine tolle Idee«, sagte Gerhard, als Juniorchef von Schablin & Co. ständig in der Pflicht, tolle Ideen zu haben. »Wir mieten für einen Abend das ganze Hansa Theater. Für alle Verwandten, Bekannten und Geschäftsfreunde. Aber nicht nur das, ich spreche vorher mit dem Intendanten, und sie bauen eine Szene in ihr Stück ein, wo Vati dann mitspielt. Das war doch schon immer sein Wunsch, mal Schauspieler zu werden.«

Das wurde mit viel Beifall quittiert, wenn auch Manfred Matuschewski einwendete, Max sei ein so guter Schauspieler, dass sie ihn gleich dabehalten würden. »Und dann steht Schablin & Co. vor dem Konkurs.«

Irmgard Bugsin lächelte. »Ganz im Gegenteil. Aber wir werden das nicht bezahlen können.«

»Ich versuch's trotzdem mal«, beharrte Gerhard.

»Au ja!« Roswithas Augen leuchteten. Gerhards Gattin hatte ein Faible fürs Theater und wollte, wenn sie ihre Phase als Hausfrau und Mutter hinter sich hatte, gern Regisseurin werden. Und sei es nur in ihrem Kirchensprengel beim weihnachtlichen Krippenspiel.

Inges Mutter hatte Bedenken. »So viel Theater, wo wir eigentlich noch um meinen Vater trauern müssten.« Ende letzten Jahres war Fritz Schablin gestorben.

»Mutti ist ja nun Vollwaise«, sagte Gerhard.

»Alle waren zur Beerdigung, nur Bernhard Großkreutz nicht!« Max Bugsin konnte sich immer wieder darüber empören. »Zu meiner Beerdigung soll er aber auch nicht kommen, das schreibe ich extra ins Testament.«

»Aber zu seiner gehst du doch?«, fragte Otto Matuschewski.

»Mehrmals sogar und mit Freuden! Und den Leichenschmaus hinterher, den bezahle ich aus eigener Tasche.«

»Bist du satt, Tante Manda?«, fragte Inge.

»Satt? Det Wort kenn ick nich. Entweder ick hab Hunger, oder mir is übel.«

»Was meinst du denn, wie Max seinen sechzigsten Geburtstag feiern soll?«

»Wie man's macht, isset falsch, und macht man's falsch, isset ooch nich richtig.«

Diese Aussage war so philosophisch, dass man lange darüber nachdenken musste.

»Letztendlich heißt das doch, dass man gar nichts mehr macht«, fand Irmgard Bugsin.

Manfred Matuschewski widersprach ihr. »Auch wenn ich nicht handele, dann handele ich.«

»Wir handeln schon seit dreißig Jahren«, sagte Max Bugsin. »Und immer mit Möbeln.«

Inge musste sich eingestehen, dass der Vorschlag ihres Bruders gar nicht so schlecht war. Sie flüsterte mit ihrem Mann, und Hartmut nickte. Darauf klopfte sie mit ihrer Kuchengabel gegen die Blumenvase. »Ich bitte um Gehör!«

»Wenn du kein Gehör hast, musst du zum Ohrenarzt gehen«, sagte Otto Matuschewski. »Uns darum zu bitten dürfte nutzlos sein.«

Inge ließ sich nicht beirren. »Ich stelle den Antrag, dass wir Vatis Geburtstag im Hansa Theater feiern und er da mitspielt.«

Der Antrag wurde einstimmig angenommen, und sie schafften es, mit der Intendanz ins Geschäft zu kommen. Sie kauften 150 Plätze in den vorderen Reihen und legten zusätzlich einige Scheine auf den Tisch, damit der Autor Max in sein Stück einbaute und ihm ein paar Textzeilen schrieb.

»Eine tragende Rolle«, sagte er zu Inge. »Ihr Vater wird mit einem Tablett auf die Bühne kommen und ein paar Sätze sagen.«

Diese Sätze bekam Max Bugsin frei Haus in die Koblenzer Straße geliefert, und die Tage vor seinem Geburtstag erlebte ihn Inge dann im Kampf mit seinem Gedächtnis, das den sprichwörtlichen Vergleich mit einem Sieb wirklich nicht zu scheuen brauchte.

Er hatte als Diener Max auf die Bühne zu kommen und den anwesenden Herrschaften den Tee zu bringen. Es war ein DIN-A4-Blatt, das ihr Vater mit der Post bekam.

Auftritt Max Bugsin im II. Akt, 1. Szene
Max Bugsin kommt mit dem Tablett herein.
Dame des Hauses: »Da sind Sie ja endlich mit dem Tee, Johann.«
Max Bugsin: »Darf ich Sie darauf aufmerksam machen, gnädige Frau, dass ich der Neue bin, der Max?«
Dame des Hauses: »Gut, Max. Ist in der Küche alles in Ordnung? Steht der Rotkohl schon auf dem Herd?«
Max Bugsin: »Ja. Blaukraut bleibt Blaukraut, und Brutakleid bleibt Brutakleid.«
Der Herr des Hauses geht zur Musiktruhe und drückt auf eine Taste. Heiße Rhythmen erklingen. Max Bugsin setzt sein Tablett ab, lässt

sich von der Musik mitreißen und tanzt hingebungsvoll. Alle staunen.
Dame des Hauses: »Max, woher können Sie denn das?«
Max Bugsin: »Ich war jahrelang Eintänzer in Clärchens Ballhaus.«
Max Bugsin gerät so sehr in Ekstase, dass sich bei seinem wilden Tanz der Gürtel lockert und ihm die Hose rutscht. Er steht in Unterhosen da. Die Anwesenden sind schockiert.
Dame des Hauses: »Sie Ferkel, Sie Unhold! Raus hier!«
Max Bugsin stürzt von der Bühne.

Als Inges Vater das gelesen hatte, war er sehr zufrieden. »Ich verstehe nur nicht, was das sein soll: ein Brutakleid?«

»Vati, das ist nur ein Tippfehler, das muss Brautkleid heißen.«

»Bist du dir da ganz sicher?«

»Ja! Das soll ein Zungenbrecher sein. Mit dem Blaukraut zusammen.«

»Was ist denn Blaukraut?«

»Rotkohl.«

Ihr Vater hatte auch nach dieser Aufklärung noch immer Probleme mit dem Verständnis seiner Rolle. »Soll ich mich denn nun versprechen oder soll ich mich nicht versprechen?«

»Du sollst das sagen, was sie dir aufgeschrieben haben.«

Vierzehn Tage nach diesem Gespräch kam Inge in die Koblenzer Straße, um mit ihm zu proben. Erst den Text, dann die Tanzszene. Sie spielte die Dame des Hauses. Er kam mit dem Tablett aus der Küche.

»Darf ich Sie, gnädige Frau …«

»Nein, Vati, du darfst sie nicht, zumal ja die anderen Gäste dabei sind.«

Er ließ sich nicht beirren. »Ich bin der neue Max. In der Küche steht Ihr Rotkraut und das Bruta … äh … Brautkleid ist auch schon fertig.«

Inge rang die Hände. »Vati, du musst den Text wirklich auswendig lernen und das so spielen, wie es auf deinem Blatt steht.«

Max Bugsin übte jeden Tag, wenn er in der U-Bahn saß und potentielle Kunden besuchte. Sich ein Auto zu kaufen, weigerte er sich immer wieder. Er wolle kein Großkotz sein wie sein Cousin Bernhard. »Und wo ich hin will, da komm ich auch mit dem Bus und der U-Bahn hin.« Auch mit sechzig Jahren wolle er kein anderer Mensch werden. »Jeder Mensch muss so verbraucht werden, wie er ist.«

Sein Sohn rang die Hände. »Vati, die Kunden denken doch, wir stehen kurz vor der Pleite, wenn du mit der U-Bahn vorfährst.«

»Die denken, dass wir ihnen die Schreibtische billiger anbieten als die Konkurrenten, weil wir die Kosten für unseren Mercedes nicht auf sie abwälzen.«

Jeder kannte seine Sparsamkeit und seine genügsame Lebensweise, und umso erstaunter waren alle, dass sein Geburtstag nun groß im Theater gefeiert werden sollte. Erst mit einem heiteren Stück, dann mit einem großen Empfang im Foyer. Sie wussten, dass ihr Max ein begnadeter Komiker war, und gönnten ihm seinen kleinen Auftritt auf einer richtigen Bühne von ganzem Herzen.

»Manchmal ist er ja ein richtiger Stinkstiebel«, sagte Bernhard Großkreutz. »Aber da, wo er auftaucht, ist immer Stimmung. Wenn er seine Witze reißt, vergessen die Leute ihre Sorgen und unterschreiben jeden Vertrag, auch wenn sie in Wirklichkeit weder Tische noch Stühle brauchen.«

Selten fand Inge gut, was ihr Großcousin beziehungsweise Onkel sagte, heute aber musste sie ihm recht geben. Auch Hartmut nickte.

Alle warteten sie nun auf den großen Auftritt von Max. Ob er, wenn es ernst wurde, auch so locker sein konnte wie zu Hause oder in den vergleichsweise kleinen Büros seiner Kunden? Gleich würden sie es sehen.

»Die Spannung steigt«, hörte Inge eine Reihe hinter sich Otto Matuschewski sagen. »Gleich kommt der Augenblick, wo der Elefant sein Wasser lässt.«

Da kam ihr Vater mit dem Tablett auf die Bühne, wartete ab, bis die Dame des Hauses ihn angesprochen hatte und legte los.

»Ich bin der Neue, gnädige Frau, der Max, darf Sie aber leider nicht …« Er zuckte leicht mit dem Becken. »Weil Gäste da sind.« Die Leute lachten los, und er zögerte nicht, seinem Affen Zucker zu geben. »Aber Sie können Ihr Brutakleid ja schon mal ausziehen.«

»Wie?«, fragte die Dame des Hauses, sichtlich irritiert. Man wusste von den Proben her, dass ihr Gaststar alles durcheinanderbrachte, aber das mit dem Brutakleid war neu.

»Entschuldigung!« Max Bugsin lachte wie Heinz Ehrhardt. Und da er schon eine ganze Menge getrunken hatte, imitierte er den großen Komiker ganz wunderbar. »Ein kleiner Dreckfühler … äh … Druckfehler. Ich meine natürlich Brautkleid und nicht Brutakleid.«

»Gut, Max. Ist in der Küche alles in Ordnung? Steht der Rotkohl schon auf dem Herd?«

»Brautkleid bleibt Brautkleid, und Rotkohl bleibt Rotkohl – und nicht Blaukraut, wir sind hier schließlich in Berlin.«

Als der Hausherr nun programmgemäß die Musik einschaltete, legte Max Bugsin als wildgewordener Tänzer eine Nummer aufs Parkett, um die ihn mancher Profi beneidet hätte.

Als die Hose auf dem Boden lag, rief die Dame des Hauses voller Empörung: »Sie Ferkel, Sie Unhold! Raus hier!« Doch die Leute im Parkett schrien: »Weitermachen!«

Max Bugsin vergaß nun jede Absprache und fühlte sich wirklich als Schauspieler, war von der einen Welt in die andere hinübergewechselt und konnte im wahrsten Sinne des Wortes als verrückt gelten.

»Entschuldigung, meine Hoden … äh … Hosen!« Er zog hoch, was hochzuziehen war, und setzte sich an den Tisch, um mit der Dame des Hauses und ihren Gästen zu plaudern.

»Habe ich Ihnen schon mal erzählt, wie ich im Krieg als Soldat immer den Geburtstag des Führers ausgenutzt habe, um meinen eigenen Geburtstag zu finanzieren und groß zu feiern?«

Die Dame des Hauses stand auf und wies ihm den Weg zur Tür. »Johann, benehmen Sie sich! Sie sind Domestik hier, nichts weiter. Also, ab!«

Max Bugsin fiel nun endgültig aus der Rolle. »Wie reden Sie denn mit mir? Erst das viele Geld von mir nehmen und mich dann einfach so rausschmeißen hier.«

»Ernst, schaff mir diesen Proleten vom Hals!«

Der Schauspieler, der den Herrn des Hauses gab, stürzte nun auf Max Bugsin los, um ihn, unterstützt von zwei jüngeren Kollegen, hinter die Kulissen zu drängen. Doch das Geburtstagskind wollte nicht weichen, und da er gern zum Boxen und zum Catchen ging und sich dort einiges abgeguckt hatte und zudem zwei Zentner wog, war er keine leichte Beute. Im Gegenteil, er legte einen Angreifer nach dem anderen auf die Bretter.

»Vorhang!«, schrie die Dame des Hauses. »Polizei!«

Und die kam dann auch. So verbrachte Max Bugsin den Rest seines Geburtstages auf dem Polizeirevier.

In den nächsten Wochen hatte der Anwalt der Familie Bugsin alle Mühe, die Sache mit einer kleinen Spende der Firma Schablin & Co. ans Rote Kreuz vom Tisch zu kriegen, die Gäste aber waren sich einig, nie einen so tollen Geburtstag gefeiert zu haben.

»Inge, Ihr Vater ist einzigartig.« So hörte sie es immer wieder.

Die Bugsins waren im geographischen Sinne Südost-Berliner, wobei Max ja nicht einmal in Berlin aufgewachsen war, sondern in Dramburg. Danach hatte er in den Bezirken Kreuzberg und Friedrichshain gelebt, gearbeitet und die Frauen beglückt. Irmgard dagegen war in Kreuzberg, wo ihre Eltern ein Restaurant gehabt hatten, groß geworden und dann nach Treptow gezogen. Nach der Heirat waren sie im rechten unteren Viertel der Stadt verblieben, und erst mit dem Umzug nach Wilmersdorf hatten sie die senkrechte Achse, gebildet von der S-Bahn-Strecke zwischen Bornholmer Straße und Priesterweg, in Richtung Westen überschritten, aber auch nur um ein paar Kilometer.

Von kleineren im Norden, Westen und Südwesten gelegenen Ortsteilen wie Schulzendorf, Sandhausen oder Schönow hatten sie noch nie gehört, und als Max eines Tages sagte, man habe ihm in Kladow ein Stück Pachtland mit Laube angeboten, musste Irma erst auf dem Stadtplan nachsehen, wo genau das lag. Eine Woche später verbrachten sie ihren ersten Sommertag in Kladow.

An der Sakrower Landstraße lag ihr neues Karolinenhof. In Vorkriegszeiten war hier entlang viel Verkehr nach Potsdam geflossen, doch nachdem West-Berlin eingemauert worden war, fuhren nur noch wenige Autos in Richtung Brüningslinden. Bis zur DDR-Grenze war es ein knapper Kilometer. Nur selten dröhnte ein Bus am Gartenzaun vorbei, und die Idylle wurde nur nachhaltig gestört, wenn die britischen Soldaten nachts angetrunken in ihre Kasernen am Hottengrund heimkehrten. Gern pinkelten sie dann in den Garten der Bugsins und warfen ihre leeren Bierflaschen über den Zaun.

»Dann sind das wohl eher Schmutz- als Schutzmächte«, sagte Manfred Matuschewski, als er gemeinsam mit seinen Eltern zum ersten Mal in Kladow war. »Unsere alliierten Schmutzmächte.«

»Geh doch rüber in den Osten!« Seine Mutter konnte ziemlich giftig werden, wenn sie auch nur die leiseste Kritik am Westen witterte.

»Solange die Engländer keine gefüllten Kondome übern Zaun werfen und Daniela die dann aufbläst, geht es ja noch«, sagte Hartmut Meyerdierks.

»Jetzt wird es ein wenig unappetitlich«, fand seine Schwiegermutter.

»Ach, mein lieber Eujen, wolln wir nich ins Heu jehn?«, ließ sich Tante Manda aus dem Liegestuhl vernehmen.

Inge fuhr gern nach Kladow, zumal ihre Mutter viel mit Daniela spielte und sie dann wie in alten Zeiten auf dem Rasen liegen und lesen konnte. Fast war Inge ein wenig neidisch, wie ihre Mutter die kleine Daniela verwöhnte. Als hätte sie alle Zärtlichkeit, die Inge in ihrer Kindheit so vermisst hatte, für die Enkeltochter aufgehoben.

Die Arbeitsteilung in Kladow war nicht viel anders als die in Karolinenhof. Irmgard Bugsin plante und kontrollierte alles. Max Bugsin hatte dafür zu sorgen, dass alle prächtig unterhalten wurden – die anderen dienten ihm nur als Stichwortgeber. Den Rasen hatte Gerhard zu mähen, so wie damals in Karolinenhof, und für die Küchenarbeit war Roswitha eingeteilt worden. An Gerhards Frau blieb immer alles hängen. Weil sie sich nicht richtig wehren konnte, war sie das Dienstmädchen, wenn die Familie Bugsin – die Bugsins und die Matuschewskis – zusammenkam.

»Freunde kann man sich aussuchen«, war die stehende Wendung von Max, »Verwandte nicht!«

Roswitha schälte Kartoffeln, Roswitha wusch das Geschirr ab, Roswitha putzte das Plumpsklo, Roswitha wischte Staub und fegte den einzigen Raum, den das kleine Holzhäuschen aufzuweisen hatte, das kombinierte Schlaf- und Wohnzimmer. Dies alles tat sie mit einem gottergebenen Lächeln, und Otto Matuschewski hatte sie einmal eine »stille Dulderin« genannt.

Wie man in Karolinenhof zum Baden an den Strand der Dahme geeilt war, so lief man hier zur Havel hinunter. Von der kleinen Badestelle aus hatte man einen schönen Blick zum Strandbad Wannsee hinüber und erfreute sich am Anblick von Pfaueninsel und Schäferberg. Zwischen dessen Kiefern hatten sie den neuen Fernmeldeturm gespießt. Weiße Ausflugsdampfer zogen vorüber, viele Segelboote und Ruderer, aber nur wenige Paddler. Diese Sportart war den West-Berlinern zu popelig.

»So sind wir auch mal über den Seddinsee gepaddelt«, sagte Manfred Matuschewski.

»Ja.« Inge hörte das nicht gern. Es war ihr irgendwie peinlich, dass es einmal gewesen war. In einem Paddelboot zu sitzen erschien ihr geradezu abartig.

Manfred ruhte bei ihr in der Schublade »geistige Verirrung«. Es wurde immer schlimmer mit ihm. Seine Mutter staffierte ihn so aus, als sei er kurz davor, in Rente zu gehen. Dabei war er gerade mal 27 Jahre alt. Ohne jeden Schwung, so schien es ihr, studierte er weiter Semester für Semester. Immerhin saß er jetzt an seiner Diplomarbeit. Was ihm nottat, war eine feste Freundin, aber in dieser Hinsicht konnte Margot Matuschewski nur von einer Panne nach der anderen berichten. Mit der Stewardess war es nichts geworden und mit einer angehenden Lehrerin aus Stuttgart auch nicht.

»Er kann sich doch nicht alles durch die Rippen schwitzen.« Das war ihre größte Sorge.

»Max kann ihn ja mal mit ins Bordell nehmen«, sagte Hartmut.

»Pst«, machte Inge.

Ihr Mann und ihr Vater stänkerten ständig miteinander. Sie

mochten sich ganz einfach nicht. Jedenfalls, seit sie und Hartmut etwas miteinander hatten. Alle sagten ja, dass Väter die Männer ihrer Töchter automatisch hassten.

Bei Hartmut war es der Neid, dass Max Bugsin der bessere Entertainer war und er selber zum Statisten wurde, wenn sie gemeinsam irgendwo eingeladen waren. Kurz, sein Schwiegervater stahl ihm die Schau. Neulich hatte Hartmut Gerhards Frau eine Karte fürs Schillertheater geschenkt, erste Reihe Mitte. Zum Dank dafür, dass sie eingeschlafen war, als Max bei einem Geschäftsessen eine Stunde lang schlüpfrige Verse aufgesagt und gewagte Couplets gesungen hatte.

Als Hartmut in die Havel stieg, ließ sich Max die Gelegenheit zu einer Retourkutsche nicht entgehen. »Dir steht ja wirklich das Wasser bis zum Hals.«

Das war eine deutliche Anspielung darauf, dass es der Firma Wamey nicht sehr gut ging. Seit der alte Meyerdierks ausgestiegen war, schrieb man nur noch rote Zahlen.

Irmgard Bugsin, die mit ihrer Enkeltochter auf dem Arm am Ufer stand, schrie plötzlich auf. Was war passiert? Daniela hatte ihr mit einer ruckartigen Bewegung ihres Kopfes einen ihrer letzten echten Zähne ausgeschlagen. Fassungslos hielt sie ihn in der Hand.

»Lass ihn vergolden«, riet ihr Hartmut Meyerdierks. »Und schenk ihn Daniela als Andenken. Wenn du mal nicht mehr sein solltest, in hundert Jahren oder so, kann sie ihn an einer Kette tragen.«

»Du wirst lachen, das mach ich.«

Es war ein ebenso dummer Satz wie eine der letzten Wahrheiten: Das Leben geht weiter! Auch nach dem Bau der Berliner Mauer ging es weiter, und beide Stadthälften erlebten nach 1961 einen hübschen Bauboom.

In Inges West-Berlin wurde der Neubau der Kaiser-Wilhelm-Gedächtniskirche am Breitscheidplatz durch den legendären Bischof Otto Dibelius feierlich eingeweiht, in der Bismarckstraße wurde der Neubau der Deutschen Oper, im neuen Hansaviertel die Akademie der Künste eröffnet. Am Rande des Tiergartens entstand Scharouns vielgerühmte Philharmonie – der »Zirkus Karajani«. Bejubelt wurden auch die Wilhelm-Foerster-Sternwarte am Insulaner und das Europa-Center gegenüber der Gedächtniskirche. Man traute sich wieder, hoch hinauszuwollen.

Darin war allerdings Ost-Berlin einsame Spitze, denn der neue Fernsehturm am Alexanderplatz wurde 365 Meter hoch. Das Fundament wurde 1965 gelegt, fertig war er erst drei Jahre später. Weit früher wurde in der Karl-Marx-Allee das Kino International eröffnet und am Marx-Engels-Platz das Staatsratsgebäude der DDR fertiggestellt. Der Alexanderplatz wurde neugestaltet und mit dem Haus des Lehrers, dem Centrum-Warenhaus, dem Hotel »Stadt Berlin« und dem Brunnen der Völkerfreundschaft, der »Nuttenbrosche«, bestückt und geschmückt.

Dies alles hätte sich auch Inge Bugsin gern angesehen, doch wenn es Passierscheine für West-Berliner gab, seit 1963 zumeist zu Weihnachten, dann fuhr sie zuerst zu Rita nach Bohnsdorf und dann zu Christa nach Oberschöneweide oder umgekehrt, und dann war der Tag auch schon zu Ende, und zur Besichtigung der Innenstadt blieb keine Zeit mehr.

Um nun öfter in die Hauptstadt der DDR einreisen zu dürfen, hatte sie sich formal bei ihrem Schwager in Duingen als Untermieterin angemeldet und mit einiger Genugtuung ihren grünen Reisepass als Vollbundesbürgerin in Empfang genommen. Nun konnte Hartmut seine Beziehungen spielen lassen. Da man vonseiten der DDR ein hohes Interesse daran hatte, Büromöbel aus Thüringen auch an Herzog & Altmann zu verkaufen, durfte Inge, da sie nun formal keine besonders verfemte West-Berlinerin mehr war, mit einer Art Sondergenehmigung viel öfter nach Ost-Berlin fahren, als dies anderen Menschen möglich war.

So machte sie sich auch am 15. September auf den Weg zum Bahnhof Friedrichstraße.

Ewigkeiten war sie nicht mehr S-Bahn gefahren, und als sie jetzt am Bahnhof Lichterfelde West auf den Zug wartete, hatte sie ein wenig Angst, von besonders linientreuen »Volksgenossen« bedrängt zu werden, denn als anständiger West-Berliner hatte man die S-Bahn, die unter DDR-Regie betrieben wurde, zu boykottierten. »Sie möchten wohl Ulbrichts Stacheldraht bezahlen, wie!« Doch sie kam unbehelligt an die Staatsgrenze. Die West-Berliner schienen heute mit anderem beschäftigt zu sein, denn am Abend sollten die Rolling Stones in der Waldbühne auftreten.

Der Bahnhof Friedrichstraße, der Bahnsteig der Nord-Süd-Bahn, tief im Tunnel gelegen, und ein Bahnsteig für die Strecke nach Wannsee, oben auf den Viaduktbögen gelegen, war exterritoriales Gebiet, konnte also von West-Berlinern ohne weiteres zum Umsteigen benutzt werden.

Inge stieg aus den Katakomben nach oben und versuchte sich zurechtzufinden. Da sie schwer bepackt war mit Geschenken für Rita und Christa, kam sie etwas aus der Puste.

Vor grauen Verschlägen warteten die West-Berliner in langen Schlangen, deutlich schlechter gestellt als die Bundesbürger und die Einreisenden aus dem restlichen kapitalistischen Ausland, sozusagen Menschen dritter Klasse. Deutlich hing das hämische »Ätsch!« des SED-Staates über allem: Das habt ihr nun davon, dass ihr nicht zu uns gehören wollt. Gottergeben nahmen sie es hin.

Bei Inge und den Bundesbürgern ging es wesentlich schneller. Schon durfte sie ihren grünen Reisepass durch eine Luke schieben. In einer schmalen Bucht saß ein blasser Jüngling, getarnt von seiner Uniform und einer viel zu großen Mütze. Er prüfte im Schein einer Tischlampe ihr Dokument mit etwa der Präzision und Hingabe wie ein Amsterdamer Diamantenschleifer einen Stein von unvorstellbar hohem Karat und verglich alles mit geheimnisvollen Listen, die unter einer weit vorgezogenen Abdeckung lagen und vom Kontrollopfer nicht eingesehen werden konnten. Dann knallte er einen rosa Stempel in den Pass und reichte ihn wortlos wieder nach draußen.

Nachdem sie fünf D-Mark in Mark der DDR umgetauscht, also das Eintrittsgeld gezahlt hatte, durfte sich Inge von einer Zöllnerin der Marke Flintenweib, wie ihr Vater sie immer nannte, die Taschen und das Portemonnaie durchsuchen lassen. Jedes Geschenk hatte vorher auf einer Zollerklärung festgehalten werden müssen.

Kaffee, Zigaretten, Konfekt, Seifen, Waschmittel, zwei kleine Flaschen Sekt. Ihr Impuls, der Zöllnerin links und rechts eine zu scheuern, war übermächtig, aber sie beließ es bei einem giftigen »Danke!«, als sie schließlich passieren durfte.

Draußen wartete Rita, und sie sanken sich in die Arme. Es gab ja so viel zu erzählen. Schreiben und am Telefon sagen konnte man nicht alles, denn es stand zu befürchten, dass die Staatssicherheit las und hörte, was man dem anderen an Geheimnissen mitzuteilen hatte.

Bei Rita war es eine ganze Menge. Sie war von Wolfgang geschieden worden. Der hatte nach abgeschlossenem Chemiestudium in West-Berlin keine Arbeit gefunden und war zu Telefunken nach Ulm gegangen.

»Da wollte ich nicht mit«, sagte Rita. »Die schöne Wohnung in Mahlow aufgeben, den Freundeskreis aus Guben und Berlin … Nein!«

Ihr Medizinstudium hatte sie nicht wieder aufgenommen, sondern war Patentprüferin im DDR-Patentamt in Ost-Berlin geworden.

»Du warst ja schon immer eine patente Frau«, sagte Inge.

Ritas zweiter Mann hieß Bruno, war zwanzig Jahre älter als sie und von Beruf Diplom-Ingenieur. Schwermaschinenbau.

Sie hatten sich ein Haus in Bohnsdorf gebaut, und als Inge dort angekommen war und auf der Terrasse stand, sah sie sofort in Richtung Osten. »Bis Karolinenhof sind es nur fünf Kilometer.«

»Ihr habt ja jetzt Kladow.«

»Wir? Hartmut ist nicht gerne draußen. Er kann Max und Gerhard nicht so richtig verknusen.«

»Wieso das?«

Nun war Inge am Erzählen, und gerade als sie bei Daniela war, kam Christa. Wieder war die Freude groß.

»Was ist denn das für eine Welt, in der ich euch nur dreimal im Jahr zu sehen kriege!«, rief Inge. »Und ihr könnt überhaupt nicht rüber zu uns. Diese Ärsche da oben alle!«

»Pst«, machte Rita, und Christa lief schnell ins Haus, um im Zweifelsfalle nichts gehört zu haben.

Drinnen tranken sie dann Kaffee und schwärmten von den alten Zeiten. Insbesondere von Karolinenhof. Und automatisch fiel Inge Walter ein. Sie nannte seinen Nachnamen und fragte, ob er in der DDR Karriere gemacht habe und mal irgendwo aufgetaucht sei.

»Meines Wissens nicht.« Christa überlegte. »Im *Neuen Deutschland* stand er nicht, und im Radio habe ich ihn auch nicht gehört.«

»Vielleicht ist er Diplomat.« Rita senkte ihre Stimme. »Oder ein hohes Tier bei der Staatssicherheit.«

Viel zu schnell verging der Tag.

Christa erzählte von ihrer Arbeit und vom Alltag in Ost-Berlin. Wie schwer manches zu bekommen war, was Bückware war. »Anfrage an den Sender Jerewan: ›Kann man die Wirtschaft der DDR mit drei Atombomben lahmlegen?‹ – ›Im Prinzip ja. Aber es genügen auch zehn Zentimeter Neuschnee.‹« Dann schwärmte sie von den Vorstellungen im Friedrichstadtpalast, von den *Budapester Melodien* und vom *Strandkorb Nummer 13*. »Und jetzt erst der *Ritter Blaubart* in der Komischen Oper!«

Nach dem Abendessen brachen sie auf, um Inge nicht nur zum Bahnhof Friedrichstraße zu bringen, sondern ihr auch noch ein wenig das neue Ost-Berlin zu zeigen. Tränenreich geriet dann der Abschied.

»Komm bald wieder rüber! Wie gerne wären wir auch mal … Grüß Lichterfelde von mir, insbesondere Daniela! Grüße auch an die Koblenzer Straße! Und Kladow!«

Wie chloroformiert war Inge, als es wieder in die andere Welt hinüberging. Die Passkontrolle.

»Machen Sie mal Ihr Ohr frei!«

»Wenn ich nichts anderes frei machen muss, bitte.«

Es dauerte ewig. Immer wieder blätterte der Uniformierte in irgendwelchen Listen und verglich die Angaben in ihrem Pass. Ihr wurde siedend heiß. Vielleicht sah man es in der DDR doch als ein Verbrechen an, wenn sich West-Berliner einen Bundespass verschafften. Oder es hing doch mit Walter zusammen. Vielleicht war sie von Anfang an beschattet worden. Vielleicht hielt man sie für eine westliche Agentin, die den Auftrag hatte, sich an Walter heranzumachen und ihn umzudrehen. In diesen Zeiten war nichts unmöglich.

Da stand ein höherer Offizier hinter ihr. »Fräulein Bugsin, Frau Meyerdierks?«

»Ja?«

»Wenn Sie bitte einmal mitkommen würden!«

Sie fühlte sich wie kurz vor ihrer Hinrichtung und hatte nur noch den einen Gedanken, Daniela nicht mehr wiederzusehen.

Ein Ende mit Schrecken

1974–1975

Als sie am 1. Januar 1974 draußen in Kladow auf das neue Jahr anstießen, stand Inge auf der Terrasse und blickte zu den Sternen hinauf. »Wo sind bloß die letzten zehn Jahre geblieben?« Rückblickend verdichteten sie sich zu einem Tag, kaum mehr. Obwohl sich so viel verändert hatte.

Aus der Generation ihrer Eltern waren die Ersten gestorben, Otto Matuschewski beispielsweise. Daniela war zum Teenager herangewachsen. Zum Glück studierte sie noch nicht. Die Studentenunruhen hatten West-Berlin schwer erschüttert. »Amis raus aus Vietnam!« 1967 war bei der Demonstration gegen den Schah von Persien der Student Benno Ohnesorg von einem Polizisten erschossen worden, und ein Jahr später hatte ein Wirrkopf den Studentenführer Rudi Dutschke auf dem Kurfürstendamm niedergeschossen und lebensgefährlich verletzt. Linke Studenten wohnten jetzt in Kommunen, und jeder schlief mit jedem. Der Kaufhausbrandstifter Andreas Baader war von maskierten Gesinnungsgenossen nach einem heftigen Schusswechsel aus dem Gefängnis befreit worden. Ehrbare Bürger erregten sich darüber so sehr, dass sie mit dem Maschinengewehr draufhalten wollten und die Wiedereinführung der Vernichtungslager andachten. »Für alle Chaoten!«

Inge Bugsin sah das Aufbegehren der Jungen mit der ihr eigenen Gelassenheit. »Sollen sie doch. Es wird schon für irgendetwas gut sein.« Dass die Welt, so, wie sie war, nicht die beste aller möglichen war, hatte sie längst begriffen.

Wenn sie wählte, dann abwechselnd CDU und FDP, weil Hartmut und ihre Eltern alles andere sehr unschicklich gefunden hätten, aber nie wurde bei ihnen ein Wort geduldet, das in eine rechtsradikale Richtung ging.

Dass mit Willy Brandt am 21. Oktober 1969 ein Sozialdemokrat zum Bundeskanzler gewählt worden war, hatte sie mit großer Freude vernommen, denn schon als Regierenden Bürgermeister hatte sie ihn gut gefunden. Ein Berliner als Bundeskanzler – das fand sie phantastisch.

Aber die Mauer wieder verschwinden zu lassen, dazu schien auch er – bei allem Charisma – nicht in der Lage zu sein. Wenn auch seine Ostpolitik wieder Hoffnungen aufkeimen ließ.

Das erste erwähnenswerte Ereignis im neuen Jahr war der Geburtstag von Manfred Matuschewski am 1. Februar. Auch Inge und ihre Familie waren eingeladen worden, doch Hartmut hatte noch im Geschäft zu tun, und Daniela musste für eine Lateinarbeit pauken, so dass sie sich allein auf den Weg machte.

Dies tat sie aus vielerlei Gründen mit sehr gemischten Gefühlen. Zum einen war es die Adresse des alten Buddelkastenfreundes, wie sie ihn nannte, seit sie mit Hartmut verheiratet war, die bei ihr erhebliche Störgefühle auslöste: Berlin-Wilmersdorf, Koblenzer Straße 17. Manfred Matuschewski war in die alte Wohnung der Bugsins gezogen, nachdem Gerhard, der seinen Eltern gefolgt war, ein Reihenhaus gemietet hatte, auch draußen in Kladow. Das war sehr praktisch, da er so am besten den Chauffeur seiner Eltern spielen konnte, wenn die morgens in die Firma wollten und abends zurückgebracht werden mussten. Manfred Matuschewski lebte also in den Räumen, in denen Inge so viele Jahre verbracht hatte.

Aber nicht nur das hatte sie zu verkraften, sondern auch die Tatsache, dass er inzwischen eine sehr attraktive Frau gefunden hatte – Renate. Ein Kind hatten sie auch, Joscha, und der spielte und schlief nun in Inges ehemaligem Zimmer.

All das war für sie, wie für alle Bugsins, eigentlich unfassbar, am wenigsten aber konnten sie realisieren, dass Manfred Matuschewski nun weder arbeitslos war noch sein Geld lediglich als

Müllkutscher oder Straßenfeger verdiente, sondern ein *Prof. Dr.* vor seinem Namen stehen hatte und an der neugegründeten Hochschule für Öffentliche Verwaltung geradezu ein Star war. Die Fachzeitschriften waren voll von seinen Veröffentlichungen, und ab und an hörte man ihn im Radio. Drei Jahre lang hatte er im Bremer Rathaus gearbeitet und sich in der Organisationsforschung einen guten Namen gemacht.

Wenn Inge Bugsin nun mit klopfendem Herzen vor der alten Wohnung stand, dann nicht nur, weil ihr das Treppensteigen schon ein wenig Mühe bereitete. Kein Sport und die viele Zigaretten. Dazu kam, dass sie sich das Biertrinken angewöhnt hatte. Ungläubig starrte sie auf das Messingschild neben dem Klingelknopf: *Matuschewski.* Was sollte denn dieser Unsinn? Da hatte doch *Bugsin* zu stehen. War sie verrückt geworden? Für einen Augenblick fürchtete sie, nicht mehr zu wissen, wer und wo sie war.

Schnell riss sie das Papier vom Blumenstrauß. Der war der Garant dafür, dass sie noch alle Tassen im Schrank hatte. Nelken. Erst jetzt fiel ihr ein, dass Manfred Matuschewski keine Nelken mochte. Sie überlegte und setzte schon an, nach oben zu gehen und sie den Leuten, die über den Matuschewskis wohnten, vor die Tür zu legen. Nein, das war dann doch zu albern. Am besten war es wohl, Manfreds Frau mit ihren rosa Nelken zu beglücken.

»Für dich als Gastgeberin«, sagte sie dann auch, als sie endlich geklingelt hatte. Renate war an die Tür gekommen. »Wo ist denn dein holder Gatte?«

»Der hat von mir 'ne Modelleisenbahn geschenkt bekommen, so einen Koffer mit der kleinsten Spur der Welt, und spielt nun pausenlos.« Sie musste ihn erst rufen, damit er kam.

Zuerst flitzte Joscha auf den Flur. Anderthalb Jahre alt war er und der absolute Mittelpunkt der Familie Matuschewski. Ein kleiner Kobold, der pausenlos in Action war.

Wieder hatte Inge das Gefühl, nichts mehr zu begreifen. Sie konnte sich beim besten Willen nicht vorstellen, dass Manfred Matuschewski es geschafft haben sollte, diesen Sohn zu zeugen. Sie, wie alle Bugsins, hielten ihn automatisch für den ewigen Versager.

Im Beruf wie im Bett. Sicherlich, die Wirklichkeit sprach dagegen, aber so richtig glauben konnte sie es nicht. Wenn sie später zu ihrer Mutter sagen sollte »Ich kann's nicht fassen«, dann hatte sie es mit dieser Wendung auf den Punkt gebracht: Es überstieg irgendwie ihr Fassungsvermögen. Man hatte sie sozusagen darauf programmiert, dass er »Klein-Doofchen mit Plüschohren« war, und sie kam davon zeitlebens nicht mehr los.

Da stand er vor ihr, und sie hatte Mühe, das Übliche zu stammeln. »Herzlichen Glückwunsch zum Geburtstag!« Ja, wozu sonst! »Und vor allem Gesundheit. Wo du nun auch schon ...« Sie rechnete schnell. »... 34 bist.«

»36.«

»Entschuldigung! Gerhard wird ja 34.« Sie holte ihr Geschenk aus der Tasche. »Ein Buch.«

»Na, da sind sicherlich viele Staben drin. Und ich liebe Staben über alles.« Manfred Matuschewski bedankte sich, riss die Verpackung auf und vermochte seiner Freude durchaus Herr zu werden. »Ah, der *Stechlin*.«

»Die Stechlin«, verbesserte ihn sein Freund Dirk Kollmannsperger, der gerade aus der Toilette gekommen war. »Europameisterin und Olympiasiegerin über hundert Meter aus der DDR. Renate Stechlin.«

»Renate Stecher«, wurde er korrigiert.

»Nun sei doch nicht so kleinlich.«

»*Der Stechlin* ist von Fontane«, sagte Margot Matuschewski, nun auch auf den Flur gekommen, um Inge zu begrüßen.

»Nein, Mutti, von Inge.«

»Neulich war ich mit Leczek am Stechlin.« Gerda, Manfreds Tante aus Schmöckwitz, wollte nicht länger im Abseits verweilen, zumal es die reinste Psychofolter für sie war, wenn sie einmal länger als zehn Sekunden schweigen musste und nicht im Mittelpunkt stand. »Mit dem ganzen Betrieb sind wir hin. In mehreren Bussen. Unterwegs gab es ein wunderbares Essen. Würstchen mit Kartoffelsalat. Bei uns in der DDR tun sie ja wirklich alles für die Werktätigen.«

»Meinst du denn, Gerda, bei uns im Westen werden sie jeden

Tag ausgepeitscht?«, rief Margot Matuschewski, und sofort lagen sich die beiden Schwestern wieder in den Haaren.

Inge genoss es. Der Reihe nach begrüßte sie auch die anderen Gäste. Curt, Manfreds Cousin, seine Frau Anett und seine Mutter, Tante Eva. Die war Krankenschwester, sah ein wenig wie eine Spanierin aus und war in einem fort am Stöhnen, wie schwer sie es jetzt hatte. »Früher in Zehdenick in unserer Apotheke, da hatte ich ja für alles meine Dienstboten. Heute, da muss ich alles selber machen.«

»Für alles einen Dienstboten? Aber Tante Eva!« Manfred Matuschewski zeigte sich entsetzt. »Bitte keine Details aus deinem Privatleben, es ist ein Kind im Zimmer.«

»Wie?« Sie neigte schon ein wenig zur Schwerhörigkeit.

»Von welchem Dienstboten ist denn nun dein Sohn hier?«

Es war Inges Vater, der neben Tante Eva saß und ihr das ins Ohr geschrien hatte.

»Ach, ihr!«

»Eva hatte ja mal etwas mit einem Arzt«, konnte sich Margot Matuschewski erinnern.

»Ich kann mich an nichts mehr erinnern.«

»Wie schade!«

Jetzt erst entdeckte Inge ihre Mutter. Sie saß abseits in der Ecke und diskutierte mit Gerhard über den höchstmöglichen Rabatt bei Aktenschränken. Dies tat sie mit einem Ernst, als ginge es um das Fortbestehen der Menschheit.

Roswitha hatte sich inzwischen ein Buch aus Manfreds Bücherschrank genommen, um darin zu blättern. Es war Fontane, *Der Stechlin*. Inge zuckte zusammen. Auch noch als dicker Band und nicht als Taschenbuch wie ihr Geschenk. Peinlich!

Der Stechlin wurde zum Thema der nächsten zehn Minuten. Wer einmal an seinem Ufer gesessen hatte, berichtete davon. Tante Eva fand es empörend, dass der Stechlin in der DDR lag.

»Inge!« Ihr Vater stieß sie an. »Erzähl doch noch mal die Geschichte, wo sie dich fast in der DDR behalten hätten.«

»Nein, das ist doch fast zehn Jahre her.«

»Trotzdem.«

»Ich hab einen fürchterlichen Schreck bekommen, weil ich dachte, dass sie mich als Spionin festnehmen würden, weil ich …« Fast wäre ihr das mit Walter doch noch herausgerutscht, aber sie konnte sich gerade noch bremsen. »Weil ich mich doch mit Rita getroffen hatte. Und Rita kennt ja alle DDR-Patente. Das wäre natürlich ein gefundenes Fressen für den Bundesnachrichtendienst und die Amerikaner. Ich hab mich schon in Bautzen gesehen. Aber dann war es nur wegen Hartmut. Er hatte überraschend nach Ost-Berlin gemusst und war in der Friedrichstraße mit seinem Mercedes gegen eine Straßenbahn gerauscht. Der Wagen im Eimer und er stundenlang bei der Vopo. Schließlich haben sie ihn laufenlassen, und auf den Schreck musste er erst einmal einen trinken gehen. Am Schiffbauerdamm ist er dann zusammengebrochen und in die Charité gekommen. Mit einem halben Herzinfarkt. Als er ein bisschen ausgenüchtert war, haben sie ihn gefragt: ›Wie können wir denn Ihre Angehörigen benachrichtigen?‹ Da hat er sich daran erinnert, dass ich in Ost-Berlin war, und sie haben in der Friedrichstraße Bescheid gesagt, dass die mich abfangen sollen.«

Nachdem sie so lange geredet hatte, waren ihr Vater, Gerhard und Manfreds Tante wieder auf Sendung, und sie konnte sich wieder in sich selbst zurückziehen.

Sie vermisste eine Reihe von Menschen, die über Jahrzehnte hinweg nie bei Manfreds Geburtstagen gefehlt hatten. Vor allem seinen Vater und dessen Humor, aber auch die Schmöckwitzer Oma mit ihrer Herzensgüte. Dazu die Kohlen-Oma, die immer ihre Handtasche auf dem Schoß stehen hatte, damit sie ihr am Kaffeetisch nicht gestohlen wurde, Onkel Helmut und die kleine Tante Trudchen mit den rachitischen Beinen, die sich immer vor Lachen in die Hosen gemacht hatte, wenn einer einen Witz gerissen hatte. Alle waren sie gestorben, lagen auf weitverstreuten Friedhöfen.

Trotz aller Melancholie wurde es doch noch ein fröhlicher Abend, denn ihr Vater ließ es sich nicht nehmen, den großen Komiker zu spielen. Dazu schlüpfte er in die Rolle des Dienstboten. Mal half er Tante Eva in ihrer Apotheke aus, mal Margot Matuschewski beim Servieren.

»Möchte noch jemand Nudelsalat?«

»Ja«, kam es von verschiedenen Seiten, denn keiner konnte den Nudelsalat so delikat zubereiten wie Margot Matuschewski. Nicht nur bei ihr zu Hause gab es welchen, sondern auch bei den Geburtstagsfeiern ihres Sohnes. Auch heute hatte sie ihn in einer großen Schüssel mitgebracht.

»Nudelsalat ist ja wirklich Tante Margots Spezialität«, sagte Gerhard. »Ihr Zaubersalat. Nimmt man einen Löffel aus der Schüssel, wachsen gleich zwei nach. Bei ihr quillt er immer. Wie machst du das eigentlich?«

»Das muss die Nudelsorte sein.« Sie sah auf ihre Schüssel, die mitten auf dem Tisch stand. »Heute ist sie aber doch ziemlich leer geworden.« Da rief ihr Sohn aus der Küche, sie möge doch bitte einmal kommen. Sie ging hinaus, und als sie zurück war, konnte sie nur staunen, denn die Schüssel mit dem Nudelsalat war nun fast wieder voll. »Dass die so schnell quellen ... Komisch.«

»Das ist bestimmt die Sorte ›Komische Nudel‹«, sagte Inge und beugte sich über den Tisch, um sich die nächste Portion Nudelsalat zu nehmen. Andere folgten ihr, und wieder war die Schüssel zu drei Vierteln leer.

Jetzt rief Joscha aus der Toilette. Seine Oma möge doch bitte kommen und ihm beim Zähneputzen helfen.

Margot Matuschewski sprang auf und eilte hinaus.

Als sie nach zehn Minuten zurückkam, war die Schüssel abermals voll.

»Das ist ja wirklich ein Wunder!«

Von mehreren Seiten hieß es, da wäre sogar Jesus neidisch geworden, und seine Fische seien gar nichts dagegen. Ihr Sohn riet ihr, sofort ans Patentamt zu schreiben und den nie alle werdenden Nudelsalat dort anzumelden. Max Bugsin holte einen Hundertmarkschein aus der Tasche und wollte stiller Teilhaber werden, wenn sie ein Restaurant aufmachte, eine Nudelbar.

Und wieder luden sich alle Margot Matuschewskis Nudelsalat auf ihre Teller, vergaßen aber nicht, einen gehörigen Rest zurückzulassen. »Damit noch etwas bleibt, das sich vermehren kann.« Das sei wie bei der Hefe.

Und richtig, als sie hinausgegangen war, um Joscha eine Gutenachtgeschichte vorzulesen und nach einer Viertelstunde zurückkam, war die Schüssel wiederum so voll wie anfangs.

»Da bin ich aber wirklich fassungslos. Was lacht ihr denn so?« Nun wurde sie doch etwas misstrauisch, denn die anderen Gäste bogen sich vor Lachen. »Ihr habt doch da was gemacht?«

Da kam Joscha ins Zimmer. »Oma, guck mal oben rechts im Schrank!«

Dort entdeckte sie eine riesige Schüssel mit Nudelsalat. Manfred und Renate hatten ihr Rezept nachempfunden, und Gerhard hatte immer nachgefüllt, wenn sie es nicht bemerken konnte.

»Darauf einen Dujardin!« Margot Matuschewski war ein Mensch, der nichts krummnehmen konnte. »Und als Strafe müssen alle anwesenden Männer jetzt mit mir tanzen. Manfred, mach mal Musik! Einen Tango! Damenwahl!« Sie stürzte sich auf Max Bugsin.

Inge erstarrte. Sie glaubte, alle würden jetzt erwarten, dass sie mit Manfred Matuschewski tanzte. Das wäre so schön melancholisch. »Ein schönes Paar«, würden sie flüstern. »Schade, dass sie sich nicht gefunden haben.«

Also stürzte sie sich auf Dirk Kollmannsperger. Und der konnte wunderbar tanzen.

»Ich hätte ja gern zu Manfreds Geburtstag Gershwin gespielt.«

»Und warum haben Sie nicht?«

»Weil das ohne Klavier nicht so richtig klingt.«

Inge fand ihn ausgesprochen witzig, und da er so groß und hager war wie Alain, schmiegte sie sich eng an ihn, um es so richtig kribbeln zu lassen. Nach einigen Takten war sie so in Trance geraten, dass sie gar nicht mehr wahrnahm, was um sie herum geschah. Dass es geklingelt hatte, dass ihr Mann gekommen war, um sie abzuholen. Nun stand er in der Tür und sah sie hingebungsvoll in den Armen eines anderen.

»Du verdammte Nutte!«, schrie er. Schon hatte er einen Bügel von der Garderobe gerissen, um sich damit auf Inge zu stürzen.

»Hartmut, mach dich nicht unglücklich!«, rief Margot Matuschewski.

»Sie müssen davon ausgehen, dass Alkoholismus eine Krankheit wie jede andere ist«, sagte die Psychologin in der Beratungsstelle. »Nach dem, was Sie mir berichtet haben, würde ich sagen, dass Ihr Mann ein sogenannter Entlastungstrinker ist. Seine Firma in Duingen steht kurz vor dem Aus, das Erbe der Väter ist verspielt. Damit kann er nicht fertig werden. Nach dem Schema von Jellinek dürfte er den Übergang vom Alpha- zum Gammatrinker bereits vollzogen haben. Das heißt, er trinkt, um innere Spannungen und Konflikte zu bekämpfen, und dies zunehmend nicht mehr kontrolliert, sondern bis zum Exzess. Er muss sich unbedingt zu einer Entgiftung im Krankenhaus entschließen.«

»Die Entziehungskur ... zu der kann ihn keiner kriegen.«

»Verstehe. Man kann von einem Alkoholkranken auch nicht verlangen, dass er sein Verhalten durch eine Willensentscheidung verändert, wenn sein Trinkverhalten kein Laster, sondern eine Krankheit ist. Zu deren Charakter gehört es nun mal, dass der Kranke sie standhaft leugnet. Anders als bei Zucker oder Krebs.«

»Und was soll ich nun machen?«

»Sie müssen ihn nicht als Täter sehen, sondern als Opfer, und ihn gegenüber der Umwelt verteidigen.«

Inge gab sich alle Mühe, Hartmut und seinen Aggressionen gegenüber nachsichtig zu sein und Verständnis für ihn und seine Lage zu haben. Dies ging so weit, dass sie ihn immer öfter bei seinen Zügen durch die umliegenden Kneipen begleitete.

»Eine lüttje Lage für mich und meine Frau«, rief Hartmut.

Das Bier und der Klare kamen. Mit dem Bier stießen sie an, den Korn tranken sie ex.

Inge wartete darauf, dass der Alkohol zu wirken begann. Aber erst nach dem dritten Bier war ihr so, als würde sie schweben. Die Sorgen fielen von ihr ab, unendlich leicht war alles. Sie ließ sich vom Wirt Würfel, Steine und Brett geben und spielte mit Hartmut Mensch-ärgere-dich-nicht. Das liebte er, weil es ihn an seine Kindheit erinnerte.

»Da war mein Vater der König von Duingen und ich und mein Bruder kleine Prinzen. Und wer in die Wamey-Villa kam, musste mit uns spielen. Beim Mensch-ärgere-dich-nicht hatten wir einen

Würfel, bei dem es immer eine Sechs wurde. Bei der Eins hatten wir ihn angebohrt und ein bisschen Blei reingetan. Und immer, wenn wir am verlieren waren, haben wir den aus dem Ärmel gezogen.«

Aber jetzt gab es keinen Zauberwürfel mehr, und die Firma Wamey schien am Ende zu sein. Hartmuts Bruder hatte es nicht verstanden, sie den veränderten Bedingungen anzupassen. Woanders war man einfallsreicher und produzierte billiger.

Hartmut begann zu weinen.

»Komm.« Inge umfasste seine Hände. »Das rettet Wamey auch nicht. Fahr lieber nach Duingen, jage deinen Bruder aus'm Tempel, und nimm selber das Steuer in die Hand!«

Hartmut sank in sich zusammen und jammerte: »Ich schaff das nicht mehr.«

»Mit mir zusammen.«

Hartmut lachte höhnisch. »Damit du endlich selber Chefin werden kannst! Bei euch kriegt ja Gerhard alles.«

Inge tippte sich an die Stirn. »Du hast ja nicht mehr alle!«

Da holte ihr Mann aus und verpasste ihr eine Ohrfeige, die es in sich hatte.

Inges Kopf flog zur Seite, aber sie steckte den Schlag so weg, wie es Bubi Scholz getan hätte. Hartmut konnte ja nichts dafür, Hartmut war ein kranker Mann. Und nur kein Aufsehen erregen. Wenn er als Säufer und Schläger abgestempelt war, wurde alles nur noch schlimmer.

Schweigend saßen beide da, sahen aneinander vorbei und bestellten die nächste Lage.

»Das Ende der Kindheit ist immer der erste Tod.« Am Nebentisch saß ein abgebrochener Philosophiestudent und ließ den Zeigefinger seiner rechten Hand so lange auf dem Rand seines leeren Weinglases kreisen, bis er einen nervenzerreißend hohen Dauerton erzeugt hatte. »Und wenn man vierzig wird, ist das der zweite. Und jeder Mensch hat nur drei Tode.«

Inge zuckte zusammen, denn in einer Woche stand ihr dieser Quantensprung ins Haus – von der 39 zur 40. Ihre Großmutti war sechzig Jahre alt geworden, und nahm sie das als Maßstab, dann hatte sie zwei Drittel ihres Lebens schon hinter sich. Und vor sich nur die Hölle auf Erden.

Als ihr das so richtig bewusst wurde, geriet sie derart in Panik, dass sie am liebsten zum nächsten U-Bahnhof gelaufen wäre, um sich vor den Zug zu werfen. Nein, sie hatte noch für Daniela zu sorgen!

Außerdem passte es nicht zu einer Inge Bugsin. Sie war dazu geboren worden, sich immer nur treiben zu lassen. Das war ihre Freiheit: nichts groß zu erhoffen, an nichts groß zu glauben.

Sie beschloss, ihren vierzigsten Geburtstag so zu feiern, als »nullte« sie nicht – also wie jeden anderen Geburtstag auch. Und zwar in Kladow draußen, wo ihre Eltern inzwischen die hölzerne Sommerlaube durch ein Okal-Fertighaus ersetzt hatten, und im engen Kreis.

Daniela war die Erste, die ihr am Morgen gratulierte. Noch zu Hause in der Ringstraße. »Ich wünsche dir nur, dass alles wieder gut wird.«

Lange umarmten sie sich.

Hartmut schlief noch seinen Rausch aus, und als er kurz vor zwölf erwachte, hatte er vergessen, dass heute Inges Geburtstag war. Als es ihm Daniela ins Ohr geflüstert hatte, zog er sich schnell einen Mantel über, riss seine Brieftasche aus dem Schreibtisch, stürzte auf die Straße und suchte nach einer Taxe. Nach einer Stunde war er zurück. Mit einem Strauß dunkelroter Rosen in der Hand. Genau vierzig. Dazu schenkte er Inge ein Collier. »Von Sedlarzek am Kudamm. Denn ich liebe dich noch immer.«

»Das ist ja das Schlimme«, sagte Inge. Spontan und drastisch, wie es ihre Art war. Das hinderte sie daran, Hartmut fallenzulassen. Ließ sie ihn los, ging er unter – ließ sie ihn nicht los, gingen sie beide unter. »Danke für alles! Ich muss jetzt die Salate für Kladow machen.«

Sie hatte noch immer keinen Führerschein, aber gegen fünfzehn Uhr war Hartmut nüchtern genug, um sie zu ihren Eltern zu fahren.

Ihre Mutter umarmte sie, brachte aber kein Wort hervor. Sie war zu einem guten Teil an Inges Elend schuld, weil sie Hartmut damals so angehimmelt und sich keinen anderen Schwiegersohn als ihn gewünscht hatte, und sie wusste es auch.

Ihr Vater war so auf sich selbst bezogen, dass er von allem nichts mitbekommen hatte und wie immer seine Späßchen machte.

»Herbstlichen ... äh ... herzlichen Glückwunsch auch von mir! Von deinem Erzeuger. Stell dir bloß mal vor, ich wäre damals bei Grete geblieben und hätte die geheiratet und nicht deine Mutter. Dann wärst du jetzt gar nicht auf der Welt. Grete war ja die, die sich aus dem Fenster stürzen wollte. ›Max, wenn du dich von mir trennst, dann ...‹ Da habe ich gesagt: ›Los, spring doch, wenn du dich dadurch verbessern kannst!‹ Und weißt du noch, Inge, wie ich im Krieg immer für euch gesorgt habe? Sonst wärst du damals verhungert. Kommt gestern einer ins Geschäft und will als Tischler bei mir anfangen. Frage ich ihn, wie er heißt. – ›Günther Hunger.‹ Da sage ich: ›Werden Sie lieber Koch, denn Hunger ist ja der beste Koch.‹«

Die ersten Gäste, die am 23. September 1974 in der Sakrower Landstraße klingelten, waren Onkel Bernie und seine neue Frau Gemahlin. Die hieß Linda und war mächtig aufgedonnert. Inge hatte herausgefunden, dass sie gelernte Friseuse war und eine gewisse Karriere als Schönheitstänzerin gemacht hatte. Bernhard Großkreutz hatte sie bei einer Revue in Hamburg gesehen und ihre langen Beine nicht mehr vergessen können. Helga war mit einer hübschen Summe abgefunden worden. Zur Hochzeit waren die Bugsins zwar eingeladen worden, doch Inges Mutter hatte sich strikt geweigert hinzugehen.

»Bernie, ich werde dir nie verzeihen, dass du Helga verlassen hast, um dir eine Jüngere zu nehmen. Das gehört sich nicht!«

Inge konnte sich noch genau an diese Worte erinnern. Es schien ihr aber, dass da anderes im Spiel war als die bloße Zuneigung zu Helga, nämlich die Angst ihrer Mutter, dass es Max seinem Cousin nachmachen könnte.

Wie auch immer, Irma Bugsin war mit Linda Großkreutz nie so recht warm geworden, und auch heute hatte sie nach der unterkühlten Begrüßung kaum ein Wort für sie übrig.

Inge selber fand Linda komisch, schon weil sie so schön doof war und prächtig lispelte. Sie war dreißig Jahre jünger als Bernhard Großkreutz, und es hieß, der setze alles daran, ja schlucke sogar alle möglichen fernöstlichen Potenzmittel, um mit seinen siebzig Jahren noch Vater zu werden, doch es hatte noch nicht klappen wollen.

»Versuch's doch mal im Auto«, sagte Max Bugsin zu seinem Cousin als Anspielung auf die Werbung: *AFIA – Alles für Ihr Auto.*

»Aber im Oldtimer«, fügte Hartmut Meyerdierks hinzu.

»Eigentlich wollten wir dir ein Auto schenken«, sagte Bernhard Großkreutz zu Inge. »Aber dann bist du ja sofort den Führerschein los, wenn du nachts aus der Kneipe kommst.«

Inge lachte. »Den Führerschein, den ich noch gar nicht habe.«

Bernhard Großkreutz ging darüber hinweg. »Was man so hört ... So haben wir lange überlegt und gedacht, das Beste für dich ist, dass ihr etwas Edles habt, das ihr zu Hause trinken könnt. Eine Kiste echten Bordeaux Supérieur, mitgebracht von unserer letzten Reise.« Er las radebrechend vor, was auf den Etiketten geschrieben stand: »Ein *Château la Commanderie de Queyret.*«

Inge war Biertrinkerin aus Leidenschaft, und wenn es Wein sein musste, dann ein weißer. Mit Rotwein konnte man sie jagen. Dementsprechend war ihre Reaktion. »Mensch, ist das noch der, den du damals für mich gekauft hast?«

»Damals?« Er sah sie verständnislos an.

»Na, als ich aus England zurückgekommen bin und den Job in deiner Filiale bekommen habe.«

Ehe er darauf etwas zu erwidern wusste, hatte sie sich schon neuen Gästen zugewandt, und zwar den Matuschewskis, die mit dem Auto aus Frohnau gekommen waren. »Mit der Fährige übers Wasser«, wie ihr der kleine Joscha erklärte.

Obwohl ihr Otto schon seit Jahren tot war, gab Margot Matuschewski noch immer die trauernde Witwe, das heißt, sie trug klassisches Schwarz und erzählte mit immer denselben Worten die Geschichte, wie Manfreds Vater nach einem Schlaganfall im Neuköllner Krankenhaus verstorben war. »Du hast ja noch deinen Max, Irma, du weißt gar nicht, wie das ist, so ohne Mann.«

Inge sah das subtil schmerzliche Lächeln ihrer Mutter. Einen

Max Bugsin als Ehemann zu haben, war nicht das, was sich junge Mädchen erträumten. Dankbar griff sie zu der Zigarette, die sie von Renate Matuschewski hingehalten bekam. Obwohl sie Menthol nicht mochte.

Manfred Matuschewski schenkte Inge die Erstausgabe von Karl Mays *Unter Geiern*. »Zur Erinnerung an alte Zeiten und auf dass du größere Überlebenschancen in der Geschäftswelt hast.« Dann fragte er sie, wie sie sich denn so fühle.

»Wie an jedem anderen Geburtstag auch: immer dasselbe.«

»Jaja, déjà-vu, déjà-vu!«

»Ich kenne nur Bellevue!«, rief Max Bugsin dazwischen. »Schloss Bellevue. Wo liegt denn Schloss Déjà-vu?«

Manfred Matuschewski ließ sich aber nicht beirren, sondern hielt einen kleinen Vortrag über die ganz besonderen Geburtstage. »Wenn man volljährig wird und bei Schnapszahlen ... 44, 55, 66 und so weiter. Am wichtigsten sind aber die mit einer Null hinten. Von zehn bis hundert. Sie zu feiern gehört zu unseren wichtigsten Ritualen. So erfahren wir eine feste Strukturierung unseres Lebens. In Familien und Freundeskreisen werden die Generationen aneinandergebunden. Alle Mitglieder stehen in einem gemeinsamen und die Zeiten überdauernden Lebenszyklus. Es entsteht dabei der Glaube an den magischen Charakter der Wiederholung. Jedes Jahr dieselbe Prozedur. Aber aus der Wiederholung erwächst ein Mythos, der unserem Leben erst die richtige Würze gibt. Ich hoffe, dass wir dieses Ritual, hier in Kladow deine Geburtstage zu feiern, durchhalten können, bis du siebzig, bis du achtzig bist.«

»Mir sind Räucheraale lieber als Rituale«, sagte Bernhard Großkreutz. Er stand hinten auf dem Rasen, musterte das Haus der Bugsins mit geringschätzigem Blick von oben bis unten und sah kopfschüttelnd zu seinem Cousin hinüber. »Mensch, Max, dass du dir als mittelständischer Unternehmer keine richtige Villa leisten kannst, sondern nur diese Pappkartonhütte hier ...«

Inge murmelte etwas von einem Kotzbrocken und wollte ihm die passende Antwort geben, wurde aber von ihrer Mutter nach vorn an den Zaun gerufen. »Die nächsten Gäste! Dein Bruder mit seiner Familie.«

Gerhard war wie immer. Herzlich und dröhnend. Mit dunklem Vollbart und der Figur eines Schwergewichtringers. Kenner sagten ihm eine gewisse Ähnlichkeit mit Emil Jannings nach. Ein Erfolgsmensch, wie er im Buche steht. Ganz der große Chef. Sunnyboy und Liebling der Götter. Einer, der jede Bühne ausfüllte. Erschien er, hörte man automatisch Fanfaren und Trommeln. Inge war immer wieder verblüfft, wie gut sich Gerhard zu inszenieren verstand. Da war er ganz der Vater.

Roswitha wirkte neben ihm klein und zerbrechlich und schien in seinem Schatten immer mehr dahinzukümmern.

Die beiden Söhne, Philip und Leander, erweckten den Eindruck, als hätte man ihnen den Grund des heutigen Besuchs gar nicht mitgeteilt. Sie interessierten sich vor allem dafür, wie ihre Cousine Daniela versuchte, mit Joscha Matuschewski Tischtennis zu spielen. Erst als sie von ihrer Mutter nach vorn gestoßen wurden, gratulierten sie Inge.

Von ihrer Schwägerin bekam Inge einen Gutschein für zwei Theaterkarten geschenkt. »Schillertheater. Erste Reihe. Da gehen wir gemeinsam hin.«

Inge fand schwer Worte des Dankes. Seit den Zeiten, da Manfred Matuschewski Schülerkarten bekommen hatte und sie beide losgezogen waren, hatte sie kein Theater von innen gesehen, und darauf angesprochen, sagte sie immer nur, es reiche ihr das Theater, das sie zu Hause habe, das Drama mit Hartmut.

Auch Gerhards Geschenk versetzte sie nicht gerade in Entzücken.

»Hier!« Er reichte ihr einen Umschlag mit dem Firmenaufdruck *Schablin & Co.* »Kauf dir selber das, was du dir wünschst.«

»Oh, danke! Da hast du dir ja mächtig was einfallen lassen.« Sie sah hinein und entdeckte fünf Hundertmarkscheine. »Mit den tausend Mark von Vati und Mutti reicht das ja schon für eine Reise an die Ostsee. Hoffentlich geht die Firma nicht pleite … bei so viel Privatentnahme.«

Ein wenig origineller war das Geschenk von Henne ausgefallen, ihrer Lichterfelder Nachbarin: Sie rollte ein kleines Bierfass über die Straße. »Auf dass es unserer Frischbier-Inge ein ganzes Jahr lang Freude bringe.« Außerdem sei das Bier dazu gedacht, Inge schnell Linderung zu verschaffen, wenn sie einmal unter Nierensteinen leiden sollte. »Wie ich neulich ...« Kaum hatte Hannelore Hahn, so ihr richtiger Name, Inge gratuliert, da verkündete sie auch schon ihr Gesundheitsbulletin. »Gestern Morgen hatte ich wieder Rückenschmerzen, heute musste ich schon eine Tablette nehmen, dass es nicht wieder mit der Migräne losgeht.« Sie schrie auf. »Nein, auf die Terrasse setze ich mich nicht, ich will drinnen im Zimmer meinen Kuchen essen. Die Wespen sind ja immer noch ...« Ein Stich, und man konnte tot sein.

Der nächste Gast, der vorn am Zaun stand, trug eine BVG-Uniform, und Inge hielt ihn zunächst für einen Busfahrer, der seinen großen Gelben vor dem Grundstück ihrer Eltern angehalten hatte, um schnell einmal auf die Toilette zu gehen – Durchfall oder Harndrang. Der Ärmste!

»Wenn Sie dringend müssen, dann kommen Sie mal schnell.« Erst da erkannte sie, dass es sich um Karl-Heinz Bombach handelte.

»Erkennst du mich noch wieder? Ich bin jetzt U-Bahn-Fahrer«, rief er ihr zu.

»Seit wann fährt denn die U-Bahn nach Kladow? Das muss mir total entgangen sein.«

»Nein, ich bin hier, um dir zu gratulieren. Neulich habe ich Gerhard getroffen, und der hat mir gesagt, dass du heute hier in Kladow deinen Vierzigsten feierst. Herzlichen Glückwunsch auch und allzeit gute Fahrt! Mit uns natürlich!« Dazu schenkte er ihr einen ganzen Stoß Dienstfahrscheine.

Inge war perplex. Einerseits freute sie sich, den alten Weggefährten wiederzusehen, andererseits fand sie es ziemlich dreist, dass er sich selber eingeladen hatte, und so tat sie das, was sie immer getan hatte: Sie drehte sich um und schrie aufs Grundstück, dass man alles Essbare in Sicherheit bringen solle. »Bombachs kommen! Und passt auch auf die Blumen auf!«

»Du tust ja gerade so, als wären wir Schnorrer«, sagte Karl-Heinz Bombach und zeigte sich beleidigt.

Nun konnte das Standardprogramm beginnen: Erst wurde Kaffee getrunken und Kuchen gegessen, dann zur Havel hinuntergegangen und schließlich zum Abendessen gebeten.

Als sie alle, Programmpunkt eins, an der Kaffeetafel saßen, ließ Max Bugsin seinen Dobermann aus dem Keller.

Bronco, nicht ungefährlich, war dort eingesperrt worden, weil er es nicht gerne hatte, wenn sich fremde Leute auf dem Grundstück bewegten. Erst kürzlich hatte er einem angetrunkenen englischen Soldaten in die Hand gebissen, als der seine Mütze, die ihm ein Kamerad vom Kopf geschlagen hatte, aus der Hecke fischen wollte.

»Wer am Tisch sitzt, bleibt am Tisch sitzen, sonst schnappt Bronco zu«, warnte Max die Anwesenden. »Wer auf die Toilette muss, sagt mir bitte vorher Bescheid.«

»Ist ja gut, Vati.« Inge fand das nicht erhebend. »Nun mal guten Appetit allerseits!«

»Das ist ja alles nur selbstgebackener Kuchen«, sagte Bernhard Großkreutz. »Zum vierzigsten Geburtstag muss man sich doch eine Torte beim Konditor bestellen.«

»Schon, um sie dir ins Gesicht zu werfen«, brummte Hartmut Meyerdierks. Er war schon um diese Zeit so abgefüllt, wie Max Bugsin es ausdrückte, dass er seine Aggressionen nicht mehr kontrollieren konnte.

»Harter Streuselkuchen ist dazu viel besser geeignet«, meinte Philip Bugsin und machte eine entsprechende Wurfbewegung mit dem Stück, das er gerade auf seinem Teller liegen hatte, worauf sich seine Cousine Daniela vor Lachen ausschüttete.

»Ich bin ja entsetzt, wie ihr eure Kinder erzieht.« Bernhard Großkreutz warf einen vorwurfsvollen Blick in Richtung von Gerhard und Inge.

Inge lächelte herzgewinnend. »Wir würden uns ja gerne ein Beispiel daran nehmen, wie du das machst.«

Bernhard Großkreutz stand auf. »Komm, Linda, wir gehen! Das hier ist nicht das richtige Niveau für uns. Außerdem sind wir noch woanders eingeladen.« Und er nannte den Namen eines Senators.

Irmgard Bugsin, die neben ihm saß, wollte ihn wieder auf seinen Stuhl drücken, doch er wehrte ab.

Kaum hatte er den ersten Schritt getan, war der Hund hinter ihm, und das laute »Bronco, aus! Platz!«, das Inges Eltern zeitgleich riefen, kam zu spät. Schon hatte der Dobermann zugebissen.

Bernhard Großkreutz schrie und tanzte umher wie ein entfesselter Derwisch bei Karl May – so war Inges Assoziation.

»Die rechte Arschbacke ist hin«, diagnostizierte Leander.

»Ihr müsst doch nicht gleich die Hunde auf ihn loslassen, nur weil er Inge kein Auto geschenkt hat«, sagte Manfred Matuschewski.

»Linda, los!« Während er sich mit der rechten Hand die Löcher in Haut und Hose zuhielt, riss Bernhard Großkreutz seine Frau vom Stuhl. »Ihr hört noch von meinem Anwalt!«

Irmgard Bugsin musste ihre ganze Überredungskunst aufwenden, um ihn zu besänftigen. »Bernie, wir sind doch alle eine Familie. Und denk doch daran, was Auguste immer gesagt hat: Sei lieb zu Irma!« Auguste war Großkreutz' Mutter und ihre Tante. »Bleib also mir zuliebe ... und ihr. Die Hose kriegst du natürlich ersetzt.«

»Und mein Schmerzensgeld? Ich kann ja tagelang nicht mehr sitzen.«

»Das macht am Montag die Versicherung. Komm, ich tu dir ein Stück Käsekuchen auf.«

Dies ließ sich allerdings nicht mehr realisieren, da Karl-Heinz Bombach inzwischen voll zugeschlagen hatte.

Vielleicht hätte sich Bernhard Großkreutz nun weiter verscheißert gefühlt, wenn nicht in diesem Moment eine attraktive Blondine am Zaun gestanden und ihnen zugerufen hätte: *»Hello, I like German birthday parties. Is it possible to be your guest?«*

»Nein, wir kaufen nichts!«, rief Irma Bugsin.

»Das wird eine einsame Offiziersfrau sein«, vermutete Hartmut Meyerdierks. »Lasst sie doch rein, ich beschäftige mich gerne mit ihr. Max, wo ist der Champagner?«

»Papa!«, mahnte Daniela.

Die Dame am Zaun ließ sich nicht abwimmeln und sprach zudem plötzlich ein akzentfreies Deutsch. »Wenn ich nicht mitfeiern darf, gehe ich morgen zur *BILD*-Zeitung ... Ich weiß nämlich aus London einiges Apartes über das Geburtstagskind, das ...«

Inge fuhr hoch und konnte es nicht fassen. »Mensch, Heidelinde! Nach sechzehn Jahren ...« Sie lief nach vorn, um die Freundin zu umarmen.

Es gab viel zu erzählen, und in der nächsten halben Stunde mussten die anderen Gäste ohne sie auskommen.

Bis auf Roswitha machten sich alle auf den Weg zum Wasser. Roswithas Rolle war es, in der Küche zu stehen und das Kaffeegeschirr abzuwaschen. Danach war das Abendessen vorzubereiten. Sie hasste all diese Arbeiten, aber sie war zum stillen Dulden erzogen worden und fügte sich kommentarlos in ihr Schicksal.

Den Garten hatten Inge und die alte Freundin nun für sich. Sie setzten sich an den kleinen Teich. »Wir haben uns ja aus den Augen verloren. Was ist denn aus dir so geworden? Ich bin schon ganz gespannt.«

Heidelinde seufzte. »Ja, wo soll ich anfangen ... Nichts ist es geworden mit meinen Rosinen im Kopf.« Sie hockte als Frau eines Zahnarztes und Mutter dreier Kinder in einem kleinen Nest südlich von Mannheim. »Was bleibt mir anderes übrig, als glücklich zu sein.« Sie war mit ihrem Mann zu einem Kongress nach Berlin gekommen. »Im August hatte ich mal in meinen alten Tagebüchern geblättert und deinen Namen gefunden, und da dachte ich, wenn ich schon mal in Berlin bin ... Das letzte Lebenszeichen von dir war ja deine Hochzeitsanzeige mit der neuen Adresse. Ich da hin nach Lichterfelde und – alle ausgeflogen. Aber einer deiner Nachbarn wusste zum Glück, dass du bei deinen Eltern in Kladow feierst.«

London, die Beals ... Inge war sich nicht sicher, ob sie das alles wirklich erlebt oder sich nur ausgedacht hatte. David, Alain ... Was wäre geworden, wenn sie mit denen ... »Wenn das Leben ein Spiel wäre und man noch einmal an einer bestimmten Stelle seines Lebens anfangen könnte ...«

»Ja, zurück zum Start.« Heidelinde steckte sich eine neue Zigarette an. »Vielleicht würde ich's beim zweiten Anlauf schaffen, wirklich Romane zu schreiben und nicht die Quartalsabrechnungen meines Mannes.« Sie sah Inge an. »Und du?«

»Ich?« Sie erzählte von Hartmut und seiner Alkoholabhängigkeit. »Es ist die Hölle. Aber ich bin ja selber schuld. Ich hatte nie ein festes Ziel vor Augen, ich wollte nie irgendwie groß herauskommen, ich habe mich immer treiben lassen. Nimm das Leben, wie das Leben eben kommt. Was soll ich mich da beklagen?«

»Es klingt aber so ...«

»Wie hat Otto Matuschewski gesagt: ›Man kann sich drehen und wenden, wie man will, der Arsch bleibt immer hinten.‹ Damals in London, da ...«

Sie redeten, bis die anderen vom Wasser zurückkamen und sich wieder niederließen, um sich über die Braten und Salate herzumachen, die Roswitha inzwischen aufgetragen hatte.

Bevor es aber losging, klopfte Bernhard Großkreutz gegen sein Glas und stand auf, um eine kleine Rede zu halten. »Ja, liebe Inge, keiner irrt sich, du bist heute vierzig.«

»Sei doch nicht so uncharmant!«, rief Margot Matuschewski.

Max Bugsin stimmte ihr zu. »Jeder hält doch Inge glattweg für 39.«

»Kann ich nun fortfahren?«, fragte Bernhard Großkreutz.

»Wieder nach St. Tropez?«, fragte Gerhard.

»Bitte Ruhe jetzt!« Er zog einen zusammengefalteten Bogen aus der Innentasche seines Jacketts. »Ein Gedicht von Linda und mir.«

»Inge ist doch selber ein Gedicht!«, trompete Hannelore Hahn.

Bernhard Großkreutz ließ sich nicht beirren, obwohl ihm deutlich anzusehen war, dass er diese Frau längst gefeuert hätte, wäre sie Mitarbeiterin seiner Firma gewesen. »Die Inge heut Geburtstag hat, sie wird heut vierzig Jahr.«

»Wenn du zum dritten Mal anfängst, ist sie schon 120«, sagte Max Bugsin.

»Die Inge heut Geburtstag hat, sie wird heut vierzig Jahr,/drum findet eine Feier statt mit Sekt und Kaviar.«

Karl-Heinz Bombach warf einen prüfenden Blick über den Tisch. »Ich sehe keinen Kaviar, ich sehe nur billigen schwarzgefärbten Fischrogen.«

»Die Freunde sind aus nah und fern gekommen zum Empfang,/denn sie haben dich sehr gern und danken mit Gesang.«

»Eher mit Gestank«, kommentierte Manfred Matuschewski diesen Vers, denn nebenan hatte Nachbar Schulze mit dem Ausbringen von echtem kalifornischem Rinderdung begonnen, vermischt mit etwas Guano. Das tat er immer, wenn er gegen Lärm auf dem Grundstück der Bugsins protestieren wollte.

»Gesundheit wünschen wir und Glück und auch Zufriedenheit, / von allem ein ganz großes Stück, und dass die Freundschaft bleibt.«

Das war das Stichwort für Inges Vater, einen seiner Standardsätze anzubringen: »Freunde kann man sich aussuchen, Verwandte nicht.«

Seine Frau stieß ihm den Ellenbogen in die Seite. »Max, Bernhard ist dein Cousin!«

»Wenn Hertha BSC mal verliert, Pechsträhnen gehn vorbei, / beim 4 : 0 über Bayern München bist du bald wieder high.« Er kam zur letzten Strophe. »Wenn man dir noch was wünschen kann, dann sind es hundert Jahr. / Jetzt stehn wir auf und stoßen an, auf Inge, unsern Star!«

Das taten dann auch alle, Wein war genügend herangekarrt worden, und die Stimmung stieg zunehmend. Jedenfalls so lange, bis Inges Mutter plötzlich ausrief: »Wo ist denn eigentlich Hartmut geblieben?«

Roswitha wusste es. »Der wollte mir mal wieder an die Wäsche, und da hab ich 'n Messer genommen und ihn …«

»Abgestochen?«

»Nein, in Großvatis Bett gescheucht. Da liegt er jetzt und schläft seinen Rausch aus.«

Doch als Inge nachsehen ging, fand sie das Bett ihres Vaters leer. Sie legte die Hand auf das Laken: Warm war es auch nicht mehr. Also musste er schon vor einiger Zeit aufgestanden sein. Sie stürzte auf die Terrasse: »Hartmut ist weg!«

»Endlich«, sagte Gerhard.

»Wir müssen ihn suchen!«, rief Inge.

»Warum eigentlich?«, fragte Max Bugsin.

»Mensch, er ist mein Mann!«

»Das ist ja das Problem«, sagte Hannelore Hahn.

Manfred Matuschewski gab Inge recht. »Wenn wir ihn nicht suchen, dann ist das unterlassene Hilfeleistung. In seinem Zustand, da ...«

»Wirft er sich noch vor die U-Bahn«, fürchtete Karl-Heinz Bombach.

»Zu Hitlers Zeiten wollten sie zwar mal eine U-Bahn nach Kladow bauen, die Linie F«, belehrte ihn Manfred Matuschewski, »aber bis heute gibt es keine Linie F, und wenn er sich vor den Zug werfen will, muss er erst nach Ruhleben fahren.«

»Sein Auto steht aber noch da«, stellte Gerhard fest.

»Wenn er läuft, ist er erst nach Betriebsschluss da«, vollendete Manfred Matuschewski seinen kleinen Vortrag. »Also, keine Sorge!«

»Er wird sich doch nichts angetan haben?« Margot Matuschewski brach schon in Tränen aus. »Arme Inge! Seinen Mann so früh verlieren. Aber mein Otto ist ja auch so früh heimgegangen.«

»Mutti, heim*gehen* kann Hartmut nur schwerlich. Zwischen Kladow und Lichterfelde liegen Havel und Wannsee.«

Irmgard Bugsin stand auf, um die Sache in die Hand zu nehmen. »Wir müssen ihn suchen! Systematisch. Am besten, wir bilden vier Gruppen. Gruppe eins geht Richtung Groß Glienicker See, Gruppe zwei Richtung Alt-Kladow, Gruppe drei die Sakrower Landstraße hoch bis zur Grenze Schloss Brüningslinden und Gruppe vier zum Wasser runter.«

Inge wurde zusammen mit ihrem Bruder, Manfred Matuschewski und Henne Hahn der letzten Gruppe zugeteilt. Sie machten sich auf den Weg. Zumeist wählte Hartmut, wenn er zum Schwimmen wollte, den Gößweinsteiner Gang, doch auch dort war er nirgendwo zu entdecken.

»Wenn er besoffen ist, klettert er manchmal über die Zäune und legt sich irgendwo hin«, sagte Inge.

Sie spähten in die Gärten, doch vergeblich. Klingeln und nach ihm fragen mochte Inge nicht. Zu viele Leute kannten sie hier.

»Er wird sich ausgezogen haben und ins Wasser gegangen sein«, meinte Henne Hahn. »Sich mal abkühlen.«

»Dann ist er bestimmt ertrunken«, sagte Gerhard. »So schlecht, wie er schwimmen kann.«

»Trinken und ertrinken. Die ertrunkene Zeit.« Manfred Matuschewski dachte daran, wie er das in seiner nächsten Lehrveranstaltung unterbringen konnte.

»Wer weiß, wozu es gut ist«, sagte Henne Hahn.

Inge dachte an das Gespräch mit der Therapeutin. Wann durfte man einen Ertrinkenden loslassen, wann war der Augenblick gekommen, wo er einen unausweichlich mitriss in die Tiefe?

Als sie die Imchenallee erreichten, die nur so hieß und in Wahrheit nichts weiter war als ein Uferweg voller Schlaglöcher und schlammiger Passagen, waren es nur noch ein paar hundert Meter bis zur kleinen Badestelle.

»Da liegen ja seine Sachen!«, schrie Gerhard.

Sie stürzten hin. Nein, es waren die Sachen eines fremden Mannes, der weit draußen seine Kreise zog.

»Wahrscheinlich steht er am Kiosk an der Anlegestelle und lässt sich weiter volllaufen«, sagte Inge.

Und in der Tat, als sie die Brücke erreichten, von der aus die BVG-Fähre hinüber zum S-Bahnhof Wannsee fuhr, sahen sie Hartmut Meyerdierks ganz vorne auf dem Steg. Offensichtlich war er dabei, sich zu erbrechen. Man sah und hörte es.

»Haben die Fische auch was von deinem Geburtstag«, sagte Manfred Matuschewski zu Inge.

Ohne es zu wollen, lachte Inge auf. Laut, schrill und hysterisch. Irgendwie reif für die Psychiatrie, wie sie selber fand. Hartmut hörte es und fuhr herum. Als er seine Frau und die anderen erblickte und erkannte, wich er unwillkürlich einen Schritt zurück und stürzte hinterrücks ins Wasser.

Inge, Gerhard und Manfred Matuschewski liefen hin, um ihn zu retten. Gerhard als der beste Schwimmer riss sich schon im Laufen die Schuhe von den Füßen.

Henne Hahn blieb dagegen stehen. »Mensch, lasst ihn absaufen! Das wäre doch Inges schönstes Geburtstagsgeschenk.«

Die Firma Böckler Büromöbel war seit 1925 in der Tempelhofer Attilastraße ansässig und hatte sich auf dem hart umkämpften Markt vor allem dadurch behaupten können, dass die beiden Eigentümer eine Art Berliner Salon unterhielten und regelmäßig Entscheidungsträger aus Wirtschaft und Politik zu Gast hatten.

Karl-Hermann Böckler, der auf die sechzig zuging, war ein ausgesprochener Schöngeist und hörte sich gern selber reden. Am liebsten vor mehreren hundert Zuhörern. Das ließ sich am besten arrangieren, wenn er im Rahmen seiner Stiftung einen Preis verlieh oder irgendeine Kulturstätte eröffnete. Er hatte Theaterwissenschaft studieren und Regisseur und Intendant werden wollen, war aber von seinem Vater, dem Firmengründer, in die Rolle des Juniorchefs gepresst worden.

Eigentlich hasste er Büromöbel und blieb dem Geschäft fern, wann immer es ging, aber er wusste sehr genau, dass er den großen Mäzen und Sponsor nur spielen konnte, wenn er mit Schreibtischen und Drehstühlen reichlich Gewinn machte. So hatte er mit der Zeit eine gewisse Meisterschaft darin entwickelt, seine vielen Freunde und Bekannten dahin zu bringen, bei seiner Firma zu kaufen, ohne dass er irgendwie auf sie einredete oder sie mit Werbematerial belästigte.

Wer bei Böckler seine Aktenschränke und Chefzimmer orderte, hatte immer das Gefühl, etwas Gutes zu tun, denn der verjubelte ja seine Hunderttausende nicht in Nachtclubs und auf Kreuzfahrten nach Hawaii, sondern steckte sie in die Berliner Kultur.

Gisela Böckler, die sich gern Giselle nennen ließ, trug das Ihre zu diesem Image bei, denn sie bedeckte große Formate mit schreienden Farben und rief in regelmäßigen Abständen alles, was Rang und Namen hatte, zu ihrer Vernissage. Ein jeder erschien, wenn auch nur spottend. »Ah, wieder mal Malen nach Zahlen.«

Sie kam vom Kreuzberger Hinterhof und hatte bei Böckler als Bürohilfskraft angefangen, wollte aber eine Herkunft aus den höheren Ständen vortäuschen, so dass es mitunter schon zu hübschen Dialogen kam. Etwa mit einem Staatssekretär aus der Kulturverwaltung.

»Haben Sie einmal an ein Leporello gedacht?«

»Ja, das mit den Leprakranken ist furchtbar. Wir spenden auch mal wieder was.«

Um sich nicht auch noch tagsüber ständig mit Hartmut streiten zu müssen, hatte Inge Ende des Jahres bei Herzog & Altmann gekündigt und war als Sachbearbeiterin zu Böckler gegangen. Gemessen an der Hölle zu Hause erschien es ihr, fuhr sie morgens in die Firma, des Öfteren so, als ginge sie ins Boulevardtheater, um tüchtig abzulachen. Manfred Matuschewski sagte bei jeder sich bietenden Gelegenheit, das Büro sei wie eine Bühne, und da hatte er wohl recht.

Kaum hatte sie sich am Schreibtisch niedergelassen und ihre Utensilien vor sich ausgebreitet, stand schon Charly Wuschke neben ihr, Möbelträger und Kraftsportler. »Haste ma 'ne Zigarette?« Er war der geborene Schnorrer und hatte ständig die Ohren offen, wo sich etwas kostenlos ergattern ließ, »abstauben«, wie er es nannte. Hatte jemand in der Mittagspause einen Kohlkopf zu viel gekauft, war er sofort zur Stelle. »Gib 'n mir, brauchste dich nich so abzuschleppen.«

Es war eine Art Großraumbüro, in dem sie arbeiteten, und gerade hatte Inge begonnen, einen Auftrag der Senatskanzlei zu bearbeiten, da gab es rechts hinter ihr einen heftigen Streit.

Wolfgang Schönwälder, der Erste Vertreter, hatte geniest, und sofort war Hannelore Hahn, die Buchhalterin, in die Luft gegangen.

»Hör auf, mich anzuniesen! Meinst du ich hab Lust, deinetwegen 'ne Lungenentzündung zu kriegen?«

»Gack, gack … gaaack«, machte Schönwälder und nahm damit Bezug auf den Spitznamen der Kollegin: Henne. Henne Hahn – das ließ sich keiner entgehen.

Daraufhin schrie Frau Hahn los, sie würde bald einen Herzinfarkt bekommen, bei dem dauernden Stress mit ihm. Er versuche systematisch, sie aus der Firma zu vertreiben. »Nur damit du eines deiner Flittchen hier unterbringen kannst.«

»Nu halt mal nicht nur deine Bücher, sondern auch noch deinen Mund!«

»Hör doch bitte mal auf, dich andauernd an den Waden zu jucken! Ich bin nicht scharf auf deine Krätze.«

»Mein Gott, so einen Hypochonder wie dich habe ich noch nie erlebt.«

»Soll ich dir noch ein Attest mitbringen, dass ich wirklich Gallensteine habe?«

»Ja, und dass dir deine Prostata andauernd weh tut.«

Hannelore Hahn, ihre Lichterfelder Nachbarin, war es gewesen, die Inge auf die Idee gebracht hatte, einmal mit Böckler zu reden. Selbstverständlich kannte sie ihn von den vielen Treffen der »Büromöbelbarone«, wie Manfred Matuschewski immer spottete.

Sie hatte Angst gehabt, er würde sie für eine Spionin halten, die ihn und seine Firma im Auftrage ihres Mannes oder ihrer Eltern ausforschen sollte, doch Böckler war von Anfang an sehr angetan von ihr gewesen.

»Liebe Frau Bugsin beziehungsweise Meyerdierks, ich sehe es als großen Glücksfall an, dass Sie in meine Firma eintreten wollen, sind Sie doch mit Büromöbeln groß geworden. Schön, Sie werden zu Hause einiges von unseren Interna berichten, zumindest soweit Sie das arbeitsrechtlich dürfen, aber durch Sie erfahre ich doch auch, was bei den anderen passiert. Das gleicht sich also wieder aus, und insgesamt profitieren wir auf Dauer alle davon.«

Wenn Inge Karl-Hermann Böckler mit ihrem Vater verglich, dann war er der elegante Bonvivant, der auf den Bühnen des Boulevards reüssierte, während Max Bugsin eher zum Ohnsorg-Theater oder zu Willy Millowitsch passte. Begnadete Selbstdarsteller waren sie beide.

Wolfgang Schönwälder riss sie aus ihren Gedanken. Wie so oft kam er zu Inge, um ihr sein Leid zu klagen. Dass er mit Leuten wie dieser Hahn und diesem Wuschke nicht länger zusammenarbeiten wolle und das Betriebsklima bei Böckler furchtbar mies sei. »Wie soll ich denn da mit guter Laune Kundenbesuche machen? Man ist ja schon völlig fertig, wenn man irgendwo antanzt. Und habe ich dann einen dicken Fisch an Land gezogen, dann will der Kunde mit unserm Chef die letzten Rabatte aushandeln – und wo ist unser Chef? Nicht da! Mit seiner Frau bei irgendeiner Ausstellung in New York. Und schon ist der Mann mir abgesprungen. Und sage ich einem Kunden die Lieferung für den nächsten Tag bindend zu, dann klappt es nicht, weil unser lieber Herr Schmüser wieder mal nicht in der Lage ist, seine Bestände fortzuschreiben.«

Das stimmte in der Tat, denn Reinhard Schmüser, ihr Lagerverwalter, lag lieber hinter aufgetürmten Schreibtischen und las Landser-Hefte, als dass er das machte, wofür er bezahlt wurde.

So verging kein Tag, an dem Werner Bozinowski, ihr Tischler, nicht wutschnaubend ins Büro kam und Schmüsers Entlassung forderte. »Eh der nicht rausgeschmissen wird, Frau Meyerdierks, da looft hier nischt mehr. Der und die Henne, die treiben uns in den Ruin.«

Inge kam gar nicht richtig zum Arbeiten, so sehr war sie als die Neue zur Anlaufstelle der Altgedienten geworden. Ein jeder versuchte, sie auf seine Seite zu ziehen, da man wusste, dass sie einen guten Draht zum alten Böckler hatte. Zumindest vermutete man, dass die Großen der Branche alle irgendwie unter einer Decke steckten.

Schon wieder wurde Inge gestört.

Diesmal war es Heinz Krzymyk, der Zweite Vertreter. »Ich bin schnell mal außer Haus, Frau Meydierks. Soll ich Ihnen da etwas aus dem Supermarkt mitbringen? Etwas zu trinken, etwas zu naschen?«

»Danke, ich bin dick genug.«

»Aber nicht doch! Mit ihrer Figur, da können Sie doch jederzeit als Mannequin durchgehen.«

»Ja, für Totenhemden«, kam es aus dem Hintergrund. Das war Nora Engelhardt, ihre Schreibkraft, die als Ulknudel galt und Krzymyk gestern Morgen eine Schnecke auf den Schreibtisch gelegt hatte.

»Mal sehen, wer mehr schleimt – die oder er?«

Den passenden Kommentar dazu hatte natürlich Werner Bozinowski geliefert.

Aus dem Hintergrund kam ein Schrei, ausgestoßen von Nora, denn gerade war Rüdiger Rauh, der Fahrer des firmeneigenen Lieferwagens, hinter ihren Drehsessel getreten und hatte mehrere ihrer erogenen Zonen berührt.

»Selber schuld«, rief Rauh, ein begnadeter Grabscher. Das bezog sich darauf, dass die Dame an der Schreibmaschine in einem fort mit dem Slogan »Die Engelhardt macht Stengel hart!« auf Männerjagd ging.

Inge genoss das Geschehen auf der Bühne Büro. Und als Wolfgang Schönwälder wieder einmal nörgelte, dass sie schon seit Jahren keinen richtigen Betriebsausflug mehr gemacht hätten, erklärte sie sich bereit, das in die Hand zu nehmen. »Wo soll's denn hingehen?«

»Na, an Ihren See«, sagte Heinz Krzymyk.

»Ich hab doch keinen See.«

»Doch, Ihre Familie hat doch einen. Wenn man will, sogar drei: den gewöhnlichen Bugsinsee sowie den Tiefen und den Flachen Bugsinsee.«

»Nie gehört.«

»Die liegen östlich vom Werbellin- und südlich vom Grimnitzsee, direkt neben der Autobahn nach Stettin, Ausfahrt Joachimsthal. Und jetzt, wo man mit Passierscheinen in die DDR kann ...«

»Gut. Ich werde mit Herrn Böckler reden und sehen, was sich machen lässt.«

Der fand die Idee großartig, da er früher in Altenhof am Werbellinsee sein Motorboot liegen hatte, und sorgte für drei Kleinbusse, denn mit einem großen Gefährt wollte man die Einreise in die DDR nicht wagen.

Es wurde für alle ein unvergessliches Erlebnis. Nicht allein deswegen, weil Rüdiger Rauh beim Baden im Tiefen Bugsinsee fast ertrunken wäre. Er hatte Nora Engelhardt schwimmend ans andere Ufer verfolgt und es dort in den Büschen so heftig mit ihr getrieben, dass ihm auf dem Rückweg die Kräfte ausgegangen waren. Er war schon unter der Wasseroberfläche verschwunden, als Charly Wuschke ihn eben noch packen und in Rettungsschwimmermanier wieder an Land bringen konnte.

»Darauf müssen wir aber anstoßen«, befand der Chef. »Schmüser, Sie holen mal die Getränke!«

Reinhard Schmüser, der auf dem Rücken gelegen hatte, richtete sich auf und blinzelte in die Sonne. »Was für Getränke?«

»Na, die Sie besorgen sollten: Bier, Sekt und Selters.«

»Mir hat keiner was gesagt.«

»Nun lügen Sie doch nicht!«

Natürlich war festgelegt worden, dass er zum befreundeten Getränkegroßhandel fahren sollte, doch er hatte es glattweg vergessen. Verdrängt, weil es mit einiger Mühe verbunden gewesen wäre.

Nun wusste Böckler genau, dass das kein Entlassungsgrund war, aber es brachte das Fass zum Überlaufen, und als sie wieder in Berlin waren, beriet er sich mit seinem Anwalt.

So flog Reinhard Schmüser aus der Firma, und Inge bekam den Auftrag, nach Ersatz für ihn zu suchen. Man gab eine Anzeige auf, und elf Männer meldeten sich.

Als der sechste Bewerber vor ihrem Schreibtisch stand, kam ihr der Mann irgendwie bekannt vor.

»Sie sind bitte der Herr …«

»Châteaudun, Thomas! Aber du müsstest mich doch …«

Jetzt machte es bei Inge klick, und sie wäre fast vom Stuhl gefallen. Der erste Mann in ihrem Leben, und sie hatte ihn nach zwanzig Jahren nicht wiedererkannt.

Irgendwie alt und heruntergekommen sah er aus, in etwa so wie Hartmut. Es kam ihr vor, als hätte sie mehrere Leben, und Thomas Châteaudun war ihr im ersten Leben begegnet. Jetzt war er ihr so fremd wie der Pförtner im Rathaus Steglitz. »Setzen Sie sich doch!« Nicht einmal das Du wollte ihr über die Lippen kommen. Schnell blätterte sie seine Papiere durch. Er hatte einige Jahre in Tegel im Knast gesessen. Urkundenfälschung, Konkursverschleppung und dergleichen. Sollte sie ihm eine neue Chance geben?

»Ja, Sie können anfangen bei uns als Lagerverwalter.« Dann wurde sie um einiges leiser. »Aber wir haben uns nie vorher im Leben gesehen! Kein Wort über Stoffe-Stüber!«

»Stüber-Stoffe, aber okay.«

Das bewegte Leben im Büro gab Inge die Kraft, das durchzustehen, was sie zu Hause zu ertragen hatte.

Hartmut trank immer mehr und immer häufiger bis zum Exzess

und arbeitete nur noch sporadisch. Seine Umsätze sanken stetig, und die Geschäftsführung von Herzog & Altmann hatte ihm schon eine Abmahnung zukommen lassen. Wenn er nicht mit dem Trinken aufhören würde, dann müsse man den mit ihm geschlossenen Vertrag leider aufkündigen.

Da hatte er nur gelacht. »So einen Mann wie mich kriegen die doch in ganz Europa nicht mehr. Und wenn ich wirklich nur noch einen Tag in der Woche arbeite, ziehe ich immer noch mehr Aufträge an Land als mein Vorgänger in einem ganzen Monat.«

»So, wie du heute aussiehst, bestimmt nicht«, sagte Inge und zeigte auf seine Hose, auf deren Mausgrau sich die Spuren seines Frühstücks und einige gezackte Urinflecke deutlich abhoben.

»Heute höre ich mit dem Trinken auf«, schwor er ihr hoch und heilig.

»Das hast du mir schon hundertmal versprochen. Du kannst nämlich gar nicht mehr aufhören.«

»Ich kann!«, schrie er.

Natürlich konnte er nicht. Auch nicht, als er erneut mit einem Kreislaufkollaps ins Krankenhaus kam. Den Ärzten dort gelang es zwar, ihn zu einer Entziehungskur zu überreden, doch nach drei Tagen war er wieder zu Hause.

»Die wollen mich nur zu einem anderen Menschen machen, die wollen mich kleinkriegen! Und da steckst du doch dahinter.« Er beschimpfte sie auf das Übelste und schlug mit einem Regenschirm auf sie ein.

Nur mit Mühe konnte sie sich auf die Toilette flüchten und sich dort einschließen. Lange saß sie auf dem Toilettendeckel und weinte. Um ihn, um sich, um das verlorene Lebensglück.

Noch schlimmer aber war es am nächsten Tag, als Daniela gegen Abend nach Hause kam und Inge bei Böckler unerwartet Überstunden machen musste.

»Wo ist denn Mama?«, fragte sie ihren Vater.

»Die schwimmt im Teltowkanal, aber als Wasserleiche. Die ist heute Nachmittag ertrunken.«

Daniela war zu Tode erschrocken gewesen und hatte erst nach einigen Minuten der Panik gemerkt, wie betrunken er war.

Aber noch immer ließ Inge ihn nicht fallen und war bis an die Grenzen ihrer Belastbarkeit bemüht, ihn zu beschützen und ihm zu helfen. Sie hatte auf ein Tauschgeschäft gehofft: Ich liebe dich weiterhin, und dafür hörst du auf zu trinken. Doch trotz aller Zeit und Kraft, die sie investiert hatte, schien dieser Deal zu scheitern. Das ließ sie aggressiv werden, und immer häufiger konnte sie sich nicht mehr bremsen und beschimpfte ihn.

»Du mieser kleiner Schleimbeutel! Du Waschlappen!«

Danach schämte sie sich und verkroch sich stundenlang unter ihrer Bettdecke. Schließlich war er ein kranker Mann, und schließlich war es auch ihre Schuld, dass es so weit mit ihm gekommen war. Sie liebte ihn nicht wirklich, nicht so wie Walter, David und Alain, hatte nie in ihrem Leben das Erbe ihrer Mutter überwinden können, die gewisse Distanz zu anderen Menschen.

Also versuchte sie wieder, ihn zu stützen, und zog mit ihm durch die Kneipen. Bis sie selber an die drei Promille Alkohol im Blut hatte und Daniela beide Elternteile aus der Kneipe zerren musste.

Wenn sie ihren Rausch ausgeschlafen hatte, hasste sie Hartmut umso mehr. »Er treibt mich an den Rand des Ruins.«

Henne wie Heidelinde warnten sie vor diesem Teufelskreis, doch sie hatte noch immer nicht die Kraft, einen Schlussstrich zu ziehen, zumal ihre Mutter weiterhin zu Hartmut hielt und ihn so anhimmelte wie bei der ersten Begegnung.

»Was soll denn noch alles passieren?«, fragte Heidelinde. »Soll er dich erst umbringen?«

Fast hätte Inge diese Frage bejaht. Dann hätte sie endlich ihre Ruhe gehabt. Manchmal wünschte sie sich, von ihm bei seinen Attacken so verletzt zu werden, dass er anschließend ins Gefängnis kam, vielleicht mit einem Stich in den Rücken, der nicht tödlich war, aber Daniela trug dafür Sorge, dass nie ein Messer offen in der Küche lag.

Ein andermal hoffte sie, dass ihn die »Bewegung 2. Juni« als vermeintlich reichen Unternehmer ebenso entführen würde wie im Februar den Berliner CDU-Vorsitzenden Peter Lorenz und er auf ewig verschwunden blieb.

Dann wieder stellte sie sich vor, ein anderer Mann würde Hartmut, wenn er von ihm verbal attackiert wurde, so zusammenschlagen, dass sie ihn ins Krankenhaus einlieferten und man ihn dann dabehielt, um ihn zu entgiften und vom Alkohol zu entwöhnen. Und in Schlägereien war Hartmut öfter verwickelt, sogar bei Familienfeiern.

Am 21. April 1975 feierten sie den siebzigsten Geburtstag ihres Vaters. Lange hatten sie über das Wo und Wie diskutiert, aber nach seinem großen Auftritt im Hansa-Theater – zehn Jahre war das nun her – konnte es keine Steigerung mehr geben. Ihm während einer Live-Übertragung einen Auftritt im Ohnsorg-Theater zu verschaffen, war platterdings unmöglich.

Bei dieser Ausgangslage war es insbesondere Inges Mutter, die für eine sehr pragmatische Lösung plädierte. »Wir deklarieren die Feier zum Firmenjubiläum – das fällt ja auch in den April. Vierzig Jahre Schablin & Co. Da können wir dann eine Menge Leute einladen und alles von der Steuer absetzen. Dass Vati an diesem Tag Geburtstag hat, ist wirklich reiner Zufall. Und wenn wir dann zum Feiern in den ›Alten Fritz‹ gehen, gleich neben dem Geschäft, wird das Finanzamt nichts dagegen haben können.«

So wurde es dann auch von der Familie beschlossen. Geladen wurde zu einem Brunch ab elf Uhr.

Schon eine halbe Stunde vorher stand ihr Vater am Eingang bereit, um den Gästen die Hände zu schütteln und ihre Glückwünsche entgegenzunehmen.

Als es dann so weit war, fiel Inge auf, dass er bei Geschäftsfreunden, insbesondere Kunden, aber auch Lieferanten, ausgesucht fröhlich und herzlich war, bei Freunden und Verwandten aber geradezu knurrig wirkte. Manfred Matuschewski und Bernhard Großkreutz, die zufällig nacheinander kamen, stellten sich sogar mit einer leichten Verbeugung vor und nannten ihre Namen, weil sie das Gefühl hatten, er würde gar nicht wissen, wer sie waren. Als nach ihnen dann ein TU-Professor, dem er sein Institut neu einrichten sollte, auf dem Plan erschien, strahlte Max Bugsin jedoch und versprühte jenen Charme, mit dem er damals schon die Julischka aus Budapest erobert hatte.

Inge schluckte. Ihre Mutter hatte einmal gesagt, sie wäre glücklich, wenn Max sie wie seinen Hund behandeln würde, und sie selber wünschte sich jetzt, die Mitarbeiterin einer großen Kinokette zu sein, die einen Auftrag zur Bestuhlung von drei neuen Lichtspieltheatern zu vergeben hatte. Die erlebte nämlich gerade einen Max Bugsin, der wirklich liebenswert war.

Er brauchte offensichtlich die große Bühne, um aufzublühen, und vor allem Menschen, die ihn bewunderten. Zu Hause hingen ihnen seine Gags, seine Anekdoten und seine Sprüche zum Halse raus, niemand lachte mehr, sondern alles stöhnte nur noch, wenn er erzählte, wie einmal eine seiner Freundinnen gedroht habe, aus dem Fenster zu springen, wenn er sie verlassen würde. »Da habe ich zu ihr gesagt: ›Mach's, wenn du dich dadurch verbessern kannst!‹«

Die Mitarbeiterin der großen Kinokette lachte sich scheckig, als sie es hörte. Was würde sie am Abend schwärmen, wie witzig der Herr Bugsin doch sei.

Da lag der schon im Sessel vor seinem Fernseher und gefiel sich in der Rolle des Patriarchen und Ekelpakets. Alle blaffte er an, ob es nun seine Frau, seine Tochter oder sein Sohn waren, von seinem Schwiegersohn ganz zu schweigen. Auf den hätte er am liebsten einen bezahlten Killer losgelassen. Seine beiden Enkel, Philip und Leander, waren Luft für ihn, und nur einen Menschen in seiner Umgebung liebte er wirklich: Inges Tochter.

Daniela war sein Ein und Alles, und schon in den Zeiten, da sie noch gewindelt werden musste, genoss sie das Privileg, neben ihrem Großvati im Doppelbett schlafen zu dürfen. Sie links, der Hund in der Mitte, Max rechts. Irmgard Bugsin war längst in ein eigenes Schlafzimmer geflüchtet.

Mochten sie alle ihre Schwächen haben, Inge liebte ihre Familie. »Familie ist alles«, betonte sie bei allen sich bietenden Gelegenheiten, auch wenn Manfred Matuschewski neulich gelacht und gesagt hatte, das sei auch das Motto der Mafia und sie möge einmal in Mario Puzos Roman *Der Pate* nachlesen.

Einige Geschäftsfreunde hielten nun kleine und zumeist unbeholfene Reden, die aber dafür umso mehr anrührten, und lobten

Max Bugsin als ebenso kompetente wie humorvolle Persönlichkeit. »Ohne Sie und Ihre Firma, lieber und verehrter Herr Bugsin, wäre das Berliner Geschäftsleben um vieles ärmer.«

Inge und Gerhard hatten beschlossen, sich die Laudatio aufzuheben, bis ihr Vater 75 wurde, und auch Irmgard Bugsin war nicht willens, ein Loblied auf ihren Mann anzustimmen. Dazu war sie zu gradlinig und hasste alle Lügen.

Inge fand das einerseits bewunderungswürdig, andererseits aber tat es ihr leid, dass sich aus den Reihen der Familie niemand fand, der ein paar Worte sagte. Jetzt erst bei der Feier stieß es ihr auf. Sie warf einen flehenden Blick zu Bernhard Großkreutz hinüber, bewegte die Lippen und zeigte auf ihren Mund, doch der Cousin von Max war noch immer über den kühlen Empfang verstimmt und schüttelte den Kopf.

Sie flüsterte Gerhard ins Ohr, er möge doch bitte, aber ihr Bruder hatte nur ein barsches »Nein!« für sie.

Dass ihre Mutter es hasste, vor so vielen Leuten zu sprechen, wusste sie, bei der brauchte sie es gar nicht zu versuchen.

Was blieb ihr also anderes übrig, als selber in die Bresche zu springen, obwohl es fast wie Folter für sie war. Aber was sein musste, das musste sein. Sie schwitzte, als sie vor die Menge trat, derart, dass man den Eindruck haben konnte, sie sei eben aus der Dusche gekommen.

»Lieber Vati, liebe Gäste! Wir sind heute hier, um mit dir zu feiern.« Und nun, wie weiter? Da war er schon, der große Blackout, den sie so gefürchtet hatte. »Deinen Geburtstag!« Klar, was sonst. »Jedes Jahr hast du ja Geburtstag, aber heute ist ein ganz besonderer Geburtstag.« Was für ein Quatsch. »Wenn du damals nicht geboren worden wärst, am 21. April 1905, dann stünden wir alle nicht hier.«

»Was, mich hat er auch gezeugt?«, rief Manfred Matuschewski. »Hallo, Schwesterlein!«

Auch die anderen bogen sich vor Lachen. Dass Max Bugsins Liebesleben reichhaltig war oder zumindest gewesen war, wussten sie alle, dass er aber an die hundert Kinder gezeugt hatte, war ihnen neu.

»Das übertrifft ja noch den Markgrafen von Schwedt!«, rief Karl-Hermann Böckler, der sich in der brandenburgischen Geschichte bestens auskannte.

Inge hatte zu viele Filme gesehen, um nicht zu wissen, dass ihre Pointe nicht mehr zu übertreffen war, auch wenn sie noch zwei Stunden lang geredet hätte, und so lief sie schnell zu ihrem Vater, küsste und umarmte ihn und rief: »Du bist der Größte, du bist der Liebste! Unser Geburtstagskind – es lebe hoch, hoch, hoch!« Alle stimmten mit ein, und es brauste ein Ruf wie Donnerhall.

Den zweiten Höhepunkt dieses denkwürdigen Geburtstages gab es dann zwei Stunden später.

Es begann mit einem Schrei aus der Damentoilette. Roswitha hatte ihn ausgestoßen. Wie schon seit Jahren wollte sie partout nicht begreifen, dass ihr Schwager mit seinen Kopulationsversuchen nichts anderes im Sinn hatte, als ihr Gutes zu tun. Nie war er seinem Ziel näher gewesen als eben, denn das Schloss ihrer Kabine war defekt, und sie hatte sich gerade von der Brille erhoben, den weißen Slip noch herabgelassen, als er mit offenem Hosenschlitz und steil aufgerichtetem Männerstolz vor ihr gestanden hatte. Daher auch ihr schriller Schrei.

Nun war Gerhard heran und zögerte keinen Augenblick, sich auf seinen Schwager zu stürzen und auf ihn einzuschlagen. »Dich Schwein hab ich aus der Havel gezogen! Das ist der Dank dafür! Dich Drecksack hätt ich ertrinken lassen sollen.«

Hartmut Meyerdierks hatte in seinen bisherigen Wirtshausschlägereien so viele Erfahrungen sammeln können, dass er Gerhards erstem Ansturm mühelos standhielt. Da viele der Anwesenden Fans des edlen Boxsports waren, kamen sie in den Vorraum gelaufen, um die beiden Kämpfer anzufeuern.

Erst die Polizei, vom besorgten Wirt gerufen, brachte sie auseinander.

Hartmut Meyerdierks hatte einen Zahn verloren. Er hob ihn auf und reichte ihn seinem Schwiegervater. »Als Andenken an mich. Lass ihn dir vergolden.«

Die Umstehenden klatschten und waren sich einig, einen unvergesslichen Geburtstag erlebt zu haben.

Inge setzte sich oben im Festsaal in eine einsame Ecke und ließ sich ein frisches Bier kommen. »Vom Fass aber!«

Manfred Matuschewski kam zu ihr und spielte den Klatschreporter. »Na, Frau Meyerdierks, geborene Bugsin, wie ist Ihnen so zumute? Zum Heulen?«

»Nee, du, *that's life*. Stell dir nur mal vor, ich würde in einer stinklangweiligen Familie leben!«

»So wie in meiner?«

»Zum Beispiel.«

So paradox das klingen mochte, sie war glücklich darüber, dass es so war, wie es war. Und das versuchte sie, dem alten Buddelkastenfreund klarzumachen.

»Ich verstehe.« Manfred Matuschewski wurde philosophisch. »Glücklich ist, wer will, was er bekommt.«

»Du sagst es.«

So wurde es doch noch ein Geburtstag, den man als vollen Erfolg werten konnte, und alle Freunde und Verwandten verabschiedeten sich im ›Alten Fritz‹ mit denselben Worten von ihr: »Na dann bis zu *deinem* Geburtstag.«

Das war Ende September, und keiner ahnte, dass sie sich schon drei Wochen später alle wiedersehen sollten. Der Grund war Tante Mandas Tod.

In den letzten Jahren hatte sie in einem Altenheim draußen in Rudow gelebt und sich unsichtbar gemacht. Jeden Monat hatte einer der Bugsins sie besucht und war mit der Nachricht nach Hause gekommen, sie mehr und mehr umnachtet vorgefunden zu haben. Nun hatte sie sich heimlich, still und leise davongeschlichen. Auf dem St.-Thomas-Friedhof in der Hermannstraße nahm man Abschied von ihr.

»Wir treffen uns dann noch im Café, bei ›Schmitz‹ in der Karl-Marx-Straße«, sagte Irma Bugsin nach Ende der Trauerfeier. »Ich habe den hinteren Raum für uns reservieren lassen. Da, wo sie früher immer am liebsten gesessen und geschlemmt hat.«

Beim Leichenschmaus erinnerten sie sich alle an die Berliner Sprüche, die Tante Manda auf Lager gehabt hatte: *Ick amüsiere mir wie Bolle uff'n Milchwagen. – Imma mit de Ruhe und dann mit 'n Ruck.*

– Kloppe vajeht, Arsch besteht. – Kommen Se rin, können Se rauskieken. – Lieber ’n bisschen mehr, aber dafür wat Jutet. – Auf jeden Topp passt ooch ’n Deckel. – Doof is besser wie pucklich, det sieht man nich so. – Nicht kratzen, waschen! – Falln Se langsam, Frollein, denn ham Se mehr Jenuss davon. – Fass mal ’n nackten Mann in de Tasche. – Wat nich is, kann ja noch werden. – Spare in der Not, da haste Zeit dazu. – Lieber ’n Magen verrenken, als dem Wirt wat schenken.

Manfred Matuschewski erinnerte sich daran, dass sein Vater Tante Manda in nichts nachgestanden hatte, was die Sprüche anging, wenn auch seine immer auf eine gewisse anale Fixierung hatten schließen lassen.

»Hör auf!«, kam auch prompt die Warnung seiner Mutter. Sie hatte zu lange am Schalter ihrer AOK gesessen, um nicht zu wissen, was anal und Anus meinte.

Doch ihr Sohn ließ sich nicht abschrecken. »Zum Beispiel ...« Er musste nicht lange überlegen. »Kacke am Stock is ooch ’n Bukett.«

»Was ist ein Bukett?«, fragte Daniela.

»Ein Blumenstrauß. Oder: Du hast deinen letzten Pup gewinselt – wenn er mich als Kind im Schwitzkasten hatte. Du kommst auch noch mal auf mein Kackhaus Wasser trinken – wenn man ihn enttäuscht hatte und er auf Rache sann. Ein Rülpser ist ein Magenwind, der nicht den Weg nach hinten find – hat er ’n aber doch gefunden, so ist er mit Gestank verbunden.«

Inge hatte in dieser Sache das Schlusswort: »Spaß muss sein bei der Leiche, sonst jeht keener mit.«

Konnte Inge den Tod von Tante Manda schnell verarbeiten, so traf sie der nächste Schicksalsschlag derart, dass sie vierzehn Tage mit einer Art Nervenentzündung krankgeschrieben war. Ein Anruf ihrer Mutter hatte alles ausgelöst.

»Ich wollte dir nur sagen, dass wir das Direktionszimmer für Siemens nicht rechtzeitig liefern können. Böckler kann also den Auftrag haben. Und noch etwas: Ich war ja vor vierzehn Tagen beim Arzt, und heute ist der Befund gekommen ... Brustkrebs! Ich muss operiert werden.«

»Hast du denn …« Inge schossen alle möglichen Ursachen durch den Kopf. »Das Rauchen …«

»Es ist erblich.«

Das war der entscheidende Satz. Wenn es wirklich erblich sein sollte, dann … Inge rechnete. Ihre Mutter war 65 Jahre alt. Wann war sie so alt? 1999. Noch lange hin, aber der Gedanke, dass ihr eine Brust abgenommen werden sollte, warf sie um.

Ihre Mutter ertrug alles mit stoischer Gelassenheit. Manche, die einen vereiterten Fingernagel hatten, machten mehr Aufhebens davon. Zeigte einer offen seine Betroffenheit und war den Tränen nahe, wischte sie alles mit einem harschen »Ach was!« vom Tisch.

Als Margot Matuschewski, ihre älteste und recht eigentlich auch einzige Freundin, mit dem theatralischen Ausruf »Irma, ich möchte dich nicht auch noch verlieren!« fast zusammenbrach, ging sie wortlos aus dem Zimmer.

Ihr Mann ignorierte die Krankheit nicht nur, sondern mied das Zusammensein mit ihr, wann immer es ging, so, als sei sie eine Leprakranke, bei der er sich anstecken könnte. Mehr noch, er machte ihr Vorwürfe. Was sie ihm mit ihrem Brustkrebs angetan hatte, wie schlimm es für die Firma war, dass sie nun ausfiel. »Hab ich dir nicht immer gesagt, dass du mit dem Rauchen aufhören sollst!«

Da nickte sie nur und ließ mit ihrem milden Lächeln an einen vollendeten Buddhisten denken.

Inge registrierte das alles mit zunehmender Bewunderung und hatte volles Verständnis dafür, dass ihre Mutter die Wochen nach der Operation allein sein wollte. »Nimm du mal Vati, und fahr mit ihm nach Falshöft. Daniela bleibt hier und pflegt mich. Es sind ja noch Ferien. Ich hab schon mit Gerhard gesprochen. Er fährt euch mit dem Wagen hin. Hartmut ist ja noch in der Klinik.«

Sosehr Inge an ihrem Vater hing und das Schwimmen mit ihm ein Vergnügen war, das sie an Karolinenhof erinnerte, sosehr litt sie auch unter seinen Macken. Vor allem daran, dass er bei ihren Gesprächen nur ein sehr begrenztes Repertoire hatte und in kurzen Abständen immer wieder dasselbe erzählte und fragte.

»Was soll denn nur aus mir werden, wenn mich Irma verlässt? Freunde kann man sich aussuchen, Verwandte nicht! Otto Matuschewski war ja mein bester Freund. Vielleicht sollte ich Margot heiraten, wenn Irma nicht mehr da ist. Bombach soll ja einen leichten Tod gehabt haben. Kriegt Böckler denn wirklich den Auftrag beim Schulsenator? Gerhard macht sich ja immer besser in der Firma. Warum hast du damals bloß den Meyerdierks genommen? Was soll denn nur aus mir werden, wenn mich Irma verlässt? Freunde kann man sich aussuchen, Verwandte nicht!« Und das Ganze wieder von vorn.

Sie redete ihm ein, dass er, total überarbeitet, wie er war, viel Schlaf bräuchte, und hatte er sich zwischen Frühschoppen und Mittagessen und zwischen Kaffee und Abendbrot ins Bett gelegt, verließ sie die Pension und machte ihren Spaziergang. Keinen langen, denn sie ging nicht gern zu Fuß, aber immerhin bis zum rotweißen Leuchtturm. Am liebsten hatte sie die kleine Bank in dessen Nähe. Dort ließ sie sich nieder, rauchte ihre Zigarette und sah auf die Ostsee hinaus. Eine Viertelstunde nach der anderen, bis sie in Trance gefallen war.

»Rate mal, wer das ist?«

Sie fuhr zusammen. Von hinten hatten sich zwei Hände vor ihre Augen gelegt. Hoffentlich nicht Hartmut. Nein. Ein Mann war es aber. Sie fiel in die Kindheit zurück. »Hänschen piepe mal!«

»Piep!«

Thomas Châteaudun. Das durfte doch nicht wahr sein! Sie riss die fremden Hände weg und drehte sich um. In der Tat, er war es.

Irmgard Bugsin hatte ihre Liege auf die Terrasse gestellt und erfreute sich an der Blütenpracht in ihrem Garten. Ihren Rittersporn und ihre Lilien liebte sie besonders, aber auch den Goldregen. Wie es summte. All die Bienen, Hummeln und Wespen, die zu ihr kamen. Es war fast so schön wie damals in Karolinenhof. Als es noch keine Mauer gab, als ihr Vater noch lebte, auch Otto und Tante Manda, als sie selber zwanzig Jahre jünger war. Und kerngesund.

Wie viele Jahre hatte sie noch? Bestenfalls zehn. Immerhin. Wenn sie die noch nutzte. Wozu? Um Max zu einem selbständigen Menschen zu machen. So wie es jetzt um ihn stand, war er ohne sie verloren. Nicht einmal Kartoffeln kochen konnte er.

Übertrug sie ihm diese Aufgabe, fand sie verkohlte Brocken vor und eine tagelang stinkende Küche, weil er garantiert vergessen hatte, sie rechtzeitig vom Feuer zu nehmen. Einkaufen gehen konnte er nicht, keine Wäsche waschen, keine Wohnung saubermachen, keinen Müll nach unten tragen, geschweige denn, einen Nagel in die Wand schlagen oder Tapete kleben. Ein ausgeprägter Pascha war er und in allem so furchtbar hilflos, wenn sie ihm nicht sagte, wo es langging.

Jetzt erst, wo sie so reichlich Zeit hatte, darüber nachzudenken, merkte sie, dass das weithin ihre Schuld war. Nur so hatte sie ihn noch in der Hand, durch ihren Körper schon lange nicht mehr. Was er da brauchte, holte er sich bei ihrer Reinemachefrau oder, wenn sein Taschengeld reichte, bei einer der käuflichen Damen.

Auch Gerhard machte ihr Sorgen. So gut er den Juniorchef auch spielte und sich als erfolgreicher Manager gab, so sehr war ihm doch anzumerken, dass das nur Maskerade war, dass er in Wahrheit immer noch so weich und schwach war wie damals als Junge. Der Augenblick, als er als Verlierer aus Westdeutschland zurückgekommen war und im wahrsten Sinne des Wortes auf den Knien um eine Stelle bei Schablin & Co. gebettelt hatte, war für sie schrecklich gewesen.

Aber auch das war ihre Schuld, denn sie hatte ihn immer kleingehalten und als Jungen immer dann verprügelt, wenn er versucht hatte, einmal seinen Willen durchzusetzen. So erzog man keine Helden, das war ihr langsam klar geworden.

Und was Inge betraf, auch am Unglück ihrer Tochter war sie schuld, denn sie hatte in einem fort von Hartmut geschwärmt und sie immer wieder zur Heirat gedrängt. Auch der Firma wegen, in der Hoffnung, über Inge die Firma Wamey erobern zu können. Es war ihr alles so logisch erschienen.

Und nun? Manchmal schien ihr die Krebserkrankung eine Strafe Gottes zu sein. Dafür, dass es ihr nicht gelungen war, Max und die beiden Kinder zu glücklichen Menschen zu machen. Dabei hatte sie nichts anderes gewollt. Und sie hatte sich auch immer stark genug gefühlt, es auch zu schaffen. So, wie sie Inge und Gerhard und die Firma durch den Krieg gebracht hatte.

Daniela kam aus Lichterfelde zurück, wo sie die Blumen gegossen hatte, und brachte eine Nachricht mit, die auch nicht sehr erbaulich war. »Papa ist wieder aus der Klinik raus und soll nach Duingen gefahren sein.«

»Dann muss ich heute Abend Inge anrufen.« Es gleich zu tun erschien ihr zu teuer.

Als Inge dann ihren Anruf erhielt, lag sie gerade mit Thomas Châteaudun im Bett. Aber das, was sie sich von ihm erhofft hatte, konnte er ihr nicht mehr bieten. Seit einer Stunde kämpfte er um eine Erektion, aber es wollte nicht klappen. Die Jahre im Knast und vor allem die Zeit als Stadt- und Landstreicher hatten alles in ihm ausgelöscht. »Wozu hast du deine Zunge?«, fragte Inge. Aber das mochte er nicht. Also beließen sie es beim Streicheln und dabei, über Gott und die Welt zu reden. Und über Hartmut Meyerdierks.

So konnte Inge, als sie den Hörer abgenommen und die Stimme ihrer Mutter erkannt hatte, mit Fug und Recht ausrufen: »Wenn man vom Teufel spricht! Was, nach Duingen ist er? Na hoffentlich, um die Scheidung einzureichen.«

»Du solltest auf alle Fälle hinfahren und mit ihm reden.«

»Nein, auf keinen Fall!«

Inge ging nach unten, wo ihr Vater schon ungeduldig wartete. Das mit Thomas Châteaudun wollte sie ihm nicht auf die Nase binden.

Als der zehn Minuten später kam, sah sie ihn an, als hätte sie ihn eben erst am Leuchtturm kennengelernt. »Sagen Sie, spielen Sie Skat?«

»Ja, das kann ich noch, wenn auch anderes nicht mehr.«

»Na, denn setzen Sie sich doch zu uns! Wir suchen schon lange den dritten Mann. Mein Vater bringt zwar immer Pik und Kreuz durcheinander, aber es wird schon gehen.«

Inge merkte schnell, dass ihr Vater Thomas Châteaudun sympathisch fand und ihr schon bald zuflüsterte, dass sie sich den mal warmhalten sollte. »Wenn du von dem Meyerdierks geschieden bist.«

Und er freute sich, dass die beiden gemeinsam nach Berlin zurückfahren wollten, sobald Gerhard und Roswitha in Falshöft eintrafen, um ihrem Vater Gesellschaft zu leisten.

Inge hatte sich einen Mietwagen kommen lassen, Thomas Châteaudun setzte sich ans Steuer. Er fuhr sehr ungern über die enge B5, bei deren Benutzung sich Westdeutsche und West-Berliner immer mit einem Bein im DDR-Knast wähnten, und wählte lieber den Umweg über die Hannover-Autobahn.

Als sie die erreicht hatten, kam Inge wieder der Vorschlag ihrer Mutter in den Sinn. »Fahren wir doch nach Duingen! Ist ja gleich um die Ecke hier.«

Thomas Châteaudun nickte. Er hatte sich längst abgewöhnt, eine eigene Meinung zu haben.

Inge schloss die Augen. Sie sah sich bei ihrer Rückkehr aus England in Hannover aus dem Zug steigen und Hartmut auf dem Bahnsteig warten. »Ich bin ja so galant, Madame!« Ein vollendeter Kavalier.

»Mit dem hast du das große Los gezogen.« Ihre Mutter hatte gestrahlt.

Dann die Tage auf der Jagdhütte. »Wie romantisch! Wie ich dich beneide! Hast du dir wirklich einen Millionär geangelt, Mensch!« Auch Christa hatte sich gar nicht mehr einkriegen können.

»Willst du es noch einmal mit ihm versuchen?«, fragte Thomas Châteaudun, als sie auf der Bundesstraße nach Duingen waren.

Inge zögerte eine Weile mit ihrer Antwort. »Ich weiß nicht. Es kommt darauf an, wie er mir gegenübertritt.«

»Und ich?«

»Du bleibst mein väterlicher Freund.« Inge dachte wenig amüsiert daran, dass sie später einmal drei Männer zu pflegen haben würde: ihren Vater, ihren Mann und ihren ersten Geliebten. »Da links geht's lang.«

Als sie in die Straße einbogen, in der Hartmut Meyerdierks aufgewachsen war, sahen sie zwei Polizeifahrzeuge vor der Villa Wamey stehen, die Blaulichter noch eingeschaltet.

Inges Herz krampfte sich zusammen. »Er wird Selbstmord begangen haben.«

Kaum war der Wagen ausgerollt, hatte sie die Tür aufgestoßen und war hinausgesprungen.

Ein Polizeiwachtmeister kam auf sie zu. »Hier können Sie nicht weiter!«

»Doch! Ich bin Inge Meyerdierks. Die Schwiegertochter.«

»Entschuldigung!«

»Was ist denn passiert?«

»Es hat einen Streit bei Ihnen im Haus gegeben, und Ihr Schwager hat auf Ihren Mann geschossen.«

Das Leben geht weiter
1986

Mitte der 1980er Jahre war Berlin dabei, eine biedermeierliche Idylle zu werden. Die Mauer schien für die Ewigkeit gebaut, an eine Wiedervereinigung war nicht einmal im Traum zu denken, die 1968er waren müde geworden. Die Regierenden Bürgermeister kamen von der CDU und hießen von Weizsäcker und Diepgen. In Ost-Berlin war der Palast der Republik eröffnet worden, im Westen der Stadt waren die Neue Staatsbibliothek, das Internationale Congress Centrum (ICC) und der Steglitzer Kreisel hinzugekommen. Die Autobahn nach Hamburg war eingeweiht und der erste City-Marathon gestartet worden. Seit 1981 gab es Smogalarm in West-Berlin. Dieselbe verpestete Luft galt aber ein paar hundert Meter weiter Richtung Osten als Beweis des gesellschaftlichen Fortschritts und als unbedenklich. 1987 feierte man in beiden Teilen der Stadt deren 750. Geburtstag.

Vor zehn Jahren, Ende 1976, war Inge von Hartmut geschieden worden, und in diesen zehn Jahren war in ihrem Leben so wenig geschehen, dass sie nicht anders konnte, als von totalem Leerlauf zu sprechen. Sicher, sie hatte ihre Tochter großgezogen und durchs Abitur gebracht, sie wurde in der Firma Böckler immer mehr zur entscheidenden Größe, und sie hatte in ihren Eltern und Kladow einen festen Halt.

Von Hartmut hatte sie nichts mehr gehört, seit er den Offenbarungseid geleistet hatte und die Firma Wamey in Konkurs gegangen war. Die Kugel, die ihm sein Bruder in den rechten Oberschenkel gejagt hatte, war entfernt worden, und er hinkte nur noch ein wenig. Es gab Gerüchte, dass er als Penner durch

Deutschland zog. Alte Geschäftsfreunde wollten ihn in München, Stuttgart und Bamberg gesehen haben.

Gregor Meyerdierks war in die Psychiatrie eingeliefert worden.

Thomas Châteaudun hatte, kurz nachdem sie aus Duingen zurückgekommen waren, Selbstmord begangen.

Seither hatte sich Inge mit Hilfe von Beate Uhse ihre sexuellen Bedürfnisse selber erfüllt, nun aber war sie Wladimir begegnet.

Natürlich hieß er nicht Wladimir, sondern schlicht und einfach Willi, aber sie hatte sich angewöhnt, allen Verkäufern, Vertretern, Tischlern, Lagerarbeitern und Fahrern ihrer Firma mehr oder minder exotische Vornamen zu geben, um sie besser auseinanderhalten zu können. Das war ein Erbe ihrer Eltern, wo Margot Matuschewski auch nie Margot gewesen war, sondern immer Zwiebel-Else, ein wenig nach dem Vorbild der Berliner Unterwelt. Und da Willi lange in der DDR gelebt hatte und viel von der deutsch-sowjetischen Freundschaft erzählte, wurde er kurzerhand zu Wladimir. Er arbeitete nicht bei Böckler, sondern war Vertreter für Kosmetika. Als solcher hatte er bei Inge an der Wohnungstür gestanden und ihr Gesichtscreme verkaufen wollen.

»Gegen die Falten, gnädige Frau.«

Inge hörte das nicht gern und reagierte ziemlich aggressiv. »Und wenn ich mir damit den Hintern abwische, was dann? Dann brauche ich einen künstlichen Darmausgang, wie?« Der ständige Umgang mit hartgesottenen Männern hatte sie anders werden lassen. Nur, wenn sie deren Sprache beherrschte, rau aber herzlich, konnte sie mit ihnen fertig werden.

Wladimir grinste. »Bei nicht sachgemäßer Anwendung könnte aber nicht nur diese Falte verschwinden, da haben Sie recht, sondern eine nahe gelegene andere Spalte, die eine Frau wie Sie ganz sicher noch einmal brauchen wird.«

»Ja, zum Pinkeln! Aber woher wissen Sie das von meinen Spinnweben davor?«

Wladimir wies auf die Hutablage, die er hinter Inge im Flur entdeckt hatte. »Da sehe ich keinen Herrenhut.«

So ging das noch eine Weile hin und her, und schließlich verabredeten sie sich für Sonntag.

Willi Wutike war vier Jahre älter als Inge Bugsin, gehörte also zum Jahrgang 1930. Er war ein Sonntagskind, und diese Tatsache beeinflusste sein Schicksal in hohem Maße. Allerdings hatte er an keinem gewöhnlichen Sonntag das Licht der Welt erblickt, sondern am 22. Juni, dem Tag, an dem Hertha BSC nach vier vergeblichen Anläufen mit einem 5 : 4 über Holstein Kiel zum ersten Mal Deutscher Fußballmeister geworden war. Das Finale hatte in Düsseldorf stattgefunden, und seinem Vater war dieses Spiel wichtiger gewesen als die Geburt seines fünften Kindes. Er war trotz einsetzender Wehen seiner Frau an den Rhein gereist. »Ich kann doch meine Mannschaft nicht im Stich lassen!«

Als Willi heranwuchs, oben im Bezirk Prenzlauer Berg, hörte er seinen Vater bei jeder Skatrunde und jedem Geburtstag von den Hertha-Spielern schwärmen: »Der Torwart Paul Gehlhaar war von Beruf Mechaniker. Der Mittelstürmer, der Bruno Lehmann, der hatte ein Zigarrengeschäft. Hanne Sobek, unser Star, der war Bankbeamter. Nobel, kann ich euch sagen. Und wisst ihr, was unser Linksaußen war, der Willi Kirsei? Der war Reklamezeichner.« Und dann kam der Satz, der Willi am meisten beeindruckte: »Und mit denen habe ich nun jahrelang zusammen gespielt.«

Willi erzählte das natürlich allen seinen Freunden, und bei sich auf dem Hof, aber auch auf der Straße und in der Schule war er damit der King. Auch wenn sich seine eigenen fußballerischen Fähigkeiten in Grenzen hielten, wurde er immer als einer der Ersten in eine Mannschaft gewählt, denn der Sohn eines Hertha-Spielers war so etwas wie ein Halbgott. Dass sein Vater eine Unterschenkelprothese hatte und erheblich humpelte, tat seinem Charisma als Held der Hertha keinen Abbruch, denn die Kinder waren das gewohnt. Der Krieg eben.

Hinzu kam, dass Walter Wutike sehr eindrucksvoll davon erzählen konnte, wie er 1945 bei der Schlacht auf den Seelower Höhen sein Bein verloren hatte. Erst als er gerade achtzehn Jahre alt geworden war, fiel Willi ein Dokument in die Hände, aus dem unzweifelhaft hervorging, dass sein Vater schon 1928 in der Frankfurter Allee unter die Straßenbahn geraten war und man im Krankenhaus eine Amputation hatte vornehmen müssen.

»Du hast mich also angelogen, du hast gar nicht mit Sobek und Kirsei zusammen gespielt!«

»Doch! Skat! Ich war Platzwart am Gesundbrunnen.«

Erst hatte Willi vor Wut an der Decke gehangen und seinen alten Herrn verflucht, dann aber schnell begriffen, dass er ihm für diese Hochstapelei nur dankbar sein konnte. Ohne sie hätte er als Junge in der Hierarchie seiner Altersgenossen erheblich weiter unten gestanden und viel weniger vom Leben gehabt.

Seine Mutter und seine Großeltern hatten das Spielchen mitgemacht. »Die Menschheit will betrogen sein«, so lautete ihre Devise.

Der Hertha-Schwindel hatte Willi Wutike entscheidend geprägt, obwohl es anfangs gar nicht so aussah. Zuerst absolvierte er brav eine Lehre in der Drogerie eines Onkels. Da es zu dieser Zeit für die meisten Männer und nahezu alle Frauen noch überaus peinlich war, einfach in einen Laden zu gehen und sich Kondome zu kaufen, und ein Versandhandel noch nicht existierte, belieferte er ältere Freunde sowie stadtbekannte Honoratioren heimlich mit Präservativen. Zu völlig überhöhten Preisen natürlich. Da er die Dinger über seine Drogerie billig bezog, fuhr er horrende Gewinne ein.

Später, als seine Mutter als Sprechstundenhilfe bei einem Internisten arbeitete, dehnte er seinen Handel auch auf Rezepte aus, die kein Arzt je ausgestellt hätte. Bei Dr. Plohn lagen immer welche herum, die blanko unterschrieben waren und auf denen man mit einigem Geschick die gewünschten Medikamente eintragen konnte. So schwer ließen sich Handschriften schließlich nicht nachmachen.

Aber nicht deswegen war es für Willi Wutike so wichtig, dass er Zugang zur Praxis hatte, er sah Dr. Plohn auch gerne bei der Arbeit zu, denn längst hatte er erkannt, dass Mediziner in der Rangskala der meistgeschätzten Berufe an der Spitze standen. Wohingegen Drogisten vielleicht bestenfalls auf Position 541 zu finden waren.

Da auch die Frauen das wussten, konnte er nicht damit rechnen, eine abzukriegen, die beides war: reich und attraktiv. Er musste ihnen also etwas vorgaukeln … So, wie sein Vater ihm fast zwei Jahrzehnte lang etwas vorgeschwindelt hatte.

Am besten war es natürlich, wenn er sich als Mediziner ausgab. Aber so einfach würde das nicht sein, das begriff er schnell, denn gerade bei den Göttern in Weiß kam es auf das Auftreten an. Da musste man selbstsicher bis arrogant sein. Und so etwas bekam man nicht mit, wenn man in Prenzlauer Berg im Hinterhaus groß wurde. Aber lernen ließ es sich ganz sicher.

Also nahm er das Geld, das er mit seinen Kondomen und Rezepten verdient hatte, und ging zur Schauspielschule. Abends studierte er dann medizinische Ratgeber. Als er Thomas Manns *Die Bekenntnisse des Hochstaplers Felix Krull* im Kino gesehen hatte, war ihm klar, auf welche Gruppe von Frauen er sich nach seinen abgeschlossenen Studien zuerst stürzen sollte: auf Witwen und gerade geschiedene Frauen.

Und es glückte. Nicht zuletzt deswegen, weil er das war, was die Leute einen Charmebolzen nannten, der geborene Gigolo. Wenn die Werbung verkündete »Bauknecht weiß, was Frauen wünschen«, dann wusste es Willi Wutike erst recht. Sie hatten eine herrliche Zeit mit ihm. Er tat ihrer Psyche wohl und entlockte ihnen, wurden sie im Bett von ihm verwöhnt, jene kleinen Schreie, von denen sie vorher nur gelesen hatten. Und merkten sie eines Tages, dass er sie mit all seinen Künsten dahin gebracht hatte, viele Zehntausend Mark von ihren auf seine Konten zu transferieren, dann verfluchten sie ihn zwar, liefen aber nicht zur Polizei, sondern verbuchten den Verlust mit sublimem Schmerz, eigentlich dankbar für das, was er ihnen gegeben hatte. Auch fürchteten sie, bei einem Prozess zum Gespött der Leute zu werden und dass die Boulevardzeitungen ihr Intimstes genüsslich ausbreiten könnten. Es hatte eben alles seinen Preis.

Nur eine der Witwen wagte es, ihn anzuzeigen, und sorgte dafür, dass Willi zwei Jahre im Gefängnis verbrachte, doch ansonsten konnte er sich seines Wohlstandes erfreuen und herrliche Monate in St. Tropez, in der Karibik und auf Hawaii verbringen.

Doch nun, als er auf die sechzig zuging, fiel es ihm immer schwerer, jemanden zu finden, der in sein Fahndungsraster fiel: des Trostes bedürftig, nicht schon in einem Maße welk geworden, dass selbst ihn die Manneskraft verließ, und mit genügend Geld auf der Bank. Die Damen im »Café Keese« oder in »Walterchens Ballhaus« flogen zwar noch immer auf ihn, doch schon bei der ersten Fühlungnahme stellte sich heraus, dass bei ihnen nicht viel zu holen war.

Nach einem halben Jahr Australien war er ziemlich abgebrannt nach Berlin zurückgekommen, und nach den ersten Misserfolgen war ihm nichts anderes übriggeblieben, als wieder zu arbeiten. In einer Firma, die edle Kosmetika an der Haustür verkaufte, hatten sie ihn wegen seiner Weltläufigkeit gern genommen, und er hoffte, auf diesem Wege endlich wieder eine Frau zu finden, die von ihm umfassend verwöhnt werden wollte und mehr zu bieten hatte als eine kümmerliche Rente.

Inge Bugsin hatte nicht die geringste Ahnung von Willi Wutikes Vergangenheit und seinen aparten Absichten, als sie sich um achtzehn Uhr vor dem »Maison de France« am Kurfürstendamm, Ecke Uhlandstraße trafen. Er war ganz Kavalier der alten Schule und trat mit einem wunderschönen Strauß roter Rosen auf sie zu.

»Gnädige Frau, ich darf mir erlauben ...«

»Danke!« Inge fand das sehr aufmerksam, war aber eine zu sehr auf das Praktische angelegte Natur, um sich über dieses Geschenk so richtig freuen zu können. »Jetzt soll ich den ganzen Abend über mit diesem Riesending durch die Gegend laufen?«

»So etwas tue ich schon seit Jahren«, wandte Willi ein.

»Wie?« Inge konnte ihm nicht folgen.

»Der Anstand verbietet mir, das weiter auszuführen.« Willi beließ es daher bei einem Blick auf den Reißverschluss seiner Hose.

»Ach so.« Inge war noch nie einem Mann begegnet, der seine vermeintlichen Vorzüge so offen angepriesen hatte. »Aber Eigenlob stinkt ja bekanntlich.«

»Soll ich Ihnen Referenzschreiben vorlegen?«

»Die Größe allein macht's ja wohl nicht.«

»Sie scheinen da auch schon allerlei Erfahrungen gesammelt zu haben.«

»Ja, was denken Sie denn, aber keine, wie man einen Blumenstrauß wieder loswird, ohne den zu kränken, von dem man ihn bekommen hat.«

Willi Wutike dachte nach. »Am besten, Sie schenken ihn jemandem, der ihn wie einen Orden entgegennimmt.«

Inge sah sich um. »Gut, dann der Frau da vor dem Kiosk.« Die sah gerade zu, wie ihr Hund dabei war, das Seinige zur Verschönerung Berlins zu tun. »Mit herzlichem Dank für den größten Doggenschiss des Jahres!« Schon hatte sie der verblüfften Tierfreundin die Rosen in die Hand gedrückt.

Die nahm den Strauß und zog ungerührt von dannen.

Inge und Willi Wutike stellten sich in den Kino-Eingang und warteten, wer wohl als Erster in den Hundehaufen treten würde. Zu ihrer großen Freude war es ein stadtbekannter Journalist des DDR-Fernsehens, dessen Lieblingsbeschäftigung es war, über den Westen zu hetzen, ohne dass ihn das davon abgehalten hätte, im KaDeWe und am Kudamm einzukaufen.

»Manchmal trifft es doch den Richtigen«, sagte Willi Wutike.

»Was machen wir jetzt?«, fragte Inge. »Zu mir können wir nicht, meine Tochter ist zu Hause.«

»Und ich wohne bei meiner Schwester in Tempelhof. Aber wie wär's mit Kino? Haben Sie sich schon mal *Männer* angesehen?«

»Ja, einige schon. Vielleicht viel zu wenige, aber ...«

»Ich meine den Film von Doris Dörrie.«

»Da war ich erst dreimal drin. Wegen Uwe Ochsenknecht.«

»Finden Sie nicht, dass ich dem ähnlich sehe?«

»Ja, aber nur von hinten und wenn es stockfinster ist.«

»Also, trinken wir erst etwas und gehen dann ins Kino?«

Inge nickte. »Einverstanden!« Der Mann war durchaus passabel. Obwohl er auf den Namen Willi hörte, wie sie seiner Visitenkarte entnommen hatte. Aber das ließ sich ja schnell ändern.

In der Pariser Straße fanden sie eine Art Bar, in der sich bei einem Cocktail reden ließ. »Erzählen Sie mal ein bisschen über sich«, bat ihn Inge, und er tat es.

»Von Hause aus bin ich Arzt, praktischer Arzt.«

»Unpraktisch wäre ja auch weniger schön. Die Spritze falsch herum gehalten und sich die Betäubung selber in den Arm gejagt.«

Willi Wutike hatte Mühe, darüber zu lachen. »Praktischer Arzt also. Drüben in Ost-Berlin. 1965 haben sie mich dann wegen Beihilfe zur Republikflucht einsperren wollen, ich konnte mich aber im letzten Moment in den Westen absetzen. Über Ungarn und Rumänien. Ohne die Hilfe von Kollegen dort wäre das nicht gelungen, aber ... Na, jedenfalls bin ich dann nach Australien gegangen, wo ich einen Cousin hatte. Als Arzt durfte ich nicht mehr arbeiten, weil man meine Abschlüsse aus der DDR nicht anerkannt hat. Nun, ich habe mich auch so durchgeschlagen. Zuletzt mit einer kleinen Firma für Kosmetika. Verheiratet war ich auch, aber vor drei Jahren ist meine Frau gestorben. Im Meer ertrunken. Kinder hatten wir keine. Letztes Jahr hat dann das Heimweh gesiegt, und ich bin zurück nach Deutschland. Das mit dem Mediziner konnte ich vergessen.«

»Wollen Sie wirklich keine Praxis mehr aufmachen?«

»Die Fortbildungskurse, die ich belegen müsste – dafür hab ich nicht das Geld.«

Inge war schon weich geworden. »Da lässt sich ja vielleicht mal drüber reden.«

»Ach ...« Willi Wutike schüttelte den Kopf. »Sie sind ja auch nicht auf Rosen gebettet.«

»Ein bisschen was ist schon da.« Sie erzählte vom Geschäft ihrer Eltern, von ihrer Arbeit bei Böckler, wo sie gut verdiente, und von der Abfindung, die sie mit Hartmuts Anwälten ausgehandelt hatte. »Ein paar Mark werden aus der Konkursmasse von Wamey für mich und meine Tochter bestimmt noch abfallen.«

»Ihre Tochter ist schon älter?«

»Ja, immerhin schon 25 und verheiratet mit einem Araber, einem Ingenieur aus Saudi Arabien. Mit Fatih. Aber mit dem hat sie andauernd Krach. Dann zieht sie aus und wohnt für ein paar Tage wieder bei mir. Wie jetzt.«

Willi Wutike sah ihr in die Augen. So verliebt, wie er konnte. »Wo sind Sie denn geboren und aufgewachsen, Inge?«

»In Friedrichshain, in der Ebertystraße.«

Er legte seine Hände auf die ihren. »Und ich gleich nebenan in Prenzlauer Berg. Das nenn ich eine Fügung des Schicksals. Wahrscheinlich haben wir die gleichen Schulbücher gehabt und Wladimir Iljitsch Lenin verehrt. Ich hatte die Ehre, in unserem Klassenraum den Nagel in die Wand zu schlagen, an den wir sein Bild aufgehängt haben.«

Das war der Moment, in dem Inge beschloss, ihn Wladimir zu nennen. Zudem konnte man ihm auch eine gewisse Ähnlichkeit mit dem russischen Revolutionsführer nicht absprechen. Da Wladimir nur wenig älter war als Inge, konnten sie sich über vieles unterhalten, was sie vor, im und nach dem Krieg ganz ähnlich erlebt hatten. Und auch die ersten fünf Monate des Jahres lieferten genügend Gesprächsstoff. Ende Februar war Schwedens Ministerpräsident Olof Palme ermordet worden, im April war in der Berliner Disco »La Belle«, in der fünfhundert amerikanische GIs getanzt hatten, eine Bombe explodiert, wahrscheinlich von libyschen Attentätern gezündet, dann hatte es den Super-GAU von Tschernobyl gegeben, der sie auch heute noch misstrauisch in den strahlenden Himmel blicken ließ, und vor ein paar Wochen war in Hamburg die Premiere des Musicals *Cats* groß gefeiert worden.

»Wenn Sie meine Einladung dazu annehmen würden, wäre ich der glücklichste Mensch auf Erden.«

»Mal sehen.« Zu schnell wollte sich Inge nicht erobern lassen, obwohl Wladimir durchaus ihr Typ war. Ein wenig war er wie Walter damals.

Daniela Al-Jawf, Inges Tochter, hatte nach dem Abitur eine Lehre zur Reisebürokauffrau begonnen und erfolgreich zu Ende gebracht und auch nach ihrer Heirat nicht aufgehört zu arbeiten.

Am 1. Januar 1986, als die gesamte Familie zum Neujahrsempfang in Kladow weilte, war sie von ihrer Großmutter beiseitegenommen worden.

»Du weißt, Dany, wie ich an dir hänge. Wie es um mich steht, darüber reden wir nicht, aber …« Irmgard Bugsins linker Arm war inzwischen so kraftlos geworden, dass sie ihn kaum noch gebrauchen konnte. »Ich möchte, dass die Firma weiterexistiert, auch noch im nächsten Jahrtausend. Sie ist mein Lebenswerk.«

Auch wenn es ihr immer schwerer fiel, sie ließ es sich nicht nehmen, mindestens dreimal in der Woche mit der Taxe von Kladow in die Hedemannstraße zu fahren, um dort nach dem Rechten zu sehen.

»Aber Gerhard ist doch da und übernimmt später sowieso alles.«

Irmgard Bugsin winkte ab. »Wie heißt es bei Politikern: Kein Kommentar.«

Daniela lächelte. »Ich weiß, was mein Vater immer über ihn gesagt hat: Gerhard sei ein Bruder Leichtfuß, ganz wie sein Vater, würde zu viel aus dem Geschäft entnehmen und zu wenig Rückstellungen vornehmen. Außerdem würde er mehr Leute beschäftigen als notwendig, nur, um überall Eindruck zu schinden. Dabei fehle es ihm an natürlicher Autorität. Darum habe er ja auch seine Neue in die Firma geholt, damit die mit harter Hand durchgreifen kann, wenn ihm alle auf der Nase rumtanzen.«

Gerhard war von Roswitha geschieden worden und lebte jetzt mit Gabi zusammen, einer erfahrenen Geschäftsfrau. Sie wohnten in der Koblenzer Straße 17, in der alten Wohnung der Bugsins, aus der Manfred Matuschewski inzwischen wieder ausgezogen war.

»Ich fahre ja auch noch immer ins Geschäft, um dafür zu sorgen, dass es kontinuierlich weitergeht«, sagte Irmgard Bugsin.

»Und warum hast du Mutti nicht ...«, fragte Daniela. »Sie schmeißt doch jetzt bei Böckler den Laden und wäre absolut spitze gewesen. Warum Gerhard und nicht sie?«

»Weil ...« Ihre Großmutter zögerte. »Weil Gerhard für den anderen Gerhard steht, für meinen Bruder, der im Krieg gefallen ist.«

»Und weil er ein Mann ist!«, fügte Daniela hinzu.

»Nein, ich bin ja auch kein Mann. Aber das war von Anfang an so festgelegt, dass Gerhard der Kronprinz ist.«

»Und? War es ein Fehler?«

Irmgard Bugsin steckte sich eine Zigarette an und wich ihr aus. »Als Gerhard damals aus Westdeutschland zurückgekommen ist – ohne Arbeit, aber mit Familie –, da gab es keine andere Lösung.

Und außerdem war Inge mit Hartmut und der Firma Wamey im Rücken aller Sorgen ledig. Aber nun …« Sie blickte eher streng als liebevoll und bittend zu ihrer Enkeltochter hinüber. »Nun kann meiner Meinung nach Schablin & Co. nur überleben, wenn ein anderes Familienmitglied das Steuer in die Hand nimmt.«

»Also doch Mutti.«

»Nein! Das würde in einer Katastrophe enden, wenn sie mit Gerhard zusammen …«

»Wer dann, Großvati doch nicht etwa?«

»Nein, du!«

Daniela zuckte zusammen. »Ich habe doch von Büromöbeln keine Ahnung.«

»Du hast als Einzige von uns das Abitur, und du hast deine Lehre mit einer Eins abgeschlossen. Außerdem hast du zu Hause – bei euch in Lichterfelde wie auch bei uns in Kladow – genügend Fachwissen mitbekommen. Und noch lebe ich ja und kann dir helfen, dich einzuarbeiten.«

Daniela war wie vor den Kopf geschlagen. »Das muss ich mir reiflich überlegen.«

»Nein, das ist sozusagen ein Befehl. Zum 1. Mai fängst du als Sachbearbeiterin in der Hedemannstraße an und findest dich langsam in alles hinein.«

»Gerhard und Gabi werden das nicht hinnehmen.«

»Noch sind die Eigentumsverhältnisse so, dass sie es werden hinnehmen müssen.«

Daniela sagte schließlich ja. Weil sie ihre Großmutter liebte, weil sie kein Risiko scheute, wie auch schon früher, als sie einen Araber heiratete, aber auch, weil sie ihre Mutter sozusagen rächen wollte.

Mit dem Ruf »Auf in den Kampf!« war sie morgens aus der Wohnung gegangen und hatte mit sehr gemischten Gefühlen an ihrem Schreibtisch Platz genommen. Natürlich bekam sie nun von Gerhard, Gabi und deren Anhang die Arbeiten zugewiesen, bei denen man nur schlecht aussehen konnte. Aber alle taten so, als ob sie die neue Mitarbeiterin furchtbar liebhatten.

»Wie geht es Fatih?«, fragte Gerhard, als er bei ihr vorbeikam.

»Großvati? Keine Ahnung, ich hab ihn seit drei Wochen nicht mehr gesehen.«

»Wohnt ihr nicht mehr zusammen?«

»Ach, du meinst meinen Mann.« Da die Deutschen seinen Vornamen wie *Vati* aussprachen und nicht *Fatich* sagten, kam es immer zu Verwechslungen. »Der ist unterwegs, sich Arbeit suchen.«

»Hauptsache, er hat eine neue Stellung gefunden, wenn er nach Hause kommt.«

Daniela konnte über den alten Scherz nicht in dem Maße lachen, wie es ihr Onkel erwartet hatte. Sie belauerten sich beide wie zwei Boxer zu Beginn der ersten Runde.

An den Tagen, an denen ihre Großmutter in der Firma war, konnte sich Daniela unangreifbar fühlen, aber wenn die Seniorchefin, weil sie sich nicht wohl fühlte, in Kladow blieb, dann musste sie verdammt auf der Hut sein. Während sich ihr Onkel zurückhielt, war es seine Neue, von der sie mit kleinen Nadelstichen traktiert wurde.

»Sag mal, Dany, habt ihr bei euch im Reisebüro nie Reisen in die USA verkauft?«

»Doch. Wieso?«

»Na, weil du hier bei der Anfrage der Firma Lohmeyer das Konferenzzimmer ›Wal Street‹ anbietest, nur mit einem L. Das kommt aber von *wall*, die Mauer, und nicht Wal, dem Meeressäuger.«

»Ach was?« Das hatte sie sich von ihrer Mutter angewöhnt.

»Ich weiß, du hast das Abitur.«

Die kleinen Flüchtigkeitsfehler, die ihr in der Tat immer wieder unterliefen, hatten ihre Ursache in den vielen schlaflosen Nächten. Immer wieder gab es Streit mit Fatih. Seine Eifersucht war pathologisch. Am liebsten hätte er sie nur bis oben hin verschleiert ins Büro gehen lassen, und in jedem Mann, von dem sie im Vorübergehen nur flüchtig angelächelt wurde, sah er einen ihrer heimlichen Liebhaber. Das nervte gewaltig, auch wenn ihre Mutter immer wieder sagte, Fatih könne doch nichts dafür, das sei eben die andere Kultur, und ihr vorhielt, blind gewesen zu sein: »Wer hat denn gejubelt: ›Mutti, Mutti! Das ist mein Prinz aus Tausendundeiner Nacht.‹ – Du doch!«

Daniela trank eine Unmenge Kaffee und versuchte, sich zu konzentrieren, um das Angebot für Lohmeyer endlich und ohne einen weiteren Fehler fertigzubekommen. Ihre Warenkenntnisse waren dank der Bemühungen ihrer Großmutter schon ganz hervorragend. Immer, wenn Irmgard Bugsin in der Hedemannstraße war, gab es einen Crashkurs für ihre Enkelin.

Danielas großes Plus aber war der Umgang mit den Kunden. Die angestellten Verkäufer waren zu glatte Profis, Gabis herber Charme gefiel nicht allen, und ihr Onkel schmeichelte mitunter doch zu sehr. Sie hatte von allem etwas und damit die richtige Mischung. Außerdem machte sich das Abitur, sosehr Gerhards Neue auch darüber spottete, bei Gesprächen mit Schulrektoren, Oberärzten und Institutsleitern doch bezahlt. Ab und an ein eingestreutes Fremdwort, ein kurz erwähnter Erfinder, Dichter oder Denker oder ein lateinisches Zitat schufen eine angenehme Vertrautheit.

So steuerte Prof. Nickel, Prokurist eines namhaften Berliner Unternehmens, auch zielgerichtet auf sie zu und winkte nur kurz ins Chefzimmer hinüber. »Wir wollen uns vergrößern, Frau Al-Jawf, und es könnte schon ein Großauftrag für Ihre Firma werden.«

Daniela führte Prof. Nickel zur Besucherecke und fischte sich dabei die verschiedensten Prospekte aus den Regalen.

Als sie einen Augenblick am Suchen war, kam Joe an ihr vorbei, einer der Fahrer, die Schablin & Co. beschäftigte. Sie hatte ihm gestern einen kleinen Gefallen getan und ihm eine Route zugeteilt, auf der er schnell einmal bei seiner kranken Mutter vorbeifahren konnte. Dafür bedankte er sich jetzt bei ihr mit einem kleinen, mehr hingehauchten Kuss auf die linke Wange. »Danke, du bist ein Schatz!«

Schon war er wieder weiter, aber für Fatih, der seit einigen Minuten draußen vor dem Schaufenster stand und alles beobachtete, war das, was da eben passiert war, glatter Ehebruch. Wie seine Frau vorher mit dem alten Knacker da geflirtet hatte, war schlimm genug gewesen, das aber, dieser Kuss, der ... Er konnte nicht anders, als die Ladentür aufzureißen und »Du Nutte, du!« zu schreien. Dann lief er in Richtung Friedrichstraße davon.

Daniela zögerte keinen Augenblick, aus der Firma zu stürzen, ihrem Mann hinterherzulaufen und zu versuchen, ihm alles zu erklären.

Inge saß in der Volkshochschule und ließ sich in die Geheimnisse der Chiromantie einweihen, der Kunst des Handlesens. Irgendwie hatte sie nach ihrer Scheidung und nachdem Daniela ausgezogen war die vielen einsamen Abende ja totschlagen müssen. Immer nur vor dem Fernseher zu hocken ging ihr auf den Geist. Zwar las sie viel und konnte inzwischen jedes literarische Weihnachtsrätsel des *Tagesspiegel* lösen, doch auch bei der Lektüre war sie allein. Also hatte sie sich den Prospekt ihrer Volkshochschule geholt und Gefallen am Esoterischen gefunden. Sie lauschte immer ganz hingebungsvoll den Worten der Dozentin, die ein bisschen wie eine Hexe aussah. Aber das musste wohl so sein. Auch das, was sie sagte, war ein wenig gewöhnungsbedürftig.

»Wir unterscheiden spatelförmige, eckige und konische Finger. Das erste Bild, das ich Ihnen ausgeteilt habe, zeigt eine Außenhand mit spatelförmigen Fingern. Das Ziel dieses Menschen liegt stark im Realen verwurzelt. Er ist ganz im Triebhaften gebunden, versucht aber mit vitaler Willenskraft, auch das Unangreifbare in den eigenen Machtbereich hineinzuziehen, in die geistigen Bereiche vorzudringen. Schauen Sie genau hin, wie sich die breit auslaufenden Finger geradezu in die Erwartungen hineinwühlen.«

Inge, die schon einen langen Arbeitstag hinter sich hatte, fing nun trotz aller Begeisterung an, vor sich hin zu dösen. Erst als die Dozentin Hausaufgaben verteilte, klinkte sie sich wieder ein.

»Sehen Sie sich einmal die linke Hand Ihres Ehepartners ganz genau an, und beschreiben Sie das, was Sie da sehen, mit den Begriffen, die Sie hier bei mir gelernt haben!«

Leider fand sich niemand, der Inge im Wagen mit nach Hause nahm, und da sie keine halbe Stunde zu Fuß gehen wollte, musste sie auf den Bus warten. Sie verfluchte sich wegen ihrer Unschlüssigkeit, endlich in eine andere Wohnung zu ziehen. Lichterfelde war wirklich jwd. Außerdem, wozu brauchte sie alleine so viele Zimmer? Vielleicht zog ja Wladimir zu ihr. Sie verstanden sich blendend, und auch im Bett hatte Wladimir sie durchaus nicht enttäuscht. Wenn er nur nicht so viel unterwegs gewesen wäre. Vielleicht konnte sie ihn doch noch überreden, für einige Zeit im Krankenhaus zu arbeiten, seine medizinischen Kenntnisse wieder aufzufrischen und sich als praktischer Arzt niederzulassen. Vielleicht ließ sich sogar aus der Lichterfelder Wohnung eine Arztpraxis machen, und sie beide zogen dann in die Innenstadt, wo ein bisschen mehr los war als hier draußen.

Endlich kam der Bus, und als sie gegen 22 Uhr 45 die dreistöckige Villa in der Ringstraße erreichte, hatte sie nur noch den einen Wunsch: Schnell Zähneputzen, und ab ins Bett.

Doch als sie die Wohnungstür aufgeschlossen hatte, sah sie Licht in der Küche. Sie dachte sofort an Einbrecher und federte zurück, um bei den Nachbarn Schutz zu suchen, doch da hörte sie schon Danielas Stimme: »Mama, krieg keinen Schreck, ich bin's nur!«

»Was machst du denn hier?«

»Fatih hat mich im Schlafzimmer eingesperrt. Ich bin aber geflüchtet. Aus dem Fenster raus und am Blitzableiter runter.« Zum Glück wohnten sie am Löwenhardtdamm im ersten Stock. »Als ich unten war, hat er aber was gemerkt und mir zugerufen, dass ich zurückkommen soll. Sonst würde er mich umbringen. Da bin ich dann zur Dudenstraße gerannt und in eine Taxe rein.«

»Mensch, hier und in Kladow wird er dich doch zuerst suchen!«, rief Inge und zögerte keinen Augenblick, sich zu verbarrikadieren. »Du musst irgendwohin, wo er dich auf keinen Fall vermutet.«

Sie überlegten ein paar Minuten hin und her und kamen dann auf Frohnau, wo Manfred Matuschewski seit ein paar Jahren ein Haus besaß. »Heute Abend sind zwar Großmutti und Großvati zum Kartenspielen draußen, aber die haben Platz genug, so dass du da auch noch schlafen kannst.«

Daniela fand sich mit ihrem Schicksal ab, und sie riefen sich eine Taxe. Hoffentlich stand Fatih nicht schon unten, um Daniela aufzulauern. Nein. Wahrscheinlich hatte er angenommen, seine Frau sei nach Kladow gefahren.

Als sie in Frohnau in der Straße Am Grünen Hof angekommen waren, saßen ihre Eltern und Margot Matuschewski mit ihrer Schwiegertochter noch beim Canasta. Kein Wunder, spielten sie doch öfter bis morgens um halb drei. Das Entsetzen war groß, und alle hatten Mitleid mit Daniela.

Die winkte aber ab. »Ich hab's ja so gewollt.«

Inge konnte es noch immer nicht fassen, dass es Manfred Matuschewski so weit gebracht hatte. Ein Einfamilienhaus in Frohnau mit einem Grundstück von fast 1500 Quadratmetern drum herum, das war schon etwas. Schön, ein Viertel hatte seine Mutter geerbt und ihm geschenkt, aber dennoch. Wenn sie von Anfang an auf diese Karte gesetzt hätte, wie wäre ihr Leben dann verlaufen? »Die Liebe kommt in der Ehe!« Auch heute wieder musste sie an die Worte ihrer Mutter denken. Bei Hartmut war sie nicht gekommen. Wäre sie im Zusammenleben mit Manfred Matuschewski gekommen? Sie hielt es für müßig, länger darüber nachzudenken. Sie hätte zweimal leben müssen, um es herauszufinden. Zurück zum Start, zurück in die Monate, bevor sie damals nach England aufgebrochen war. Wenn er sie damals am Gosener Graben stürmischer bedrängt hätte und sie weich geworden wäre …

Jetzt stand sie mit ihrer Tochter auf der Terrasse seines Hauses und bat um Asyl für Daniela.

»Klar kann sie bleiben. Und du auch. Dann kannst du morgen früh gleich von hier zu Böckler fahren.«

Mit den Jahren hatten Karl-Hermann und Gisela Böckler immer weniger Interesse an den Details ihrer Firma und waren froh, in Inge eine tüchtige Prokuristin gefunden zu haben. »Die Bugsin, det is doch die, die den janzen Laden schmeißt«, hieß es von ihr.

»Sie sind noch besser als Ihre Mutter«, sagte Böckler, der Irmgard Bugsin seit Ewigkeiten kannte. »Weil Sie besser mit den Leuten umgehen können. Fordernd wie sie, aber heiterer und herzlicher. Und Sie verstehen etwas vom Geschäft. Klar, wer bei Schablin & Co. groß geworden ist, bei Herzog & Altmann gearbeitet hat und Wamey in- und auswendig kennt, der muss ja auch ein absoluter Fachmann sein.«

Inge war quasi die Chefin bei Böckler und stand nun dort, wo sie nie hatte stehen wollen: an der Spitze einer Firma, die mit Büromöbeln handelte. Dass es nicht ihre eigene war, machte die Sache noch komplizierter. Einerseits schuf es die nötige Distanz, so dass sie nie schlaflose Nächte hatte, wenn einmal Ebbe in den Auftragsbüchern war, andererseits empfand sie es doch als schmerzlich, ihrer Mutter und ihrem Bruder so manchen Auftrag wegzuschnappen.

Sie brauchte nicht Psychologie studiert zu haben, um zu wissen, dass sie bei Böckler – so leicht sie auch alles zu nehmen schien – nur so hart arbeitete, um endlich die Anerkennung ihrer Mutter zu bekommen. Sieh her, ich bin viel besser als Gerhard, mich hättest du in die Firma holen sollen! Dass die dann versucht hatte, Daniela als neue Chefin aufzubauen, quasi stellvertretend für ihre Mutter, machte die Sache nicht besser. Zumal das Experiment ja gründlich gescheitert war. Daniela und Gerhard warteten nun auf den Prozess vor dem Arbeitsgericht. Doch ihre Mutter, so schien es Inge jedenfalls, wollte nicht wahrhaben, was sich da ereignet hatte.

Dabei musste Inge öfter an Manfred Matuschewski denken: Dem hatte auch niemand zugetraut, das zu werden, was er jetzt war. Und damit sich die Leute ihren Irrtum nicht eingestehen mussten, sahen sie ihn weiterhin als Verlierer des Lebens an. Auch sie tat das ja noch immer und war nun Opfer desselben Mechanismus geworden.

Ausgerechnet auf Manfred Matuschewski und dessen Beratungsfirma war der alte Böckler nun gekommen, weil er wissen wollte, wie seine Firma umzubauen war, wollte sie die Jahre nach seinem Ausscheiden unbeschadet überstehen. In der nächsten Woche sollten die FORMAT-Leute anrücken, um mit ihrer Bestandsaufnahme zu beginnen.

Alles deutete darauf hin, dass Inge in den nächsten Jahren die Rolle Böcklers übernehmen sollte – die Wohnung oben im Bürogebäude war ihr schon angeboten worden. »Damit Sie immer gleich zur Stelle sind, wenn's mal brennt.« Es war auch die Rede davon, dass sie sich an der Firma beteiligen, also Miteigentümerin werden sollte.

Inge hatte nie nach einer solchen Position gestrebt, nun fiel sie ihr quasi in den Schoß. Sie würde nicht nein sagen, denn wenn es so kam, wie es kam, ganz von selber, dann war es auch gut.

Sie gönnte sich eine Pause und steckte sich ihre Zigarette an. Trotz aller Warnungen ihrer Mutter.

»Wer raucht, kriegt eher Krebs!«, kam sofort die Warnung von Henne Hahn.

»Was kommen soll, das kommt.«

»Mit Macht, und keiner kann's halten – ich weiß! Aber entscheidend ist doch beim Sterben auch das Wie: ob du friedlich entschläfst oder ob du dir die Lunge aus dem Hals hustest und elendig erstickst, nachdem sie vorher alles Mögliche bei dir raus- und abgeschnitten haben.«

Inge reagierte ungewohnt harsch. »Könntest du dich bitte um deine Arbeit kümmern!«

Auch sie stürzte sich in Arbeit, um nicht immer an Kladow denken zu müssen. Wie lange würde sie ihre Mutter noch haben? Wahrscheinlich kein halbes Jahr mehr. Es mussten sich schon überall im Körper Metastasen gebildet haben, und wahrscheinlich hatten die Ärzte sie schon aufgegeben, aber sosehr Inge sie auch drängte, ihre Mutter weigerte sich strikt, über ihren Zustand zu reden. Als sei Krebs so unschicklich wie eine Geschlechtskrankheit.

»Ich will keinen belasten«, sagte sie zu Margot Matuschewski. Immer verschlossener wurde sie.

Inge begriff nun auch, worin das große Defizit ihrer Eltern lag: Sie waren unfähig, tiefe Gefühle zu zeigen, und hatten ihr Leben so angelegt, als wäre alles nur etwas Geschäftliches. Immer so reden wie im Boulevardtheater, aber dabei nie in die Tiefe gehen und nach dem Eigentlichen fragen. So war ihre Mutter jetzt unfähig, über ihre Krankheit zu reden, und ihr Vater nicht in der Lage, ihr Trost zu spenden. Sein wesentlicher Kommentar bestand darin, in larmoyantem Ton zu fragen: »Was wird denn aus mir, wenn Irma nicht mehr da ist?«

Auch Inge selber schaffte es nicht, ihre Mutter in den Arm zu nehmen und ihr zu sagen, wie sehr sie ihr für alles dankbar war und wie sehr sie an ihr hing. Sie fühlte sich schuldig und litt so sehr darunter, dass sie zum Arzt musste und der eine vegetative Dystonie und etliche psychosomatische Störungen diagnostizierte.

Der einzige Trost war, dass Daniela ein inniges Verhältnis zu ihrer Großmutter entwickelt hatte und sich rührend um sie kümmerte. Auch sie brauchte jemanden, dem sie ihr Herz ausschütten konnte, denn Fatih war nach Saudi Arabien zurückgeflogen, und die Anwälte verhandelten ihre Scheidung.

Das Telefon riss Inge aus ihren Gedanken. Es war ein privater Anruf. Bernhard Großkreutz. »Was denn, mein lieber Großcousin und Onkel? Was verschafft mir diese Ehre?« Er hatte sich längst aus seiner Firma zurückgezogen und brauchte keine Büromöbel mehr.

»Ich bin hier in Bremen.«

»Was denn, hat dich Werder als Mittelstürmer verpflichtet?«

»Nein! Linda wollte mal nach Bremen, sich alles ansehen. Wir wohnen hier im Parkhotel. Und weißt du, wen wir eben im Park getroffen haben?«

Inge hatte keine Lust, lange zu raten. »Die Bremer Stadtmusikanten?«

»Nein, deinen gewesenen Gatten!«

Inge konnte es nicht fassen. »Was denn, Hartmut ist schon wieder so weit obenauf, dass er im Parkhotel absteigen kann?«

»Nicht im Parkhotel haben wir ihn getroffen, sondern nebenan auf einer Parkbank. Besoffen und nur noch ein menschliches Wrack. Wenn sich keiner um ihn kümmert, krepiert er.«

»Ich bin nicht mehr für ihn verantwortlich«, sagte Inge.

»Aber er ist schließlich Danielas Vater.«

Inge stand mit Daniela auf dem Bahnhof Berlin Zoologischer Garten und wartete auf den Interzonenzug nach Hannover. Beide hatten sie zwar einen Führerschein, auch Inge hatte die Fahrprüfung inzwischen bestanden, fuhren aber nur ungern mit dem Auto »nach Westdeutschland rüber«. Für den eingeborenen West-Berliner waren auch Hamburg, Bremen, Frankfurt am Main, Stuttgart und München Westdeutschland.

Noch weniger als das Autofahren schätzten beide das Fliegen, so dass ihnen als kleinstes Übel nur die Bahn geblieben war. Obwohl man immer zu ersticken drohte, wenn man die Waggons der Deutschen Reichsbahn bestieg, so sehr war die Luft mit Desinfektionsmitteln kontaminiert. Vielleicht waren es auch die Plaste- und Elasteteile, die da langsam ausdünsteten.

Die West-Berliner Zentralstation war so provinziell und vergammelt, wie man es aus dem Buch *Wir Kinder vom Bahnhof Zoo* zur Genüge kannte. Als sie oben auf dem Bahnsteig angekommen waren, standen an ihrem Gleis Himmel und Menschen.

»Keine Angst«, sagte Inge. »Wir haben ja Platzkarten. Wagen 12, Sitze 52 und 54.«

Also verzichteten sie beim Einsteigen aufs Drängeln und übten sich in vornehmer Zurückhaltung.

Als sie ihre Plätze dann erreichten, waren die von einem jungen Pärchen besetzt. Fast ein wenig hohnlachend hielt ihnen Inge ihre Reservierung hin. »Wenn Sie bitte so freundlich sein würden, uns unsere Plätze zu überlassen!«

Doch die beiden dachten gar nicht daran, aufzustehen und sich ein anderes Abteil zu suchen. Das mussten sie auch gar nicht, denn wie Inge und Daniela hatten sie Platzkarten für den Wagen 12 und die Sitze 52 und 54.

»Dann gehen wir eben auf die Toilette und schließen uns ein«, sagte Inge. »Wenn wir dann in Bremen sind, riechen wir so, dass Hartmut sich nicht groß an uns gewöhnen muss.«

Schließlich fanden sie in der 1. Klasse aber noch zwei Plätze und konnten den nächsten drei Stunden gelassener entgegensehen.

In Griebnitzsee stiegen die DDR-Grenzer ein. Sie trugen Stempel und Visadrucke in einem Bauchladen vor sich her und gingen damit von Abteil zu Abteil. Inge erschien es auch so viele Jahre nach der deutschen Spaltung wie absurdes Theater. Draußen zogen die Felder, Wälder und Seen der Mark Brandenburg vorüber, ihrer Heimat, und sie wurde von anderen Deutschen als Ausländerin behandelt. Daniela kannte es schon gar nicht anders. Wann würde dieser Wahnsinn endlich ein Ende haben? Sie fürchtete, es nicht mehr zu erleben. Nichts deutete darauf hin. Die DDR war für die Ewigkeit gedacht.

In Marienborn, dem Grenzbahnhof im Osten, hielten sie nicht lange, dafür aber mehr als eine halbe Stunde in Helmstedt, dem ersten Bahnhof in der Bundesrepublik. Das lag vor allem daran, dass die Loks gewechselt werden mussten. Die Diesellok Ost fuhr zurück in den ersten Arbeiter- und Bauernstaat auf deutschem Boden und wurde durch eine kapitalistische E-Lok ersetzt. Bis Hannover ging es dann um einiges zügiger. Sie stiegen um in den Intercity nach Bremen.

Je näher sie der Hansestadt kamen, desto weniger gelang es ihnen, das Thema Hartmut zu verdrängen. Zumal sie jetzt allein im Abteil waren und über alles offen reden konnten.

»Bis der Tod euch scheidet …« Inge sprach es immer wieder aus. Sie hätte nie gedacht, dass sie das einmal ernstnehmen würde. »Nicht der Richter … Ist es unsere Pflicht, dass wir ihn suchen, oder sind wir bescheuert? Nach allem, was er uns angetan hat …«

»Wenn Alkoholismus eine Krankheit ist, dann müssen wir! Und schließlich ist er mein Vater!«

»Da habe ich mit meinem Vater mehr Glück. Was der sein Leben lang alles so geschluckt hat, ohne Alkoholiker zu werden …«

Im Geschäftsleben ging es nicht ohne Cognac und Champagner. Inge wusste das, und seit ihr Vater nicht mehr ins Geschäft fuhr, ging er jeden Vormittag zur Dampferanlegestelle in Kladow, traf sich dort mit ein paar guten Bekannten und trank sein Bier und seinen Weinbrand. »Alkohol konserviert!« Damit begründete er sein Ritual.

Daniela war in Gedanken schon in Bremen. »Das ist kein Dorf, wie sollen wir Papa da finden?«

»Immer der Nase nach«, erwiderte Inge. »Wenn er so eine Fahne hat wie zuletzt in Berlin, dann können wir ihn auf keinen Fall verfehlen. Aber um dich zu beruhigen, ich habe gestern noch bei Manfred Matuschewski angerufen, der hat ja mal ein paar Jahre in Bremen gelebt.«

»Und, ist er auch da?«

»Nein, aber er hat einen seiner Bremer Freunde gebeten, uns zu helfen. Ein gewisser …« Inge suchte nach dem Zettel in ihrer

Handtasche. »Hans-Ulrich Muldenstein. Studienberater an der Uni in Bremen.«

»Frag ihn doch, was du in deinem Alter noch studieren kannst.«

»Höchstens noch die Zeitung.«

Daniela lachte. »Und die Männer! Warum wollte denn Wladimir nicht mit nach Bremen?«

»Den habe ich nach Leipzig geschickt. Der soll mal zusehen, ob er Ersatzpapiere bekommt. Er hat doch da Medizin studiert und später, als er nach Australien gegangen ist, alles verloren. Und ohne all die Urkunden bekommt er keine Zulassung als Arzt.«

»Als Republikflüchtling, da wird er doch Schwierigkeiten bekommen.«

»Er hat ja einen australischen Pass.«

»Großmutti sagt, du willst ihm seine Praxis bezahlen, die Einrichtung und alles.«

Inge nickte. »Wäre doch eine gute Investition. Wenn einer von uns krank wird, haben wir unseren Leibarzt.«

»Und alle reden dich mit Frau Doktor an ...« Daniela brach ab, denn in diesem Augenblick sah sie in der Ferne die Türme Bremens. »Wenn du Manfred Matuschewski geheiratet hättest und nicht Papa, dann wäre ich vielleicht hier zur Welt gekommen.«

»Bestimmt nicht als dieselbe.«

»Aber mit einem Vater, der ein Prof. Dr. vor dem Namen hat.«

»Wenn ich Wladimir erst geheiratet habe, dann hast du wenigstens einen Stiefvater mit einem Dr.«

Wurde Inge gefragt, was sie denn mit ihrem Neuen vorhabe, so flüchtete sie sich ab und an in die Floskel »Spätere Heirat nicht ausgeschlossen«. Wladimir sprach dieselbe Sprache wie sie, und in allem harmonierten sie wirklich wunderbar. Er verstand es, ihr jeden Wunsch von den Augen abzulesen, und war ein harter Kerl, wie sie es liebte.

Hartmut war ihr eigentlich immer zu parfümiert gewesen, wie sie es öfter ausdrückte. Da, wo sie bei Hartmut Fett und schlaffes Fleisch gefühlt hatte, waren bei Wladimir harte Muskeln. Und wenn er Titel von Frank Sinatra sang, war er wirklich unwiderstehlich. So kraftvoll und zärtlich zugleich war nur Alain gewesen. Damals in Cricklewood.

Manfred Matuschewski hatte ihr Hans-Ulrich Muldenstein am Telefon so gut beschrieben, dass sie ihn in der großen Halle des Bremer Hauptbahnhofs sofort erkannte. Man machte sich miteinander bekannt.

»Das ist ja eine ganz besondere Mission«, sagte der Bremer. »Ich habe schon überall nachgefragt – bei der Bahnhofsmission, bei allen möglichen Unterkünften für Obdachlose und in den großen Krankenhäusern –, aber nirgends ist ein Hartmut Meyerdierks aktenkundig geworden.«

»Dann müssen wir also wirklich alle Parkbänke abklappern«, sagte Inge.

»Ja, und dazu die Orte, an denen sich unsere lieben Stadt- und Landstreicher, die Penner, im Allgemeinen so versammeln: am Bahnhof, am Steintor, am Wall.«

Sie begannen auf dem Platz vor dem Bahnhof, gingen dann in Richtung Bürgerpark und fragten dabei immer wieder die abgewrackten Männer, die mit Flaschen und Bierbüchsen auf Bänken und Blumenkübeln hockten oder auf dem Boden saßen und bettelten, ob sie einen Hartmut Meyerdierks kennen würden. Nein.

»Vielleicht ist er schon ab in eine andere Stadt«, sagte Muldenstein.

Inge bekam langsam Hunger und lud Muldenstein zum Mittagessen ein. Der nahm dankend an und schlug vor, sich in der Meierei oben im Bürgerpark einen Platz zu suchen. Irgendwann wolle er in diesem Etablissement Hochzeit feiern, zum zweiten Mal in seinem Leben, und könne schon einmal alles testen. Beim Bremer Kükenragout, das sich alle drei bestellten, wurde viel geredet, vor allem über die Familie Bugsin und Manfred Matuschewski und dessen Zeit in Bremen.

»Nur ein Stückchen entfernt von hier, im St.-Josef-Krankenhaus, ist Joscha zur Welt gekommen, und an unserer Uni, gleich hier hinter der Bahn, hätte Manfred um ein Haar eine Professur bekommen.«

»Hätte er man bloß und wäre hiergeblieben«, sagte Inge. »Denn

Frohnau bekommt seiner Frau überhaupt nicht, dieses zugewachsene Haus da. Sie fühlt sich wie Dornröschen und hat mächtig Depressionen.«

Muldenstein machte eine abwehrende Handbewegung. »Ach, das Glück wohnt immer am anderen Ufer, und was kommen soll, das kommt. Ihre Depressionen hätte sie hier auch bekommen, wenn im Herbst und Winter alles grau in grau ist. Und wenn Manfred an seiner HÖV nicht immer glücklich ist, hier an der Uni wäre er es auch nicht. Der, den sie 1971 statt seiner genommen haben, hat bald darauf Selbstmord begangen.«

Daniela schreckte hoch. »Davon hat Papa doch auch immer gesprochen.«

Inge senkte den Blick. Einige Male hatte sie sehr gehofft, er würde es tun. Sie schämte sich noch immer für ihre Gedanken, auch der Tochter wegen, und hätte nie offen zugegeben, dass sie sich Hartmuts Tod gewünscht hatte. Obwohl sie nie religiös gewesen war, dachte sie jetzt in einer Art Gebet: Lass ihn wieder gesund werden und ein glückliches Leben führen!

»Moment mal bitte!« Muldenstein war aufgesprungen und lief nun einem Radfahrer entgegen, den er zu kennen schien.

Der Mann, in seinem Alter etwa, bremste und stieg ab. Sie redeten ein paar Minuten miteinander, dann kam Muldenstein zurück.

»Das war der Immo vom Stadt- und Polizeiamt. Derselbe Verwaltungslehrgang wie ich. Der hat mir zwei Telefonnummern gegeben, die wir mal anrufen sollen. Obwohl jetzt Freitagnachmittag ist ... Ich versuch's mal am Tresen.«

Er ging hin und sprach mit dem Zapfer. Der nickte.

Inge steckte sich die nächste Zigarette an. »Wie hat Otto Matuschewski immer gesagt: ›Jetzt kommt der große Augenblick, wo der Elefant sein Wasser lässt.‹«

»Ich wette, dass Papa wieder nach Duingen ist. Da kennt er doch alle.«

»Aber keiner will *ihn* mehr kennen.« Inge erinnerte sich noch lebhaft daran, wie sie von niemandem mehr eingeladen worden waren, weil alle Hartmuts Ausraster gefürchtet hatten. Dass er so lange krakeelte, bis die Nachbarn die Polizei riefen, dass er ihre Frauen attackierte und ihnen am Ende alles vollkotzte.

Als Muldenstein zurückkam, blickte er so ernst wie der Bundespräsident bei einem Staatsbegräbnis. »Es heißt Abschied nehmen: Er liegt im St.-Jürgens-Krankenhaus.«

»Im Sterben?«

»Nein, schon in der Pathologie.«

Irmgard Bugsin wartete, bis ihr Mann zum Wasser hinuntergegangen war, um dort am Anlegesteg mit seinen Freunden zu tratschen und zu trinken, dann ließ sie sich eine Taxe kommen und fuhr ins Geschäft.

»Die Frau Bugsin – wie immer!« Der Taxifahrer kannte sie seit Jahren. »Unverwüstlich!«

»Aber nicht mehr lange.« Sie wusste, wie es um sie stand. Alle Kraftreserven waren aufgebraucht. Es waren inzwischen zu viele Metastasen geworden. Natürlich hatte ihr Arzt sie gedrängt, sich einer neuen Chemotherapie zu unterziehen und sich operieren zu lassen, doch sie hatte nur den Kopf geschüttelt. »Ich will kein Versuchskaninchen sein! Und ob ich nun mit 75 Jahren sterbe oder mit 80 – wo ist da der Unterschied? Max braucht mich nicht mehr, und die Kinder stehen auf eigenen Füßen.« Es machte sie immer tieftraurig, wenn sie ihre Familie um sich hatte, denn noch vor Weihnachten würde alles vorbei sein. Unwiederbringlich.

Freude empfand sie eigentlich nur noch, wenn sie in die Firma kam. Da lief alles prächtig, und in all den Jahren hatte man nie so gut verdient. Schablin & Co. war ihr ältestes Kind, und sie war stolz darauf.

Joe, der Fahrer, sah sie schon von weitem kommen und hielt ihr die Tür auf. Sie begrüßte alle, Gerhard und Gabi natürlich ganz besonders, und ging dann zu ihrem Schreibtisch, um das zu tun, was sie besser konnte als alle anderen und sich als Arbeit ausbedungen hatte: erstens die Korrespondenz mit alten Kunden zu erledigen und zweitens zu sehen, ob die Buchhalterin auch nicht geschludert hatte. Schnell hatte sie sich in die ersten Briefe vertieft und im Nu ihr Elend und ihre Krankheit vergessen.

Kurz vor dem zweiten Frühstück stieß sie bei einer Überweisung auf den Namen VEB Zweckmöbel Zwickau. Gerhard hatte bei den Sachsen zwanzig Schreibtische bestellt. Sie stand auf und ging zum Büro ihres Sohnes.

Der saß gerade mit seiner Lebensgefährtin zusammen und beredete die nächste Urlaubsreise.

»Gerhard, was habe ich dir gesagt: Keine Geschäfte mit den Mauerbauern!«

»Sie sind viel billiger, Mutti, bei gleicher Qualität.«

»Nur über meine Leiche!«

Gabi lachte. »So lange wollten wir nicht warten.«

Irma Bugsin erstarrte, aber sie wahrte die Contenance, wie sie ihr ganzes Leben über immer die Contenance gewahrt hatte. »Gerhard, würdest du bitte so freundlich sein, der Frau Kranold hier ihre Papiere auszuhändigen!«

Gerhard wand sich. »Mutti, ich ...«

Gabriele Kranold sah die Seniorchefin an. »Wenn hier einer geht, liebe Frau Bugsin, dann Sie!«

Wortlos drehte Irma sich um und verließ das Geschäft. Sie hatte, seit sie denken konnte, schon viele bittere Augenblicke erlebt, aber dies war mit Abstand der bitterste.

Als Inge aus Bremen zurück war, ahnte sie von dem Drama, das sich in der Hedemannstraße abgespielt hatte, nicht das Geringste. Sie hatte auch genügend mit sich selber zu tun. Erst war Hartmuts Tod zu verkraften, er war in der Tat auf einer Parkbank verstorben, dann war dafür Sorge zu tragen, dass er in Duingen beerdigt wurde. Im Mittelpunkt stand aber ihr Verhältnis mit Wladimir. Der drängte darauf, mit ihr zusammenzuziehen und baldmöglichst zu heiraten. Doch ihre innere Stimme warnte sie. »Mein Störgefühl«, sagte sie zu Daniela. Irgendetwas war an Wladimir, das bei ihr die Warnlampen aufleuchten ließ.

Auch an diesem Abend war es so.

Sie war auf dem Weg von ihrem Büro zur Wohnung, auf dem Hof des Böckler-Firmengeländes, unter der linken Achselhöhle von einer Wespe gestochen worden, und nun schwoll der Oberarm gewaltig an.

Als Wladimir kurz danach kam, bat sie ihn, den Stachel aus der Haut zu ziehen. Er tat es zwar, stellte sich dabei aber außerordentlich ungeschickt an, und als es leicht zu bluten begann, wandte er sich ab. So, als könnte er den Anblick von Blut nicht ertragen. Bei einem Arzt war das schon etwas merkwürdig. Aber er war ja schon seit Jahren aus der Übung.

Als sie dann aber über den Krebs ihrer Mutter sprachen, war sie erneut etwas irritiert.

»Ob sie nicht doch noch einmal zu einem anderen Arzt gehen sollte?« Nachdem sie sich diese Frage gestellt hatte, wollte Inge partout nicht einfallen, wie Mediziner, die sich speziell mit Karzinomen befassten, in der Fachsprache hießen. Schließlich fragte sie Wladimir.

»Lass mich doch bitte mal! Ich hab einen langen Tag gehabt und bin gerade bei meiner Abrechnung.«

Inge sagte nichts mehr und sah im Branchenbuch nach. »Onkologen.« Das erinnerte sie an den Onko-Kaffee, den sie immer gern getrunken hatte.

Hinter ihrer Zeitung versteckt, musterte sie Willi Wutike. Sah er aus wie ein Arzt? Ja und nein. Die Frage war müßig. Dr. med. Willi Wutike.

Klang irgendwie komisch, und wenn sie sich das Schild vorstellte, auf dem das stehen sollte, musste sie schmunzeln. Zugleich fiel ihr die Geschichte ein, über die vor Jahren ganz Berlin gelacht hatte: Ein Chefarzt des Neuköllner Krankenhauses war als Hochstapler entlarvt worden. Seine medizinischen Kenntnisse hatte er im Krieg als Sanitäter gesammelt. Aber nie waren Klagen über ihn gekommen, alle hatten ihn ob seiner guten Arbeit gelobt. »Du spinnst ja«, murmelte Inge, aber sie konnte nicht verhindern, dass es in ihr arbeitete, und ganz genau sah sie sich nun Wladimirs Hände an und versuchte, ihn mit Hilfe ihrer chiromantischen Kenntnisse besser einordnen zu können.

In einem ihrer Bücher – Ursula von Mangoldts *Schicksal in der Hand* – las sie dann etwas über Wladimirs Hände, das sie zutiefst erschreckte:

Der stark entwickelte Venusberg, den die Lebenslinie so völlig umschließt, dass sie nicht, die Vertikalachse überschreitend, in den Du-Raum der Hand hinüberführen kann, ballt die triebhaft zeugerischen Kräfte fest zusammen und hält sie zu gewaltsamen plötzlichen Ausbrüchen bereit.

Sofort schoss ihr durch den Kopf, dass Wladimir ein Serienmörder war, der sich auf Witwen und geschiedene Frauen spezialisiert hatte. Mit feucht gewordenen Händen überflog sie weiter, was auf Wladimir gemünzt war: *Für eine Männerhand ist das Linienbild der rechten Innenfläche lebendig und unruhig verwirrt.* Unruhig verwirrt ... Das klang wirklich bedrohlich. Aber am Ende der Ausführungen über eine spatelförmige Hand, wie er sie hatte, kam es noch viel dicker: *... entsteht als notgedrungenes Verhängnis der innere Zwang, dass sich dieser Mensch zu Gewaltsamkeiten gedrängt sieht.*

Sie rief Daniela an, und die lachte sich halb tot über ihre Ängste. »Mutti, Wladimir ist doch eine Seele von Mensch und kann keiner Fliege was zuleide tun.«

Inge ließ die Sache keine Ruhe, und sie erinnerte sich daran, dass Manfred Matuschewski einmal erzählt hatte, viele seiner Exstudenten arbeiteten jetzt auf Meldestellen und Standesämtern, und wenn er einmal etwas über verschollene Freunde und Verwandte wissen wolle, genüge ein kurzer Anruf. Wenn auch nur bei denen, die bei ihm keine schlechten Noten bekommen hätten. Also rief sie ihn an und bat ihn, sich einmal umzuhören, wie denn die Biografie von Willi Wutike aussähe.

Eine Woche später kam Manfreds Rückruf, und als Wladimir am Abend bei Inge klingelte, wunderte der sich, dass all seine Sachen vor der Wohnungstür lagen. Mit einer ganz besonderen Art von Liebesbrief oben drauf:

Weil wir auch schöne Stunden miteinander hatten, will ich darauf verzichten, zur Polizei zu gehen und Dich anzuzeigen, aber nur, wenn Du Deinen Krempel nimmst und wortlos verschwindest.

In dieser Nacht machte sie kein Auge zu. Zu weinen verbot sie sich, da war sie ganz die Tochter ihrer Mutter, und auch an Selbstmord dachte sie nicht, aber wenn in dieser Sekunde der Tod von sich aus gekommen wäre, hätte sie sich ganz sicher nicht gewehrt. Sie hatte weiß Gott kein Glück mit ihren Männern, und obwohl sie eine große Verwandtschaft, viele Freundinnen und gute Bekannte hatte, fühlte sie sich unendlich einsam. Wie ein Raumfahrer, der den Kontakt zur Erde verloren hatte und allein durch den Weltraum raste.

Gerade hatte sie hinter ihrem Schreibtisch Platz genommen und die Sekretärin gebeten, ihr einen Kaffee zu bringen, in dem der Löffel stehen konnte, kam der Anruf ihres Vaters aus Kladow.

»Du, Inge, ich will eben Mutti wecken, sie liegt tot im Bett. Was soll ich nun machen?«

Inges Organismus weigerte sich, diese Information entgegenzunehmen. Irgendwie hatte sie Filme vor Augen, in denen die Frauen in ähnlichen Situationen in Ohnmacht fielen. Das tat sie nicht, aber sie war unfähig, sich zu bewegen und ihrem Vater zu antworten.

»Inge, bist du noch da?«

»Ja.«

»Mutti ist tot!«

Für einen Augenblick hatte sie die wirre Hoffnung, dass er seine Mutter meinte und nicht ihre, bis sie sich klarmachte, dass Bertha Koch schon seit Jahrzehnten auf dem Friedhof lag.

»Warte, bis ich komme!« Erst rief sie bei der Feuerwehr an, vielleicht war es ja doch nur eine Ohnmacht, dann ließ sie sich eine Taxe kommen.

Von Tempelhof bis Kladow brauchte man eine Dreiviertelstunde. Sie überlegte, ob sie noch schnell bei Daniela vorbeifahren sollte. Ihre Tochter arbeitete jetzt in einem Reisebüro in Charlottenburg. Nein. Sie nicht auch noch belasten. Doch. Sie brauchte jemanden, mit dem sie sprechen konnte. Am liebsten hätte sie Daniela gar nichts erzählt, so sehr hatte die an ihrer Großmutter gehangen. Ihre Enkeltochter hatte Irmgard Bugsin mit Liebe überschüttet und an ihr alles wiedergutgemacht, was sie bei der eigenen Tochter versäumt hatte.

Inge konnte ein Gefühl der Bitterkeit nicht unterdrücken. Sie beide, ihre Mutter und sie, waren noch immer nicht im Reinen mit sich und ihrer Beziehung zueinander. Sie hätten noch viele Tage und Nächte darüber reden müssen. Nun war es zu spät. Für immer. Erst als ihr das voll bewusst wurde, fing Inge an zu schluchzen. Nie hatte sie von ihrer Mutter zu hören bekommen »Inge, mein Kind, ich hab dich lieb, du bist wunderbar!«, und nie hatte sie ihrer Mutter Ähnliches gesagt.

Kaum hatte die Taxe vor dem Reisebüro gehalten, sprang sie hinaus und lief zu Daniela hinter den Tresen, um sie zu umarmen und an sich zu drücken. So fest wie noch nie. Daniela begriff sofort, was geschehen war. Alle hatten gewusst, dass sie das nächste Weihnachtsfest nicht mehr zusammen feiern würden.

Was den Schmerz ein wenig linderte, war das Verhalten ihres Vaters. Er lief, als die Grieneisen-Leute mit dem Sarg davongefahren waren, leicht verwirrt durch das Haus, hielt sich einen kleinen Taschenspiegel vor den Mund und jammerte ganz furchtbar. »Ich werde der Nächste sein, der stirbt, ich habe ja schon lange Mundkrebs. Guckt mal, die kleinen Bläschen überall im Mund und an den Lippen! Was wird nun aus mir? Irma hat mir immer versprochen, mich nie alleinzulassen. Nun hat sie ihr Versprechen gebrochen. Inge, wer hatte denn noch Krebs in der Mundhöhle?«

»Freud, Vati, aber du bist nicht Sigmund Freud, und du rauchst auch nicht.«

Am 9. Oktober 1986 wurde Irmgard Bugsin in Spandau auf dem Friedhof »In den Kisseln« zu Grabe getragen. Direkt hinter ihrem Sarg gingen Max und Inge, dann folgten, immer zu zweit, Gerhard und Daniela, Philip und Leander, Roswitha und Rita, die mit einer Sondergenehmigung nach West-Berlin gekommen war, Bernhard Großkreutz und Linda, Margot und Manfred Matuschewski und nach denen fast zweihundert gute Bekannte, Geschäftsfreunde und Nachbarn.

Inge warf ihre dunkelrote Rose auf den Sarg hinunter, ihre drei Hände Sand und taumelte so, dass sie wohl gestürzt wäre, wenn sie sich nicht an ihrem Vater festgehalten hätte. Die Vorstellung, dass ihre Mutter da unten lag und nun langsam verweste, war einen Augenblick lang zu viel für sie gewesen, doch sie hatte sich schnell wieder im Griff, in dieser Beziehung ganz Tochter ihrer Mutter. Immer kam es auf die Haltung an, die Contenance. Immer wieder dachte sie: Wenn bloß schon alles vorbei wäre. Es war ein wunderschöner Herbsttag, und normalerweise hätte ihre Mutter jetzt im Garten gekniet und den Boden unter ihren Astern aufgelockert. Wie in Trance zogen nun alle an ihr vorüber.

»Max, du hattest eine gute Frau«, hörte sie Margot Matuschewski zu Inges Vater sagen.

»Ich habe Irma immer geliebt«, sagte Max Bugsin. »Am Abend vor ihrem Tod habe ich ihr noch tausend Mark geschenkt. Da sollte sie sich zu ihrem Geburtstag selber was für kaufen.«

Inge hatte Mühe, nicht zu schmunzeln. Dann war sie an der Reihe, von Margot Matuschewski umarmt und an die Brust gedrückt zu werden. Ihre Tränen mischten sich, als sich ihre Wangen berührten. »Kopf hoch, Inge, das Leben geht weiter!«

Dass dem so war, begriff Inge, als sie sich, nachdem der letzte Trauergast ans Grab getreten war, umdrehte, um nach ihrer Tochter Ausschau zu halten. Mit einem leisen »Ich kann nicht mehr, Mutti!« war Daniela schon vor Minuten nach hinten weggetreten. Jetzt stand sie am Fuße einer riesigen Eiche und wurde gerade von einem bärtigen Mann umarmt. Inge stutzte einen Augenblick, dann wusste sie, wer es war: Joe, der Fahrer von Schablin & Co. Die Art, in der sie sich umschlangen, deutete darauf hin, dass sie schon einige Übung darin hatten. Ihr Anblick war der schönste Trost an diesem Tage.

»I did it my way«

1994–2003

Immer wieder musste Inge an einen Ausspruch denken, mit dem Manfred Matuschewskis Schmöckwitzer Oma auch in der Familie Bugsin lebendig geblieben war: »Dass ich das noch erleben durfte!« Was Inge dabei im Sinne hatte, war der Fall der Mauer im November 1989, die Wende. Sie konnte Rita und Christa wieder in die Arme schließen, sooft sie wollte, und mit Daniela und ihrer Familie jedes Wochenende Ausflüge in Berlins Umgebung unternehmen.

Nur einen Wermutstropfen gab es: Karolinenhof blieb ihnen noch immer verschlossen, denn nach dem sogenannten Datschengesetz durfte der DDR-Bürger, der 1961 nach dem Mauerbau auf ihrem Grundstück platziert worden war, bis zur Jahrtausendwende auf dem okkupierten Land verbleiben. Und wenn sie richtig informiert war, hatte ihr Vater auf Gerhards Drängen hin Karolinenhof schon lange seiner Hausbank verpfändet, um neue Kredite zu bekommen und Bugsin & Co. zu retten.

Kaum war seine Mutter unter der Erde gewesen, hatte Gerhard seinen Vater überredet, der Firma einen anderen Namen zu geben. »Mutti war eine Schablin, aber du bist ein Bugsin, und ich bin ein Bugsin.«

Dass Gerhard kurz vor dem Konkurs stand, war in der Büromöbelbranche schon lange kein Geheimnis mehr.

Max Bugsin erzählte allen bei jeder sich bietenden Gelegenheit, was er in seinem Testament festgehalten hatte: »Nach meinem Tode bekommen Inge Kladow und Gerhard die Firma. Das ist ganz im Sinne meiner verstorbenen Frau.«

Daniela und Joe, eigentlich Josef, hatten bald nach Irmgard Bugsins Tod geheiratet und es inzwischen auf zwei Kinder gebracht. Johanna war fünf Jahre alt und gerade in die Vorschule gekommen, Enola war gerade anderthalb geworden.

Langsam begann Inge, an ihren beiden Enkelkindern Spaß zu finden. Mit kleinen Kindern konnte sie nicht viel anfangen, und Pampers zu wechseln und ihnen den Po zu putzen war ein Gräuel für sie. Oft fuhr sie nach Lankwitz in die Calandrellistraße, wo die Familie Stegmann, so Joes Nachname, in einem vierstöckigen Mietshaus aus den 1950er Jahren eine bescheidene Dreieinhalbzimmerwohnung gefunden hatte. Große Sprünge konnten sie nicht machen, denn Daniela kümmerte sich ausschließlich um die Töchter, und Joe, der bei Bugsin & Co. gekündigt hatte, war gerade dabei, sich ein Taxiunternehmen aufzubauen. Noch saß er selber hinterm Steuer, wusste aber, dass er nur zu einem dicken Bankkonto kam, wenn er andere für sich arbeiten ließ.

»Wann lässt du denn endlich einen fahren?«, fragte ihn Inge dann auch ständig.

Die beiden mochten sich, und Manfred Matuschewski meinte immer wieder, sie sollten ihre Dialoge doch aufnehmen und einem Sender schicken, weil die besser wären als bei vielen Profis.

Über Manfred hatte sie in letzter Zeit viel nachzudenken, war doch nun auch dessen Leben eine ziemliche Katastrophe. Seine Frau war psychisch schwer erkrankt und hatte zweimal versucht, Selbstmord zu begehen. Doch damit nicht genug, auch auf ihn war sie losgegangen. Zwar spottete er: »Das Schicksal macht vor keinem halt«, doch er hatte es möglicherweise nur seinen noch immer vorhandenen Sportler-Reflexen zu verdanken, dass er nicht erschlagen worden war. Sein Sohn studierte Biologie und lebte in einem besetzten Haus im alten Ost-Berlin, seine Tochter war in Frohnau geblieben, um ihr Abitur zu machen und ihre Mutter nicht alleinzulassen. Die Scheidung war eingereicht, aber von Manfred wieder angehalten worden, um Renate nicht neuen Erschütterungen auszusetzen. Mit Tabletten und mehreren Therapien hatte man sie so weit stabilisiert, dass keine stationäre Behandlung mehr nötig war und sie lediglich in die Tagesklinik musste. Manfred lebte noch weitgehend in Frohnau, wo er sich um Larissa kümmerte, doch die Wochenenden verbrachte er bei Elke, seiner Neuen, in Neukölln. Einerseits mit einem schlechten Gewissen, wie er Inge immer wieder versicherte, andererseits aber … »Was hätte ich denn machen sollen? Mit Renate zusammen untergehen?«

Inge kannte diese Frage, und die schlimme Zeit mit Hartmut stand ihr wieder deutlich vor Augen.

Gott sei Dank war das alles vorbei. Erst jetzt hatte sie das Gefühl, so richtig zu leben. Sie hörte es gerne, wenn andere von ihr sagten, sie sei eine ausgeprägte Persönlichkeit. Als sie einmal auf dem Deutsch-Französischen Volksfest waren und ein dort sitzender Künstler sie fragte, ob er sie porträtieren dürfe, winkte sie ab: »Danke, ich bin schon vom Leben gezeichnet.«

Das stimmte nur bedingt, denn ihr Gesicht war noch immer weich und signalisierte eine gutmütige Natur und ein klares Ja zum Leben, und die braunen Augen hatten nichts von ihrem Glanz verloren. Mollig war sie geworden, fraulich, und hatte stets der Versuchung widerstanden, sich als Chefin durchzusetzen, indem sie als harter Mann auftrat. Nuancen ihrer Stimme reichten aus, um die Untergebenen nach ihrem Willen zu lenken. Das hatte sie von ihrer Mutter gelernt, und half das nicht, dann fixierte sie ihr Gegenüber nur kurz, und es spurte. Joe hatte es einmal auf den Punkt gebracht: »Was beim Dompteur im Zirkus die Peitsche ist, das sind bei Inge die Blicke.« Fühlten sich ihre Lagerarbeiter, ihre Möbelträger, ihre Einkäufer und ihre Verkäufer stark wie die Löwenmännchen, Inge brauchte sie nur scharf über ihre Brille hinweg anzusehen, und sie kuschten alle. »Mit eingezogenem Schwanz!«, wie ihr Schwiegersohn grinsend hinzufügte. Gleichzeitig aber war Inge als Vorgesetzte ihr bester Kumpel und hatte für alles Verständnis, was sie bedrückte, und machten sie wirklich einmal Mist, dann versuchte sie, alles wieder geradezubiegen, ehe der alte Böckler etwas merkte.

Meistens trank man zum Feierabend ein Bier miteinander. Aber keines aus der Flasche, sondern eines vom Fass. »Frisch muss es sein!«, rief sie aus und hatte daraufhin ihren Spitznamen weg:

Frischbier-Inge. In den Kneipen, in denen sie spielten, rauchten und tranken, ging es immer ziemlich deftig zu.

»Du, Inge, ich komm Montag wieder arbeiten.« Einer ihrer Fahrer hatte wochenlang wegen seiner Hämorrhoiden gefehlt. »Ich kann wieder sitzen, nach der Operation ist alles prima abgeheilt.«

Inge lachte. »Prima, Udo, jetzt bist du ein perfekter Arsch.«

»Das kostet dich eine Lage, Chefin!«

»Ja, aber nur braunes Bier. Passend zum Thema.«

Diesen Udo mit seinem sanierten Knackarsch hätte sie schon gern im Bett gehabt, aber ihre Leute zur Sonderschicht nach Hause zu holen, verbot sie sich, weil sie wusste, dass das ihre Autorität stark untergraben hätte.

Bei ihrer Skatrunde war das etwas anderes, da spielte kein Lohnabhängiger mit, sondern ein Lehrer, ein Kfz-Schlosser und ein Maurer.

Viktor war Studienrat in Steglitz und mit seinen 55 Jahren nach Inge der Älteste. Geschieden war er, der klassische Single, immer auf der Suche nach einer neuen Beziehung. Regelmäßig fand er auch eine Partnerin, wobei Inge die Sache klarstellte: »Auch alle zehn Jahre ist regelmäßig.« Die Zahl der Frauen, die zwergwüchsige Männer mit überentwickelten Schweißdrüsen mochten, war nicht allzu groß, und was ihn einzig und allein attraktiv machte, sein Beamtenstatus und die nicht eben geringe Besoldung, relativierten sich dadurch, dass er viel an Unterhalt für seine erwerbsunfähige Exfrau zu zahlen hatte.

Als er zum ersten Mal bei Inge im Bett gewesen war, hatte sie anschließend nicht nur die Bezüge und Laken in die Waschmaschine geworfen, sondern auch ihre Matratze ausgewechselt. Kam er jetzt, legte sie eine Gummidecke unter. Ihm seine Wünsche abzuschlagen, vermochte sie nicht, denn was sollte ein armes Schwein wie er sonst machen. Zumal alle seinen Vornamen vorn nicht korrekt mit einem gedachten W aussprachen, und wie sollte einer nicht auf dumme Gedanken kommen, wenn er bei allen nur »Ficktor« hieß?

»Ins Bordell gehen kann er doch nicht, aus Angst, einen seiner Schüler dort zu treffen«, begründete Inge ihre Hingabe.

»Oder besser noch: eine seiner Schülerinnen«, ergänzte ihr Schwiegersohn.

»So ist es. Und ehe er über eine Kollegin herfällt …«

Lieber aber war es Inge, wenn Carlo zu ihr kam. Der war gelernter Kfz-Schlosser und hatte seine Künste genutzt, um gestohlene Autos so zu verändern, dass seine Auftraggeber wenig Mühe hatten, sie in untermotorisierten Ländern östlich der Oder an den Mann zu bringen. Drei Jahre hatte Carlo in Tegel gesessen und die Zeit genutzt, um der zu werden, der er nun war: ein erfolgreicher Geschäftsführer in einem zwielichtigen Etablissement.

»Das finde ich prima!«, kommentierte Joe diesen Tatbestand. »Dann kannst du bei ihm als Puffmutter anfangen, wenn sie dich bei Böckler mal feuern sollten.«

Inge grinste. »Getestet hat er mich ja schon. Ob ich im Notfall auch noch selber einspringen kann?«

»Klar, beim Stoßgeschäft muss jeder ran.«

Der Dritte im Bunde war Bleckie, der Maurer. Er gehörte nicht etwa zu den *black men* und hieß auch nicht Schwarzer, sondern Bleckwehl. Daher kam sein Spitzname und nicht etwa davon, dass er sich durch Schwarzarbeit ernährte. Zwar hatte er eine Frau, aber die war Nymphomanin und ging immer wieder fremd. Aus Rache trieb er es dann mit Inge. So kam seine Psyche wieder ins Lot, und seine beiden Kinder konnten sich weiterhin einer intakten Familie erfreuen.

»Man sollte dir das Bundesverdienstkreuz verleihen«, sagte Joe zu Inge. »Für deinen selbstlosen Einsatz als Sexualhelferin.«

Inge gab sich bescheiden. »So selbstlos ist es nun auch wieder nicht.«

Jeden Freitag trafen sie sich in einer verräucherten Kneipe, eher einer Spelunke, in Tempelhof. Meistens fehlte einer, waren aber alle vier zur Stelle, machte das auch nichts, dann setzte eben der aus, der gegeben hatte.

Ihre Skatbrüder waren Inges zweite Familie, und sie konnte mit ihnen ausleben, was sie schon immer fasziniert hatte: das Verruchte. Ihre Mutter vor Augen, die streng und puritanisch gewesen war, hatte sie sich schon als junges Mädchen gern in die Rolle der Femme fatale geflüchtet. Es war kein geheimes Doppelleben, das sie führte, denn alle wussten ja davon, sondern ein doppeltes Leben. »Doppelt hält besser!« Das hatte sie noch von ihrer Tante Manda.

Aber auch anderes war geeignet, Inge lustvolle Stunden zu bescheren. Zum Beispiel das Einkaufen von Blusen. »Bei deiner Beerdigung sollten sie unbedingt einen Blues spielen«, sagte Joe gelegentlich. Über zweihundert Blusen hatte sie in ihren Schränken hängen, und gern nahm sie Tochter und Schwiegersohn mit, um neue Stücke zu kaufen.

»Trägst du die denn auch?«, wollte Joe wissen.

»Tragen wirst du sie.«

»Ich bin doch kein Transvestit!«

»Nicht am Körper«, klärte Inge ihn auf. »Sondern in der Tragetasche vom Kaufhaus nach Hause.«

Es war verabredet worden, dass die beiden Inge am Sonnabend mit ihrem Wagen von zu Hause abholen sollten. Sie stand auch pünktlich um elf Uhr am Tor der Firma Böckler.

Joe und Daniela hielten mit ihrem Kleinbus an der Bordsteinkante.

»Bist du dir auch wirklich sicher?«, fragte Joe, nachdem er die Scheibe heruntergekurbelt hatte.

»Sicher, dass ich Inge Meyerdierks heiße?«

»Nein, dass du den Herd ausgeschaltet und die Wohnungstür auch wirklich abgeschlossen hast.«

Inge zögerte. »Nein ...«

»Dann geh lieber noch einmal zurück! Mir würde sonst was fehlen.«

Was ihr Schwiegersohn urkomisch fand, war für sie ein echtes Problem. Fast immer geriet sie in Panik, wenn sie sich Minuten nach Verlassen ihrer Wohnung daran zu erinnern versuchte, ob sie wirklich die Fenster geschlossen, das Badewasser abgedreht, den Gasherd ausgeschaltet, die Wohnungstür zugezogen, den Sicherheitsschlüssel richtig ins Schloss gesteckt und einmal herumgedreht und die Alarmanlage scharfgeschaltet hatte.

Inge hätte eben noch schwören können, dass sie ihre Checkliste abhakt hatte, nun aber geriet sie ins Grübeln. »Jetzt, wo du es sagst, da …«

Joe tat alles, um ihr jede Gewissheit zu nehmen. »Ich sehe es schon vor mir: Erst steigt der Einbrecher durch das offene Fenster, und dann explodiert der Gasherd, als er im ausgelaufenen Badewasser ausrutscht und anschließend ausprobiert, ob sein Feuerzeug noch funktioniert. Alles fliegt in die Luft, und die Lagerhalle nebenan brennt ab – und du bist schuld an allem.«

Schon war Inge zurückgelaufen.

Selbstverständlich hatte sie nichts vergessen. Sie hatte noch nie etwas vergessen. Doch – noch einmal auf die Toilette zu gehen. Kaum saßen sie im Auto und waren zehn Minuten in Richtung Innenstadt gefahren, musste Inge schon.

»Mich drückt schon wieder die Blase.«

»Mutti, du solltest deswegen wirklich mal zum Arzt gehen«, sagte ihre Tochter.

Inge verstand das nicht. »Zum Pinkeln muss ich doch nicht extra zum Arzt gehen, da reicht es doch, wenn ihr mal da vorn am Restaurant anhaltet.«

»Erst die Bluse, dann die Blase.« Ihr Schwiegersohn gab sich als Stoiker.

»Dann übernehme ich keine Garantie für deine Polster.«

Was blieb Joe weiter übrig, als zu halten und Inge aussteigen zu lassen.

Beim Arzt war sie bereits gewesen, doch der hatte gesagt, sie sei organisch völlig gesund, es müsse von der Psyche kommen, vom Stress. Sie neige nun einmal zu einer gewissen Dranginkontinenz. »Es gibt Schlimmeres.«

Auch mit ihrer anderen Macke konnte sie leben: dem ständigen Hüsteln. Ob das nun mehr ein nervöser Tick oder eine Staub- und Pollenallergie war, hatte ihr niemand verbindlich sagen können. Sie möge mit dem Rauchen aufhören. »Das kann ich nicht! Immer, wenn ich mir eine Zigarette anstecke, sehe ich meine Mutter vor mir, dann bin ich ihr wieder ganz nahe.«

Jetzt, beim Blusenkauf, hatte das Hüsteln auch sein Gutes. Als sie nämlich Daniela und Joe aus den Augen verloren hatte, brauchten die sich keine Sorgen zu machen. Schon nach fünf Minuten standen sie wieder neben ihr.

»Wir mussten nur die Ohren aufsperren und auf dein Hüsteln hören«, sagte ihre Tochter.

Joe lachte. »Du hast auf ihr Hüsteln gehört, ich habe auf den Fußboden geguckt, wo es getröpfelt hat.«

Sie drückte ihm die Tragetaschen mit den Blusen Nummer 209 bis 214 in die Hand. Mit ihrem zweiten Schwiegersohn hatte sie gewaltig Glück gehabt, und Joe war es auch, der immer wieder mit ihr Kurse an der Volkshochschule belegte. In diesem Semester war es die Numerologie, der sie sich widmen wollten. *Der Zauber der Zahlen – Die Wirkung der Zahlen verstehen und nutzen.*

Ihr Schwiegersohn war auch deswegen mitgegangen, weil der Name der Dozentin – Sandra Sonnenberger – einiges versprechen ließ. Doch als er die Dame in den Hörsaal treten sah, konnte er nur aufstöhnen: »Die sieht ja aus wie Breschnew mit Perücke.«

Frau Sonnenberger begrüßte die Teilnehmer und begann mit einer ausführlichen Einführung. »*Die Zahl ist das Gesetz des Universums*, sagte Pythagoras im 6. Jahrhundert vor Christus. Er lehrt uns also, dass die gesamte Welt auf der Macht der Zahlen aufbaut.«

»Das sagt auch Graf Zahl in der *Sesamstraße*«, merkte jemand an.

Die Dozentin überhörte es. »Viele Jahrhunderte nach Pythagoras nennt uns der deutsche Philosoph, Mystiker und Arzt Agrippa von Nettesheim die Bedeutung der Zahlen eins bis neun. So steht bei ihm die Zahl eins für Tat, Streben und Führerschaft.«

»Und die Zwei für Molle und Korn«, warf jemand aus der letzten Reihe ein.

Jetzt meldete sich Joe und bekam mit einem recht harschen »Ja bitte!« die Erlaubnis zu reden. »Stimmt das wirklich, Frau Sonnenberger, was ich im Radio gehört habe, dass die Mathematiker in Oxford eine neue, bisher völlig unbekannte Zahl entdeckt haben sollen? Genauso, wie man ja immer wieder neue Kometen, Kleinstplaneten und Saturnmonde entdeckt. Da die neue Zahl zwischen sieben und acht liegt, haben sie ihr den Namen ›sacht‹ gegeben. Ist das wirklich wahr mit der Sacht? Sie als Zahlensachverständige …«

Er hatte das mit einem Ernst vorgetragen, der die Dozentin zögern ließ, an einen Scherz zu glauben. Dazu sah der Mann viel zu seriös aus. Eher mochte es sich um einen psychisch Kranken handeln, und da war Vorsicht angebracht. Oder sollte sich wirklich jemand an die Reform der Zahlen gemacht haben? Im Augenblick blieb ja nichts mehr beim Alten. Alles fließt. So blieb sie in ihrer Antwort lieber ungewiss. »Ich werde mich um die Sache kümmern. Aber weiter im Text ... Was ich Ihnen hier in meinem Kurs vermitteln will, ist die Fähigkeit, die Numerologie in einer Weise anzuwenden, die Ihren Bedürfnissen und Ihrer Persönlichkeit entspricht. Denken Sie dabei immer an die lateinischen Worte: *Omnia in numeris sita sunt* – Alles liegt in den Zahlen!«

In den nächsten Wochen lernte Inge so viel, dass sie für alle Menschen in ihrer näheren Umgebung die Namens- oder auch Schicksalszahl errechnete und kommentierte. Bei Joe war es die Sieben, und seine Schwiegermutter wies ihn sogleich auf die Gefahren seiner Namenszahl hin: »Sie müssen daran denken, mit beiden Füßen fest auf der Erde zu stehen.«

»Danke für den Hinweis, liebe Inge, aber du kannst mich ruhig weiter duzen! Das mit den beiden Beinen auf der Erde gibt mir allerdings sehr zu denken. Ich wollte gerade schwimmen gehen, aber das lasse ich dann lieber. Die Numerologie ist schon sehr hilfreich im täglichen Leben.«

Als Inge ihm weiterhin vorschlug, es mit neuen Gedanken zu versuchen und sich neuen Ideen und Theorien zuzuwenden, sagte er mit kaum zu überhörender Ironie, dass er zu diesem Zweck wohl in die SPD eintreten müsste. »Aber nur, wenn du mitkommst!«

Inge sah ihn entgeistert an. »Ich?«

»Ja, du! Wenn die ihre neue Parteizentrale einrichten, kannst du ihnen die Büromöbel verkaufen und Bugsin & Co. den Auftrag wegnehmen. Außerdem kannst du mich vorschlagen, wenn sie einen Beisitzer für Verkehrsfragen brauchen.«

»Dich schlage ich immer gerne!«

So kam Inge Bugsin in die SPD und wurde zur begeisterten Anhängerin Gerhard Schröders.

Am 23. September 1994 stand ihr sechzigster Geburtstag ins Haus, und der wurde natürlich in Kladow gefeiert, aber nur ganz bescheiden, wie sie sich das immer wieder gewünscht hatte. »Wie jeder andere auch, bloß kein großes Brimborium.«

Seit ihre Mutter nicht mehr unter ihnen war, herrschte an der Sakrower Landstraße ohnehin immer eine eher gedämpfte Stimmung. Das mochte aber auch daran liegen, dass ihr Vater nur noch ein Schatten seiner selbst war. Hatte Max Bugsin seit Jahrzehnten jeder Feier seinen Stempel aufgedrückt, das große Wort geführt und alle unterhalten, so saß er jetzt zumeist apathisch in seinem Lehnstuhl, kaute pausenlos an seinen Lippen und kam nur hin und wieder mit einem Einwurf, der nie zu dem Thema passte, über das die anderen gerade redeten.

Erzählte Rita, dass sie ihr Haus in Bohnsdorf verkaufen und in die Pestalozzistraße in Charlottenburg ziehen wolle, so fragte er Inge, ob sie schon Geld für ihn von der Bank geholt und die Telefonrechnung überwiesen habe.

»Ja, Vati, das wird doch alles abgebucht.«

Rita nahm den Faden wieder auf. »Was soll ich allein mit dem großen Haus? Und dann immer der Flugzeuglärm! Schönefeld liegt ja gleich nebenan. Aber noch hat sich kein Käufer gefunden.«

»Hast du denn die Plakette schon anbringen lassen?«, fragte Manfred Matuschewski.

Rita wusste nicht, was er damit meinte. »Welche Plakette?«

»Na, ein großes Schild, auf dem steht, dass Dagobert mal in deinem Haus gewesen ist und deinen Keller mieten wollte. Was meinst du, wie das die Leute anlocken würde. Ein Kultgangster!«

In der Tat erzählte Rita immer wieder, dass Arno Funke, der als Dagobert berühmt gewordene Kaufhauserpresser, den sie im April verhaftet hatten, auf der Suche nach einer Art Werkstatt oder Labor mit ihr gesprochen hatte. Aber irgendwie waren sie sich nicht einig geworden, und er hatte sich anderswo einen Schuppen gemietet.

»Wenn es einen Film über Dagobert gibt, musst du unbedingt mit rein«, sagte Bernhard Großkreutz.

»Inge, wann wird der Müll wieder abgeholt?«

»Am Mittwoch, Vati.«

Joe flüsterte Manfred Matuschewski ins Ohr, wieso denn Max auf die Müllabfuhr käme, wenn er den Blick auf Bernhard Großkreutz gerichtet habe.

»Heinz Rühmann ist ja genauso alt wie ich.« Damit schwieg ihr Vater wieder.

Inge verfolgte seinen langsamen Verfall mit Schrecken. Warum nur konnte sie die Zeit nicht um vierzig Jahre zurückdrehen? 1954. Wir feiern draußen in Karolinenhof. Alles lag noch vor ihr.

»Inge, du hattest eine so gute Mutter«, sagte Margot Matuschewski zu ihr. »Irma und ich waren ja schon Schulfreundinnen. Und nun ist sie bald acht Jahre tot. Ich hätte deinen Vater heiraten können, Inge, er hat mich immer wieder gefragt, aber ich hänge doch noch immer so an meinem Otto, das musst du verstehen.«

»Schade«, sagte Manfred Matuschewski und prostete Inge zu. »Wären wir doch noch Verwandte geworden.«

»Hast du ein Glück, dass du die damals nicht geheiratet hast«, sagte Joe, drastisch wie immer. »Dann wärst du auch schon auf 'ner Parkbank verreckt.«

Max Bugsin sah sich um. »Wo ist denn Gerhard?«

»Der ist nicht gekommen, Vati.« Inge war traurig darüber, vermochte es aber nicht zu ändern, dass sich Joe und ihr Bruder auf den Tod nicht ausstehen konnten.

»Dafür ist Inge gestern Abend gekommen«, sagte ihr Schwiegersohn. Er hatte sie mit dem Auto abholen und nach Kladow bringen wollen, dann aber aus dem offenen Schlafzimmerfenster ganz bestimmte Laute gehört und voller Rücksichtnahme noch ein wenig gewartet. Bleckie war wieder mal an der Reihe gewesen.

»Ist Gerhard noch in der Firma?«, fragte Max.

»Ja«, antwortete Joe. »Aber die Betonung liegt dabei auf ›noch‹.«

»Nicht heute!«, warnte Inge. Der Niedergang von Bugsin & Co. war kein angenehmes Thema.

Doch sosehr sie es an diesem Tage auch verdrängte, es sollte bald darauf ungemein brisant werden – für ihren Bruder eine Frage von Sein oder Nichtsein und ein möglicher Wendepunkt in ihrem Leben.

Es begann damit, dass Henne Hahn an ihren Schreibtisch kam und flüsterte: »Du, ich hab so meine Kontakte. Frag mich nicht wie, aber ich bin an die Angebote rangekommen, die bei der EUROMAG für ihr neues Center am Potsdamer Platz eingegangen sind. Bis jetzt liegt Bugsin & Co. am besten im Rennen, aber du könntest ja drunter bleiben.« Sie legte ihr zwei Fotokopien hin und verschwand dann wieder.

Inge überflog die Zahlen, prägte sich alles ein und ging dann auf die Toilette, um die beiden Blätter zu zerreißen und hinunterzuspülen. Sie hatte es nun in der Hand, sich für alles zu rächen, die ewigen Zurücksetzungen, und ihren Bruder zu vernichten. So drastisch musste man es ausdrücken. Aber damit hätte sie auch das Lebenswerk ihrer Mutter zerstört. Es waren noch zwei Wochen Zeit.

Am nächsten Tag starb der alte Böckler an den Folgen seines dritten Schlaganfalls, und seine Frau ließ Inge noch vor der Trauerfeier zu sich in die Schlachtenseer Villa kommen, um mit ihr alles Weitere zu besprechen.

»Es bleibt alles so wie bisher, Frau Meyerdierks. Mit der Ausnahme, dass mein Mann Sie zum Dank für alles, was Sie für uns getan haben, in seinem Testament reichlich bedacht hat. Nun können Sie das in die Tat umsetzen, was er noch mit Ihnen besprechen wollte, bevor er ... Vielleicht wissen Sie schon, was er Ihnen nahebringen wollte?«

»Nein.« Inge war völlig ahnungslos.

Gisela Böckler faltete die Hände und knetete ihre Finger. »Wir haben herausbekommen, dass Herzog & Altmann Ihrem Bruder einen Kredit nach dem anderen gewährt hat, aber nun läuft das Geschäft bei Bugsin & Co. so schlecht, dass Ihr Bruder die Zinsen nicht mehr zahlen kann.«

Inge nickte. »Es geht ja auch das Gerücht um, dass er nur noch Geschäftsführer bei sich selber ist.«

»Wie auch immer, Herzog & Altmann wollen Bugsin & Co. auf alle Fälle abstoßen. Mein Mann wollte unbedingt zugreifen und Bugsin & Co. schlucken. Sozusagen als Geschenk für Sie. Mein Anwalt stellt sich die Sache mit Bugsin & Co. nun so vor, dass wir eine Konstruktion finden, bei der Sie die Mehrheit des Kapitals haben und dort Chefin sind, ich beziehungsweise die Firma Böckler aber den Rest der Anteile halten, sozusagen eine Sperrminorität von 49 Prozent. Unsere Juristen werden da schon einen Dreh finden.«

»Der Name Bugsin bleibt aber erhalten?« Das war Inge wichtig.

»Ja, der soll erhalten bleiben.«

So schnell konnte sie das alles nicht fassen und erbat sich eine gewisse Bedenkzeit.

»Gut! Sie sagen mir dann Bescheid, wenn wir meinen Mann unter die Erde gebracht haben.«

Völlig ratlos fuhr Inge nach Hause. Obwohl sie die Sache für sich behalten sollte, rief sie der Reihe nach Daniela, Joe und Manfred Matuschewski an. Der war ja schließlich Organisationsexperte. Und Gerhards ältester Freund.

»Kann ich Gerhard das antun?«, war ihre erste Frage, die sie allen stellte.

»Klar«, war Joes Antwort. »Denk nur daran, wie er Daniela entlassen und seine Mutter aus der Firma rausgeekelt hat.«

»Auf keinen Fall!«, sagte Manfred Matuschewski. »Du brichst ihm damit endgültig das Genick. Bugsin & Co. ist doch auch sein Leben, und er hat doch immer nur daran gedacht, die Firma über die Zeit zu bringen. Und das mit deiner Mutter und mit Daniela, da hat doch Gabi dahintergesteckt, die hat ihn dazu angestiftet.«

Daniela sah die Sache ganz pragmatisch. »Du musst es tun, Mutti, sonst verkaufen Herzog & Altmann die Firma an einen anderen. Und der setzt Gerhard sowieso an die Luft oder schließt die Firma ganz.«

»Wenn Gerhard merkt, dass ich beziehungsweise Böckler Bugsin & Co. gekauft haben und er selbst nur Geschäftsführer bei mir ist, dann tut er sich womöglich noch etwas an. Das ist doch eine Frage der Ehre.«

»Dann besorg dir doch einen Strohmann, und lass den das machen.«

»Nein, Frau Böckler will nur mich als Chefin haben. Na schön, vielleicht kann ich ihr das noch ausreden und Gerhard erst einmal machen lassen. An der kurzen Leine!« Inge überlegte. Bugsin & Co. zu retten war schon edel, hilfreich und gut, wie der Mensch immer sein sollte, aber andererseits konnte sie ihr Geld auch nehmen und in Joes Firma stecken. Da bekam es ganz sicher Junge, während bei Gerhard die Gefahr bestand, dass sich Bugsin & Co. zu einem schwarzen Loch entwickelte. Auch wenn sie ihm den großen Auftrag für das EUROMAG-Center überließ und ihm ständig auf die Finger sah.

Was tun? Sie quälte sich Tag und Nacht mit dieser Frage. Schließlich setzte sie sich in eine Taxe und fuhr nach Spandau zum Grab ihrer Mutter, um mit ihr Zwiesprache zu halten.

»Mutti, was soll ich tun?«

»Gerhard unterstützen und Bugsin & Co. erhalten, und zwar so, dass er sein Gesicht wahren kann.«

»Also mit Herzog & Altmann einen Deal einfädeln, so dass sie ihm einen weiteren Kredit gewähren, den ich mit meinem Geld finanziere.«

»Ja!«

»Nur, wenn du mir eidesstattlich versicherst, dass es besser gewesen wäre, ihr hättet mir die Firma übertragen und nicht Gerhard.«

»Ja, ich habe mich geirrt. Verzeih mir!«

Joe zeigte ihr grinsend einen Vogel, als er von ihrer Entscheidung erfuhr. »Du bist zu gut für diese Welt. Oder anders ausgedrückt, ziemlich bekloppt!«

Nur sein Dackel war Max Bugsin geblieben. Mit ihm zusammen ging er jeden Morgen zum Wasser hinunter. Während er noch einigermaßen gut zu Fuß war, musste er Willi immer wieder auf den Arm nehmen und tragen. Er wäre ja auch gern noch Rad gefahren, aber seit er letzten Sommer nach dem Schwimmen im Groß Glienicker See nicht mehr nach Hause gefunden hatte und am Ritterfelddamm umhergeirrt war, ließ ihn Inge nicht mehr und hatte sein Rad an die Kette gelegt. Seine Haare waren dünn geworden, stellenweise sogar sehr dünn, aber sie waren alle noch kohlrabenschwarz. Auch fehlten ihm lediglich drei Zähne, und wenn andere klagten, ihr Gebiss würde drücken, dann lachte er nur. Wie das denn käme, wurde er des Öfteren gefragt, und seine Antwort überraschte alle: »Weil ich mir nie die Zähne geputzt habe.« Ja, es war sein altes Bauernblut.

Unten am Anlegesteg warteten schon die Freunde auf ihn, manchmal fünf an der Zahl, alle hochbetagte Rentner. Er war nicht nur der Älteste, sondern auch der Einzige, der noch konnte. Ausführlich erzählte er den anderen, wie leicht es war, sich aus den Inseraten in den Zeitungen die herauszupicken, die sich auf ältere Herren wie ihn spezialisiert hatten. »Was hat man denn sonst noch vom Leben? Man kann ja nicht den ganzen Tag fernsehen. Und der Mann nimmt ja seine Potenz mit ins Grab.«

Eigentlich war er kerngesund, nur verlor er, wenn sein Gehirn nicht ausreichend mit Blut versorgt wurde, ab und an die Orientierung. Das war nicht weiter schlimm und mehr für die anderen ein Problem als für ihn, wenn er denn schon mal die Küche mit dem Bad verwechselte und zwischen Herd und Heizung in die Ecke pinkelte oder es in seinem Wohnzimmer ganz einfach laufen ließ, wo und wie es gerade kam. Auch Willi schaffte es nicht immer nach draußen, bevorzugte aber die Couch als Entsorgungsstätte.

Um Haushalt und Garten brauchte er sich nicht zu kümmern, das erledigte Inge. Immer am Wochenende kam sie nach Kladow, kaufte dann groß ein und kochte ihm für eine Woche alles vor. Seit es Tiefkühltruhen gab, war das naheliegend. Wie man eine Mikrowelle bediente, hatte ihm Inge in längeren Wochenendlehrgängen vermitteln können, und es ging nur selten etwas schief, so zum Beispiel, als er sich in der Mikrowelle schnell ein Ei kochen wollte. Der Monteur hatte stundenlang mit den Folgen der kleinen Explosion zu kämpfen.

Joe kam immer mit der Taxe oder schickte einen seiner Fahrer, wenn Max Bugsin zum Arzt musste oder in die Sauna wollte, aber am meisten freute es ihn, wenn sie ihn am Totensonntag abholten und er mit Inge und Daniela zum Grab seiner Frau gebracht wurde.

»Hatte ich nicht eine gute Frau, Inge? Noch kurz vor ihrem letzten Geburtstag habe ich ihr tausend Mark geschenkt, da sollte sie sich etwas für kaufen. Aber da war sie ja schon tot.«

Als sein Freund Otto Matuschewski am 24. Januar Geburtstag hatte, wünschte er sich, zu dessen Grab gefahren zu werden.

»Vati, das ist auf dem Neuköllner Parkfriedhof, ich weiß aber nicht wo.«

»Dann sollen Margot und Manfred mitkommen.«

Inge versprach ihm, die Sache einzufädeln, und bat Joe, sie in einer seiner Großraumtaxen hinzufahren.

»Ich? Dich würde ich ja gern auf den Friedhof bringen, aber warum die anderen auch? Die sind doch nicht meine Schwiegermutter.«

Aber selbstverständlich arrangierte er die Sache, holte erst Max aus Kladow ab und fuhr dann mit ihm zu Inges Dienstwohnung in Tempelhof. Margot und Manfred Matuschewski warteten schon vor dem Friedhof.

»Freunde kann man sich aussuchen, Verwandte nicht!«, sagte Max Bugsin, als sie an Otto Matuschewskis Grab angekommen waren.

Margot Matuschewski fing an zu weinen. »Ja, ich hatte einen guten Mann.«

»Und ich bin sogar blutsverwandt mit ihm«, sagte Manfred Matuschewski.

»Du hast mir schon lange keine Blutwurst mehr gemacht.« Vorwurfsvoll sah Max Bugsin seine Tochter an.

Manfred Matuschewski zitierte Friedrich Nietzsche. »*Dahin! Dahin! O Jugend! O Mittag! O Nachmittag! Nun kam Abend und Nacht und Mitternacht ...*«

»Da möchte ich auf alle Fälle wieder zu Hause sein«, sagte Joe.

»Inge, ich muss mal dringend!«

Joe sah es ihm an. »Max, aber nicht hier gegen Ottos Grabstein!«

»Medizinisch heißt das Dranginkontinenz«, sagte Manfred Matuschewski.

Wieder fing seine Mutter an zu weinen. »Das hat mein Mann nicht verdient, dass ihr so über ihn redet.«

»Mutti, erstens lieben wir ihn alle, und zweitens hört er es nicht.«

»Er hört alles!«

»Dann singen wir jetzt seinen Lieblingsschlager: *Leise rauscht es am Missouri.*«

Das bezog sich sowohl darauf, dass Otto Matuschewski an und auf der Oder groß geworden war und alle Flüsse liebte, wie auf die Tatsache, dass Max inzwischen von Inge an den Wegesrand geführt worden war und seine Blase recht geräuschvoll entleerte.

Nun musste Inge auch, und da die Büsche im Januar nur wenig Deckung boten, geriet sie in ziemliche Not. Die Kapelle war weit, aber nach Kauf eines riesigen Straußes durfte sie die Toilette der Friedhofsgärtnerei benutzen.

Anschließend war Max Bugsin so aufgekratzt, dass er von Joe verlangte, zu all den Stätten kutschiert zu werden, die ihm etwas bedeuteten. »Baumschulenweg, Karolinenhof und die Ebertystraße. In drei Monaten werde ich neunzig, und da feiern wir ja auf einem Dampfer.«

»Klar, Max, mit dem kommst du zwar nach Baumschulenweg und Karolinenhof, aber nicht in die Ebertystraße.«

»Wohl aber nach Budapest«, sagte Manfred. »Besuche die Julischka!«

Max Bugsin zeigte ein verschmitztes Lächeln. »Ein Mann nimmt seine Potenz mit ins Grab.«

»Und was ist mit seiner Impotenz?«, fragte Manfred Matuschewski.

»Die lässt er draußen, und andere kriegen sie.«

Inge kicherte wie ein Teenager. »Manche schon in jungen Jahren am Gosener Graben.«

»Wovon redet ihr?«, fragte Margot Matuschewski.

»Von verpassten Höhepunkten, Mutti.«

»Wir sind immer gern durch den Gosener Graben gepaddelt. Und Max und Irma auch.«

Manfred Matuschewski beeilte sich, das Thema zu wechseln. »Wenn wir noch durch halb Berlin wollen, bevor es dunkel wird, müssen wir uns beeilen. Außerdem ist mir kalt.«

Es wurde noch ein ebenso vergnüglicher wie melancholischer Ausflug in die Vergangenheit, und als Joe die Matuschewskis wieder absetzte, erinnerte Manfred Inge noch daran, dass sie sich alle einmal zusammensetzen mussten, um die große Rede zum neunzigsten Geburtstag ihres Vaters vorzubereiten. Alles, was sich an Erinnerungen zusammenkratzen ließe.

Inge war nicht gerade begeistert. »Gerhard auch?«

»Meines Wissens war er zwar noch nicht dabei, als ihn dein Vater mit seiner bis ins Grab reichenden Potenz gezeugt hat, aber neun Monate später irgendwie doch genuines Familienmitglied.«

»Na schön, aber dann bei dir draußen in Frohnau.«

Vierzehn Tage später machten sie sich ans Werk und schrieben drei Seiten voll.

Am 21. April 1995 schließlich, als der Dampfer mit den über hundert Gästen gerade die Potsdamer Gewässer erreichte, trat Gerhard ans Mikrophon und sah seinen Vater an. »Liebes Geburtstagskind, liebe Anwesende!« Er war furchtbar aufgeregt und klammerte sich an sein Manuskript wie ein Ertrinkender an einen Rettungsring.

Zuerst ging er auf das ein, was das Jahr 1905 der Menschheit außer der Geburt von Max Bugsin noch so alles gebracht hatte. Viel war es nicht. Kaiser Wilhelm II. besucht Tanger, die Maler Erich Heckel, Ernst Ludwig Kirchner und Karl Schmidt-Rottluff gründen in Dresden den Künstlerbund »Die Brücke« und Robert Koch erhält den Nobelpreis für Medizin. Gerhard hob die Stimme: »Max Schmeling wird geboren, und zwar am 28. September in Klein Luckow. Der Höhepunkt des Jahres aber ist der 21. April 1905, denn da kommt in Berlin Max Bugsin auf die Welt. Über ihn soll heute berichtet werden, und zwar in sieben Kapiteln.«

Das erste war mit Kindheit, Jugend und Heirat überschrieben. »Seine Mutter war Oma Koch, Bertha Koch. Aufgewachsen aber ist er bei seiner Großmutter, und zwar in Dramburg/Pommern. Oma Koch war bei Geburtstagen immer eine Stunde früher da – zur Verzweiflung von Mutti – und hat beim Essen immer ihr Gebiss auf den Tisch gelegt. Von der Großmutter, die er innig geliebt hat, bekam er jeden Tag Prügel, weil er immer etwas angestellt hatte. Ein Beispiel: Bei einer Mutprobe hat er drei Minuten mit dem Kopf nach unten an einer Brücke gehangen – als Nichtschwimmer –, und seine Großmutter hat mächtig Angst gehabt, aber nicht um ihn, sondern darum, dass seine neue Mütze in den Fluss fällt. Verführt hatten ihn immer seine Freunde, vor allem Ebels Ete. Die anderen waren Papsteins Trunsel, Spiethjammers Aula und Lüttens Liete. Aus Angst vor Prügel, ist er immer unters Bett gekrochen. Eingesegnet wurde er erst ein Jahr später, weil er auf den Hut und den Anzug von Ebels Ete warten musste. Nach Abschluss der Volksschule kam er als Hütejunge zu einem Bauern. Als er fünfzehn Jahre alt war, nahm ihn seine Großmutter und fuhr mit ihm nach Berlin, damit er richtig was werden konnte. Sie wollte ihn nicht allein lassen. Als sie gestorben ist, hat er heftig geweint. Bei einem Onkel lernte er dann den Beruf des Beizers und Polierers. Er ging gern aus, besonders mit seinem Freund Erich. Erich Schröder war sehr maulfaul, und Vati musste immer mitgehen – ›zum Quatschen‹ mit den Mädchen. Seine Frau – Mutti, Irma – kannte er schon als Kind von Dramburg her, wo sie in den Sommerferien bei ihren Verwandten war. Beide waren entfernte Verwandte und haben schon als Kinder zusammen Luftschaukel gespielt. Wiedergesehen haben sie sich dann 1930 in Frankfurt/Oder bei Tante und Onkel, und er hat sich sofort in sie verliebt. Sein Schwiegervater aber – Fritz Schablin – wollte seine Tochter keinem einfachen Arbeiter geben. Vati hatte sich aber fünftausend Goldmark gespart. Weihnachten 1931 – zur Silberhochzeit der Großeltern – war die Verlobung. Geheiratet haben beide im Herbst 1932, und 1934 beziehungsweise 1939 sind wir beide geboren worden – Inge und ich.«

Die Gäste dankten dem Geburtstagskind mit langanhaltendem Beifall dafür, dass er sich zur Zeugung der beiden entschlossen hatte, und ihr Vater lächelte dabei so schelmisch, dass Inge nicht anders konnte, als ihn zu umarmen und zu küssen.

Gerhard kam nun zu dem, was sie zum Thema Beruf, Geschäft und Freizeit zusammengetragen hatten. »Ja, also weiter ... Im Jahre 1932 hat er sich selbständig gemacht – in der Fruchtstraße am Schlesischen Bahnhof. Er hat klein angefangen, durch Fleiß und

Energie aber bald Erfolg gehabt. Mutti hat ihn dabei immer unterstützt und angetrieben. Sonntags ist er mit Inge oft in die Fruchtstraße gefahren, um Mäuse zu ertränken. Die Freizeit haben beide – Vati und Mutti – meistens auf und mit ihrem Boot verbracht. Auf dem Seddin- oder Krossinsee vor allem, wo sie auch gezeltet haben. Oft mit Margot und Otto zusammen. Inge war als Kind dabei. Einmal sollte sie von einem fremden Mann Schokolade geschenkt bekommen, wollte und durfte diese aber nicht annehmen. Vati hat aber schon ganz lüstern geguckt. Da hat Otto zu dem Mann gesagt: ›Geben Sie bitte dem Kind das Stück Schokolade, Sie sehen doch, wie ihr Vater danach schielt!‹ 1939 tritt Vati dann in die Firma Karl Bader ein. Sein Schwiegervater Fritz Schablin ist dort Erster Verkäufer gewesen. Bader verkauft die Firma dann an Schablin und Mitterlechner, und Vati kommt für Mitterlechner in die Firma Schablin & Co.«

Einige, an ihrer Spitze Bernhard Großkreutz, begleiteten dies mit lauten Bravorufen, und Inge wurde in diesem Augenblick wieder einmal so richtig bewusst, welchen zentralen Stellenwert die Firma in ihrem Leben hatte. Ohne sie wären alle Bugsins nicht die, die sie waren.

Gerhard hatte inzwischen ein Taschentuch gefunden, um sich den Schweiß von der Stirn zu wischen. Er war ihm über die Augenbrauen gelaufen wie das Wasser über ein Wehr, brannte nun in den Augen und sorgte dafür, dass er kaum mehr etwas lesen konnte.

So dauerte es einen Augenblick, bis er mit dem dritten Kapitel beginnen konnte. »Nun zum Krieg, zu Rockow und zur Nachkriegszeit! 1940 ist Vati eingezogen worden und hat den Vormarsch in Russland mitgemacht. Bis achtzehn Kilometer vor Moskau ist er gekommen. Obergefreiter in der Marketenderei ist er gewesen. Mit seinem Humor hat er sich und vielen anderen geholfen, den Krieg zu überstehen. Dank guter Kontakte zu den Vorgesetzten ist er als Kurier eingesetzt worden. So ist er nach Paris, Mailand und Bukarest gekommen – und nach Budapest. Da war die Julischka. Die ist dann später einmal in Berlin aufgetaucht und hat gefragt: ›Wo ist die Max?‹ Gleichzeitig hat er immer viele

Sachen für die Familie beschafft und abgezweigt. Die war zu dieser Zeit bei Verwandten in Guben, und immer, wenn Vati kam, hieß es: Handwagen mitbringen! 1944 ist die Familie dann nach Rockow aufs Gut gekommen. Der Kriegskamerad Stuhrbeck hatte das arrangiert. Vati hat sich dann Anfang 1945 von seiner Truppe abgesetzt und nach Rockow durchgeschlagen, wo er das Kriegsende als Deserteur erlebt hat. Der Bauer Hahnegrat hat mich einmal nach Vati gefragt, ob er da sei. Hätte ich ›Ja‹ gesagt, wäre er von der SS erschossen worden. Nach dem Krieg haben wir dann beim Bauern Hahnegrat gewohnt. Und Vati war Landarbeiter bei ihm. Dabei hat er alles falsch gemacht, was falsch zu machen war. Große Klasse war er aber beim Reinigen des Klos. Am 23. September 1945 sind wir dann nach Berlin zurückgekehrt – in die Ebertystraße 42.«

Inge kam es vor, als sei das erst gestern gewesen. Unmöglich, dass seitdem fünfzig Jahre vergangen sein sollten. Sie drehte sich zu Christa um. »Wo sind die bloß geblieben? Kannst du das verstehen?«

»Ja. Geh doch mal auf'n Friedhof! Wer da alles liegt ...«

Da lagen in der Tat schon viele. Ihre Mutter, ihre Großeltern aus Baumschulenweg sowie die Eltern ihres Vaters samt Opa Koch, dazu ihr Onkel Gerhard, Tante Manda und Otto Matuschewski. Der hätte im Anschluss an Gerhard reden müssen: »Max, mein bester Freund!«

Gerhard hatte inzwischen mit seinem vierten Kapitel begonnen, der Rethelstraße. »Im Jahre 1948 kam dann für Vati das ehrliche Leben nach der Schwarzmarktphase. In der Rethelstraße in Treptow hatten wir eine eiskalte Wohnung. Das Wohnzimmer muss einhundert Quadratmeter groß gewesen sein. Vati stand nur immer am Kanonenofen, um zu heizen, nachdem er vorher mit mir Holz gehackt hatte. 1950 war Inges Einsegnung. Sein Freund Alexander hat fünf Liter Schlagsahne mitgebracht. Mit Peter, unserem Hund, haben wir viele schöne Spaziergänge im Treptower Park gemacht. Angeregt von Inge und Manfred, die immer Karl May gelesen hatten, habe ich Vatis Taschenmesser am Wohnzimmertisch ausprobiert – echt Eiche. Die Strafe wäre schrecklich gewesen, die Rettung war aber die Verschickung nach Hiddensee. Das Strafen hat er immer Mutti überlassen. Alle vier Wochen ist er mit uns Kindern zu großen Veranstaltungen gegangen, in den Zirkus Barlay beispielsweise oder in den Friedrichstadtpalast, mit Inge ins Kino. Bei Kriminalfilmen hat er nie mitbekommen, wer der Mörder war. Vor dem 17. Juni 1953, dem Volksaufstand, wurden viele Sachen heimlich vom Osten nach West-Berlin in die Hedemannstraße gebracht, ins Geschäft. Sogar das Aquarium. Mit der S-Bahn. Vier Wochen lang haben wir dann im Geschäft auf den Schreibtischen geschlafen. Im Sommer 1954 sind wir nach West-Berlin gezogen, nach Wilmersdorf in die Koblenzer Straße. Im Sommer aber haben wir immer draußen in Karolinenhof gewohnt.«

Inge gab es auf, ihre Tränen zu unterdrücken. Sie weinte vor Glück, dass all dies geschehen war, aber ebenso, weil der Schmerz darüber, dass alles unwiederbringlich aus und vorbei war, unerträglich wurde. Alles war nur noch Erinnerung. Sie wünschte sich nur eines: morgen früh aufzuwachen und das Jahr 1955 zu haben, also wieder 21 Jahre alt zu sein, von der Koblenzer Straße aus nach Karolinenhof zu fahren und den Tag dort zu vertrödeln.

Gerhard sprach weiter. »Ich komme nun zum fünften Kapitel: zu Karolinenhof. Also, um 1950 hat Vati das Grundstück Lübbenauer Weg 40 gekauft. Das Schönste war das Baden im Langen See an einer extra angelegten Badestelle. Obwohl man das nicht durfte, sind wir immer zusammen ans andere Ufer geschwommen. Oft ist Manfred mit seinem Faltboot vorbeigekommen. Was an Karolinenhof nicht ganz so schön war, war, dass ich immer den Rasen mähen musste – und das war eine Menge Rasen, ein halber Fußballplatz. Sonnabends sind dann immer Margot und Otto zum Kartenspielen erschienen. Da haben sie dann die endlose Bowle erfunden: Die wurde nie alle, weil aus der Regenrinne immer wieder Wasser hineingelaufen ist. Sonntags gab es immer selbstgebackenen Erdbeerkuchen. ›Stell den Kuchen weg!‹, hat Vati immer gerufen, wenn Bombachs gekommen sind. Mit dem Mauerbau 1961 war dann Schluss mit Karolinenhof.«

Schluss machen, dachte Inge. Wäre es nicht klüger gewesen,

rechtzeitig mit dem Leben Schluss zu machen? Mit 21 Jahren, gleich, nachdem man ihr klargemacht hatte, dass es mit Walter kein Wiedersehen geben würde. Walter ... Nach der Wende hatte sie nie ernsthaft versucht, etwas über sein Schicksal zu erfahren, und nie hatte sie in der Zeitung seinen Namen gelesen. Wenn er sie damals wirklich geliebt und zu sich in die DDR geholt hätte, was wäre dann mit ihr geschehen?

Christa ahnte, was in ihr vorging, und stieß sie an. »Denk nicht wieder an Walter!« Sie hatte ihn ja nie gesehen und spottete deshalb, wann immer der Name fiel. »Wenn's mal nicht doch Walter Ulbricht gewesen ist.«

»Pst«, machte Margot Matuschewski. »Gerhard will weiter.«

»Wir kommen nun zum siebenten Kapitel.«

»Bei mir kommt nach fünf erst sechs!«, rief Bernhard Großkreutz.

»Bei Großvati kommt Sex immer vor fünf«, sagte Philip. Das bezog sich darauf, dass man Max Bugsin in Verdacht hatte, er würde immer am Dienstag aktiv werden, wenn seine Reinemachefrau nach Kladow kam – von eins bis fünf.

Gerhard hustete anhaltend, bis er mit seinem sechsten Kapitel begann. »Also, 1954 sind wir in der Koblenzer Straße eingezogen. Als der Wohnwagen vor dem Haus stand, stellte sich heraus, dass die Wohnung nicht renoviert worden war, wie vom Hauseigentümer versprochen. Die Folge war, dass wir wieder acht Wochen im Geschäft zwischen den Schreibtischen wohnen mussten, in der Hedemannstraße. Bei der Eröffnungsfeier hat es da eine schöne Prügelei der drei Geschäftsführer gegeben: Fritz Schablin, Max Bugsin und Paul Oeberg.«

Auch daran konnte sich Inge noch lebhaft erinnern. Aber war das wirklich so passiert, oder hatten sie sich das nur ausgedacht? War das Leben nicht nur ein Traum? Wahrscheinlich sahen sich die Menschen nur deshalb immer alte Fotos an, um sich zu vergewissern, dass sie nicht verrückt geworden waren.

»Ich komme nun zum Schluss«, sagte Gerhard.

»Schön, wenn einer zum Schluss auch wirklich kommt«, warf Manfred Matuschewski ein.

»Zum Schuss, ja!« Bernhard Großkreutz spielte den Ball gerne zurück. »Für sein Alter hat Gerhard ganz schön lange durchgehalten. Bei diesem Akt, diesem Festakt.«

Max grinste, als wollte er sagen: Da müsstet ihr mich mal erleben! »Der Mann nimmt seine Potenz mit ins Grab.«

»Dann wissen wir ja, warum an deinem Grab die Frauen später Schlange stehen«, sagte Joe.

Daniela stieß ihm den Ellenbogen in die Seite. »Nicht so pietätlos!«

»Das siebente Kapitel ist mit Kladow überschrieben«, sagte Gerhard.

»Überschrieben hat er dir die Firma und Inge das Haus in Kladow«, bemerkte Joe.

Inge hatte Angst, dass sich ihr Bruder und ihr Schwiegersohn auch heute wieder fetzen würden.

Doch Gerhard überhörte es und bewahrte die Contenance. »Nach dem Mauerbau hat Vati das Grundstück in Kladow ...« Erschöpft, wie er langsam war, wollte ihm das richtige Verb nicht mehr einfallen. »Gepachtet, ja. Zuerst stand auch nur eine Laube drauf. So wie in Karolinenhof. 1968 wurde dann das Haus in Kladow gebaut.«

»Wenn sie's nebenan in Gatow gebaut hätten, wären sie ja auch schön dumm gewesen«, bemerkte Joe.

»Nein, in Kladow. Obwohl Mutti immer gesagt hatte: ›Ich schaffe es nie, ein eigenes Haus zu haben.‹ Es ist ihr größter Wunsch gewesen, und sie hat sich vor allem darum gekümmert. Beim Einzug sollte die Terrasse nichts kosten, sie ist später immer wieder weggerutscht. Bronco hatte alles umgebuddelt. Nach Bronco, der immer die Engländer gebissen hat, kam Willi. In Kladow hat es viele schöne Tage und Jahre gegeben, aber auch den Tod von Mutti im Oktober 1986.« Er entrollte sein Manuskript abermals, um zu sehen, was als Letztes kam. »Vatis 60. Geburtstag haben wir mit 150 Gästen im Hansa-Theater gefeiert, und da hatte er den größten Auftritt seines Lebens.«

»Vom Krieg und Führers Geburtstag mal abgesehen«, rief Manfred Matuschewski.

»Ruhe auf den billigen Plätzen!«

Gerhard holte noch einmal tief Luft. »Vatis 70. Geburtstag haben wir mit einhundert Personen im ›Alten Fritz‹ gefeiert, den 75. mit zwei Personen – Vati und mir – auf Lanzarote, den 80. und 85. in Kladow und den 90. hier auf dem Dampfer. Manche sitzen auf dem falschen Dampfer, wir auf dem richtigen! Und wenn er hundert wird, dann chartert Vati ein Flugzeug für uns zu einem Rundflug über Dramburg und Berlin. Bis dahin wünschen wir ihm alles erdenklich Gute. Lasst uns nun anstoßen auf sein Wohl!« Damit war Gerhard am Ende – mit seiner Festrede wie auch mit seinen Kräften.

Alles klatschte Beifall, sogar der Schiffsjunge, und man erhob sich, um Max hochleben zu lassen.

Immerzu schmunzelnd, wenn auch leicht abwesend, hatte er allem gelauscht. Joe bezweifelte, dass er wirklich realisiert hatte, dass das sein Geburtstag war, den sie gerade feierten.

Max stand auf, und stellvertretend für seine Irma umarmte und küsste er Manfreds Mutter.

»Ich hätte dich heiraten können, nachdem Irma tot war«, merkte Margot Matuschewski an. »Aber Manfred hat gesagt: ›Mutti, bleib lieber für dich!‹ Aber zum Kartenspielen komme ich immer gern nach Kladow raus.«

Das stimmte, und so hatte Inge alle vierzehn Tage noch mehr zu tun als sonst, obwohl alle halfen, so gut es ging, und immer etwas mitbrachten. Margot Matuschewski selbstgebratene Heringe, Rita Kaffee und Kuchen und Christa gute Laune. Leider waren sie fünf, und Canasta ließ sich nur paarweise spielen, aber da der Fernseher in Kladow ohnehin von sieben Uhr morgens bis drei Uhr nachts lief, brauchte der, der gerade aussetzen musste, nicht über Langeweile zu klagen.

Inge genoss diese Abende in Kladow, genoss den Herbst ihres Lebens. Die Stürme des Frühlings waren vorüber, die Hitze des Sommers war ausgestanden und die Kälte des Winters noch fern. Und manchmal rief sie diesen Jahren zu: »Verweilet doch, ihr seid so schön!«

Am 1. Februar 1998 feierte Manfred Matuschewski seinen sechzigsten Geburtstag. Allerdings nicht, wie Inge es erhofft hatte, im Schloss Tamsel, heute Dabroszyn, dem Stammsitz seiner Vorfahren an der Warthe kurz hinter Küstrin, sondern nur im früheren Erholungsheim eines thüringischen VEB, das einer seiner Freunde gekauft und zur »Akademie für moderne Führung und Organisation« umgebaut hatte. Es lag am Wernsdorfer Ufer des Krossinsees, und Inge konnte zu der Stelle hinübersehen, an der ihre Eltern vor dem Krieg oft mit ihrem Boot gelegen und sie geplanscht und im Sand gespielt hatte.

Die Jahre hatten es so an sich, fand Inge, dass sie enteilten. Und dies in immer größerem Tempo. War ihr als Schulkind ein Jahr endlos lang erschienen, so schrumpfte es jetzt, wenn sie sich später daran erinnerte, auf einen Tag zusammen. Zur Jahreswende 1997/98 musste sie lange nachdenken, was von den letzten drei Jahren alles haftengeblieben war: Die Firma Bugsin & Co. war trotz ihrer Finanzspritze aus dem Handelsregister gelöscht worden, und Gerhard zog nun als ganz gewöhnlicher Vertreter für Büroeinrichtungen durch die Lande.

»Na, wenigstens ist er nicht wie Hartmut auf 'ner Parkbank gelandet«, war Joes Kommentar gewesen, aber Inge schmerzte das Schicksal ihres Bruders, was auch immer an Streit und Neid zwischen ihnen gewesen sein mochte.

Doch sie selber hatte es viel schlimmer getroffen. Die Krebsvorsorge im Herbst 1995 hatte sie als reine Routine betrachtet, war dann jedoch erstarrt, als sie ins Gesicht ihrer Ärztin geblickt hatte, denn da stand deutlich geschrieben: Ich fürchte, wie bei Ihrer Mutter! »Aber Kopf hoch, Frau Meyerdierks! Brustkrebs ist doch heutzutage kein Todesurteil mehr.«

Und die Medizinerin schien recht zu haben, denn die Operation war ohne Komplikationen verlaufen, und von der nachfolgenden Chemotherapie versprach man sich, dass sie alle möglichen schon vorhandenen Metastasen beseitigen würde. Krebsableger unter einer Größe von 0,5 Zentimetern waren mit keiner Technik zu orten, und so hatte sie der Tortur nach langem Überlegen zugestimmt. Sie kämpfte mit der ihr eigenen Kraft gegen mögliche Metastasen, gegen die schlimme Übelkeit während der Behandlung und gegen das schreckliche Gefühl, mit jedem ausgefallenen Haar furchtbar hässlich zu werden. »Jetzt nehm ick mir erst recht 'nen vollen Schluck aus der Pulle des Lebens!«, war ihre Devise. Vor allem verreiste sie: immer wieder nach Falshöft an ihre geliebte Ostsee, aber auch mit Rita zusammen in die Vergangenheit der Familie Bugsin, nach Dramburg. Den Höhepunkt aber bildete Bali.

»Man müsste sieben Leben haben«, sagte sie hinterher. »Eines davon würde ich sicher auf Bali verbringen.«

Joe lachte. »Klar, wo ja Karolinenhof nicht mehr möglich ist.«

Das Grundstück hatte Gerhard im verzweifelten Versuch, die Firma noch zu retten, den Banken verpfändet, und es war in der Konkursmasse verschwunden. Besonders im Krankenhaus hatte Inge oft an Karolinenhof gedacht – und an Walter. Was wohl aus ihm geworden war? Christa hatte nun doch ein wenig nachgeforscht und hielt es für möglich, dass er zusammen mit Werner Lamberz, dem Sekretär für Agitation und Propaganda im ZK der SED, in Afrika verunglückt sein könnte. Aber das mochten Gerüchte sein. Eigentlich wollte Inge die Wahrheit gar nicht wissen. So blieb die Erinnerung viel süßer.

Was sie neben ihrer Arbeit als Chefin bei Böckler voll ausfüllte, war die Pflege ihres Vaters. Es stand um ihn so, wie es Margot Matuschewski in ihrer drastischen Art auf den Punkt gebracht hatte: »Max verfällt aber auch zusehends. Wenn ich ihn damals geheiratet hätte, wäre ich jetzt nur noch seine Pflegerin.«

Diese Rolle war nun Inge zugefallen. Aber sie nahm sie gerne an, auch wenn Joe, in seiner Art nicht weniger direkt als ihre Neuköllner Patentante, mit seiner Meinung nicht so ganz unrecht haben mochte: »Jetzt, wo er ruhig im Stuhl sitzt und wie ein kleiner Junge guckt und nicht immer den großen Entertainer spielen will und alles an sich reißt, kann man ihn richtig liebhaben.«

Mehrmals in der Woche fuhr Inge nun nach Kladow und schleppte so viele Tüten heran, dass sie wegen ihres Rückens zum Arzt musste. Als sie dann mit einer schweren Grippe eine Woche im Bett lag und ihr zu allem Übel auch noch die Stimme wegblieb, war ihr Vater am Durchdrehen.

Da sie nicht kam und nicht anrief, griff er zum Telefon und probierte es bei ihr.

»Hallo, Inge?«

Die Antwort war Schweigen.

»Hallo, Inge, ich bin's, dein Vater!«

Erneut nur Rauschen und Krächzen in der Leitung.

»Willst du nichts mehr mit mir zu tun haben?«

Auch darauf gab es keine Reaktion. Da legte er wütend auf und rief Margot Matuschewski an. »Du, Inge, hat mich fallenlassen.«

»Beim Waschen?«

»Nein, sie spricht nicht mehr mit mir.«

»Das hätte ich nie von ihr geglaubt.«

»Ja, jetzt, wo ich ihr das Haus überschrieben habe, da ...«

»Ist ja auch richtig, Max, man soll immer mit warmer Hand geben.« Sie rief abends in Kladow an, erwischte Daniela, und die konnte ihren Großvater dann schnell wieder beruhigen.

Seit dem Tod seines geliebten Dackels war es mit Max Bugsin in der Tat unaufhaltsam bergab gegangen. Und nicht einmal sein letzter Spaß war ihm geblieben: der Reinemachefrau unter den Rock zu fassen. Denn die war in ihre Heimat zurückgekehrt, und die Neue hatte ihm so heftig auf die Hand geschlagen, dass er tagelang mit einem Verband herumgelaufen war.

Da er nun ein Pflegefall war, meinte Joe, dass Inge die Pflegeversicherung auch in die Pflicht nehmen sollte. Inge, Daniela und er brüteten über den Formularen, und endlich war ein Termin für die Festsetzung der Pflegestufe ausgemacht. Bevor der Arzt nach Kladow kam, besprachen sie mit Max, wie er seine große Rolle als siecher alter Mann anzulegen habe.

»Vati«, begann Inge, »du musst so tun, als wüsstest du gar nicht mehr, wer du bist.«

Joe übernahm die Rolle des Inquisitors. »Sie heißen mit vollem Namen?«

Inge übte mit ihrem Vater stundenlang die Antwort ein: »Ich bin immer voll, Herr Doktor. Klar weiß ich noch, wie ich heiße. Ich bin der Otto Matuschewski.«

Max schmunzelte. Das gefiel ihm, dem alten Komödianten, über alle Maßen. »Ich bin immer voll, Herr Doktor. Klar weiß ich noch, wie ich heiße. Ich bin der Otto Matuschewski.«

»Gut, Vati! Und während sie dich fragen, pinkelst du. Einfach alles so laufen lassen, wie es gerade kommt.« Sie schrie auf, denn mit Entsetzen sah sie, wie die braune Hose ihres Vaters langsam einen dunklen Fleck erkennen ließ, und der wurde immer größer. »Nein, nicht hier bei der Probe!«

Nachdem er geduscht und die Kleidung gewechselt hatte, ging es weiter. »Wenn sie dich fragen, wie der aktuelle Bundeskanzler heißt, dann sagst du?«

»Konrad Adenauer.«

»Prima! Und deine beiden Kinder heißen?«

»Margot und Manfred Matuschewski.«

»Wunderbar! Und dann sinkst du einfach in dich zusammen und fängst an, leise zu schnorcheln. So ist es okay.«

Doch bei der echten Prüfung hatte Max Bugsin einen seiner selten gewordenen guten Tage und war mit Feuereifer bemüht, dem Arzt zu zeigen, wie gut er mit seinen 92 Jahren noch immer beieinander war. Selbstverständlich bekam er seinen Namen und die seiner Kinder zusammen und wusste nicht nur, dass der Bundeskanzler nun Gerhard Schröder hieß, sondern auch, dass es auf Bali so heiß wie in einer Sauna war und dass Dramburg jetzt zu Polen gehörte. Schließlich würde er noch jeden Tag seine Zeitung lesen, im Sommer noch auf dem Rad zum Groß Glienicker See fahren und dort ausgiebig schwimmen.

Inge und Joe waren entsetzt, der Menschenprüfingenieur hingegen hocherfreut, sparte er doch immense Kosten – in diesen Zeiten das größte Glück der öffentlichen Hand –, und nicht einmal einen Funknotruf, den sogenannten Pieper, wollte man Max Bugsin bewilligen.

»Ihr Vater ist doch geistig noch völlig normal, und die Gefahr, dass er einmal stürzen könnte, sehe ich nicht. Außerdem sind Sie ja jedes Wochenende hier draußen bei ihm, und von einer Aufwartung hat er mir auch erzählt. Und dass er mit der ein Techtelmechtel hat.«

Max Bugsin saß in seinem Lehnsessel und strahlte alle an. »Ja, der Mann nimmt seine Potenz mit ins Grab.«

Und dem näherte er sich nun unaufhaltsam. Kurz nach seinem 93. Geburtstag stürzte er, als er die Kellertreppe mit der zum Dachboden verwechselte, und musste mit schweren Kopfverletzungen und mehreren gebrochenen Rippen ins Krankenhaus eingeliefert werden. Anschließend kam er gar nicht mehr nach Hause, sondern wurde gleich in ein Pflegeheim im nahen Gatow gebracht. Mit Mühe erkannte er noch die Menschen, die ihm besonders nahestanden: Inge, Gerhard, Daniela und Rita. Aber schon bei Joe und seinen anderen Enkelkindern, bei Christa, Margot und Manfred Matuschewski hatte er einige Mühe, und man musste ihm Eselsbrücken bauen.

Inge zeigte auf Margot Matuschewski. »Vati, wer ist das hier?«

»Die Frau Mattick.« Das war eine seiner diversen Reinemachefrauen.

Und sofort schrie Margot Matuschewski auf. »Was denkt ihr denn von mir? Ich habe nie was mit Max gehabt!«

»Aber von Max«, sagte Joe. »Wir haben alle viel von Max gehabt. Besonders Gerhard.«

Inge stieß ihm den Ellenbogen in die Seite. »Hör auf mit dem Geschäft!« Sie schob Margot Matuschewski nach vorn. »Vati, das ist Muttis älteste Freundin. Irma und Margot haben zusammen die Schulbank gedrückt.«

»Ja, ich habe Mutti kurz vor ihrem Tod noch tausend Mark geschenkt, da sollte sie sich selber etwas für kaufen.«

»Einen Schachcomputer«, konnte sich Manfred Matuschewski noch erinnern. »Wenn sie nachts nicht schlafen konnte.«

»Ja, Otto Matuschewski war mein bester Freund. Freunde kann man sich aussuchen, Verwandte nicht!«

Der Vergleich mochte nicht sonderlich originell sein, aber als Inge in der Adventszeit an ihrem Schreibtisch saß und die Kerze langsam niederbrannte, da musste sie immer wieder an ihren Vater denken, wie dessen Lebenslicht nun langsam erlosch.

Am 23. Januar 1999 war es dann verloschen, und am Mittwoch, dem 3. Februar 1999, trafen sie sich um vierzehn Uhr auf dem

Spandauer Friedhof »In den Kisseln«, um ihn zu Grabe zu tragen. Es war ein nasskalter Tag ohne Eis und Schnee und so trübe, dass auch an sich frohe Gemüter wie Inge, Gerhard, Daniela, Joe und Manfred Matuschewski elegisch wurden und Leander und Philip nicht zu unrecht anmerkten, es würde so aussehen, als wolle man ein Gedicht von Friedrich Nietzsche verfilmen: *Der Mond ging schon ins Meer, / müd sind alle Sterne, / grau kommt der Tag daher, – / ich stürbe gerne.*

Laut Testament hatte Inge Kladow geerbt, und sofort begann sie mit den Planungen. »Ihr zieht ins Haus«, sagte sie zu Daniela und Joe.

»Ja, aber nur, wenn im Erdgeschoß, im Wohn- und Esszimmer Teppich und Dielen ausgetauscht werden, denn die Erinnerung an deinen Vater ist mir zwar heilig, aber wenn ich esse, dann nicht gern im Raubtierhaus. Das ist ja alles so durchtränkt ...«

Inge nickte. »Okay, aber dann lasse ich von meinem Geld auch gleich alles mit Fliesen auslegen, damit wir es leichter haben, wenn es bei dir mal so weit ist, dass du das Wasser nicht mehr halten kannst.«

»Sag mal, Dany, was kostet denn so 'n rumänischer Killer, wenn man den beauftragt, die Schwiegermutter umzubringen?«

Inge lachte. »Wenn du meinst, du kannst mich nun abhalten ...«

»Zum Abhalten wiegst du mir doch ein paar Zentner zu viel«, unterbrach er sie.

»Du kannst mich nicht davon abhalten, dass ich mir das Dachgeschoss ausbauen lasse und auch nach Kladow ziehe. Am 30. September höre ich bei Böckler auf und gehe in Rente. Und dann muss ich auch meine Dienstwohnung räumen.«

Die Jahreswende 1999/2000 war ein herausragendes Ereignis, obwohl pingelige Mathematiker behaupteten, das neue Jahrtausend würde erst mit dem Wechsel von 2000 auf 2001 beginnen. Joe und Daniela wollten unbedingt zur großen Party am Brandenburger Tor, und es traf sich gut, dass Inge es lieber etwas beschaulicher hatte und gern mit Christa, Rita und den beiden Enkeltöchtern in Kladow feierte, wo der Höhepunkt immer darin bestand, drei Raketen abzuschießen. »Mehr ertrage ich als Kriegskind nicht.«

Inge genoss den Alltag in Kladow. »Ich bin so *high* wie ein Wanderer, der nach vielen Mühen endlich am Ziel ist.« Oben in ihrer kleinen Wohnung hatte sie es überaus gemütlich, und suchte sie Nähe, dann brauchte sie nur ein paar Treppenstufen hinabzusteigen und hatte Familie pur. Sie liebte Johanna und Enola, ihre beiden Enkelkinder, spielte viel mit ihnen und half ihnen bei den Schularbeiten. Nur bei ihrer Mittagsruhe durfte sie keiner stören, da konnte sie fuchsteufelswild werden und so schimpfen wie früher mit ihren Lagerarbeitern, wenn die schuld an einem bösen Ratscher auf einer teuren Schreibtischplatte waren.

Sie kamen glänzend miteinander aus, obwohl es durchaus vorkam, dass sie Joe und Daniela mit ihren Macken gehörig nervte. So zog sie pausenlos mit ihrer viel zu kleinen und immer mächtig tropfenden Gießkanne von oben bis unten durchs Haus.

»Alles braucht Wasser – Menschen, Hunde, Blumen!«

»Ja, aber nicht meine gerade geschriebenen Briefe!«, schrie Joe.

Kochte Daniela, kam sie andauernd in die Küche, guckte in die Töpfe, rührte um und kostete.

»Mutti, du bist hier nicht bei Böckler, wo du alles kontrollieren musstest. Geh lieber mit den Hunden ...«

»Mit den Hunden, nicht vor die Hunde«, ergänzte Joe.

Das tat sie, und schon im ersten Monat ihres Rentnerinnendaseins hatte sie sich mehr bewegt als sonst im ganzen Jahr. Auch das Radfahren hatte sie wiederentdeckt, und es war ein Gefühl wie damals in Karolinenhof, wenn sie sich auf den Sattel schwang und zum Groß Glienicker See fuhr, um dort ausgiebig zu schwimmen. Bis ans andere Ufer schaffte sie es mühelos, und mit jedem kraftvollen Schwimmstoß gab sie ihrem Krebs zu verstehen, dass der gegen sie keine Chance mehr hatte.

Auch geistig hielt sie sich fit, las Roman auf Roman und war weiterhin Stammgast ihrer Volkshochschule. Und keine Veranstaltung der Spandauer SPD fand ohne sie statt. Ihr Terminkalender war also voll bis oben ran, wobei der erste Sonnabend im Monat noch immer für die Canastarunde mit Christa, Rita und Margot Matuschewski reserviert bleib.

Ebenso fest belegt war der Freitag. Jede Woche fuhr sie zu ihrer Männerrunde nach Tempelhof, spielte Skat und kam manchmal erst am nächsten Tag zum Mittagessen nach Kladow zurück. Immer noch nicht ganz ausgenüchtert. Dann grinste sie nur und parodierte ihren Vater: »Eine Frau nimmt ihre Libido mit ins Grab.« Und immer wieder kam es von ihr ganz offen: »Ich hab jetzt rechts einen Gummibusen zum Aufkleben. Der ist hautfarben, und ich kann ihn auch unter meinen weißen Blusen tragen.«

Für den Juli war Falshöft eingeplant. Da wollte sie sich mit Roswitha treffen, Gerhards erster Frau, mit der sie sich noch immer glänzend verstand.

Der erste Höhepunkt des Jahres aber war der neunzigste Geburtstag von Margot Matuschewski. Im Vorfeld hatte es einigen Knatsch gegeben, denn ihre Patentante hätte gern in Kladow gefeiert, aber Manfred hatte ein wenig verschnupft reagiert und sein Veto eingelegt. Der Mittelpunkt ihrer Familie sei Frohnau und nicht Kladow. Margot Matuschewski hatte das bei einem ihrer Spielabende erzählt und dabei Inge in den Arm genommen. »Ich hänge doch so an dir, jetzt, wo Max und Irma nicht mehr unter uns sind.«

»Jaja«, hatte da Joe aus der Küche gerufen. »Freunde kann man sich aussuchen, Verwandte muss man nehmen, wie sie sind. Und wenn ihr euch mal so richtig an Max erinnern wollt, dann komme ich gerne rein und pinkle in die Ecke.«

Nun, es wurde also in Frohnau gefeiert, und da der 11. Juni auf den Pfingstsonntag fiel, hatten auch alle Zeit. Im Mittelteil des Grundstücks war ein großes Festzelt aufgestellt, doch das war fast zu klein für Margots Gäste. Fast fünfzig zählte Inge, wobei ihre Sippe schon allein mit elf Mann angerückt war: außer ihr noch Joe und Daniela mit Johanna und Enola, dann Rita, Gerhard mit Annegret, seiner dritten Frau beziehungsweise Lebensabschnittsgefährtin, und den Söhnen Philip und Leander. Dazu kam noch Christa.

Zum Kaffeetrinken hatte Manfred Matuschewski zwei Sängerinnen engagiert, die von einem Mann am elektrischen Klavier begleitet wurden und Schlager aus der Jugend des Geburtstagskindes zum Besten gaben. Mit der Entschuldigung, dass man ja nun leider keinen Max Bugsin mehr habe.

Zum Abschluss erklang *Wenn der weiße Flieder wieder blüht*, und Margot Matuschewski strahlte, denn bei diesem Lied hatte sie damals ihren Otto kennengelernt.

»Und was hast du damals zu ihm gesagt, Mutti?«, fragte ihr Sohn, obwohl alle die Antwort längst auswendig kannten.

»Na, wollen Sie länger mit mir gehen?«

Inge hatte auch noch ihren großen Auftritt, denn Manfred Matuschewski schleppte nacheinander alle Gäste in sein Arbeitszimmer, in dem eine von seinem Sohn Joscha bediente Videokamera aufgebaut war. Alle mussten nun vor ihr Platz nehmen und ein, zwei Sätze zum Thema »Was mir ganz spontan einfällt, wenn ich an Margot denke« sagen.

Inge fand das gar nicht so einfach, doch dann sprudelte es aus ihr heraus. »Margot, hallo, hier spricht Frischbier-Inge, dein Patenkind! Wenn ich dich sehe, muss ich immer an Mutti denken. Ihr seid ja die ältesten Freundinnen gewesen. Von der Schulbank an. Meine Mutter hat dir Tinte übers Kleid gegossen, und du hast zu ihr gesagt: ›Da musst du aber zu meiner Mutter mitkommen, damit die mit dir schimpfen kann.‹ Das hat euch zusammengebracht. Dann ist Vati gekommen, und es war euer Glück, dass er sich mit deinem Otto so gut verstanden hat.« Den Satz »Fast wärst du auch meine Schwiegermutter geworden, aber dein Sohn hat sich ja damals nicht getraut, mich zu vernaschen« verkniff sie sich.

Manfred Matuschewski hatte seine Katastrophenjahre einschließlich einer schweren Bandscheibenoperation glücklich hinter sich gebracht und sprach nun immer von seinem »zweiten Leben«, wenn er Elke und Melina meinte. Sein drittes Kind war bereits drei Jahre alt und unheimlich munter. Wenn Joscha und Larissa nicht in der Nähe waren, kam von Manfred schon einmal der Satz: »Dann muss man sich eben seine Enkelkinder selber machen, auch wenn man 59 ist.«

Inge sah ihren Schwiegersohn an. »Da kann man als Frau schon ein bisschen neidisch werden.«

Joe war Joe. »Quatsch! Jeder von euch hat doch etwas: du deinen Krebs und er seine kleine Tochter. Mal sehen, wer wen eher schafft.«

Auch der nächste Geburtstag wurde auf einem Grundstück gefeiert, wenn auch auf der anderen Seite der Stadt – genaugenommen schon außerhalb ihrer Grenzen –, und zwar bei Bernhard Großkreutz in Zeuthen. Gemessen an Manfred Matuschewskis bescheidenem Landhaus, war seine Unterkunft ein wahrer Herrensitz, fast schon ein Schlösschen. Und natürlich gab es keinen selbstgemachten Kartoffelsalat zu essen.

»Das Catering haben wir vom KaDeWe besorgen lassen«, sagte ihr Großcousin beziehungsweise Onkel, nachdem er Inge und ihre Familie begrüßt hatte. »Ist ja auch nur ein ganz normaler Geburtstag.« Es war sein 88. »Im übernächsten Jahr lade ich euch in ein Flugzeug, und wir feiern alle hoch über Berlin.« Jetzt erst hatte er Joe entdeckt und konnte sich nicht erinnern, ihn schon einmal gesehen zu haben. »Was denn, Inge, einen Butler hast du dir jetzt auch zugelegt?«

»Onkel Bernie, das ist doch Joe, mein Schwiegersohn! Er ist Fuhrunternehmer.«

»Grubenabfuhr, was? Da kann er kein Geschäft mit mir machen. Wir sind schon an die Kanalisation angeschlossen.«

Daraufhin schloss ihn Joe so in sein Herz, dass er ihn nur noch Lord Kotzbrocken oder Rollstuhl-Pascha nannte und zu Inge sagte, jetzt wüsste er, woher ihr Vater seine bekannte Wendung hatte, dass man sich Verwandte nicht aussuchen könne.

»Pst!«, machten Inge und Rita, denn Bernhard Großkreutz hatte eine Menge zu vererben, und sie wollten nicht alles Gerhard überlassen, der keine Gelegenheit ungenutzt ließ, dem reichen Erbonkel um den Bart zu gehen.

»Ich habe mit dem SFB telefoniert, und sie werden am Montag ein Kamerateam in deine Firma schicken, denn was du mit der AFIA aufgebaut hast, ist ja ein wichtiges Stück Berlin.«

Irgendwie konnte Inge ihren Bruder verstehen. Erbte er wirklich die erhoffte Million von Bernhard Großkreutz, konnte er Bugsin & Co. wiederauferstehen lassen.

Zurück in Kladow las Inge am Abend einen Ausspruch von Nikos Kazantzakis, dem Autor des *Alexis Sorbas*: *Ich hoffe nichts, ich fürchte nichts, ich bin frei.* Genauso fühlte sie sich in jenen Monaten, und vielleicht waren es die glücklichsten ihres Lebens, bis sie im Mai 2001 zum Orthopäden ging, weil sie immer wieder Schmerzen hatte.

»Haben Sie was am Knie?«, fragte der.

Da begann sie zu weinen, denn urplötzlich hatte sie die Zusammenhänge erkannt.

Im Krankenhaus wurde dann festgestellt, dass sich in ihrer Wirbelsäule und an der Leber Tochtergeschwulste gebildet hatten. Jetzt begann ihr Leidensweg erst richtig. Die Schäden an der Wirbelsäule waren schon so groß, dass man ihr in einer langen Operation ein Stützkorsett aus Wolfram einsetzen musste. Monatelang war sie äußerst eingeschränkt, doch dann hatte sie ihre alte Beweglichkeit fast vollständig wiedererlangt.

Sie ließ sich von ihrer Krankheit noch immer nicht beherrschen. Alles sollte sein wie immer. »Der Krebs ist eben da, und man muss damit leben!« Henne Hahn, ihre alte Kollegin, musste dreimal in der Woche zur Dialyse. »Und im Vergleich zu der geht es mir doch gut.«

Auch dass ihr nach der Chemotherapie die Haare weithin ausgegangen waren, störte sie – und andere – nicht, denn wozu gab es Perücken. Sie hatte zwei davon. Eine braune, die in etwa ihrer alten Haarfarbe glich, und eine rote, die sie immer dann trug, wenn sie als Femme fatale auf der Piste war. In der Charité versuchte man, ihr mit dem Antikörper-Präparat Herceptin zu helfen, und sie musste jeden Dienstag zur Infusion von Kladow in die Innenstadt fahren. Sieben Monate dauerte es, dann wurden die Tumorherde an der Leber wirklich kleiner. Und auch in ihren Träumen kämpfte sie gegen den Krebs. Männer mit hässlichen Fratzen, ganz in Weiß, drangen in ihre Wohnung ein. »Was wollt ihr hier?«, rief sie. »Raus hier!« Dann riss sie ein Messer aus der Schublade und stach alle ab. Einen nach dem anderen.

Joe versuchte, ihrem Leben eine langfristige Perspektive zu geben, indem er einen abenteuerlichen Plan entwickelte. »Mal ehrlich, Inge, was schmerzt dich am meisten?«

Sie brauchte nicht lange nachzudenken. »Dass meine Eltern nicht mehr leben, dass die Sache mit Hartmut so ausgegangen ist.«

»Das lässt sich nicht mehr ändern. Weiter?«

»Dass es Schablin & Co. beziehungsweise Bugsin & Co. nicht mehr gibt, dass ich mit meinem Bruder so zerstritten bin.«

Joe sah sie an und zog ein paar engbeschriebene Blatt Papier aus der mitgebrachten Aktenmappe. »Pass auf, ich hab das mal alles durchgerechnet. Ich hab in letzter Zeit mit meinem Betrieb so viel verdient, dass ich mein Geld irgendwie anlegen muss. Das Haus, für das es gedacht war, haben wir ja nun – umsonst sozusagen. Und da ist mir die Idee gekommen, mit Herzog & Altmann zu reden ...« Er zögerte einen Augenblick, um die Spannung vor dem Schmetterball noch einmal zu steigern. »Um von denen Bugsin & Co. zurückzukaufen und den alten Namen wieder übers Geschäft zu kleben. Man spricht davon, dass sie sich etwas übernommen haben und eure alte Firma gern wieder loswerden würden. Dann spielst du die Rolle, die deine Mutter früher gespielt hat, und Dany schmeißt den Laden.«

»Und Gerhard?«

»Der wird zurückgeholt, mit dem versöhnst du dich.«

Inge sah ihn ein wenig skeptisch an. »Und was soll er machen bei uns?«

»Die Rolle spielen, die sein Vater früher gespielt hat: der neue Max werden. Das kann er doch.«

Es half alles nichts, denn im Drehbuch der Inge Meyerdierks, geborene Bugsin, stand geschrieben, dass sie in den frühen Nachmittagsstunden des 27. Dezember 2002 sterben sollte. Sie lag im selben Bett, in dem ihre Mutter ihre letzten Stunden verbracht hatte. Noch am Morgen hatte sie zu Daniela gesagt, dass sie früher am dritten Weihnachtstag immer zu Matuschewskis gefahren waren. Dann ging es ihr so schlecht, dass Joe den Notarzt rufen musste. Der kam, und Inge unterhielt sich mit ihm, so, als plauderten sie auf einer Party über Krebs und die Chancen einer Chemotherapie. Ihre Fachkenntnisse waren frappierend.

»Sehr gut analysiert, Frau Kollegin«, lobte sie der Arzt.

Daraufhin lächelte sie. »Wo wir schon unter Medizinern sind: Wo bleibt denn dann der Champagner, Herr Kollege?«

»Wie kommen Sie darauf?«

»Kennen Sie Anton Tschechow?«

»Persönlich nicht, aber den *Kirschgarten*.«

»Tschechow war ja auch Arzt, und kurz bevor er in Baden-Baden gestorben ist, hat ihm der Kollege, der ihn behandelt hat, ein Glas Champagner gebracht. Als Zeichen dafür, dass es nun mit ihm zu Ende gehen wird.«

Joe stand in der Tür. »Keine Sterbehilfe, Herr Doktor, die Dame hier wird noch hundert!«

Als Inge dann allein war, zogen die Stationen ihres Lebens noch einmal an ihr vorüber. Die Ebertystraße, Baumschulenweg, Guben, der Krieg. Mit einer Katastrophe hatte es begonnen. Dann aber das Leben: Karolinenhof, England, Thomas, Walter, Alain, David … Hartmut und die nächste Katastrophe. Schließlich der Krebs. Dazwischen aber all die erfüllten Jahre. So flüsterte sie schließlich: »Aber schön war es doch!«

Nebenan im Wohnzimmer saß ihre Familie und aß die Reste des weihnachtlichen Gänsebratens. Alle klapperten mit ihrem Besteck. Das war das Letzte, was sie wahrnahm.

Die Beerdigung fand am Freitag, dem 10. Januar 2003, um neun Uhr auf dem städtischen Friedhof Berlin-Spandau »In den Kisseln« statt. Nach der Trauerrede spielten sie in der Kapelle das Lied von Frank Sinatra, das sie so geliebt hatte: *I did it may way.* Draußen lag die gefühlte Temperatur bei minus 25 Grad, und man ließ die Trauergäste in zwei Reihen an ihr Grab herantreten, damit es keine Erfrierungen gab. Rita, die gerade an der Hüfte operiert worden war, fuhr vorzeitig zum Leichenschmaus nach Kladow, und Bernhard Großkreutz, der in seinem Rollstuhl ganz besonders fror, schimpfte leise vor sich hin: »Anständige Menschen sterben im Sommer!«

Als Letzte standen die Matuschewskis am offenen Grab. Manfred hatte seine Mutter, die mit ihren 92 Jahren auf dem glatten Boden nur langsam und unsicher gehen konnte, auf der einen, Joscha auf der anderen Seite untergehakt. Larissa und Renate folgten ihnen.

»Ich bin zurückgeblieben«, klagte Margot Matuschewski.

»Mutti, du bist nicht zurückgeblieben.«

»Jetzt liegt Inge neben ihren Eltern. Ach Irma, ach Max. Wie gern hätte ich mit eurer Inge getauscht.«

»Mutti, unser Familiengrab liegt in Frohnau.« Manfred Matuschewski fuhr sich mit dem Handschuh über die Augen. Der war schon ganz hart und kratzig, denn die Tränen gefroren auf der Stelle zu Eis. »Inge ...« Jetzt hauchte er es so zärtlich, wie es ihm damals am Gosener Graben nicht gelungen war. Als er seine drei Hände Sand auf den Sarg warf und eine langstielige dunkelrote Rose dazu, konnte er nichts anderes murmeln, kam ihm nichts anderes in den Sinn als das Lied, das seine kleine Tochter aus dem Kindergarten mitgebracht hatte: »Schön, dass du geboren bist, wir hätten dich sonst sehr vermisst.«